AF289097

Menschenkind

Und wir glaubten, sie wären anders...

Herstellung und Verlag:

BoD - Books on Demand, Norderstedt

ISBN: 9783842342460

Widmung Jana Gäbert

Für meinen Bruder (1988 – 2008), unvergessen.
Für meine Schwester, auf ein langes, erfülltes Leben.
Für meine Eltern, die in mir die Liebe zum Lesen säten.
Für meinen Mann, zusammen für immer.
Für meine Kinder, auf dass ihr eure Träume lebt!

–

Widmung Hannah DeGroth

Dieses Buch widme ich zu gleichen Teilen meinem humorvollen Ehemann, der mich immer wieder zum Lachen bringt. Meiner großen Schwester, durch deren Kraft ich zu dem Menschen wurde, der ich bin. Meinem Sohn, der mein Herz in seinen Händen hält und meinen engen Freunden, die mir in jeder Situation zur Seite stehen.

–

An dieser Stelle möchten wir auch all denjenigen danken, die mitgeholfen haben dieses Buch aufzubauen. Allen, die sich Zeit nahmen zu lesen und uns Kritik schenkten. Wir danken euch von Herzen. Hier ganz besonders zu erwähnen ist Sarina, die sich für die Rechte der von uns so gedissten Kommas in diesem Buch eingesetzt hat.

Prolog

Die Sonne schien hell durch das Küchenfenster und der Duft von frischem Tee und Brötchen lag in der Luft.

„Magst du mir bitte die Kresse reichen?" Marvin schaute seine Schwester an, die vertieft die heutige Zeitung las.

„Das willst du doch nicht wirklich auf dein Brötchen packen?" Jasmin reichte ihm einen kleinen Blumentopf und verzog dabei fragend das Gesicht.

„Klar, das ist äußerst gesund. Außerdem habe ich gerade meine vegane Woche. Das ist sehr wichtig für meinen Sportplan. In drei Monaten habe ich wieder einen wichtigen Lauf."

„Vielleicht solltest du dir ein neues Hobby suchen. Langstreckenläufer?! Und das da sieht wirklich nicht lecker aus." Jasmin zeigte auf das grüne Etwas, unter dem sich irgendwo tatsächlich ein Brötchen verbarg.

„Also erstens ist das bei mir kein Hobby mehr und zweitens... ." Doch zum zweiten Punkt kam er nicht. Er starrte nun auf die Titelseite der Tageszeitung. „Hast du das gelesen?"

„Bitte? Und zweitens hast du das gelesen?", wiederholte Jasmin spöttisch und schüttelte fragend den Kopf. „Was denn? Die Tatsache, dass veganes Zeug nicht gut ausschaut?"

„Nein, nein." Marvin nahm ihr die Zeitung weg, drehte sie um und klopfte wie wild auf die Titelseite. „Da! Diese miese Firma macht schon wieder so eine Geldsammelveranstaltung für diese, diese Freaks."

„Ja und?"

„Die sollten lieber den Sport unterstützen als noch mehr Geld in ein angeblich humanes Experiment zu stecken. Ich finde nicht, dass diese Typen, diese Menschen aus Reagenzgläsern, in irgendeiner Weise unterstützt werden sollten." Marvin betonte ungemein spitz seine Worte.

Jasmin verdrehte die Augen. „Iss dein Kaninchenfutter und hör endlich auf, dich ständig über diese Firma aufzuregen. Sie sind verdammt nochmal nicht Schuld an dem Tod unserer Eltern und das Experiment wurde damals abgebrochen. Streng genommen sind es nun mal Menschen und als der Firmenchef verstorben ist, hat sein Sohn ja auch unmittelbar danach die Studie abgebrochen." Sie hatte keine Lust auf Diskussionen um Menschenrechte und Co am Frühstückstisch. Ja, eigentlich hätte sie sich gar nicht erst auf eine Unterhaltung mit diesem Thema einlassen dürfen. Jetzt steigerte sich Marvin wieder hinein und sie käme bestimmt zu spät zur Arbeit. Auch noch an ihrem ersten Tag. Abwesend blickte Jasmin wieder auf. Marvins blaue Augen versuchten ihren Blick zu fixieren und er schaute sie herausfordernd an.

Ihr Bruder hatte mittlerweile eine Schere zur Hand genommen und machte sich gleich daran, den Zeitungsartikel für seine Sammlung

auszuschneiden. „Sag mal, auf wessen Seite stehst du eigentlich?"
„Auf meiner. Glaubst du wirklich, du erreichst irgendetwas, wenn du jedes verdammte geschriebene Wort über diesen Konzern ausschneidest und in deine Verschwörungsmappe klebst? Halt, stopp! Antworte nicht darauf, ich muss jetzt leider los. Also bis nachher, großer Bruder." Jasmin sprang auf und würgte das restliche Brötchen hinunter. Sie schnappte ich hastig ihre hellbraune Ledertasche und wollte losstürmen, da hielt Marvin sie plötzlich am Arm fest.
„Wo willst du denn so eilig hin?" Misstrauisch schaute er auf ihre Arbeitstasche, die seit ihrem erfolgreichen Universitätsabschluss unter der Garderobe im Flur verstaubte.
„Zur Arbeit."
„Die Aushilfsstelle im Flora Green, die ich dir empfohlen habe?"
„Nein, Marvin. Wie du weißt, war ich Jahrgangsbeste und habe wirklich ausgezeichnete Angebote von großen Unternehmen erhalten. Ich werde daher nicht mit einem Doktortitel die Regale in deinem heißgeliebten Biosupermarkt füllen. Ich... ."
Marvin fiel ihr ins Wort. „Ach, dafür ist Frau Doktor sich also zu fein, ja? Außerdem ist das kein Biosupermarkt, sondern ein Biohofladen. Das sind regionale Produkte direkt vom Bauern und... ."
Diesmal schnitt Jasmin ihm den Satz ab. „Ist mir egal. Ich komme zu spät in die Firma." Sie riss sich los und ging zur Tür.
„Jasmin! So nicht! Welche Firma?"
„Fadnindssch."
„Wie bitte?"
„Fadnindssch." nuschelte Jasmin erneut. Inzwischen hatte sie schon ihre Schuhe an.
Marvin holte tief Luft. Er stellte sich nun vor die Haustür und Jasmin wusste, dass es nun keinen Ausweg mehr für sie gab. Sie musste ihm die Wahrheit sagen, vorher würde er nicht von der Tür weg gehen. Seufzend sah Jasmin auf seine Füße als sie die Bombe platzen ließ.
„Fabini Industries. Die Firma mit deinen sogenannten Freaks."

Erster Arbeitstag

Jasmin trat eilig in die Pedale. Ihre Gedanken kreisten noch immer um den Streit mit ihrem Bruder. Das war der Grund dafür, dass sie etwas unaufmerksamer fuhr als sonst. Vielleicht war es aber auch der entgegenkommende Motorradfahrer ein typischer Verkehrsrowdy. Wie auch immer, Jasmin konnte gerade noch so ihr Lenkrad herumreißen und landete samt Fahrrad im nächsten Busch. Ihr war so, als ob sie noch ein 'Tschuldigung!' gehört hatte, doch sicher war sie nicht. „Na toll. Auch das noch! Wie weit bin ich gekommen? 20 Meter?", schnaufte sie leise und schob sie ihr Fahrrad zurück auf die Straße. Als sie aufsteigen wollte, sah sie, dass besagter Verkehrsteilnehmer vor ihrem eigenen Haus angehalten hatte und dabei war, sein Motorrad abzustellen. Jasmin schaute auf die Uhr, die Zeit war zu knapp, sie musste los. Vielleicht war es ein Freund ihres Bruders?

Etwas außer Atem erreichte sie das Firmengelände. Jasmin fuhr mit dem Fahrrad direkt auf den Konzernkomplex zu. Dieser bestand aus vielen weitläufigen Einzelgebäuden, das Hauptgebäude war jedoch unverkennbar. Hier prangte ein Monument aus verspiegeltem Glas, das weit mehr als zwanzig Stockwerke zu haben schien. Oben auf dem Hochhaus befand sich ein großes F in leuchtendem Neongrün, welches man sogar in der Nacht vom Stadtrand aus sehen konnte.
Mit dem Fahrrad schien hier aber kaum einer herzukommen. Dafür gab es aber ein Parkhaus für die Angestellten und Gäste zu geben. Etwas hilflos schaute sich Jasmin auf der weitläufigen Fläche vor dem Hauptgebäude um. Ein imposanter Springbrunnen zierte den Vorhof, aber kein Baum, kein anderes Rad und vor allem kein Fahrradständer waren zu finden. Nur weiter hinten vor der riesigen Eingangstür gab es zwei Kübel mit irgendetwas Grünem darin.
Sie seufzte und drehte um. Besser heute einen kleinen Weg laufen als einen schlechten Eindruck zu machen. Dementsprechend stellte sie kurze Zeit später das Fahrrad an einem Zaun auf der Hauptstraße ab und spazierte den Weg zurück. Sie hatte sich schon winzig und verloren gefühlt, als sie über den Platz gelaufen war, aber im Gebäude verschlechterten sich diese Gefühle nur noch. Zwei Sicherheitsmänner nickten ihr respektheischend zu, während sie auf die Dame am Empfang zuging. Hinter der Wartelounge standen jedoch noch mindestens ein halbes Dutzend mehr Sicherheitsbeauftragte, welche die Fahrstühle bewachten oder Ausweise kontrollierten.
Jeder Schritt hallte auf den hellen Fliesen nach und sie verfluchte diese unbequemen wackeligen Pumps, mit denen sie gerade so laufen konnte. Nach einer Weile, die ihr schier endlos erschien, erreichte sie den

Schalter. Die Empfangsdame lächelte sie freundlich an.

„Willkommen bei Fabini Industries, wie darf ich Ihnen behilflich sein?"

„Oh, ich bin...", doch Jasmins Blick schweifte ab. Hinten bei den Fahrstühlen ging ein großer, rothaariger Mann in weißem Anzug Richtung Ausgang. Sein Gesicht erkannte sie sofort, sie hatte es in so vielen Zeitungen gesehen. Es handelte sich um den jungen Inhaber dieser Firma.

„Sie sind bitte wer?" Die hohe Stimme der Empfangsdame ließ Jasmin erschrocken zusammenzucken und wieder zu ihr blicken.

„Jasmin Cheplow." erwiderte sie schnell und kramte dann in ihrer Tasche. „Ich habe heute meinen ersten Tag hier. Haben sie vielleicht schon einen Firmenausweis für mich?" Sie fand ihr Schreiben und legte dies zusammen mit ihrem Personalausweis auf den Tresen.

Die Empfangsdame musterte sie streng, trug die Ausweisnummer an ihrem Computer ein und reichte Jasmin dann einen Ausweis mit der Aufschrift GAST.

„Oh, aber ich bin kein Gast. Ich bin Dr. Cheplow, ich arbeite ab heute hier."

„Haben sie ein Passfoto mitgebracht?" Die Dame schob das Schreiben nach vorn und zeigte auf einen unterstrichenen Text. "Hier steht ausdrücklich, dass Sie ein Passfoto mitbringen müssen. Haben Sie eines?"

„Nein. Also ja bestimmt, aber nicht mit. Ich kann aber... ."

„Ja und bis dahin sind Sie Gast. Bitte warten Sie dort drüben in der Lounge. Professor Dr. Elmhausen, Ihr direkter Vorgesetzter, wird Sie gleich abholen und in Ihren zukünftigen Wirkungsbereich führen. Haben Sie Arbeitskleidung mitgebracht?" Noch bevor Jasmin antworten konnte, fuhr die perfekt frisierte Blondine fort: „Brauchen Sie nämlich nicht. Sie bekommen täglich einen frischen Kittel in ihrer Größe. Diese befinden sich immer gleich am Anfang eines Flures. Aber das wird man Ihnen oben gleich alles genauer sagen. Einen schönen ersten Tag wünsche ich."

Jasmin nickte so höflich, wie sie es jetzt noch konnte. Etwas niedergeschlagen nahm sie in der Lounge auf einem großen Ledersofa Platz. Der große rothaarige Mann war fort. Hoffentlich hatte ihr Chef sie nicht negativ wahrgenommen.

Sie musste nicht lange warten, da kam dann auch schon ein älterer Professor mit Halbglatze und Brille zu ihr und stellte sich höflich, aber distanziert vor.

„Dr. Cheplow? Ich bin Professor Dr. Elmhausen." Er streckte ihr eine runzlige Hand entgegen und erfreut erwiderte Jasmin die Begrüßung. „Na dann wollen wir mal.", sprach Professor Dr. Elmhausen und ging vor.

Im Fahrstuhl dienten die Firmenausweise als Schlüssel, um in die autorisierten Abteilungen zu kommen. Sie fuhren in die dritte Etage.

Jasmin sollte zunächst in seiner Abteilung arbeiten und sich mit der Verbesserung von schon bestehenden Impfstoffen auseinandersetzen. Mit den erklärenden Worten von Professor Dr. Elmhausen und einem neuen weißen Kittel fühlte sie sich dann auch endlich angekommen und aufgenommen. Im Labor ließ Professor Dr. Elmhausen sie allein an ihrem neuen Schreibtisch und verabschiedete sich mit den Worten, dass er ihr gleich eine Assistentin zukommen lassen würde.

„Assistentin.", flüsterte Jasmin stolz, als die Tür hinter dem Professor ins Schloss fiel.

Als sie so allein war, strich sie andächtig mit der Hand über ihren Schreibtisch. Sie konnte es kaum fassen, dass sie jetzt in dem führenden Pharmakonzern auf dem europäischen Markt arbeitete. In Gedanken sagte sie zu sich selbst: *„Juchu! Mama, Papa, ich habe es geschafft! Ich trete nun in eure Fußstapfen und ich hoffe wirklich, ihr seid stolz auf mich und seht mich jetzt hier."*

Fröhlich setzte sich Jasmin in ihren Stuhl und drehte sich glücklich einmal im Kreis. Nach einer Weile ging die Tür erneut auf.

„Hey, hallo, ich bin Nele Moonberg. Der Elmhausen schickt mich. Ich bin dir jetzt zugeteilt. Ansonsten kümmere ich mich um das Wohlergehen unserer Labortierchen."

Eine schwarzhaarige junge Frau in eher unseriöser dunkler Kleidung, offenem weißen Kittel und mit Nasenpiercing riss Jasmin aus ihren Gedanken und kam mit ausgestreckter Hand auf sie zu. Nele lächelte Jasmin breit an und hatte eine so offene Art an sich, das Jasmin diese sofort unheimlich sympathisch fand.

Jasmin erwiderte das Lächeln. „Hallo, sehr schön Sie kennenzulernen."

„Also Sie können hier gerne 'du' zu den meisten Angestellten sagen. Nur die Abteilungsleiter bevorzugen ein 'Sie'."

„Oh gerne."

„Ich zeig dir gleich mal die Software und die Analysegeräte. Du bist ja jetzt erst einmal für die Statistik und so verantwortlich. Also, alles, was hinter der Glasscheibe ist, ist unser Hauptlabor und somit heiliger Boden." Nele grinste erneut breit und Jasmin tat es ihr einfach nach.

Jasmin widmete sich unter Neles Anweisungen dem Computer. Sie klickte sich durch die Programme und den Rest des Tages verbrachte Jasmin mit ihren ersten Datenanalysen, Neles Labortieren und lernte dann noch ein paar ihrer neuen Kollegen kennen.

Es war schon dunkel, als Jasmin abends zu Hause ankam. Sie ließ die Haustür hinter sich ins Schloss fallen und schlüpfte müde aus ihren unbequemen Pumps.

„Marvin, bist du da?"

„Im Arbeitszimmer.", erklang die Stimme ihres Bruders aus der Ferne.

10

Neugierig kam sie um die Ecke und sah, wie er sich durch einen Berg Unterlagen wühlte.

„Was machst du hier? Das sind doch Papas Sachen."

„Ja und? Meinst du, er hat was dagegen? Grabe ihn doch aus und frag ihn."

„Ach du meine Güte. Bist du etwa immer noch sauer?"

Lauter als notwendig ließ er nun die Akte fallen, die er eben noch durchgeblättert hatte.

„Was glaubst du denn? Hast du wirklich gedacht, ich mach Freudensprünge, dass du bei diesen Verbrechern arbeiten gehst? Ich dachte mir, ich schau mal seine Unterlagen durch. Vielleicht finde ich ja was, das dir die Augen über Fabini Industries öffnet."

Jasmin ließ sich in einen gemütlichen Sessel fallen und beobachtete ihren Bruder genau. Seine Tirade ging weiter.

„Was du da machst, ist moralisch unverantwortlich. Fabini Industries! Das ganze Unternehmen stinkt doch zum Himmel. Denk allein mal an den Gründer Tübald Fabini, der für seine Genforschung an Menschen verurteilt wurde, und, wie du weißt, ist er auch inzwischen einfach mal so verstorben. Und jeglicher Vorwurf gegen den Vorstand oder dem jetzigen Inhaber sind wie weggeblasen. Sein Sohn Nicolai Fabini, übrigens blöder Name, hat die Geschäfte übernommen und führt nun ein angeblich rein gewaschenes, weltweit erfolgreiches Pharmaunternehmen. Dass unsere Eltern zeitgleich an Krebs erkrankten, war natürlich Zufall und hatte rein gar nichts mit ihrer Arbeit in diesem Unternehmen zu tun?"

Entsetzt über Marvins Worte brach es aus Jasmin hervor: „Ja, war es! Wann bitte willst du einsehen, dass nicht jeder Mitarbeiter einer großen Firma automatisch ein Mörder und Verbrecher ist?"

„An dem Tag, an dem du einsiehst, dass da irgendetwas gewaltig schiefläuft in diesem Laden."

Jasmin seufzte und lenkte um des Friedens Willen etwas ein. „Okay, dann freue dich doch, dass ich nun da arbeite. Vielleicht finde ich ja brisantes Material und kann dir mit deiner Pseudoidee helfen."

Marvin schaute sie überrascht an, er ignorierte den Sarkasmus in ihrer Stimme und war hellauf begeistert von diesem Vorschlag. „Das ist gut! Ja, das gefällt mir. Und als erstes könntest du uns, werte Frau Doktor, Karten für die Gala zu Gunsten dieser Stiftung besorgen. Jawohl."

„Das ist nicht dein Ernst!" Jasmin fiel fast vom Sessel. Marvin hingegen grinste von einem Ohr zum anderen.

„Doch, ist es. Wir beide gehen dahin und mischen uns unter die Leute. Wer weiß, was wir da erfahren werden."

„Ich weiß nicht." Jasmin wickelte eine Strähne ihres braunen Haares um einen Finger.

„Ach komm! Das wird lustig."

„Na schön, ich kann ja mal fragen, ob es noch Karten gibt. Es ist sicherlich nicht schlecht, sich für die Charity-Aktionen der Firma einzusetzen, bei der man selbst angestellt ist." Kaum hatte sie es ausgesprochen, wurde sie von ihrem Bruder schwungvoll aus dem Sessel gezogen. Er drückte sie so fest an sich, dass Jasmin kaum noch Luft bekam.

„Hast du eigentlich einen Freund?", wechselte Marvin urplötzlich das Thema.

„Nein, wieso?", keuchte Jasmin gegen seine Brust.

„Weil hier so ein Schrank von Mann heute früh geklingelt und nach dir gefragt hat."

Jasmin versuchte sich aus seinem festen Griff zu befreien. Leider war sie im Verhältnis zu ihrem großgewachsenen Bruder mit einem Meter zweiundsechzig Kampfgröße relativ klein und machtlos.

„Keine Ahnung, wer das gewesen sein könnte. Er hat nicht zufällig seinen Namen genannt? Marvin, ich kann kaum atmen."

„Nein, hat er nicht. Denk nochmal nach. Knapp zwei Meter groß, breite Schultern, lange schwarze Haare, Motorrad, Typ brutaler Türsteher?"

„Keine Ahnung. Was hast du ihm gesagt?"

„Dass du vor einem halben Jahr weggezogen bist."

„Wieso das denn? Hat er das denn geglaubt? Marvin, bitte... ich kenne ihn nicht. Lass mich endlich los!"

Marvin lockerte die Umarmung und lächelte sie erleichtert an.„Zumindest ist er daraufhin abgehauen. Und ey, so einen Kerl lasse ich aus Prinzip nicht in die Nähe meiner kleinen Schwester. " Er lachte und verwuschelte ihre Haare. „Lust, was mit mir zu essen? Gemüsebratlinge?"

Die Karten für Marvin

Jasmin hielt ihr Versprechen. Die Gelegenheit war da, als sie den Ratten Blut abnehmen musste, während Nele parallel dazu die Käfige reinigte. Jasmin war gerade mit Herkules, einem großen weißen Exemplar, fertig geworden und überreichte ihn Nele.

„Nele, kann ich dich mal was fragen?"

„Ja klar, auch die unanständigen Dinge."

„Haha. Im Ernst, du weißt doch, dass bald diese Galaveranstaltung stattfindet, von dieser Stiftung."

„Nicolai Fabini sammelt Stiftungen wie andere Schallplatten. Welche meinst du?" Nele setzte Herkules in den blitzblanken Käfig zurück und gönnte ihm noch ein extra großen Leckerbissen.

„Na, die Stiftung für die Erhaltung des Ursprungs." Jasmin tat beiläufig und beschriftete das Röhrchen mit dem frisch abgezapften Blut.

„Ah, die Sekten-Stiftung!"

„Bitte was?" Sie schaute nun doch auf.

„Na findest du nicht auch, dass sich der Name wie eine Sekte anhört? Außerdem leben die Typen doch in so 'ner abgeschirmten Siedlung, so eine Art Kommune, das kann nur was in der Richtung Sekte sein." Nele schaute sie skeptisch an. „Was interessiert dich denn diese Schnöselveranstaltung?"

„Ach na ja, weniger mich als meinen Bruder. Ich wollte nur Fragen, ob du weißt, wie man an Karten kommt."

„Klar weiß ich das." Nele machte den nächsten Käfig sauber. Jasmin musterte sie aus dem Augenwinkel.

„Und lässt du mich auch an deinem Wissen teilhaben?", presste Jasmin schließlich lächelnd heraus. Sie nahm sich nun die Ratte Tyler vor.

„Na ja, wenn du nicht zum erlauchten Kreis gehörst und eingeladen wirst, bleibt dir nur ein Presseausweis. Allerdings darfst du mit dem nur in bestimmte Bereiche." Nele sah in das starre Gesicht von Jasmin und fuhr dann weiter: „Allerdings nimmt unser Big Boss immer eine Gruppe von loyalen Vorzeigewissenschaftlern mit. Zum Angeben und so. Die Entscheidung fällt wohl morgen. Zufälligerweise ist unser Elmhausen auch mit von der Partie."

„Echt? Du meinst, ich könnte mich noch ins Spiel bringen? Aber als Neue habe ich wohl keine Chance."

„Sag das nicht. Ich habe gehört, du hast einen beeindruckenden Abschluss." Nele grinste sie verschwörerisch an. „Und du hast mich."

„Dich?" Jasmin verstand kein Wort.

„Ja, mich. Immerhin bin ich so etwas wie Elmhausens Schwiegertochter in spe."

Jasmin fiel bei der Information die Kinnlade herunter.„Du bist... du und sein Sohn? Ihr seid..."

„Ein Paar. Seit ungefähr vier Jahren. Was meinst du, warum ich hier arbeite, obwohl ich nicht studiert habe?"

„Okay... du und Dr. Professor Elmhausens Sohn? Wie ist er denn so? Hübscher als sein Vater?" Jasmin kicherte.

„Wenn du wüsstest. Und wesentlich gelenkiger, behaupte ich mal, wenn du verstehst, was ich meine."

Jasmin wurde rot, aber beide lachten und wendeten sich dann wieder ihrer Arbeit zu. Später nahm Jasmin ihren Mut zusammen und meldete ihr Interesse für die Gala bei ihrem Vorgesetzten an. Es blieb ihr nur zu hoffen, dass Neles Beziehung tatsächlich zu ihrem Vorteil war.

Die Karten quasi in der Hand

„Vater, komm schon." David Elmhausen redete beim gemeinsamen Abendessen zuhause auf seinen Vater ein. „Nele und Dr. Cheplow sind befreundet und du würdest auch mir damit eine Freude machen."

„Mein Sohn, du kennst Dr. Cheplow doch gar nicht." Prof. Dr. Elmhausen schien genervt. Nach einem so anstrengendem Arbeitstag wollte er die Firma und all ihre Anliegen doch lieber woanders wissen.

„Nein, aber Nele könnte ich nie einen Wunsch abschlagen." Der junge, hübsche Mann lächelte seinen Vater an. Beide hatten ähnliche Gesichtszüge und die Verwandtschaft war nicht abzustreiten. Nur war der ältere Elmhausen schon weit über die Fünfzig und der junge Elmhausen gerade einmal fünfundzwanzig Jahre jung.

„Nele, Nele, ich höre immer nur Nele. Weißt du, dass es auch noch andere Mädchen in deinem Alter gibt?"

„Vater, ich liebe sie und so wird es auch erst einmal bleiben. Ich weiß sehr wohl, dass sie nicht ganz deinen Vorstellungen entspricht, aber anstatt uns dafür zu schelten, könntest du besser dafür sorgen, dass sie standesgemäß wird." Er lachte seinen Vater liebevoll an, doch dieser starrte nur missmutig zurück.

„Dafür sorgen. Tss, mir ist bewusst, dass du erst einmal bei ihr bleibst." Der Professor hatte schon immer seine Zweifel an diesem ungleichem Paar, aber die Zeit und die Zuneigung zu seinem Sohn hatten ihn eines Besseren belehrt.

„Richtig, schließlich sind Nele und ich jetzt schon fast vier Jahre zusammen." Das Grinsen verließ nicht Davids Züge. „Und ist es nicht schön, dass Nele jetzt mit einer Doktorin befreundet ist? Ich meine, sollten wir das nicht unterstützen?"

Prof. Dr. Elmhausen atmete tief aus und es dauerte eine ganze Weile bis er darauf antwortete. „Nicht, dass du jetzt denkst, ihr beide würdet alles bekommen, worum ihr mich bittet, aber wenn ich so nachdenke, hat mich Herr Nicolai Fabini in der Tat darum gebeten, ein paar Mitarbeiter auszuwählen, die sich repräsentativ für unsere Firma zeigen."

„Ja, Nele meinte, Dr. Cheplow sei Jahrgangsbeste in ihrem Abschluss gewesen. Na? Ist das nicht schon ein guter Grund?"

„Ist ja jetzt gut. Ich lege ihr morgen zwei Karten ins Fach und trage Dr. Cheplow auf der Gästeliste ein. Aber jetzt zum Kuckuck will ich endlich meinen Feierabend genießen."

Ein Elmhausen fühlte sich mal wieder irgendwie zu etwas veranlasst, was er eigentlich nicht so geplant hatte, und der andere Elmhausen grinste selig vor sich hin.

Ein guter Freund

Es klingelte und Erik, der beste Freund von Jasmin, ging ans Handy „Erik Klobermann."

„Hi, Erik. Ich habe ein Problem." Jasmins Stimme erklang am anderen Ende der Leitung.

„Ui, wie darf ich dir helfen? Was kann ich machen?"

„Erstmal deine Tür öffnen, ich steh davor."

Erstaunt öffnete Erik die Haustür seiner Wohnung. Er wohnte in einem 50er Jahre-Block und rings um ihn wohnten hauptsächlich Studenten. Eriks Wohnung hatte drei Räume - Wohnzimmer, Schlafzimmer und eine sehr kleine Küche. Alles in allem schien seine Einrichtung komplett aus einem schwedischen Möbelhaus zu bestehen, gerade zu das Musterbeispiel für wenig Platz mit Design. Sowieso legte Erik immer sehr viel wert auf sein Äußeres und sah zu jeder Uhrzeit aus wie frisch aus dem Ei gepellt. Erik öffnete die Haustür und ließ Jasmin herein.

„Deine Klingel geht schon wieder nicht.", grummelte Jasmin, dann atmete sie tief ein und fuhr fort. „Also, ich habe Karten für eine Gala bekommen und... ."

Erik unterbrach sie aufgeregt: „Eine Gala und du willst mit mir dahin?" Stürmisch umarmte Erik Jasmin und gab ihr einen dicken Kuss auf die Stirn. Etwas unangenehm berührt drückte Jasmin ihn mit einem Lächeln von sich. „Nein, nicht ganz. Die zweite Karte ist schon für meinen Bruder. Aber bitte, ich habe noch nie in meinem Leben an einer Gala teilgenommen. Was zum Teufel zieht man da an?"

Seufzend ließ Erik sich in einen lila Sessel fallen. „Ach Kindchen, das wäre auch zu schön gewesen." Dann kniff er die Augen zusammen und begutachtete sie. „Also, zunächst die Farbe." Grübelnd stand er auf. „Mehr so der Herbsttyp."

„Der was?"

„Herbsttyp. Dunkle, erdige Farben bis ins Rot hinein."

„Oh, okay. Natürlich." Verwundert begutachtete sie Erik, der in kleinen Kreisen um sie herumlief und sich immer wieder nachdenklich über sein blondes, adrett angeordnetes Haar strich.

„Ich besitze kein einziges Ballkleid. So etwas trägt man da doch, oder?"

„Ach Kleines, wir fahren am besten eben rüber zu Madame Petite. Die haben ja immer so schöne Abendmode. Nicht ganz billig, aber man kann auch leihen."

„Leihen klingt super. Ich meine, wozu brauche ich so was im Schrank?"

Erik verdrehte die Augen. „Na, einmal Gala, immer Gala. Du wirst es lieben, all das Tamtam und die hübschen Kleider." Wieder seufzte Erik: „Und es ist keine kleine Karte mehr für mich dabei?"

Jasmin schüttelte verlegen den Kopf. „Nein, leider nicht, wobei ich glaube, dass du dich auf einer Gala besser benehmen würdest als Marvin. Wegen ihm mache ich das überhaupt. Wenn ich könnte, würde ich dir ja meine geben, aber es heißt leider Frau Cheplow und Begleitung."

„Marvin geht auf eine Gala? Ist er jetzt schwul?", erklang Eriks Stimme hellauf begeistert.

Jasmin prustete los vor Lachen. „Marvin? Vom anderen Ufer? Nein, so homophob, wie er ist? Wohl kaum."

„Aber ein Mann, der unbedingt auf eine Gala will? Da kann man sich schon mal Hoffnung machen?"

„Ja, er will da unbedingt hin, aber nur, um diese Firma noch genauer zu untersuchen."

„Firma?"

„Ja, ich arbeite jetzt doch bei Fabini Industries und er lässt sich einfach nicht davon abbringen, dass die Firma, in der unsere Eltern gearbeitet haben, irgendwie Dreck am Stecken hat. Aber mal ehrlich, welche Firma hat das nicht und selbst wenn, Marvin ist einfach... ."

„Durchgedreht? Paranoid? Single?"

Lächelnd beendete Jasmin ihren Satz „Zu misstrauisch."

„Natürlich."

„Weißt du, seit dem Tod unserer Eltern sammelt er Zeitungsausschnitte und alles, was irgendwie mit dieser Firma zu tun hat. "

„Er war wohl auch nicht so begeistert, dass du jetzt auch da arbeitest, wo deine Eltern früher gearbeitet haben?"

„Ja!" Jasmin verdrehte die Augen. „Außerdem glaubt er, dass die Gala meiner Firma nur ein Vorwand wäre."

„Wofür?"

„Tja, ich habe keine Ahnung. Ich meine, was glaubt er, da zu finden? Radioaktive Sprengkörper in Fabinis Aktentasche?" Jasmin schüttelte den Kopf.

„Hat Marvin denn einen Anzug?" Man sah einen kurzen Hoffnungsschimmer im Glanz seiner Augen.

„Ja, hat er bestimmt. Der ist ja oft auf den Medaillenfeiern von seinem Sportverein."

„Ach schade. Es wäre sicherlich schön gewesen, euch im Partnerlook anzukleiden."

Ein ungläubiges Einatmen erklang von Jasmin. „Na, zu schade aber auch, dass er heute nicht dabei ist." Und dann drückte sie Erik spöttisch den Ellenbogen in die Seite.

„Aua. Immer so angriffslustig, Kleines." Er lachte.

„Fahren wir mit deinem Auto? Ich bin leider nur mit dem Rad da."

Die Gala

Die letzte Haarklammer hielt das hochgesteckte Haar. Mindestens ein paar dutzend hatte Jasmin schon verarbeitet, aber jetzt schien das störrische Haar endlich gebändigt. Jasmin drehte sich zuhause vor dem Spiegel und prüfte nun den Sitz ihres kupferfarbenen Abendkleides. Erik war, nachdem sie stundenlang ein Kleid nach dem anderen anprobieren musste, zu dem Entschluss gekommen, dass dieses wunderbar zu ihrer braunen Augenfarbe passte. Es schmeichelte unheimlich gut ihrer schlanken Figur, aber entschieden hatte sie sich letztendlich für dieses Kleid, weil es schlicht und elegant wirkte. Erik hätte es natürlich viel lieber pompöser und glitzernder gehabt, aber zum Glück gab es bei Madame Petite auch Kleider, die nicht so viel Aufmerksamkeit sich zogen.

Jasmin konnte es immer noch nicht fassen, dass es mit den Karten so gut geklappt hatte. Ihr Name war nun auf der Gästeliste einer Gala, auf der sonst nur Vertreter aus den oberen Zehntausend anwesend waren. Und irgendwie war es doch schön, mal auszugehen und den Alltag hinter sich zu lassen.

Auf dem Weg ins Badezimmer, das sie sich zu ihrem Leidwesen mit ihrem Bruder teilen musste, fiel ihr Blick auf ein aufgerissenes Paket, welches im Flur stand. Eine Spur aus Verpackungsmaterial führte bis zur angelehnten Badezimmertür.

„Marvin, brauchst du noch lange? Ich muss mich noch... was zur Hölle treibst du da?"

Er stand halbfertig angezogen vor ihr und fummelte gerade mit einem Kabel unter seinem weißen Oberhemd herum. Ertappt, aber vollkommen begeistert von der Sache, drehte er sich zu ihr.

„Das... das ist so cool. Eine Knopfkamera mit Mikrofon. Das Teil kann bis zu zwei Stunden alles aufnehmen."

Jasmin schluckte und leckte sich nervös über die Lippen. *Das kann doch nicht wahr sein? Womit habe ich das alles nur verdient, sprach sie zu sich selbst.* Sie versuchte ruhig zu bleiben, doch so ganz wollte es ihr nicht gelingen. „Sag mal, geht's noch? Du hast doch den Knall nicht gehört! Willst du mich in Teufels Küche bringen?"

Marvins Miene verfinsterte sich. „Das brauche ich gar nicht, da bist du schon alleine hingekommen."

„Ich fasse es nicht. Willst du mich blamieren? Willst du, dass ich meinen Job verliere? Ist das dein Plan?" Ihre Stimme wurde immer höher. Ein Zeichen dafür, dass sie sich beherrschen musste, um ihm nicht an die Gurgel zu springen.

„Aber nein. Bleib mal locker. Das kriegt doch keiner mit. Während sie alle Champagner schlürfen und darüber schwafeln, wo sie ihren nächsten überteuerten Urlaub verbringen, werde ich unauffällig Aufnahmen machen. Guck mal, wie klein die Kamera ist, die fällt gar nicht auf." Stolz band er sich nun die Krawatte und präsentierte sich vor ihr wie ein Pfau. Sie musste zugeben, dass man wirklich nichts sehen konnte. Und auch, dass ihr Bruder in einem Anzug wirklich was hermachte. Doch hier ging es ums Prinzip. „Nein, du machst das Ding ab. Sonst nehme ich dich nicht mit. Basta aus."

„Ist ja gut ich mache sie ab. Ich muss aber nochmal auf die Toilette."
Jasmin überließ ihm das Bad und verschwand wieder in ihrem Zimmer, um sich dort fertig zu schminken. Kurze Zeit später hörte sie das Rauschen der Spülung. Es waren exakt 90 Sekunden vergangen. Genau wie früher, wenn er ihren Eltern vortäuschte, auf Toilette gewesen zu sein. Manche Dinge änderten sich eben nie. Jasmin seufzte.

Die Taxifahrt war ihrer Meinung nach viel zu kurz. Nervös zupfte sie immer wieder an ihrem Kleid herum. Außerdem ermahnte sie mehrmals ihren Bruder, er möge sich doch bitte ausnahmsweise kultiviert und zurückhaltend verhalten. Natürlich fand die Gala auf dem Betriebsgelände von Fabini Industries statt. Es war ein seltsames Gefühl, an einem Sonntagabend in schickem Kleid dorthin zu fahren, wo sie sonst tagsüber mit weißem Kittel arbeitete. Marvin redete noch immer ununterbrochen auf sie ein, doch sie hörte gar nicht zu. Sie schaute lieber aus dem Fenster und ließ die ungewohnte Atmosphäre auf sich wirken. Ungläubig starrte sie auf das Gelände, als sie mit dem Taxi vorbei fuhren. Die Auffahrt war mit brennenden Fackeln gesäumt und vor dem Nebengebäude, in dem sich der Festsaal befand, waren riesige Baldachine aufgebaut. Genau dorthin fuhr auch das Taxi und Jasmins Magen rutschte buchstäblich immer tiefer, je näher sie zum Eingang fuhren. Der Fahrer hielt an, und ein Portier öffnete ihr die Wagentür. Sie fühlte sich beinahe wie ein Filmstar. Es war tatsächlich ein roter Teppich ausgelegt, der in das Innere des Gebäudes führte. Die Pressevertreter tummelten sich rechts und links davon, um nichts zu verpassen. Mit klopfendem Herzen stieg sie aus, wartete auf Marvin und war froh, als Professor Elmhausen sie weiter hinten in Empfang nahm.

„Dr. Cheplow. Welche Freude. Sie sehen sehr schön aus heute Abend. Kommen Sie bitte mit mir, wir warten hier vorne auf Nicolai Fabini." Zu ihrer Enttäuschung ging es also zunächst nicht über den roten Teppich, sondern sie gesellten sich zu einer kleinen Gruppe Menschen, die sie teilweise als Wissenschaftler der Firma identifizieren konnte. Der Professor kündigte der Security an, dass sie nun fast vollständig waren und nur noch auf den Inhaber der Firma warteten.

Schließlich fuhr nach einiger Zeit eine große, weiße Limousine vor. Einer der Security öffnete die hintere Tür und der junge Firmeninhaber Nicolai

Fabini stieg aus. Jasmin schaute zu den Reportern, die augenblicklich ein Blitzlichtgewitter starteten. Nicolai Fabini war von Kopf bis Fuß perfekt gestylt, anders konnte Jasmin es nicht beschreiben. Der weiße Smoking schien ein Teil, ein Markenzeichen von ihm zu sein und auch jedes einzelne rote Haar wagte es nicht, aus der Reihe zu tanzen. Seine Haltung war aufrecht und stolz, sodass sie sich selbst nun ungeheuer plump vorkam. Ein Blick auf Marvin machte es nicht besser. Seine Krawatte wirkte auf einmal leicht schief und dazu zappelte er ständig herum. Die Wissenschaftler folgten nun Nicolai Fabini mit angemessenem Abstand über den roten Teppich in das Gebäude. Während Jasmin eher unauffällig und schüchtern an der Presse vorbeiging, blieb Marvin dauernd stehen und posierte. Sie hörte, wie er seinen Namen zigmal wiederholte und darauf hinwies, dass er Leistungssportler sei. Etwas genervt zog sie ihn mit sich.

Sie traten nun in den Saal und ließen den Blick schweifen. Die junge Frau wusste nicht, was sie erwartet hatte, aber das hier übertraf alle Erwartungen. Überall glitzerten Kronleuchter und Kerzenhalter in einem Meer aus Weiß und Gold. Imposante runde Tische waren in gleichem Abstand zueinander verteilt.

So muss sich Zar Nikolaus II. auf seinem Krönungsball gefühlt haben. Und so viele Leute, die tragen doch alle Diamanten. Ob sie bemerken, dass ich nur Modeschmuck dabei habe? Ihre eigenen Gedanken machten Jasmin nervöser. Sie sah hoch zu ihrem Bruder, der über das ganze Gesicht strahlte. „Marvin, das passt alles so gar nicht zu deinem übrigen Lebensstil. Was versprichst du dir eigentlich von dieser Gala? Wir sind hier so falsch am Platz."

„Na ja, unter anderem hoffe ich, dass ich mal einen von den Freaks aus der Nähe sehen kann."

Jasmin sah ihn überrascht an. „Du meinst... du meinst, dass sie uns hier einen zeigen?"

„Na, das ist doch heute extra für die." Marvin sah sich suchend um.

„Wie aufregend. Darüber habe ich gar nicht nachgedacht." Sie ließ sich von seiner Euphorie anstecken. Marvin schob sie nun durch die Massen, um ihre Plätze zu suchen. Natürlich saßen sie ganz hinten, weit weg von der schicken Bühne und der großen Tanzfläche. Das Buffet war an der Seite aufgebaut. Sie setzten sich und nahmen ein Glas Champagner entgegen.

„Was meinst du, kleine Sis, wer ist es? Der Typ dort drüben?"

„Was? Du glaubst doch nicht, dass sie hier frei herumlaufen können. Das wäre doch viel zu gefährlich."

„Wieso?"

„Na, vielleicht übertragen sie irgendwelche gefährlichen Krankheiten. Sie sind genetisch nun mal ganz anders, habe ich gelesen. Ob die geimpft werden müssen?"

„Hunde werden doch auch gegen Tollwut und Tetanus und so geimpft, bevor sie unter Menschen dürfen. Das ist bestimmt auch Standard für diese Freaks."

„Hybriden werden nie krank, jedenfalls habe ich auch das gelesen."

„So gar nicht? Nie? Okay das ist cool."

Für einen Moment hingen beide ihren Gedanken nach, doch dann sprudelte es aus Jasmin heraus.„Was meinst du, wie sie aussehen? Sind die alle groß und blond? So wie du?"

„Keine Ahnung. Vielleicht sind sie auch alle schwarz, damit sie keinen Sonnenbrand kriegen können."

„Aber sie haben bestimmt alle blaue Augen."

„Warum?"

„Weil blaue Augen ja auch schon eine Mutation in der menschlichen Evolution darstellen. Würde man also nicht bei einer genetischen Manipulation für einen Sondermenschen schon ein Exemplar nehmen, was einen eventuellen Vorsprung innehat?"

„Dann wärst du schon mal raus." Marvin grinste frech und sah in ihre dunkelbraunen Augen.

„Geschwister sehen sich zum Glück nicht immer ähnlich." Sie streckte ihm frech die Zunge heraus.

„Ach man, wir haben aber doofe Plätze. Von hier sieht man so schlecht. Lass uns gucken, ob wir uns nicht woanders hinsetzen können."

„Marvin, nein. Tu es nicht. Das dürfen... ."

Zu spät. Marvin war schon aufgesprungen und verschwand im Getümmel. Perplex saß Jasmin auf ihrem Stuhl. *Okay, ruhig bleiben. Es gibt Platzkarten. Marvin wird keinen freien Stuhl finden und wieder zurück kommen. Ganz bestimmt.*

Als immer mehr Leute sich hinsetzten, wurde ihr Blickfeld frei. Sie fand ihren Bruder. Er setzte sich gerade ganz vorne an einen fast freien Tisch. Dort saß nur ein weiterer, dunkelhaariger Mann, mit dem Marvin ein Gespräch begann. Sie sah Marvin wild gestikulieren, wie das für ihren Bruder üblich war. Gern nahm sie ein weiteres ihr angebotenes Glas Champagner an und trank es in einem Zug leer.

Ich wusste, es war ein Fehler dich mitzunehmen. Komm zurück. Steh auf und komm zurück. Verdammt nochmal!

Doch Marvin kam nicht. Er redete und redete. Dabei ruderte er merkwürdig mit seinen Armen und stieß schließlich ein Glas um, dessen Inhalt sich nun über den Tisch ausbreitete. Jasmin bekam rote Flecken vor Aufregung und nichts konnte sie mehr halten. So unauffällig und lässig wie möglich lief sie auf ihren Bruder zu.

„Marvin. Was machst du denn?" Sie schnappte sich eine Serviette und tupfte eifrig den Tisch trocken, während Marvin einfach nur da saß.

Wütende Blicke in seine und verzeihungsheischende in die andere Richtung waren ihre einzige Möglichkeit, unauffällig für Ordnung zu sorgen. Dabei fiel ihr auf, dass an diesem Tisch die Platzkarten fehlten. „Entschuldigen Sie bitte meinen Bruder. Er ist manchmal etwas ungestüm und weiß sich nicht zu benehmen."

„Das macht doch nichts. Nehmen Sie doch Platz und beehren Sie uns mit Ihrer Anwesenheit."

„Ich... ich weiß nicht. Unsere Plätze sind eigentlich ganz hinten." Dabei funkelte sie Marvin bitterböse an. „Außerd-d-dem sitzen hier doch bestimmt... andere... ." Um keinen weiteren Wirbel zu veranstalten, setzte sie sich aber vorerst hin. Jasmin knetete nervös ihre Hände und betrachtete nun zum ersten Mal den fremden Mann. Er war Anfang dreißig, großgewachsen und hatte dunkelbraunes Haar. Sein Lächeln war sehr markant, dieses war breit mit kleinen Grübchen.

Freundlich nahm er das Gespräch zu ihr auf. „Nein, hier ist wirklich kein anderer, der Anspruch erheben könnte. Ich würde mich freuen, wenn Sie mir Gesellschaft leisten."

Wie könnte sie solch einer warmen Stimme widersprechen? Angetan von seiner Höflichkeit starrte sie in seine Augen.

„Wirklich, Jasmin, stell dich nicht so an. Vorne haben wir auch bessere Sicht auf die Freaks."

„Aber dann sind wir auch näher dran. Was, wenn sie doch gefährlich sind?"

„Na ja, die werden doch Vorkehrungen getroffen haben. Es hieß doch, sie haben diese Typen als Elitesoldaten verkaufen wollen. Tödliche Waffen sichert man immer." Marvin klang überzeugend.

Der fremde Mann lauschte höflich interessiert dem Gespräch, hielt sich aber mit seiner Meinung zurück.

Jasmin schaute sich unsicher um. „Aber wenn sie Soldaten waren, dann können sie sich auch an Regeln halten und würden nur auf Befehl handeln? Vielleicht sind sie doch schon irgendwo unter uns."

„Und wenn sie so eine Art Berserker sind? Die alles töten, was ihnen in die Quere kommt?" Marvin wurde freudig noch unruhiger.

„Jetzt machst du mir Angst." Jasmin erschauderte und wendete sich dem höflichen Mann zu. „Entschuldigen Sie bitte. Finden Sie das auch so spannend?"

„Sie müssen sich nicht dauernd entschuldigen. Und ja, sehr spannend." Der Mann lächelte weiter herzlich und schien sich gut zu unterhalten.

„Weißt du was, Marvin, wenn sie nie krank werden können, vielleicht wurden sie auch einfach als biologische Waffe eingesetzt. Als Krankheitsüberträger?"

„Ach du Scheiße, na das wäre ja was."

In dem Moment betrat Nicolai Fabini die Bühne und prüfte sein

Mikrophon. Es folgte eine kurze Ansprache und dann kam dieser auch gleich zum Kernthema.

„.. Diese Stiftung liegt mir deshalb so am Herzen, da die Hybriden letztendlich nichts dafür können, das sie existieren. Es war das Verbrechen meines Vaters Tübald Fabini und anderer Wissenschaftler, die dachten, sie könnten gottgleich handeln. Es war ein ethisches Verbrechen, an der Genetik der Menschen zu arbeiten. Und genau deshalb ist diese Stiftung so wichtig, um den Hybriden ein humanes Dasein zu ermöglichen. Die Welt ist nicht bereit für ein Miteinander zweier so unterschiedlicher Rassen. Daher ist es umso wichtiger, ihnen ein menschenwürdiges Leben in Abgeschiedenheit zu bieten, so lange es nun mal nötig ist. Meine Damen und Herren, darf ich Ihnen nun den Vorsitzenden der hybriden Gesellschaft vorstellen? Er ist ein angesehenes Mitglied der Stiftung und selber ein Hybrid. Begrüßen Sie mit mir Herrn Vincent Fischer."

Die Menge applaudierte und der Ehrengast stand auf. Vincent Fischer verbeugte sich leicht und lächelte dann Jasmin an. Es war doch tatsächlich ihr höflicher Tischnachbar mit dieser weichen Stimme. Sie wurde blass und bereute umgehend, vorher den Sekt getrunken zu haben.

„Keine Sorge, ich tu Ihnen nichts.", flüsterte er so leise, dass nur sie es hören konnte und dann ging er zu Nicolai Fabini auf die Bühne.

Jasmin war wie erstarrt. Ihre Gesichtsfarbe wechselte nun ins rot hinein. Sie schaute zu Marvin, der scheinbar noch nichts mitbekommen hatte. Er klatschte laut und rief ihr zu: „Wo bleibt denn nun der Freak?"

Jasmin sah ihn kopfschüttelnd an. „Marvin, er ist schon da. Er, mit dem du eben noch geredet hast, er ist der Hybrid!"

Marvin hörte augenblicklich auf zu klatschen und sah erst sie, dann Vincent Fischer entsetzt an. Marvin sprang auf, nuschelte etwas von Händewaschen und verschwand.

Oh mein Gott, was haben wir nur getan? Wir haben vor ihm so schlecht über die Freaks, äh, Hybriden gesprochen. Was muss er nur von uns denken? Mir ist so schlecht.

Sie hörte nicht zu, als er sprach. Sie sah ihn nur beschämt an und hasste sich für ihr Verhalten. Seine Gestik und Mimik waren so menschlich. Unfähig etwas zu tun, fand Vincent sie genauso vor wie er sie verlassen hatte. Nun ja, abgesehen vom Wechsel ihrer Gesichtsfarbe. Vincent setzte sich neben sie. Nicolai Fabini ergriff wieder das Wort, doch Jasmin hörte nicht zu. Verlegen spielte sie mit der Tischdecke. Sie traute sich nicht mehr in Vincents Augen zu blicken.

„Es tut mir leid, dass ich mich Ihnen gegenüber nicht schon früher zu erkennen gegeben habe."

Jasmin schaute nun doch auf. „Sie müssen sich doch nicht entschuldigen. Wir müssen das. Es tut mir so leid, dass wir vorhin solch einen Unsinn geredet haben." In ihren Augen stand die pure Verzweiflung.

Vincent erlöste sie mit einem charmanten Lächeln. „Es muss ihnen nicht unangenehm sein. Das ist nur natürlich."

„Ja, also, eigentlich weiß man auch so gar nichts über, äh, Leute wie Sie." Jasmin brachte es noch nicht fertig von Menschen zu sprechen, was Vincent registrierte, denn seine Augen bekamen einen nachdenklichen Ausdruck.

„Dafür bin ich ja hier. Meine Aufgabe ist die Öffentlichkeitsarbeit, um eben solche Vorurteile abzubauen."

Eine Kellnerin kam dazwischen. „Möchten Sie noch etwas trinken?" Sie hielt Ihnen das Tablett hin. Während Jasmin erneut nach Champagner griff, um ihre Nerven zu beruhigen, wählte Vincent ein Glas Wasser.

„Darf ich Sie was fragen?"

„Sicher. Dafür bin ich da.", erwiderte Vincent höflich.

„Das klingt jetzt albern, aber sind hier viele so wie Sie?"

Vincent lächelte erneut und sie sah wieder seine sympathischen Grübchen. „Nein, hier bin ich der Einzige. Ansonsten gibt es noch ein paar Hunderte in unserer Siedlung."

„Und Sie werden nie krank?"

„Nein, wir bekommen allerhöchstens mal einen Schnupfen, das ist alles. Kein Krebs, kein Bluthochdruck, kein Diabetes."

„Das ist ja faszinierend. Und wenn Sie nicht krank werden, wie... oh nein, das kann ich nicht fragen."

„Doch, fragen Sie ruhig. Sie können alles fragen. Ich freue mich, dass Sie nicht wie ihre Begleitung das Weite gesucht haben."

Beschämt guckte sie in sein Gesicht. Vincent konnte den Schalk nicht komplett verbergen und sie merkte, dass er sie nur ein wenig aufziehen wollte. Vorsichtig lächelte sie zurück. Er hatte etwas Besonderes an sich, einen Charme, dem man sehr schnell verfallen konnte. Etwas, das nichts mit der Genetik zu tun hatte. Da schwang etwas mit, das ihr vertraut vorkam.

Jasmin klemmte sich eine Strähne hinter das Ohr. „Okay, also, wenn Sie nicht krank werden können, woran sterben Hybriden dann?"

„Nun, wenn uns keine Unfälle passieren, bei denen wir verbluten oder ersticken, dann sterben wir an Altersschwäche."

„Und wann wäre das?"

„Zwischen 80 und 90 Jahren wahrscheinlich."

„Und Sie leben in einer Art Stadt, ja?"

„Ja genau. Wir haben Wohnungen, Läden, ein Kino."

„Das klingt so normal."

„Wirklich?"

„Entschuldigung."

„Kein Problem." Vincent hatte eine sanftmütige ruhige Stimme. „Es gibt

24

tatsächlich einen Unterschied. Wir sind fast vollkommen abgeschirmt von der Öffentlichkeit."

„Das ist ja schrecklich."

„Nein, nicht doch. Dies dient nur zu unserer Sicherheit. Früher gab es Anschläge von außen, daher... ich lebe übrigens in einer schönen Vierzimmerwohnung mit Blick auf einen Park."

„Ich verstehe. Aber es wirkt doch ein wenig wie ein Gefängnis, oder?"

„Nein, es ist besser so."

„Und arbeiten Sie auch?"

„Natürlich. Wir haben alle unsere Aufgabe. Ich zum Beispiel arbeite in der Stiftung."

„Das heißt, dass Sie über die Stiftungsgelder verfügen?"

„Nein. Ich bin eher so etwas wie ein Repräsentant. Die Gelder fließen nicht direkt in meine Hände." Er lachte kurz.

„Aber ich denke, die Stiftung sammelt Geld für die Hybriden? Ich meinte für Sie... ."

„Ja, schon, aber das fließt in Projekte für die Stiftung. Wir selbst benötigen kaum Geld. Wir sind in einer Gemeinschaft und jeder trägt dazu bei, dass sie funktioniert."

„Das klingt wie so eine Hippiekommune."

Er musste lachen. „Ja, das ist vielleicht ein wenig vergleichbar."

Sie ließ ihren Blick schweifen und betrachtete kurz die tanzenden Paare. So gerne würde sie dort tanzen. „Können Sie auch tanzen?" *Hab ich das grade laut gefragt? Wie peinlich.*

„Ja ich glaube den einen oder andern Tanzschritt beherrsche ich. Möchten Sie es sehen und mich begleiten? Aber bedenken Sie, dass auf Grund unserer Konstellation alle Blicke auf uns ruhen werden."

„Ich hab was gut zu machen, oder?"

„Nein, aus diesem Grund habe ich Sie nicht gefragt. Ich würde einfach sehr gerne mit Ihnen tanzen." Zuvorkommend half Vincent ihr mit dem Stuhl und führte sie galant zur Tanzfläche. Die Blicke der anderen Gäste konnten sie förmlich spüren. Nichtsdestotrotz tanzten sie und Jasmin war überrascht, wie gut und leichtfüßig er dies konnte.

„Es ist wirklich unangenehm, wie unverhohlen die Leute starren. Ich muss mich dafür entschuldigen."

„Sie entschuldigen sich ja schon wieder? Nun ja, die Menschen um uns herum haben wahrscheinlich alle noch keinen 'Freak' so ganz aus der Nähe gesehen." Er lächelte charmant.

Jasmins Wangen röteten sich erneut. Er brachte sie immer wieder in Verlegenheit und dennoch fühlte sie sich wohl, so wie er sie in seinen Armen hielt. Leise flüsterte sie: „Ich hoffe, ich bringe Sie in keine unangenehme Situation. Wegen der Blicken und der Fragen, an die Presse mag ich gar nicht erst denken."

„Mich? Oh nein, ich schätze ihre Anwesenheit." Und als ob er ihr mehr Sicherheit geben wollte hielt er sie ein Stück weit fester im Arm bei der nächsten Drehung. „Und glauben Sie mir, würde ich hier alleine tanzen, so wäre es ein größeres Gesprächsthema für die Presse", er lachte und fuhr fort: „Ich bin aber vielleicht nicht ganz so galant, wie Sie annehmen."

„Wie meinen Sie das?"

„Ich bin morgen wieder verschwunden, weg und nicht mehr erreichbar für die Außenwelt. Vielleicht müssen Sie sich allein rechtfertigen? Unter den Zuschauern sind sicherlich auch ein paar Ihrer Kollegen und vielleicht ist der ein oder andere Reporter neugierig auf die schöne Unbekannte, die mit dem 'Freak' tanzte."

Die Worte irritierten sie, doch sie sagte nichts. Nach einer Weile sprachen sie über ihre Arbeit.

„Ich arbeite bei Nicolai Fabini in der Abteilung für die Verbesserung von Impfstoffen."

„Gefällt es Ihnen dort gut?"

„Es ist okay, aber keine wirkliche Herausforderung. Meine Kollegen sind glücklicherweise sehr nett. Dennoch hoffe ich auf eine baldige Veränderung. Meinem Bruder wäre es natürlich am liebsten, ich würde ganz kündigen."

„Weshalb denn dies?"

„Er hasst Fabini Industries."

„Oh, wie bedauerlich. Aber warum ist er dann hier?"

„Naja, als meine Begleitung. Doch sie tanzen besser als er."

Das spornte Vincent an und mit einem glücklichen Funken in den Augen führte er sie elegant über die Tanzfläche.

„Sie mögen Musik. Sie tanzen. Das wirkt alles so normal." Verlegen blickte Jasmin zur Seite.

„Ja, ich liebe Musik. Sie ist so vielfältig und dennoch ist es so einfach sich ihr hinzugeben."

„Das klingt, als stecke da mehr dahinter. Spielen Sie ein Instrument?"

„In der Tat. Ich spiele leidenschaftlich gerne Klavier.", mit diesen Worten geleitete er sie wieder zu Tisch.

„Wirklich? Ich auch." Jasmin strahlte ihn an.

„Schade, dass wir nie zusammen spielen werden." Er hatte kurz einen traurigen Glanz in seinen dunklen Augen und Jasmin zog es das Herz zusammen. Charmant forderte Vincent sie auf, von sich zu erzählen. Und das tat sie bereitwillig. Er war auf einmal kein Fremder mehr. Sie mochte ihn und wollte ihm alles von sich erzählen. Jasmin breitete ihr Leben vor ihm aus, berichtete von dem Tod ihrer Eltern, der Sportlerkarriere Marvins und ihrem beruflichen Werdegang. Vincent war ein aufmerksamer Zuhörer und sie merkte gar nicht, wie die Zeit verging. Die verhaltene Frau, die so schwer von sich erzählen konnte, war wie verschwunden in seiner Gegenwart und es machte sie zu diesem Zeitpunkt weder misstrauisch noch machte es ihr irgendetwas aus. Ganz im Gegenteil, sie genoss es gesehen zu werden, sie mochte seine Blicke und schätzte seine Worte. Und die Zeit? Ja, die verflog wie im Fluge.

„Wie lange sind Sie denn jetzt hier?" Jasmin wünschte sich so unendlich mehr Zeit mit ihm, es gab noch so viele Dinge, über die sie plötzlich reden wollte.

„Bis die Veranstaltung zuende ist.", sprach Vincent ruhig.

„Nein, ich meinte in der Stadt."

„Wahrscheinlich noch ein bis maximal zwei Tage, ich weiß es noch nicht ganz genau."

„Und Sie schlafen im Hotel?"

„Das ist mir nicht möglich."

„Wieso? Das fällt doch keinem auf. Sie sehen doch ganz normal aus."

„Aber morgen prangt mein Foto in allen Zeitungen."

„Oh, ich verstehe."

„Nicolai Fabini war so freundlich, mich hier in dem Gästebereich der Firma unterzubringen."

„Ah, ja, das scheint mir besser zu sein."

„Fragen Sie ruhig weiter, ich sehe doch den Wissensdurst in ihren schönen Augen."

Bei diesem Kompliment wurde Jasmin ganz anders, sie lenkte schnell ab.

„Na ja, es geht um die soziale Struktur in ihrer Gemeinschaft. Also... ich... äh... heiraten Sie auch?"

„Wenn uns danach ist. Allerdings ist das natürlich nicht anerkannt. Wir haben keinen Ausweis. Rein rechtlich gelten wir eher als illegale Einwanderer und die können nur schwerlich offiziell heiraten."

Die Röte in ihrem Gesicht wollte nicht weniger werden, also versuchte sie es mit weniger emotionalen Fragen. „Hmm... und wie ist das mit der Wundheilung? Wenn Sie sich verletzen, heilt die Wunde dann schneller als bei norm.. äh, bei uns?"

„Nein. Wir sind im Prinzip normale Menschen. Nur dass wir nicht krank werden."

Sie hatte ein Kribbeln im Bauch. *Ich sollte wirklich weniger Champagner trinken. Ich hoffe jedenfalls, dass es daran liegt. Meine Güte, hat der Mann Charme und dieses Lächeln! Ich fühle mich wie ein kleines Mädchen das ihren Dozenten anhimmelt* „ Es tut mir leid, ich habe mir nie vorgestellt, dass Hybriden so, so sehr menschlich sind."

„Wir sind Menschen. Wir denken und handeln menschlich. Nur sind wir nicht in Familien aufgewachsen wie Sie. Wir sind in Internaten aufgewachsen und wussten eine ganze Weile selber nicht, wer oder was wir sind. Wir fühlten uns normal, nur dass wir Waisen waren."

„Internate?"

„In den Internaten wurde wir je nach Begabung entsprechend gefördert und es war unser Zuhause."

„Was ist denn ihre Begabung?"

„Nun, ich bin, wenn man das so sagen darf, recht wissbegierig." Er lächelte. „Bevor ich in der Stiftung tätig wurde, war ich Wissenschaftler. So wie Sie."

„Wirklich? Dann kommen Sie mich doch morgen im Labor besuchen."

„Ich?"

„Ja. Das wäre doch toll, ich könnte Ihnen alles zeigen und... ." Sie deutete seinen Gesichtsausdruck falsch. „Oh, wie dumm von mir. Für solche Sachen haben Sie bestimmt keine Zeit."

„Ich habe leider wirklich einige Termine, dennoch ist es keine dumme Idee. Im Gegenteil, ich würde mich sogar sehr freuen. Wir werden sehen, was sich machen lässt."

Scheu lächelten sie sich an.

„Ihr Bruder beobachtet uns."

„Wo?"

„Dort drüben steht er und sieht nicht erfreut aus."

Jasmin winkte ihm eifrig zu. Marvin drehte sich schnell weg.

„Seien Sie nachsichtig mit ihm."

„Im Gegenteil, ich werde ihn die nächsten drei Wochen damit fertigmachen." Sie freute sich, dass Vincent darüber lachen konnte und die nächste Frage platzte unbedacht einfach aus ihr heraus.

„Fühlen Sie sich manchmal einsam?" *Hab ich das gefragt? Mädel, was ist heute nur los mit dir?*

„Einsam?" Vincent wirkte überrascht. „Darüber habe ich noch nie wirklich nachgedacht. Aber ja, manchmal vielleicht, dies ist nun mal menschlich. Aber vielleicht meinen Sie ja etwas anderes. Wie Familie? Ich habe zum Beispiel auch noch einen Bruder."

„Na, dann wissen Sie ja, wie das ist. Ist er auch so wie Sie? So gebildet, kultiviert und gutaussehend?", sie selbst merkte nicht wie die Schwärmerei ihre Worte ergriff.

Vincent schmunzelte. „Eher nicht. Seine Begabung war eine andere."

„Oh, dann gehörte er vielleicht zu den Soldaten?"

„Ja."

„Ich bin froh, dass Sie geschickt wurden."

„Danke. Aber vor ihm hätten Sie auch keine Angst haben müssen. Oder fürchten Sie sich vor Ihren deutschen Soldaten?"

„Nein." Jasmin biss sich auf die Unterlippe.

„Tragisch, wie alles so gekommen ist. Doch jetzt ist es nun einmal so und man versucht das Beste daraus zu machen."

„Ja, tragisch. Vor allem, dass Sie und Ihre... Freunde darunter so leiden müssen. Sozusagen weggesperrt sind."

„Eingesperrt sind wir nicht, es ist freiwillig. Aber wie hätten Sie denn das Problem gelöst?"

„Ich? Hmm." Sie überlegte ernsthaft. „Ich hätte Sie vielleicht einfach unters Volk gemischt."

„Das war der ursprüngliche Plan. Aber ich glaube, dann würde es nun noch viel weniger geben als wir eh schon sind."

„Aber als Kind wussten Sie doch selbst nicht, was Sie sind."

„Wir wären aufgefallen. Durch unsere Art."

„Aber es gibt doch auch menschliche Überflieger. Und nicht jeder Mensch wird krank."

„Dennoch, hätten Sie nicht gern gewusst, ob Sie einem Menschen oder einem Hybriden gegenüber sitzen? Wäre es nicht unfair gewesen, uns 'unterzumogeln'? Ein moralisch sehr schweres Thema."

„Ein Dilemma."

„Ja, das war und ist es."

„Ich wette, es gibt irgendwo Menschen und Orte, wo Sie willkommen wären."

„Vielleicht. Das werden wir aber wohl nie erfahren, schließlich verschwinden wir einfach und mit der Zeit wird es uns nicht mehr geben."

Sie spürte seine Traurigkeit. „Sie sterben aus? Ich habe gehört, dass Hybriden nicht in der Lage sind, sich fortzupflanzen, stimmt das?", fragte sie behutsam nach.

„In der Tat. Ein Clou unseres Erschaffers, eine Sicherung falls etwas schiefgegangen wäre. Aber gestatten Sie mir eine Gegenfrage. Sie als wissbegierige Forscherin, hätten Sie solch einen Eingriff in das Erbgut eines Menschen vorgenommen, wenn Sie damals die Möglichkeit gehabt hätten? Ja, wäre es ihr Bestreben gewesen, einen Hybriden zu schaffen?"

„Ich? Nein. Das wäre mir zu riskant gewesen."

Er lächelte. „Wirklich nicht? Auch nicht in Anbetracht der Verbesserungen, die aus dem Stammgut erstellt werden sollten?"

„Sie meinen das, was Tübald Fabini mit ihnen vorhatte? Ich weiß nicht. Prinzipiell finde ich es natürlich aus rein wissenschaftlicher Sicht sehr interessant. Aus dem Erbgut der Hybriden hätte man vielleicht die als unheilbar geltenden Krankheiten besiegen können. Paare die unfruchtbar sind, hätten sich ein Kind quasi aus dem Baukasten bestellen können, mit perfekten genetischen Zügen, ohne Angst haben zu müssen, dass ihr Kind später krank wird. Soldaten, die stressresistente Züge haben und nicht an den Posttraumata zerbrechen, wären sicherlich interessant für so manche Regierung gewesen. Aber es gibt da immerhin noch die moralische Komponente."

„Und die natürliche Angst vor dem Unbekannten?"

„Ja, selbstverständlich. Wir Menschen stellen ja sogar genetisch veränderte Pflanzen wie den Genmais in Frage. Zu Recht, denn die Auswirkungen sind nicht vorhersehbar. Aber wenn das schon angezweifelt wird, wie kann man dann über genetisch veränderte Menschen überhaupt nachdenken?"

„Und doch stehe ich vor Ihnen."

„Ja. Beschleunigte Evolution. Vielleicht sind Sie ja tatsächlich der bessere Mensch. Vielleicht entwickeln sich die Menschen in den nächsten Jahrhunderten von allein dahin."

„Vielleicht. Tübald Fabini hatte bestimmt gute Absichten als er uns erschuf."

„Ja, aber zu kurz gedacht. Zwei parallele Menschenrassen. In der Geschichte lief das schon sehr oft nicht gut."

„Wir sollten auch nicht parallel existieren, eher... uns vermischen."

„Sie meinten, wir sollten uns mit ihnen fortpflanzen?" Erstaunt starrte sie Vincent an.

„Das war wohl der Plan."

„Aber ich denke, Sie sind unfruchtbar?"

„Der Prototyp schon. Aber wer weiß, wie weit Tübald Fabini gekommen wäre, wenn man seine Pläne nicht gestoppt hätte."

„Irgendwie gruselig."

Vincent schaute sie fragend an, sagte aber nichts.

„Entschuldigen Sie. Ich meine, nicht der Gedanke... der Plan.", ergänzte sie schnell.

„Schon gut. Ich habe nichts böse aufgenommen."

„Ich finde es sehr schade, dass wir uns wahrscheinlich nie wieder sehen werden. Ich glaube ich habe in den letzten Monaten nicht so viel geredet wie mit ihnen." Sie lachte verlegen.

„Ich bin nächstes Jahr wieder hier."

„Die Frage ist, ob ich nächstes Jahr wieder hier sein darf. Haben Sie eigentlich Telefon oder Internet?"

„Ja, natürlich."

„Wirklich? Dann sind Sie ja doch nicht so abgeschottet."

„Darf ich ihnen meine Mail-Adresse aufschreiben? Vielleicht kann ich ihnen nächstes Jahr Karten schicken, damit wir uns weiter unterhalten können."

„Sehr gerne." Aufgeregt reichte Sie ihm einen Stift und einen kleinen Block aus ihrer Handtasche. Er schrieb seine Adresse auf und sie musste lachen.

„Ehrlich? vincent.fischer@email.de?"

„Wäre hybrid81@species.de passender?" Beide lachten. Sie gab ihm noch ihre Adresse, steckte dann alles wieder weg.

„Es ist schön, dass Sie sich mit mir unterhalten."

„Ach, die anderen sind nur schüchtern.“

„Ich möchte morgen vorbeikommen, falls Ihr Angebot noch besteht. Meine Termine sind wahrscheinlich auch im Gebäude von Fabini Industries.“

„Ich würde mich sehr freuen. Aber die Termine, das sind doch nicht solche Termine... ich mein, die lassen Sie doch jetzt in Ruhe, oder?“

Er antwortete darauf nicht.

„Ich müsste mich kurz mit Nicolai Fabini unterhalten. Würden Sie mich an seinen Tisch begleiten? Ich könnte Sie einander vorstellen, sofern Sie ihn denn noch nicht selbst kennengelernt haben?“

„Was? Nein, ich kenne ihn noch nicht persönlich, aber ich weiß nicht, ob das eine gute Idee ist.“

Ich falle doch nur hin oder sag etwas Dummes. Blamiert habe ich mich heute doch schon genug.

Sie sah etwas in seinen Augen. Es war Hoffnung, Hoffnung auf eine positive Antwort. Ihr wurde warm ums Herz. „Also schön. Ich begleite Sie. Aber Sie haben mich bisher nie nach meinem Namen gefragt.“

„Ich bin ein aufmerksamer Zuhörer, Fräulein Jasmin. Und ihr Bruder war bis zu meiner Vorstellung ein sehr redseliger Mensch.“ Charmant führte Vincent sie an den Tisch, an dem der Firmenvorstand samt Inhaber saßen.

„Hallo Nicolai.“

„Hallo Vincent. Amüsierst du dich?“

Sie duzen sich. Krass.

„Ja, sehr. Darf ich vorstellen? Jasmin Cheplow. Sie arbeitet bei dir.“

„Es ist mir ein Vergnügen.“ Nicolai Fabini schaute Jasmin an und schien etwas von ihr zu erwarten. Doch alles was sie zustande brachte, war in diesem Moment ein eingeschüchtertes: „Hi.“

Die beiden Männer grinsten sich an.

„Setzen Sie sich.“, sprach Nicolai Fabini zu ihr und Vincent rückte ihr daraufhin den Stuhl zurecht und ehe sie es realisierte, saß sie bei Nicolai Fabini mit am Tisch. Vincent saß neben ihr.

Sehr beeindruckend. Das hast du gut hingekriegt. Hast richtig Eindruck gemacht.

Die beiden Männer unterhielten sich über die Musikwahl des Abends. Unruhig rutschte sie währenddessen auf ihrem Stuhl hin und her bis sie sich das Knie am Tischbein gestoßen hatte.

„Autsch.“ Nun hatte sie leider wieder alle Aufmerksamkeit. „Entschuldigung.“ Puterrot massierte sie ihr Knie.

Nicolai Fabini warf Vincent einen skeptischen Blick zu und tupfte sich mit der Serviette den Mund ab. „Sie arbeiten also bei mir?“

„Ja.“

„Wie war ihr Name doch gleich?“

„Dr. Cheplow.“

„Ah, hatte ich doch richtig vernommen. Sie sind die Jahrgangsbeste der medizinischen Fakultät. Hervorragende Schulzeugnisse. Wo wurden Sie eingesetzt?"

Wow. Kennt er alle Lebensläufe auswendig?

„In der dritten Etage." Jasmin zögerte. *Muss ich mehr sagen? Vielleicht hält er mich für unhöflich?* „Die Abteilung für Impfstoffe ist in der dritten Etage. Also da arbeite ich." *Wieder blamiert. Er wird wissen, wo welche Abteilung ist.* Vor Nervosität griff sie unter dem Tisch nach Vincents Hand. „Meine Eltern haben auch hier... sie arbeiteten bei ihnen... also in ihrer Firma haben sie gearbeitet." Jasmin schaute in Nicolai Fabinis ausdrucksloses Gesicht und spürte wie Vincent ihr beruhigend über den Handrücken streichelte.

Höflich stellte Nicolai Fabini seine nächste Frage. „Jetzt nicht mehr?"

„Nein. Sie sind tot."

Die peinliche Stille löste Vincent behutsam auf. „Nicolai, ich würde gern morgen Dr. Cheplows Arbeitsstelle besuchen. Wäre das möglich?"

„Ja, ich könnte dir dann alles zeigen. Die Ratten wie Herkules und Tyler und natürlich Nele. Also Nele ist keine Ratte. Sie ist meine Assistentin."

Nicolai Fabini horchte auf. „Welch ein familiärer Umgang zwischen euch? Kanntet ihr euch schon vor der Gala?"

Ups.

„Nein, leider nicht." Vincent wirkte ernster. „Ihre Forschungsarbeiten sind jedoch hinreißend."

„Der Besuch. Ich denke, das lässt sich einrichten." Damit widmete sich Nicolai Fabini wieder seinem Dinner.

„Gut, dann würde ich Jasmin nun um den nächsten Tanz bitten. Du entschuldigst uns, Nicolai? Jasmin, möchtest du?"

„Sehr gerne." *Mein Retter.*

Er führte sie zurück auf die Tanzfläche.

„Danke."

„Gern. Schau nicht so traurig, du hast dich gut geschlagen. Und wir beide sind plötzlich bei einem 'Du' angekommen."

Sie schaute ihm in die Augen und versank in ihnen. „Aber so ist es besser, oder?"

Er antwortete darauf nicht, sondern stellte eine Gegenfrage.

„Jasmin, möchtest du mit mir in den Garten gehen? Ein wenig frische Luft atmen?"

„Ja, unheimlich gern."

Elegant bahnte er ihnen einen Weg durch die anderen tanzenden Paare und im Handumdrehen flohen sie lachend über die Terrasse in den menschenleeren Garten. Sie entfernten sich von dem hellen, glanzvollen Treiben und je weiter sie gingen, desto mehr wollte sie in seiner Nähe sein. Jasmin hakte sich einfach bei Vincent unter und sie redeten wie alte

Freunde über ihre doch so unterschiedlichen Leben. Ihr Herz klopfte ihr bis zum Halse und das Kribbeln im Bauch nahm mit jedem Schritt zu. So schlenderten sie, bis Vincent plötzlich stehen blieb.

„Jasmin, was ich jetzt tue, ist vielleicht etwas unverfroren, doch ich hoffe, du hast dafür Verständnis."

„Ja?" Ihre Zunge klebte beinah am Gaumen fest, so wenig Spucke hatte sie vor Aufregung im Mund. Vincent sah sie erwartungsvoll an.

„Würdest du mit mir die Gala verlassen und in ein Café gehen?"

„In ein Café?" wiederholte Jasmin irritiert.

„Ja. Weg von hier und hinaus in das Leben."

„Natürlich, dann gehen wir."

„Ich muss nur Nicolai Fabini informieren. Wartest du hier auf mich?"

„Ja klar."

„Ich bin gleich zurück."

Vincent verschwand und es dauerte keine drei Sekunden, da stand Marvin neben ihr. Jasmin seufzte verliebt. „Er ist so toll."

„Wovon redest du?"

„Er ist galant, kultiviert, charmant, gutaussehend, gebildet und wenn er lacht, dann bilden sich Grübchen auf seinen Wangen."

„Moment, du redest doch nicht etwa von diesem Freak?"

„Hör auf ihn so zu nennen. Er ist ein ganz normaler Mensch, so wie du und ich auch!"

„Normal? Dieser Bastard hat doch nicht mal eine Mutter."

„Wie bitte? Reiß dich zusammen. Natürlich hat er eine Mutter oder glaubst du die Eizelle ist vom Himmel gefallen? Und nicht nur das, stell dir vor, er hat sogar einen Bruder."

„Du verbringst viel zu viel Zeit mit diesem, diesem Hybriden."

„Ja, das tu ich und noch viel mehr. Ich werde mit ihm gleich ausgehen."

„Ach ja, wohin denn?"

„Kaffee trinken."

„Du trinkst doch gar keinen Kaffee?"

„Das spielt keine Rolle."

„Darf er das überhaupt?"

„Natürlich darf er das. Er ist ein normaler Mensch."

„Ha! Das ist er nicht."

„Doch. Er ist nur etwas robuster, perfekter als du und deswegen bist du neidisch."

„Du kommst jetzt auf der Stelle mit mir nach Hause! Seit wann hast du diese Flausen im Kopf?"

„Ich geh nirgendwohin mit dir."

„Ich lasse doch nicht zu, dass er dich... vernascht oder so."

„Keine Sorge, er isst keine Menschen."

„Das reicht jetzt, ich hole unsere Jacken und dann fahren wir sofort nach

Hause." Marvin ließ sie einfach stehen und eilte zur Garderobe.

Er und Vincent mussten sich bei der Terrasse knapp verpasst haben, denn Letzterer kam nun freudestrahlend auf sie zu.

„Alles in Ordnung, Nicolai Fabini braucht mich heute Abend nicht mehr. Allerdings sollen wir den Hinterausgang benutzen, um weniger Aufsehen zu erregen."

„Das passt mir gut."

„Soll ich deine Jacke holen?"

„Nein, nein, die nimmt Marvin nachher mit. Es ist ja eine laue Sommernacht."

„Weiß er denn Bescheid?"

„Natürlich und er wünscht uns viel Spaß." Jasmin nahm eilig Vincents Hand und sie verließen zusammen das Gelände.

Fastfood

Es roch nach leichtem Regen, als die Taxitüren aufgingen. Während der Fahrt hatte es ein wenig genieselt. Vincent und Jasmin stiegen in der Altstadt aus. Jasmin hatte die Hoffnung, dass sie dort vielleicht noch ein offenes Café finden würden, da Vincent sich nach einem ruhigen Ort sehnte. Allerdings war es schon sehr spät und die meisten Türen waren verschlossen. Die beiden schlenderten wie ein junges Pärchen durch die Gassen und die Anziehungskraft zwischen ihnen wurde von Minute zu Minute stärker. Leider hatten sowohl die Cafés schon geschlossen als auch ihre Lieblings-Tapasbar. Da eine Diskothek nicht in Frage kam, entschieden sie sich für einen Besuch bei einer Fastfoodkette. Vincent gab zu, dass er noch keinerlei Erfahrungen mit solcher Art von Essen hatte, was sie mehr als erstaunte. So betraten sie also dieses Schnellrestaurant und lasen die Karte.

„Normalerweise achte ich auf meine Ernährung. Das hier kam vorher nie auf den Tisch, aber heute probiere ich einfach mal etwas anders zu machen." Er lachte

„Ui, dann wirst du wohl heute Nacht sündigen. Ich möchte nicht wissen, wie viele Kilokalorien so ein Milchshake hat.", lächelte Jasmin ihn an.

Von dieser seltsamen Stimmung aufgeheizt, bestellten die beiden viel mehr, als sie wahrscheinlich Essen konnten. Die Bedienung schaute etwas komisch, sagte aber nichts. Kurze Zeit später verließen sie dann lachend mit sechs braunen Papiertüten den Laden.

„Oh ha, ich wusste nicht, dass die Burger so groß sind." Etwas überrascht über sein eigenes Verhalten hielt er gewichtig die Tüten nach oben. Er war nun deutlich lockerer als bei der Gala.

„Ja, hast du ihr Gesicht gesehen?", fragte Jasmin und verzerrte dabei ihres zu einer Fratze.

„Sie muss uns für verrückt halten."

„Nein, eher für sehr hungrig."

„Suchen wir uns doch einen ruhigeren Ort?"

„Sehr gern."

Nicht unweit fanden sie einen Park. Hier war es ruhig und viele Birken säumten den Weg. Vincent nahm abenteuerlustig ihre Hand, nickte ihr freundlich zu und führte sie vom Weg ab durch die Bäume. Bald trafen sie auf eine kleine Lichtung, die mit Gras und Moos bewachsen war. Die Laternen konnte man nicht mehr sehen, dennoch schien der Mond hell genug für diesen Abend. Keine Wolke bedeckte mehr den sternenklaren Himmel. Vincent breitete seine Jacke auf dem feuchten Boden aus und gebot ihr freundlich Platz.

„Hier sind frittierte Zwiebelringe, wollen wir damit anfangen?" Eifrig hatte Jasmin die Tüten durchstöbert.

„Wenn du das sagst." Er guckte skeptisch.

„Die sind wirklich lecker." Noch bevor er etwas erwidern konnte, steckte sie ihm einen Zwiebelring in den Mund.

„Ohf jah, säähr lääääcker." Er verzog das Gesicht und sie lachte. Vincent hielt sich dann lieber an die Nuggets und probierte einen Burger mit Rindfleisch, während Jasmin sich einen Wrap vornahm. Dann öffnete sie die Packung mit den Chili-Cheese-Nuggets.

Vincent warf einen Blick darauf. „Die sehen scharf aus."

„Ja. Willst du einen?"

„Lieber nicht."

„Kneifst du etwa? Bist du ein kleiner Feigling?"

„Wie bitte? Ich? Nein." Er aß einen und fing sofort an zu husten. Sein Gesicht färbte sich rot und Vincent schnappte sich einen Milchshake.

„Halleluja." sagte er nachdem der Inhalt des Bechers seinen Schmerz gelindert hatte. „okay, sagen wir mal, ich bin satt."

Jasmin kringelte sich vor Lachen. „Herrlich, du bist wie mein Bruder, der springt auch auf solche Methoden an."

„Es können nicht alle mutig sein.", verteidigte sich Vincent.

„Nicht? Ich trau mich alles."

„Wirklich?" Seine Stimme wurde nun ganz ruhig und betont.

„Ja." Ihr Herz schlug schneller, irgendetwas in seiner Haltung, seiner Art ließ nun ihre Stimme beben.

„Dann trau dich." Vincent schaute sie an. Er lächelte nicht mehr sondern sah ihr fest in die Augen. Jasmins Herz setzte einen Schlag lang aus. Mit halb offenem Mund blickte sie ihn beinah erschrocken an. Sie schluckte, wollte er einen Kuss?

Vincent beugte sie sich langsam zu ihr herüber. Doch wartete er ab, bis sie ihm näher kam. Die Zeit schien stehen zu bleiben, als ihre Lippen die seinen berührten. Es war ein scheuer Kuss, doch er reichte aus, um ein Inferno zu entfachen. Vincent griff nach ihrem Kinn, drückte seinen Mund auf ihren. Sie schmeckte ihn und spürte seinen warmen Atem auf ihrer Haut. Sie keuchte überrascht auf, denn mit solch einer Leidenschaft hatte sie nicht gerechnet. Gierig küssten sie sich. Jasmin hatte das Gefühl, ihr Herz zerspringe ihr in der Brust und sie fürchtete sich davor, innerlich zu verglühen. Doch es war so unglaublich schön, dass sie kaum noch klar denken konnte. *Oh mein Gott, was tue ich hier?*

Vincents Stimme war sanft als er ihr ins Ohr flüsterte. „Ich mache nichts, was du nicht möchtest."

„Ich... kann nicht reden."

Er lächelte, „Dann brauchst du nur zu nicken oder den Kopf zu schütteln."

Vincent nahm ihr den Verstand, mit geschlossenen Augen und bebenden Lippen nickte sie.

Dann konnte er sich nicht länger zurückhalten und bedeckte ihren Mund, ihren Hals und ihr Schlüsselbein mit zärtlichen Küssen. Dabei schob er die Träger ihres Kleides beiseite.

Was passiert hier? Marvin wird mich umbringen, wenn ich das überlebe...

Vincent führte ihre Hände an sein Hemd und sie begann, es ungeduldig aufzuknöpfen. Jeder einzelne Moment brannte sich in ihren Köpfen ein. Ihre Hände stahlen sich unter sein Hemd, erfühlten zögernd die alten Narben auf seinem Oberkörper und im Gegenzug war er wie gebannt von ihrer weichen, makellosen Haut und er erkundete ihren bebenden Körper leidenschaftlich mit seinen Küssen.

Es war ihnen egal, dass sie sich erst seit ein paar Stunden kannten. Es war ihnen egal, dass sie sich in einem öffentlichen Park auf einer Wiese befanden. Es war ihnen egal, dass sie ein Mensch und er ein Hybride waren, erst recht, als er sie sanft auf den Boden drückte und sie seinen keuchenden Atem an ihrem Ohr hörte.

Moos im Haar

Der Nebel legte sich über das Moos und langsam sah man nun ihre Atmung in der Luft in feinem Nebel aufsteigen. Jasmin spürte das feuchte Moos unter sich. Ihr fröstelte und sie rückte noch dichter in seine warme Umarmung. Mit einem zärtlichem Kuss auf ihre Stirn, begann er zu sprechen. „Wir sollten uns wieder anziehen."

„Ja." Ihre Stimme klang leicht, als würde sie sich im Nebel auflösen.

Vincent half ihr auf und verlegen begannen beide ihre Kleidung zusammenzusuchen. Jasmin war das Ganze etwas peinlich, obwohl sie nichts bereute, wollte sie es sich irgendwie erklären und suchte nach Worten. „Vincent."

„Ja?" Er zog gerade seine Hose an und schaute fragend zu ihr.

„Ich... ich will nur... also ich mach das nicht oft... ich meine... ."

Er lächelte und küsste sie auf die Schläfe. „Es ist auch nicht meine Art. Mach dir keine Gedanken. Glaub mir, ich denke nur das Allerbeste von dir."

Verliebt lächelte sie ihn an. Für sie war er alles, was man sich wünschen konnte, es war fast zu perfekt. Dass er nur kurz in ihrem Leben sein würde, hatte sie vollkommen vergessen.

Vincent half ihr mit dem Kleid. Als er den Reißverschluss zuzog, gab er ihr noch einen Kuss auf die Schulter. „Darf ich dich was fragen?"

„Ja. Natürlich, ich habe dich doch auch mit Fragen durchlöchert."

„Es klingt jetzt etwas seltsam, aber ich würde gern den Rest der Nacht bei dir verbringen. Ich würde gern sehen, wie du lebst."

„Wie ich lebe?" Sie strahlte ihn an. „Wunderbar, dann gehen wir jetzt nach Hause zu mir. Von hier aus können wir laufen. Es ist nicht weit."

Sie sammelten noch den restlichen Müll zusammen und entsorgten ihn im nächsten Abfallkorb. Er legte seinen Arm um ihre Schulter, dann spazierten sie glücklich zu ihrem Haus. Es war nur fünfzehn Minuten Fußweg entfernt.

„Das ist unser Elternhaus. Wir wohnen zur Miete darin. Marvin und ich sehen uns als WG. Im Grunde ist es noch so, wie es war, als meine Eltern noch lebten." Jasmin öffnete die Gartenpforte mit einem leisen Quietschen der Scharniere und ging mit Vincent zur Haustür.

„Es existiert sogar weiterhin das Elternschlafzimmer und das Arbeitszimmer meines Vaters. Wir sind irgendwie noch nicht dazu gekommen, naja, es durchzugucken und umzugestalten." Sie schloss die Tür auf und schaltete das Licht im Flur an. „Marvin scheint noch nicht da zu sein. Ich sehe weder seine Schuhe noch seine Jacke." Erleichtert schlüpfte sie aus ihren Pumps.

„Na, da muss ich wohl froh sein." Vincent zog auch seine Schuhe aus und stellte sie ordentlich neben ihre. Dann betrachtete er die gerahmten

Bilder, die die Wand des Flur zierten. Es waren unzählige Fotos aus Marvins und Jasmins Kindheit. Er sah sie mit Zahnlücke und Spange, mit geflochtenen Zöpfen und oft hatte sie ein Tier mit dabei. Mal war es ein Hund, mal eine Katze. Sie lachte meistens sehr herzlich in die Kamera. Auch Marvins Entwicklung von einem schlaksigen Jungen zu einem sportlichen Mann war ausgiebig dokumentiert. Ihre Eltern hingen dazwischen. Nachdenklich musterte er ausgiebig die Bilder und ein leichtes Lächeln stahl sich auf sein Gesicht. Jasmin führte ihn dann auch gleich ins Arbeitszimmer. Dunkle Holzmöbel und sehr viele Bücher waren darin. Ein großer Schreibtisch stand am Ende des Zimmers und Vincent konnte sich gut vorstellen, wie ihr Vater dort früher gesessen und jeden Besucher begrüßt hatte. Dahinter an der Wand hing ein großes Familienporträt. Vincent sah sich auch dieses näher an.

„Ich glaube, ich kannte deinen Vater."

„Echt?"

„Ja. Ich habe ihn früher bei Nicolai Fabini gesehen."

„Wow, cool." Sie strahlte ihn an.

„Ja, vielleicht." Er schaute sie nicht an und blickte weiter auf das Bild.

„War das zu der Zeit, als du dort auch noch gearbeitet hattest?"

„Ja, genau. Wir haben uns ein paar Mal... ausgetauscht."

Jasmin spürte, dass ihn diese Erinnerung traurig machte, also lenkte sie ab. „Wollen wir in die Küche? Hast du Durst?"

„Ja, sehr gern."

Sie lief vor. „Was möchtest du denn trinken?"

„Wasser genügt."

„Mit oder ohne Sprudel?"

„Ohne bitte."

„Okay, ich muss dir den Kühlschrank zeigen."

„Den Kühlschrank?"

Das tat sie dann auch und öffnete den Kühlschrank. Vincent schmunzelte, denn man konnte genau unterscheiden, wem welches Fach gehörte.

„Lebensmittelgenießer und Chaos-Sammler?! Interessant." Er lachte.

„Ja, mein Bruder ist da sehr streng zu sich." Sie goss ihm derweil das Wasser ein und drückte ihm das Glas in die Hand. „Marvin zieht hier sogar seine eigene Kresse."

„Jeder nach seiner Fasson."

„Jetzt komm mit in die Wohnstube." Jasmin zog ihn mit sich.

„Dieses Sofa ist unser Lebensmittelpunkt. Wir gehören nämlich zu der unanständigen Sorte Mensch, die beim Essen Fernsehen gucken."

„In der Tat?" Er lachte kurz.

Das Wohnzimmer war leicht chaotisch, aber sehr gemütlich eingerichtet.

„Hier unten ist dann noch das alte Schlafzimmer mit Bad. Oben sind auch ein paar Räume, unter anderem mein Zimmer, aber ich zeige dir vorher noch Marvins."

Hand in Hand gingen sie die breite Treppe hoch. Es war so angenehm in seiner Gegenwart, dass ihr Herz selbst bei einer so schlichten Geste wie wild in ihr schlug.

Der obere Flur war eine offene Galerie und er konnte drei Zimmertüren ausmachen. Sie öffnete die erste Tür und er sah in einen typisch männlich vernachlässigten Raum. Neben unzähligen Trophäen lagen überall Klamotten herum und es roch auch ein wenig nach Schweiß. Die nächste Tür zeigte das Gegenteil. Es war Jasmins Kinderzimmer. Die Wände waren in einem warmen Gelbton gestrichen und die Möbel lindgrün aufeinander abgestimmt. Neben einem Kleiderschrank befand sich ein gemachtes Bett, ein Nachtschrank und ein Schreibtisch darin. Hier zierten wieder Fotos die Wände.

Vincent grinste breit. „Es ist wunderschön. Darf ich?", dabei zeigte er auf das Bett.

„Ja, klar. Ich hol dir noch ein T-Shirt von Marvin zum Schlafen." Sie verschwand kurz. „Hier, das müsste dir passen, denk ich."

Er küsste sie. „Vielen Dank."

Dann schlüpfte sie in ihr Nachthemd und er in Marvins Shirt. Sie lagen zusammen kuschelnd auf dem Bett und schauten hinaus in die Nacht.

„Ich gebe zu, ich hätte ein rosafarbenes Zimmer erwartet."

„Hatte ich mal. Mein Vater war der Meinung, dass alle kleinen Mädchen ein rosa Zimmer brauchen. Ich war immer seine Prinzessin und ihm zuliebe habe ich es auch ziemlich lange behalten."

„Nur ihm zuliebe? Du bist wirklich... einzigartig."

„Ach quatsch."

„Danke, dass ich bleiben darf und du mir diesen Eindruck in dein Leben gewährt hast."

„Wenn ich könnte, würde dich nicht gehen lassen." Sie schmiegte sich an ihn und er sog ihren Geruch ein. Auch wenn sie es so lange wie möglich herauszögerten, schliefen sie irgendwann ein. Einfach nur glücklich für diesen Moment.

Abschied

„Guten Morgen.", sagte sie selig lächelnd zu ihrem Bruder während sie die Küche betrat. Vincent hatte sich wie verabredet in den frühen Morgenstunden weggeschlichen, um Marvin aus dem Weg zu gehen. Trotzdem hatte er ihr einen kleinen Zettel mit einer lieben Botschaft auf dem Nachttisch hinterlassen. Sie war überglücklich.

„Ich hab dir Frühstück hingestellt." Marvin musterte sie skeptisch.

„Danke." Pfeifend nahm sie Platz und trank ihren Orangensaft.

„Willst du mir nicht etwas sagen?"

„Ich? Nein, wieso?"

„Wieso? Vielleicht weil ich dich die halbe Nacht gesucht habe?"

„Ach echt?" Glücklich strahlte Jasmin ihren Bruder an. „Das war so gut."

„Gut? Dass ich dich gesucht habe? Oder dein Abend mit dem Freak?"

„Was? Manno, kannst du dich nicht einmal benehmen, Marvin?"

„Ich habe mich gestern den ganzen Abend angemessen benommen."

„Hast du nicht. Du bist geflohen, als ob Vincent Lepra überträgt."

„Macht er ja vielleicht."

„Dein Benehmen war nur peinlich. Weißt du, wie sehr du ihn verletzt hast?"

„Hybriden haben keine Gefühle."

Jasmin war nun stinksauer und knallte ihr Glas auf den Tisch. „Das glaubst du? Ich weiß es besser! Ich habe ihn näher kennengelernt."

„Ach komm, diese Idioten sind doch darauf programmiert, naiven Weibchen den Kopf zu verdrehen."

„Geht's noch? Wenn du nicht so von Vorurteilen zerfressen wärst, dann... ." *...könnte ich mich dir anvertrauen. Dir erzählen, was letzte Nacht passiert ist und dich um Rat fragen.*

„Was dann?", fragte Marvin höhnisch.

„Dann hättest du wahrscheinlich einen neuen, besten Freund."

„Nee, lass stecken, das ist schon gut, dass sie die Freaks wegsperren!"

„Aber doch nur wegen solchen Armleuchtern wie dir!"

„Jasmin, reiß dich zusammen."

„Machst du doch auch nicht."

„Werde nicht frech, ich bin dein großer Bruder."

„Dann versteh doch endlich, dass sie normale Menschen sind. Und er ist ein besonders lieber Mensch."

„Nix da. Wir sind Menschen, der da nicht. Der war doch die ganze Zeit schon seltsam."

„Ab wann genau fandest du ihn seltsam? Du hast dich doch gut mit ihm unterhalten, schon vergessen?"

„Das hatte schon seine Gründe, warum kein anderer bei ihm saß."

„Weil die anderen ihn schon kannten. Sie wussten, dass er ein Hybrid ist."

„Ein jedes zu seiner Art."

„Marvin! Ich werde ihn jedenfalls wieder sehen."

„Das glaube ich nicht. Er ist weg, bestimmt in sein Hybridenreservat zurück und kann nicht mehr stören."

Jasmin sprang auf. „Weißt du was? Du Rassist! Ich werde jetzt auch gehen und dich nicht länger stören!"

„Geh doch bei den Verbrechern arbeiten und vielleicht siehst du dann ja bald die Wahrheit. Außerdem bin ich kein Rassist. Ich hatte schon mal eine Freundin aus Singapur."

„Mit dir kann man nicht reden."

„Sprach Fräulein Neunmalklug."

Ohne ein weiteres Wort verließ sie die Küche und er hörte kurz darauf die Haustür krachend ins Schloss fallen.

Ihre schlechte Laune hielt sich auch noch auf der Arbeit. Genervt hackte sie auf der Maus ihres Computers herum, aber das ließ das Programm einfach nicht schneller arbeiten.

„Ui, wir sind heute aber in Bombenstimmung."

Jasmin fuhr herum, sie hatte Nele nicht hereinkommen hören.

„Morgen, Nele."

„Und? Wie war es? Haben meine Mühen sich gelohnt?"

Sofort trat ein breites Grinsen auf Jasmins Gesicht und ihre Augen bekamen einen besonderen Glanz.

„Olálá. Ein Mann?"

„Er ist der tollste Mensch auf der ganzen Welt", schwärmte Jasmin schon los. „Und das Beste ist, er kommt nachher vorbei."

„Wirklich? Extraordinär! Dann lerne ich ihn auch kennen."

„Ja. Und ich bin froh, dass du schon vergeben bist.", Jasmin lachte frech.

„Sieht er gut aus?"

„Noch besser. Er ist dazu lieb, klug, charmant... ."

„Und ein guter Liebhaber?" , unterbrach Nele sie.

Jasmin wurde rot und nickte.

„Heilige Scheiße. Ich freue mich so für dich." Jubelnd fiel Nele ihr um den Hals und sie lachten herzlich. „In der Zeitung steht übrigens auch einiges über die Gala. Ein Foto von Fabini ist auch dabei."

„Mehr nicht?"

„Nein, sollte?"

„Nö... ich dachte nur... ." Was sie dachte, erfuhr Nele nicht mehr, denn in diesem Moment wurde die Tür aufgerissen. Ein schnaufender Professor Elmhausen mit puterrotem Kopf eilte herein.

„Aufräumen! Sofort! Sie kommen gleich... guter Eindruck... wichtig!"

„Wer kommt?", fragte Nele erstaunt.

„Der Chef natürlich. Nicolai Fabini!"

Vor Schreck ließ Nele den Eimer mit dem Rattenfutter fallen, den sie gerade geöffnet hatte. „Was? Einfach so?"

„Ja." Haare raufend fuchtelte Dr. Professor Elmhausen in die Richtung des Futters, welches sich nun weitläufig auf dem Boden verteilte. „Oh mein Gott Nele! Mach das weg! Sofort."

Leicht verwundert verfolgte Jasmin diese merkwürdige Szene. „Als Chef sollte er sich doch ab und an auch mal blicken lassen. Oder?"

Beide drehten ruckartig den Kopf zu ihr.

Nele antwortete. „Ich hab ihn hier noch nie gesehen. Das letzte Mal war er wohl vor fünf Jahren in dieser Abteilung. Weiß ich vom Hörensagen. Wir sind hier viel zu unwichtig." Nachdenklich ruhte ihr Blick auf Jasmin.

Professor Elmhausen sammelte sich. „Ich geh in mein Büro. Ich verlass mich auf euch."

„Klaro." Nele schob ihn sanft hinaus und griff sich dann Kehrbesen und Schippe. „Hast du den Fabini gestern kennengelernt?"

„Ja schon. Ganz kurz. Wir haben uns begrüßt." Jasmin räumte herumstehende Reagenzgläser weg.

„Mehr nicht?"

„Na ja, ganz kurz unterhalten. So über die Arbeit. Wirklich nichts Wichtiges."

„So, so." Zügig kehrte Nele das ausgestreute Futter zusammen. „Weißt du eigentlich, dass Nicolai Fabini hier im Gebäude wohnt?"

„Echt?"

„Ja, on the top sozusagen. Da soll ein mega cooles Apartment drauf sein."

„Ganz oben? Nicht schlecht. Er muss eine gute Aussicht haben."

„Ja. Wie findest du ihn so?"

„Nicolai Fabini? Er ist jünger als ich gedacht habe, wahrscheinlich ein paar Jahre älter als ich. Sieht aber ganz gut aus."

„Ich finde ihn etwas steif... so aufrecht."

„Na als Konzernchef muss er auch Haltung bewahren."

„Ja, hast Recht." Nele stellte den Besen beiseite, da hörten sie auch schon die Schritte und Stimmen von mehreren Leuten näherkommen. Jasmin erkannte darunter Vincent, was sie umgehend nervös machte. Schmunzelnd strich Nele ihr noch eine Strähne aus dem Gesicht als sich die Tür öffnete. Professor Elmhausen hielt sie dem Konzernchef und Vincent auf. Sie traten ein und ließen ihren Blick schweifen. Gleichzeitig blieben sie an Jasmins Gesicht hängen.

Nicolai Fabini ergriff das Wort. „Dr. Cheplow, wie schön sie wiederzusehen." Er lächelte ihr zu. „Frau Moonberg." Für sie hatte er immerhin ein Nicken übrig.

Vincent gab beiden Frauen höflich die Hand. Jasmins hielt er etwas länger als notwendig.

43

„Schön, dass es mit deinem Besuch geklappt hat.", sprach Jasmin freudestrahlend.

„Ja, ich freue mich auch.", sagte Vincent etwas leiser.

„Soll ich dir das Labor zeigen?"

Vincent antwortete nicht sondern blickte fragend zu Nicolai. Der übernahm. „In einer Stunde haben wir ein Meeting. Bis dahin könntest du dich herumführen lassen."

„Sehr gern."

„Gut, dann wäre das geklärt. Meine Damen, ich empfehle mich."

Jasmin und Nele verabschiedeten sich von ihm. Sobald er und der Professor den Raum verlassen hatten, fiel Jasmin in Vincents Arme. Nele nuschelte etwas von Arbeit und verzog sich in den Nebenraum. Er hingegen hielt sie so fest, als hätte er Angst, dass sie verschwinden würde, wenn er locker ließe.

„Jasmin... ." Tief atmete er ein und roch dabei an ihrem Haar. „Meine Jasmin."

Sie umklammerte seinen Oberkörper und drückte ihr Gesicht an seine Brust.

„Ich muss mich leider schon heute von dir verabschieden." Sanft streichelte er sie, seine Stimme war so voller Trauer.

„Jetzt schon? Ich dachte, du bleibst noch bis morgen?"

„Ich wünschte, es wäre so, doch Fabinis Pläne haben sich geändert."

Ihr wurde das Herz schwer. Er küsste sie zärtlich auf das Haupt.

„Kannst du ihn nicht fragen, ob... ?"

„Das bringt nichts." Traurig fasste er an ihr Kinn und zwang sie behutsam, ihn anzuschauen. Seine Augen waren so ermattet. Er beugte sich hinunter und gab ihr einen leidenschaftlichen Kuss. Augenblicklich versanken sie in einem Meer von Gefühlen. Dieser Moment sollte ewig dauern. Irgendwann löste er sich sanft und hielt ihre Hände. „Es gibt nichts, was ich mir sehnlichster wünschte, als mehr Zeit mit dir zu verbringen."

„Ich komme mit dir und besuche dich."

Er schüttelt den Kopf. „Das geht nicht. Ich darf dir nicht verraten, wo die Siedlung ist."

„Dann beantrage erneuten Freigang. Das muss doch gehen. Du warst jetzt auch draußen." Sie sah den Schmerz in seinen Augen. „Ihr seid Menschen. Sie können euch doch nicht wegsperren."

Darauf antwortete er nicht.

„Dann zieh ich zu dir. Ich kann mit Einschränkungen leben. Du hast eine große Wohnung und ich brauch nicht viel Platz."

Wieder küsste er sie, antworte jedoch nicht.

„Oder wir hauen ab. Ich habe Geld. Nicht viel, aber für den Anfang reicht es."

„Sie würden mich finden. Wir haben einen Sender im Nacken."

„Dann entfernen wir das Ding eben."

„Ich würde beim Versuch sterben."

„Scheiße, dann zieh ich halt doch zu dir. Hauptsache wir sind zusammen." Sie begann zu weinen.

„Ich wünschte es ginge, aber... ."

„Aber?"

„Ich habe keine Vierzimmerwohnung. Wir sind auch nicht wirklich eine Gemeinschaft... Jasmin, es tut mir so leid."

„Ich... ich verstehe nicht?"

„Es war vieles, was ich auf der Gala sagte, ausgeschmückt. Nicht jedem von uns geht es gut."

Sie sah in verwirrt an. Er konnte sehen, dass sie unter Schock stand.

„Meine Zuneigung zu dir ist echt. Aber meine Aufgabe ist es, ein Repräsentant zu sein." Vincent hielt sie nun an den Unterarmen fest und sprach viel leiser. „Ich bin dir so unendlich dankbar." Er küsste ihre Hände. „Du hast mir gezeigt, wie es sein könnte. Eine einmalige Erfahrung für mich."

„Vincent... heißt das... heißt das, wir sehen uns nie wieder?"

„Es tut mir so leid. Unendlich leid. Sei mir bitte nicht böse."

„Nein." Es war mehr ein Hauch als ein Wort, doch trug es alle Verzweiflung in sich. Sie sah fassungslos in sein Gesicht.

Vincent sprach weiter. „Bitte, versprich mir, dass du mich nicht suchen wirst."

Diesmal war es Jasmin, die nicht antwortete.

„Vielleicht werde ich nächstes Jahr wieder der Repräsentant sein und hierherkommen."

„Nächstes Jahr?", flüsterte Jasmin und sie wirkte so, als ob sie nicht begreifen konnte, was er ihr erzählte.

„Ich erwarte und möchte nicht, dass du auf mich wartest."

„Es muss doch einen Weg geben."

„Nein." Er wurde etwas resoluter. „Bitte vergiss mich nicht. Es war eine sehr schöne Zeit und ich habe jede Minute genossen."

„Niemals, wie könnte ich das?"

Vincent griff in seine Hosentasche und holte eine zarte goldene Kette mit einem Vogelanhänger hervor. „Es ist nichts besonderes. Heute früh... ich wollte dir etwas schenken. Ich hoffe, sie gefällt dir."

„Sie ist wunderschön. Aber… " Sie drehte sich um, damit er ihr die Kette anlegen konnte. „Ich habe gar nichts für dich. Doch, warte... ein Passfoto. Willst du ein Passfoto haben?" sprach sie nun immer nervöser werdend.

Vincent lächelte. „Sehr gerne."

Zittrig kramte Jasmin in ihrem Portemonnaie und fand noch das Foto, welches sie eigentlich für ihren Firmenausweis mit sich herumschleppte, und reichte es ihm. „Es ist zwei Jahre alt, aber es ist halbwegs okay, findest du nicht?"

Er nahm sie in den Arm und drückte seine Lippen auf ihre. Sie wusste hinterher nicht mehr, wie lange dieser Kuss angedauert hatte, aber sie schmeckte ihn noch, als er sich von ihr löste und ihr sagte, dass er jetzt gehen müsse. Sie schmeckte ihn auch noch, als er sich wegdrehte und ohne ein weiteres Wort aus dem Raum ging. Sie schmeckte ihn noch, als er längst fort war und sie auf die Knie fiel, weil sie sich nicht mehr länger halten konnte. Und ihre Lippen waren wie wund, als sie vorsichtig mit ihren Fingern darüber fühlte. Am liebsten würde sie ihn wieder bei sich haben und sie konnte nicht fassen, wie ein Mann ihr in nicht einmal 24 Stunden das Herz brechen konnte.

Die Tür hinter ihr schwang auf. Nele eilte zu ihr und kniete sich auf den Boden. Sie drückte Jasmin an sich.

„Ich... ich wollte eigentlich nicht lauschen... aber es war so tragisch." Nele schniefte.

Jasmin sah sie traurig lächelnd an. „Ich bin froh, dass du es getan hast. Ich kann es nicht erklären."

„Im Internet gibt es ein Foto von ihm, falls du es möchtest, lade ich es dir runter."

„Gern. Danke."

Nele tat ihr augenblicklich den Gefallen und ging an den Rechner „Und ich Esel dachte zuerst, du hättest auf der Gala mit dem jungen Fabini angebändelt. Tss.", sie gab ihr den Ausdruck eines Fotos von Vincent und setzte sich wieder zu ihr auf den Boden. „Krasse Geschichte. Du und ein Hybrid?"

„Es sind Menschen. Nele, ich befürchte, sie halten diese Menschen wie Tiere." Jasmins Stimme bebte vor Zorn.

„So hat er es nicht gesagt, nur dass er es etwas positiver für die Presse ausschmückt."

„Aber ich merke, dass da mehr hinter steckt. Viel mehr. Ich habe Angst um ihn."

„Hey, dann sollten wir auch was tun."

Jasmin schaute sie zweifelnd an. „Und was?"

„Keine Ahnung. Aber ich weiß, dass ich Vincent schon ein paar Mal hier gesehen habe. Ich wusste nur nicht, dass er er ist."

„Wirklich?"

„Ja." Nele guckte sie verschwörerisch an. „Es heißt, dass die Forschung noch immer nicht ganz beendet ist."

„Was?"

Nele nickte grimmig. „Ich bin ein Mitglied der Familie Elmhausen, na ja zumindest fast, vergiss das nicht. Da hört man so das ein oder andere Gerücht."

Jasmin grübelte. „Weißt du was, Nele, du hast Recht. Aufgeben gibt es nicht. Ich werde einen Weg finden, um Vincent zu helfen und ihn wiederzusehen. Dieser Ortungschip muss doch zu deaktivieren sein oder so. Irgendetwas werde ich in Erfahrung bringen, ich lasse ihn nicht im Stich."

„Das wollte ich hören." Nele grinste und tätschelte ihr auf die Schulter. „Danke für alles. Du bist eine tolle Freundin."

Penthouse

Die Fahrstuhltür glitt auf und Vincent trat in Nicolai Fabinis Wohnung. Diese war ein Penthouse, mitten auf dem Hauptgebäudekomplex des Konzerns. Mit dem Öffnen der Fahrstuhltür befand sich Vincent gleich in der Galerie, die große, schwarz weiße Leinwandfotos von bizarr in Szene gesetzten Menschen enthielt. Die Galerie war ein langer, weiß gestrichener Flur, von dem zu den Seiten je drei Türen abgingen. Der Flur öffnete sich nach hinten zu einem großen Empfangsraum. Hier durchfluteten deckenhohe Fenster den Raum mit Licht, welches sich auf dem schwarzen Marmorboden brach. Links befand sich eine Theke mit einer kleinen Bar und rechts im Raum erstreckte sich eine Lounge. Auf weißem Flokati stand eine Sitzgruppe mit einem weißem Ledersofa, einem gläsernen, schwarzen Tisch und in der Ecke befand sich ein riesiger, Flachbildschirm mit passender exquisiter Soundanlage. Die Wohnung roch nach neuen Möbeln und ein leichter Hauch von Desinfektionsmittel lag in der Luft.

Nicolai Fabini stand regungslos am Fenster und schaute knapp zwanzig Stockwerke tief in das Treiben der Menschen, während Vincent im Raum stehen blieb und wartete.

Kühl durchschnitten Nicolai Fabinis Worte den Raum. „Wieso bittest du mich um einen Aufschub?"

Vincent schaute zu Boden, holte tief Luft und erklärte sich. „Habe ich nicht immer alles getan, was du mir auferlegt hast? Bin ich auch nur einmal mit einem persönlichen Anliegen an dich getreten?"

„Worauf möchtest du hinaus, Vincent?" Fabinis Stimme klang ermüdet, fast schon gelangweilt.

„Ich möchte mehr Zeit. Bitte."

„Ich hab dir Zeit gewährt, ich hab dich hier herumlaufen lassen, ich hab dir sogar erlaubt, das Gelände abends verlassen zu können. Da reicht man dir den kleinen Finger und nun dies?"

„Ich weiß, aber... ."

Doch Nicolai Fabini unterbrach ihn. „Nein. Du hast mir gute Dienste geleistet, all die Jahre warst du mir treu ergeben. Dafür danke ich dir, aber ich kann dich nicht plötzlich wie einen normalen Menschen da draußen umherstreifen lassen. Dein Gesicht ist in den Medien, jeder wird dich verurteilen für das, was du bist. Ein normales Leben wirst du nie führen können. Es tut mir leid. Es gibt keine Lockerung der Regeln! In deinem Fall würde dich das doch nur noch mehr nach Freiheit streben lassen, ungünstig. Pack jetzt deine Sachen und geh. Wenn du weiterhin vorzeigbar bleibst, keine Ausrutscher hast, so kannst du dir gewiss sein, dass ich dich nächstes Jahr wieder einsetze."

„Bitte hilf mir." Vincent verschloss die Augen als wenn er insgeheim beten würde.

„Es geht nicht. Punkt. Wenn du damit nicht klarkommst, befinden sich in diesem Gebäude nette Fenster mit ansehnlichem Ausblick. Werde also nicht zu einem Problem, das wäre schade um dich."

Ja, Vincent Fischer war Nicolai Fabini gegenüber loyal ergeben. Warum? Weil es notwendig war, um zu überleben. Lieber ein Läufer auf Nicolais Schachbrett, als ein Bauer, der ohne zu zögern geopfert wurde. Doch schon immer flammte in Vincent ein Zweifel, ein Wunsch nach Gerechtigkeit auf. Doch so oft dieser Zweifel auch wieder aufflammte, er wurde von Resignation erstickt. Warum denn für Freiheit in einem solchen Leben kämpfen, wo doch in 60 Jahren kein Mensch mehr einen Hybriden sehen würde? Selbst wenn sie frei leben würden, welcher Mensch schaut schon gerne in ein Gesicht, das die eigene Unvollständigkeit zu Tage trägt? Tübald Fabinis Forschungen waren ein reines Fiasko, ein Wahnsinniger, der die Welt verändern wollte. Und sie, die Hybriden waren nur der klägliche Schatten einer Utopie. Ihrer Zeit voraus und dennoch zu wenige, um etwas ändern zu können. Jedenfalls dachte Vincent bisher so, bis gestern. Und so ist das nun mit der Liebe, sie verändert einen, ob man will oder nicht. Und leider lässt sie einen manchmal die Logik vergessen.

Kein Wort mehr

Der restliche Arbeitstag von Jasmin zog sich hin wie Kaugummi. Sie war froh, dass sie den überhaupt noch halbwegs durchstehen konnte. Am Abend schloss sie erschöpft die Haustür auf und schlüpfte aus ihren Schuhen. Die Tasche stellte sie achtlos in den Flur. Sie wollte jetzt nur noch heiß duschen und dann ins Bett. Jedoch machte Marvin ihr einen Strich durch die Rechnung.

„Ist was?" Er kam aus der Küche mit einem Kochlöffel in der Hand.

„Wieso?"

„Man antwortet nicht auf Fragen mit Gegenfragen."

„Alles super."

„Und wieso hast du grade nicht das gemacht, was du sonst immer machst?"

Jasmin sah in etwas perplex an. *Ich krieg Kopfschmerzen.* „Marvin, wovon sprichst du?"

„Immer wenn du reinkommst, fragst du, ob ich da bin. Heute nicht."

„Das ist dein Problem? Okay, Marvin, bist du da?"

Stille. Beide funkelten sich leicht zornig an.

„Ist etwas passiert?"

„Nein. Ich sagte doch, es ist alles in Ordnung." Ihre Stimme zitterte ziemlich stark.

„Spann mich nicht auf die Folter. Ich merke sehr wohl, wenn etwas nicht stimmt."

„Alles super." Plötzlich brach sie in Tränen aus.

Marvin stand etwas hilflos daneben und tätschelte ihr dann die Schulter „Willst du einen Teller vegane Suppe?"

„Nein. Alkohol." Jasmin schnäuzte in ein Taschentuch.

Leicht beunruhigt führte Marvin seine Schwester in die Küche und platzierte sie auf einem Stuhl. Ohne ein weiteres Wort öffnete er den Schrank unter der Spüle, in dem sich alkoholische Partyreste befanden. Er stellte ihr eine angefangene Flasche Wodka vor die Nase. Anschließend setzte er sich ihr gegenüber hin und schaute sie abwartend an. Verheult drehte Jasmin den Verschluss ab und trank direkt aus der Flasche.

„Okay, ich versuche es nochmal. Was ist passiert?"

„Nichts."

„Und wegen nichts heulst du hier herum und besäufst dich?"

„Ja."

Marvin überlegte fieberhaft, was vorgefallen sein könnte. „Hast du Probleme auf der Arbeit?"

„Nein. Heute kam sogar mein Chef vorbei."

„Seid ihr aneinander geraten? Ist er ein Arschloch?"

„Nein. Du bist das Arschloch."

„Bitte?" Seine Schwester hatte ihn eiskalt erwischt. „Was habe ich denn jetzt wieder angestellt?"

„Dir ist doch nie jemand gut genug."

„Was redest du für einen Unsinn."

„Würdest du jemals einen Mann an meiner Seite akzeptieren?"

„Aha, daher weht der Wind. Ich gebe zu, dass ich vielleicht etwas, nun ja, anspruchsvoll bin, was dieses Thema angeht."

„Anspruchsvoll? Alexander durfte sich unserem Haus nicht mal nähern."

„Hallo? Du warst gerade mal 15 Jahre alt."

„Und Frances?"

„Dieser Schnösel hatte dich einfach nicht verdient."

„Aber die gebrochene Nase schon?"

„Das war ein Unfall. Er ist... gegen meine Faust gelaufen."

„Du hast es immer beendet."

„Hat es dir geschadet?" Nichts konnte Marvin mehr auf dem Stuhl halten. Er tigerte durch die Küche und sah, dass die Flasche sich zügig geleert hatte. „Sie hätten dich nur abgelenkt. Guck doch mal, wo du jetzt mit 27 Jahren stehst."

„Ich sitze in der Küche und ertränke meine Sorgen in Alkohol, weil du meinen Freund niemals akzeptieren würdest."

„Du hast einen Freund?"

„Klar."

„Seit wann das denn? Wieso weiß ich nichts davon?"

„Die Flasche ist alle."

Marvin füllt sie mit Wasser und stellt sie ihr wieder hin. „Erzähl."

„Es war alles so schön. Und jetzt werde ich ihn wahrscheinlich nie wieder sehen."

„Du hast also Liebeskummer." Erleichtert nahm er wieder Platz. „Hat er eine andere?"

„Nein."

„Habt ihr euch gestritten?"

„Nein."

„Warum weinst du dann? Warum wirst du ihn nicht mehr sehen?"

„Vielleicht in einem Jahr."

„Oh Gott, bist du etwa schwanger?"

„Nein."

„Ich hab es, er geht für ein Jahr ins Ausland. Soziales Jahr oder so."

„Nein. Dann würde ich doch einfach mitgehen."

„Himmel, Jasmin, du machst es mir nicht einfach."

„Ich will nicht, dass du dich aufregst. Dann fängst du an herumzuschreien."

„Ich verspreche dir, ich werde mich zurückhalten."

Prüfend blickte sie Marvin an. Vorsichtig näherte sie sich der Wahrheit.

„Du willst doch, dass ich glücklich bin, stimmt's?"

„Natürlich. Du bist meine Schwester."

„Wenn es jemanden gibt, der mich glücklich macht, dann würdest du ihn auch akzeptieren, stimmt's?" Sie sah wie Marvin schwer einatmete.

„Ja, ich würde mir wohl Mühe geben."

„Nein, du musst sagen, du würdest ihn akzeptieren, weil er der einzig Wahre für mich ist."

Marvin fasste sich an die Schläfen. „Okay, okay."

„Wir passen einfach perfekt zusammen und der Punkt Punkt Punkt war auch gut."

„Halt, stopp! Als dein Bruder darf ich so etwas nicht erfahren, sonst könnten schlimme Dinge passieren."

Mit diesen Worten zauberte er ein kleines, vages Lächeln auf ihr Gesicht. Sie wischte sich die Tränen von den Wangen. „Sie sperren ihn einfach weg. Das können sie doch nicht machen."

Jetzt wurde Marvin blass. „Du hast dich doch nicht etwa in einen Schwerverbrecher verliebt? Jasmin! Einen Knastbruder? Der Kerl, der letztens an der Tür stand? Ich bitte dich."

„Nein, aber das wäre doch toll, dann wüsste ich wenigstens, dass ich ihn tatsächlich wiedersehen würde und wir dann zusammen leben könnten. Du verstehst das nicht." Sie war ein kleines Häufchen Elend. „Ich liebe ihn wirklich."

„Ach Kleine, dass glaubt man schnell und noch schneller ändert sich das wieder."

„Es ist aber so seltsam anders."

„Das dachte ich damals bei Elli auch."

„Elli?"

„Ja, du weißt schon."

„Die Elli, die sich durch die halbe Sportmannschaft gevögelt hat?"

„Jasmin! Aber, äh, ja genau die. Ich hatte damals gedacht, sie sei die Frau fürs Leben. Ich wollte sie sogar heiraten. Als ich sie gefragt habe, hat sie Schluss gemacht."

„Aber er liebt mich doch auch."

„Woher willst du das wissen? Männer sagen manchmal Dinge, die Frauen hören wollen, um gewisse Sachen..." Das Thema schien Marvin unangenehm zu sein.

„Ich wusste es, du bist unmöglich." Jasmin bewarf ihn mit einem Apfel aus der Obstschale, die vor ihr auf dem Tisch stand.

Er fing ihn gekonnt auf. „Nun sag mir doch, wer der Idiot ist, der dir wunderschönen Frau das Herz gebrochen hat?"

„Du wirst ausrasten, wenn ich dir seinen Namen nenne."

„Ich kenne ihn also?"

„Ja."

„Ich breche ihm alle Knochen."

„Nein, du verstehst das nicht. Er will mich doch wiedersehen, er darf es nur nicht. Nicolai Fabini verbietet es. Ich nehme jedenfalls an, dass er es ist, weil als Chef der Firma hat er die Verantwortung. Es kann natürlich sein, dass jemand anders zuständig ist, aber ich glaube schon... ."

Während Jasmin nun darauf los plapperte, konnte Marvin endlich eins und eins zusammenzählen. Er wurde blass und klammerte sich an der Tischkante fest. Das Sprechen fiel ihm schwerer, denn er musste sich sehr zusammenreißen. „Jasmin?"

„Ich verstehe das Problem überhaupt nicht. Es sind doch keine Hunde, die man in Zwinger sperren kann. Also nicht, dass ich das befürworte, aber theoretisch werden Hunde auch in Zwingern gehalten. Selbst die dürfen aber tagsüber mehrmals raus. Wieso können dann Menschen so, also, so behandelt werden? Ohne Auslauf?"

„Jasmin?" Mühsam beherrscht unterbrach er sie erneut. „Sag mir bitte, dass es sich hierbei nicht um diesen Freak von der Gala handelt."

„Er heißt Vincent und er ist ein Mensch." Sie sah nun in sein Gesicht und zuckte zusammen. *Er wird mich doch nicht schlagen? Hilfe, er sieht aus, als ob er gleich einen Schnaps braucht.*

„Er ist ein Monster. Du hattest mit diesem Ding Sex?"

Gleich schnappt er über. Vielleicht hätte ich ihn doch da raus halten sollen... zu spät. „Es war schön. Wirklich, du musst mir zuhören. Wir waren spazieren, haben etwas gegessen und er hat es sichtlich genossen, mit mir zusammen zu sein. Ich kann es dir auch nicht erklären, aber es war wie Vorherbestimmung, darum habe ich ihn auch geküsst."

„Die wurden genetisch verändert. Die sprühen bestimmt auch irgendwelche Hormone aus, die dich alles machen lassen. Und er hat dich angefasst ja?"

„Hör auf! Ich wusste, es war ein Fehler, dich ins Vertrauen zu ziehen."

„Ist dir nicht klar, was alles hätte passieren können?"

„Nein."

„Er hätte sonst was mit dir machen können. Dein Glück, dass er wieder eingefangen und zu Seinesgleichen gesperrt wurde. Das einzig Positive ist wohl, dass du wenigstens nicht schwanger werden kannst! Mein Gott, Jasmin, wie alt bist du eigentlich?"

Abrupt sprang Jasmin auf, ihr Stuhl kippte nach hinten um. „Darum machst du dir Gedanken, ja? Es geht hier nicht um mich sondern um ihn. Er wird weggesperrt und darf keinen Kontakt mit mir halten."

„Richtig so."

„Überhaupt nicht richtig. Ich will ihn heiraten."

Marvin musste lachen. „Jetzt spinne nicht herum."

„Ich spinne überhaupt nicht."

„Du kannst ihn nicht ehelichen. Er ist kein Mensch. Ebenso wenig kann ich einen Affen heiraten!"

„Ich werde ihn befreien!"

„Jetzt reicht es. Meinetwegen heul noch ein paar Tage herum, dann vergisst du ihn eh. Deine fehlende Pubertät scheint sich jetzt doch noch ihr Recht zu holen."

„Du hast doch keine Ahnung. Ich werde ihn nicht vergessen, im Gegenteil, ich werde einen Weg finden, ihn da rauszuholen."

„Du willst ihn aus seinem glücklichen Siedlungsleben reißen?"

„Das gibt es eben nicht. Alles, was sie uns weismachen wollten auf der Gala, ist nur Fake gewesen."

„Wer ist denn jetzt paranoid?"

„Ich bin es nicht. Hör zu. Es gibt keine tolle Stadt. Die Hybriden werden wie Laborratten gehalten."

„Warum hat er es dann anders erzählt? Da war ja wohl Presse genug, die sich um ihn gekümmert hätte! Der hat dir doch nur ein Märchen erzählt, damit er dich aus Mitleid flachlegen kann!"

„Ich fasse es nicht! Er musste das sagen, weil sie ihn bestimmt gezwungen haben. Für ihn ist diese Position außerdem eine Möglichkeit gewesen, mal herauszukommen."

„Das klingt alles haarsträubend. Es wäre seine Chance gewesen, die Wahrheit zu erzählen. Dann hätte es welche gegeben, die ihn und seinesgleichen befreien."

„Ach und wer? Menschen wie du?"

„Nein. Aber du."

„Echt witzig."

„Mein Gott, in 60 Jahren hat sich das Problem von allein gelöst, dann ist endlich wieder Ruhe."

Jasmin spürte, dass sie nun kurz davor war, ihren Bruder zu schlagen. Sie drehte sich weg und ging zur Tür. „Weißt du was, dann werde ich die nächsten 60 Jahre auch kein Wort mehr mit dir reden."

Versetzung

Am nächsten Tag war Jasmin früher als sonst zur Arbeit gefahren, um Marvin nicht in der Küche begegnen zu müssen. Sie trat eifrig in die Pedale und nutzte die körperliche Anstrengung als Ablenkung. Wie immer parkte sie ihr Fahrrad noch in der Straße und lief grummelig die letzten Meter zur Firma.

Warum muss er auch so stur sein? Wenn er Krieg haben will, dann bekommt er ihn. Wer nicht für mich ist, ist gegen mich! Ihre Gedanken rotierten in einer Dauerschleife. Selbst als sie im Kittel an ihrem PC saß, um die neuen Daten auf Normalverteilung zu prüfen, konnte sie einfach nicht abschalten. Nele betrat das Labor und war die willkommene Abwechslung, die sie brauchte.

„Morgen, Jasmin. Sag mal bist du aus dem Bett gefallen?"

„So ähnlich. Morgen."

„Ey, du siehst irgendwie schlecht aus."

„Danke. Komplimente versüßen den Tag."

„Okay, was ist los?"

„Ich habe gestern noch mit Marvin geredet."

„Klasse. Und? Was sagt er? Will er helfen?" Nele setzte sich auf den Stuhl neben dem von Jasmins Platz.

„Nein. Er ist sogar froh, dass Vincent weggesperrt wird. Angeblich schlimm genug, dass ich Kontakt mit diesem Monster hatte." Blanke Wut schwang in Jasmins Stimme mit. Sie stand auf, um Nele beim Füttern der Ratten zu helfen. Mit einem Messer begann sie die Möhren im Staccato zu schneiden. Nele hielt sicherheitshalber Abstand und wog das Körnerfutter ab.

„Also ist das Gespräch nicht gut verlaufen?"

„Kann man so sagen. Weißt du, was ihm da Wichtigste war? Dass ich nicht schwanger werden kann! Dieser Blödmann."

„Denkst du nicht, dass es gut wäre, wenn du deinen Bruder auf deiner Seite hättest?"

„Auf meiner Seite? Niemals. Außerdem rede ich nicht mehr mit ihm. Für die nächsten 60 Jahre um genau zu sein."

„Was? Wieso das denn?"

„Weil... ." Jasmin drehte sich mit dem Messer herumfuchtelnd zu Nele. „... sich das Problem laut Marvin in 60 Jahren eh von selbst erledigt. Ich soll jetzt ein paar Tage heulen, dann hätte ich Vincent eh vergessen. Oh, ich hasse ihn."

„Äh, Vincent?"

„Natürlich nicht. Marvin, diesen Spinner. Weißt du, was ich mich frage?" Das Messer attackierte wie wild die Luft. „Ich frage mich, ob wir wirklich Geschwister sind. Kennst du zwei Menschen, die unterschiedlicher sind?"

„Ja." Nele zuckte mit den Schultern. „Ich und der Professor zum Beispiel."

Genervt verzog Jasmin das Gesicht. „Ich rede von Geschwistern."

„Ach so."

„Wir sind uns so unähnlich. Marvin ist groß, ich bin nur mittelgroß. Er hat blaue, ich braune Augen. Ich bin intelligent, er sportlich." Sie schnippelte weiter.

„Jasmin." Vorsichtig versuchte Nele Zugang zu ihrer Freundin finden „Es ist nicht selten, dass Geschwister unterschiedlich sind. Der eine kommt eher nach der Mutter und die andere nach dem Vater."

„Ja, das hab ich früher auch mal gedacht. Aber inzwischen bezweifle ich, dass Marvin überhaupt Eltern hat."

„Wie bitte?"

„Er ist bestimmt ein Außerirdischer, dessen Lebensinhalt darin besteht, mir mein Leben zur Hölle zu machen."

„Ja, genau. Jasmin, du brauchst deinen Bruder. Du schaffst das nicht alleine."

„Der hilft mir doch nicht. Leuten wie mir." Jasmin legte das Messer weg und schaute auf den Berg Möhrenscheiben vor sich. Lauthals prustete Nele hinter ihr los. „Na das reicht für 'ne Weile. Was meinst du mit 'Leuten wie dir'?"

„Hybridenfreunden. Habe ich dir schon gesagt, dass ich das Wort Hybriden hasse. Es sind Menschen wie wir."

„Hey, ich bin auf deiner Seite. Mir musst du nichts erklären. Wir sollten wirklich was machen. Irgendetwas, was Aufmerksamkeit erregt." Nele überlegte laut. „Ich hab's. Wir könnten eine Demo organisieren und mehr Toleranz und Freiheit für Hybriden fordern."

„Genau. Und dann bitte ich Nicolai Fabini um die Versetzung zu dem geheimen Forschungsprojekt."

„Ja, das ist doof. Du hast recht. Aber ich habe mich mal umgehört. Unter vorgehaltener Hand wird erzählt, dass sie tatsächlich noch mit Hybriden, mit Freiwilligen, arbeiten. In der Abteilung Humangenetische Medizin laufen wohl Testreihen."

„Also doch. Dann werde ich um eine Versetzung bitten."

„Ich auch."

„Wie bitte? Du willst Herkules und Co. verlassen?"

„Ja."

„Okay, sollte Fabini zustimmen, dann werde ich das ansprechen."

„Du solltest zuerst mit dem Professor reden."

„Mit Elmhausen?"

„Ja, wenn er dich empfiehlt, ist das von Vorteil."

„Gut. Nele, schön, dass du auf meiner Seite bist."

„Ach, ich kann gar nicht anders. Das ist so spannend. Wie in einem

Roman."

Skeptisch zog Jasmin eine Augenbraue hoch. „Okay, wann meinst du, soll ich mit ihm sprechen? Übermorgen? Nächste Woche?"

„Jetzt."

„Jetzt? Ich bin völlig unvorbereitet und er hat vielleicht keine Zeit."

„Jetzt."

Jasmin strich sich über die Haare und ordnete ihre Kleidung.

„Halt, warte mal. Jasmin, du musst strenger aussehen."

„Strenger?"

„Ja, eiskalt eben. Mach dir einen Dutt." Sie half ihrer Freundin dabei und schob sie anschließend aus der Tür heraus. Aufgeregt ging Jasmin nun den Flur entlang. Sie versteckte ihre Hände im Kittel und hoffte auf Inspiration. Schließlich stand sie vor der Bürotür vom Professor.

Okay, ganz ruhig. Du schaffst das. Für Vincent. Du ziehst das jetzt knallhart durch und lässt die karrieregeile Zicke raushängen. Nichts macht Männern mehr Angst. Ah, ich weiß nicht, ob das klappt. Es muss!

Jasmin räusperte sich, klopfte dann dreimal auf das Holz der Tür.

„Herein."

Mit klopfendem Herzen drückte sie die Klinke herunter und öffnete die Tür. Es war ein überschaubares Büro. Professor Elmhausen saß an seinem Schreibtisch und schrieb Notizen in Akten, die sich vor ihm stapelten.

„Dr. Cheplow, kommen Sie her. Setzen Sie sich." Er zeigte mit einer Hand auf den freien Stuhl vor seinem Schreibtisch. Sehr aufrecht nahm Jasmin Platz.

„Was kann ich denn für Sie tun?", fragte er freundlich.

Ohne Umschweife kam Jasmin auf das Thema zu sprechen. „Ich möchte etwas mit Ihnen besprechen. Seit zwei Wochen arbeite ich nun in Ihrer Abteilung. Sie haben mich gut aufgenommen und mir auch gleich Verantwortung übertragen, wofür ich Ihnen wirklich dankbar bin."

Der Professor nahm seine Brille ab und betrachtete sie stirnrunzelnd. Er ahnte wohl, dass es kein angenehmes Gespräch werden wird.

„Die Arbeit mit den Impfstoffen ist sehr nett, aber es ist jetzt schon abzusehen, wie es weitergehen wird. Es geht hier nicht um ein wirkliches Forschungsprojekt, bei dem mit Spannung ein bahnbrechendes Ergebnis erwartet wird. Nein, hier geht es um Verbesserung der Verträglichkeiten und um das Reduzieren von Auffrischungen. Verstehen sie mich bitte nicht falsch, doch ich in meinen jungen Jahren möchte mich noch Herausforderungen stellen dürfen."

Die Spannung war nun greifbar und Jasmin hielt sogar die Luft an als sie auf eine Reaktion seinerseits wartete. *Hab ich die richtigen Worte gewählt? War ich kühl und lässig genug?*

„Dr. Cheplow, verstehe ich sie richtig? Sie langweilen sich bei uns?"

„Das ist natürlich eine Wortwahl, die ich so nicht gewählt hätte." Sie betonte es so, dass er daraus schlussfolgern konnte, dass er es genau getroffen hatte.

„Wie kann ich Ihnen weiterhelfen?"

„Ich möchte Sie bitten, dass Sie meinen Antrag auf Versetzung unterstützen." *Die Katze ist aus dem Sack. Was sagt der Kater dazu?*

Aus einer Schublade entnahm Professor Elmhausen ein Tuch, mit dem er nun seine Brillengläser polierte. „Ich soll Sie einer anderen Abteilung empfehlen?"

„Ja, genau."

„Warum sollte ich das tun? Sie sind erst seit 16 Tagen bei uns angestellt."

„Weil ich eine hervorragende Qualifikation vorzuweisen habe. Ich bin 27 Jahre alt und habe mit summa cum laude promoviert. Veröffentlichungen zum Thema rund um die neusten Verfahren der Isolation von Einzelallelen auf menschlichen Chromosomen wurden in den führenden Fachzeitschriften gedruckt. Meine aktuelle Arbeit unterfordert mich einfach."

„Was würde sie denn mehr interessieren?"

„Nun, ich weiß, dass in dem Bereich der Humangenetischen Medizin dieser Firma meine Fähigkeiten garantiert besser zum Tragen kommen würden" *Bitte geh darauf ein.*

„Sie wissen, dass wir hier über eine Abteilung sprechen, die in der Breite der Bevölkerung wenig Anerkennung findet?"

„Ja."

„Was passiert, wenn ich, beziehungsweise die Leute, die das zu entscheiden haben, ihrem Anliegen nicht nachkommen werden?"

„Kein Problem. Ich habe genug Anfragen von anderen Pharmaunternehmen, die meine Qualifikation mehr zu schätzen wissen." *Hoch gepokert. Sehr weit aus dem Fenster gelehnt. Bloß cool bleiben.*

Die Brille blitzte wieder wie neu. Sorgfältig faltete er das Tuch zusammen und packte es zurück in die Schublade. „Sie sind eine bemerkenswerte junge Frau, Dr. Cheplow. Allerdings sollten sie mit ihrem ausgeprägten Selbstbewusstsein vorsichtiger umgehen. Nicht jeder ist so gutmütig wie ich. Ich werde Ihren Antrag unterstützen, da ich sie hier nicht halten kann, sie aber dennoch gerne weiter in der Firma sehen möchte."

„Noch etwas. Ich möchte Nele als meine Assistentin mitnehmen."

Jetzt wirkte er nicht nur überrascht, sondern fast wütend. „Nele? Nein. Wozu? Sie hat nicht einmal studiert."

„Ich kann ihr vertrauen und sie hat eine rasche Auffassungsgabe."

„Das ist lächerlich. Das werde ich nicht unterstützen."

„Wieso?"

„Nele ist sensibel. Sie könnte nicht mit dem anderen Aufgabenfeld klarkommen. Vielleicht würde sie daran zerbrechen."

„Jetzt übertreiben sie aber. Das sollte sie selbst entscheiden können."

„Nein, ich kenne Nele sehr gut. Da ist meine Meinung unumstößlich. Sie können jetzt gehen, ich werde sehen, was ich für sie machen kann."

Jasmin schaute ihn prüfend an. Dann stand sie auf. „Vielen Dank für Ihre Zeit."

„Danken sie mir nicht. Es wird der Tag kommen, an dem Sie sich wünschten, nicht in meinem Büro gewesen zu sein."

Darauf wusste sie keine passende Antwort und verabschiedete sich nur mit einem Nicken.

Mit zittrigen Knien verließ Jasmin das Büro. Im Flur lehnte sie sich gegen eine Wand und atmete erst einmal tief durch. Worauf hatte sie sich nur eingelassen? War das so klug von ihr?

Vorstellungstermin

Eine Woche war nun vergangen. Bisher war sie Marvin erfolgreich aus dem Weg gegangen und auch auf der Arbeit verlief es eher ruhig. Doch heute gab es Neuigkeiten. In ihrem Postfach bei Fabini Industries befand sich ein großer Umschlag. Neugierig riss sie ihn auf. Es befand sich ein Anschreiben und einige Formulare zum Ausfüllen darin. Ihr Aufschrei lockte Nele an, die grinsen musste, als sie ihre Freundin mit den Papieren in der Hand auf dem Flur tanzen sah.

„Was ist denn hier los?"

„Es hat geklappt.", jubelte Jasmin.

„Was genau?"

„Ich habe einen Termin für ein Vorstellungsgespräch in der Abteilung für Humangenetik bekommen."

„Super. Ich gratuliere dir."

„Danke. Das ist so großartig."

„Dann haste den Elmhausen doch überzeugt."

„Ja, aber ich schätze, er mag mich nicht mehr."

„Ach, Quark mit Soße."

„Auf jeden Fall hatte ich schon Angst, ich müsse doch bald zum Arbeitsamt."

„Genau, weil sie auf deinen klugen Kopf verzichten wollen. Wann hast du denn das Gespräch?"

„Nächste Woche Montag. Auweia, ich habe gerade mal sechs Tage, um mich vorzubereiten. Die Formulare muss ich auch noch ausfüllen und schnellstmöglich zurückschicken."

„Zeig mal her." Nele überflog die Unterlagen. „Weißt du was, das machen wir einfach jetzt. Hier guck mal, du musst dich selbst einschätzen. Damit wärst du doch allein überfordert."

„Hahaha. Aber ich nehme gern Hilfe an."

„Ich habe keine Post bekommen."

„Nele, es ist vielleicht auch besser, wenn du hier bleibst."

„Wieso?"

„Ich denke, du bist hier... sicherer."

Nele schaut sie mit großen Augen an. „Sicherer?"

„Ja, ich glaube nicht, dass alles ganz legal da abläuft. Wer weiß, was wir da zu sehen kriegen."

„Okay. Lass das mal meine Sorge sein. Egal wie es kommt, Hauptsache, du hältst mich auf dem Laufenden."

„Was denkst du denn? Natürlich mache ich das."

Dann machten sich die Freundinnen daran, alles ordnungsgemäß auszufüllen.

Bis Montag verging die Zeit wie im Fluge. Und dann kam auch schon der

Tag, an dem sie an eine Tür im Firmengebäude klopfte, an der Meeting-Raum 389 stand. Eine Männerstimme bat sie hinein.

Dieser Raum schien locker vierzig Personen Platz gewähren zu können, doch heute waren es nur sie und vier andere Personen. Eine weitere Frau war dabei, mit strenger Hochsteckfrisur. Sie trug einen weißen Kittel und die Männer hingegen feine Anzüge. Bis auf einen jungen Mann Anfang dreißig waren allesamt um die sechzig Jahre alt. Der junge Mann zeigte auf einen Stuhl. Er selbst nahm dahinter an einem langen Tisch Platz, wo auch die anderen Personen schon saßen.

„Guten Tag. Ich bin Prof. Dr. med. Simor Tasnier. Setzen Sie sich doch bitte."

„Danke." Nervös nahm Jasmin Platz.

Die anderen Personen tuschelten miteinander, aber nur Simon Tasnier redete direkt mit ihr. „Ihren Fragebogen und Ihre Qualifikationen haben wir schon genauestens studiert. Diese sprechen durchaus für sich. Dennoch möchten wir gerne ein paar private Fragen auch zu Ihrer Person stellen. Ich denke doch, Sie sind damit einverstanden."

„Aber natürlich, sehr gern."

„Sie leben allein?"

„Nein, ich wohne mit meinem Bruder in dem Haus unserer verstorbenen Eltern. Von ihnen habe ich übrigens auch meinen Wissensdurst. Selbst bin ich ledig."

„Verstehe. Sie möchten also versetzt werden? Weshalb?"

„Mein momentaner Arbeitsplatz füllt mich nicht aus. Das Aufgabengebiet entspricht nicht meinen Fähigkeiten, hier fühle ich mich schlichtweg unterfordert. Ich habe schließlich meinen Doktor im Bereich der Humangenetik geschrieben, um eben genau in diesem meinem Fachgebiet arbeiten zu können."

„Weshalb haben Sie dann die Stelle in der Impfabteilung angenommen?"

„Ich wollte Fuß fassen in Ihrer Firma. Zudem hatte ich die Hoffnung, dass das Arbeitsgebiet, in dem ich jetzt tätig bin, nicht zu sehr eingeschränkt ist. Dem ist aber leider nicht so. Es ist von vornherein meine Intention gewesen, mit meinen Fähigkeiten gleich zu überzeugen, um dann aufsteigen zu können."

„Glauben Sie denn, dass die Abteilung Humangenetische Medizin Ihren Ansprüchen genügen kann?"

„Ja, davon bin ich überzeugt. Schließlich habe ich schon Erfahrung und meine Eltern haben ebenfalls dort gearbeitet."

Wieder unterhielten sich die Vorgesetzten in so leisem Ton, dass Jasmin nicht ein Wort verstand.

„Wenn Sie rein hypothetisch Krebs heilen könnten, in dem Sie einen Menschen, der eine Immunität gegenüber dem Erreger hat, töten müssten, würden Sie dies tun?"

„Ist der Proband freiwillig dabei?"

„Bitte beantworten Sie ohne weitere Bedingungen direkt die Frage."

Sie seufzte innerlich, antwortete dann aber rasch: „Ja, ich würde es tun."

„Würden Sie es dem Probanden sagen, dass er sterben wird, obwohl Sie damit eventuell die Diskretion des Unterfangens gefährden würden?"

„Nein, ich würde es ihm in diesem Fall nicht sagen. Zum einen würde sonst die Motivation des Probanden sinken und andersrum fällt und steht das Projekt mit der Diskretion. Sollte so ein Projekt an die Öffentlichkeit geraden, würde man dieses wahrscheinlich nie beenden können und das größere Wohl müsste auf das Heilmittel verzichten."

Wieder leises Flüstern.

„Nun gut, die letzte Frage. Wenn Sie an einem Projekt für die Firma arbeiten, das religiös beziehungsweise moralisch für ihre Familie nicht akzeptabel wäre, würden Sie sich dann für die Dauer dieses Projektes von Ihrer Familie distanzieren, auch wenn die Dauer des Projektes noch nicht absehbar wäre?"

„Natürlich ist mir meine Familie sehr wichtig. Allerdings steht nun für mich die wissenschaftliche Arbeit im Fokus. Mein ganzes Leben dreht sich hierum, deshalb wäre ich auch bereit in einem kritischen Stadium mich dieser Aufgabe voll und ganz zu widmen. Mit allen Konsequenzen."

„Vielen Dank, Sie hören dann von uns."

Etwas überrascht über das schnelle Ende, erhob sie sich langsam. So als ob sie Dr. Prof. Tasnier noch die Möglichkeit geben wollte, weitere Fragen zu stellen. Als nichts dergleichen eintrat, verabschiedete sie sich mit einem Lächeln.

„Einen schönen Tag wünsche ich Ihnen."

Etwas wacklig auf den Beinen und einem üblen Geschmack im Mund schloss Jasmin die Tür hinter sich. Die Fragen bohrten noch in ihrem Gewissen. Natürlich hatte sie bei diesen Fragen so geantwortet, wie sie dachte, dass die Firma es haben wollte. Doch was wären die ehrlichen Antworten gewesen?

Alles für den Job?

Der Tag des Vorstellungsgesprächs lag nun vier Tage zurück. Noch immer hatte sie nichts von ihrem Chef gehört, dafür arbeitete sie momentan umso fleißiger an der Wirkung eines neuen Tetanusimpfstoffes. Bisher war es ihr außerdem gelungen, Marvin komplett aus dem Weg zu gehen und nicht mit ihm zu sprechen. Natürlich wusste sie, dass es nicht ewig so weitergehen konnte, doch zögerte sie ein Zusammentreffen gern so lange wie möglich hinaus. Lesend saß Jasmin nun am Freitagabend nach einem langen Arbeitstag auf ihrem Bett. Der Schein der Nachttischlampe war die einzige Lichtquelle in ihrem Zimmer. Erschöpft klappte sie ihr Buch nach ein paar Seiten zu und legte es beiseite.*Es geht nicht. Ich kann mich einfach nicht konzentrieren.* Unter ihrem Kopfkissen zog sie das T-Shirt hervor, das Vincent damals getragen hatte als er bei ihr übernachtete. Sie bildete sich ein, ihn noch immer riechen zu können. Gedankenversunken kuschelte sie mit dem Stoff, als Marvin plötzlich ihre Zimmertür öffnete. Ihre Reflexe waren erstaunlich gut. Sie schaffte es, das Shirt hinter ihren Rücken zu stopfen und gleichzeitig ihren Bruder anzufauchen, dass er niemals ohne anzuklopfen in ihr Zimmer kommen dürfe.

„Okay, dann eben nochmal." Marvin schloss die Tür und klopfte an.

Jasmin verstaute das Shirt besser und setzte sich aufrecht hin. „Herein."

Ihr Bruder betrat erneut das Zimmer und sah sich um, als ob er es vorher noch nie gesehen hatte.

„Was willst du?"

„Nun, ich... ich wollte dir nur sagen, dass ich deine Entscheidung gut finde. Egal, wo es dich hin verschlägt, ich stehe hinter dir."

„Wovon sprichst du bitte?"

Langsam mache ich mir doch Sorgen. Er leidet unter einer verzerrten Wahrnehmung der Realität.

„Von deiner Bewerbung. Ich habe die Unterlagen gefunden. Du hast einen Ratgeber und ein Coaching für erfolgreiche Vorstellungsgespräche gekauft. Finde ich super."

„Ach das." Jasmin wusste nicht, wie sie mit ihm umgehen sollte. Sie war mit der Gesamtsituation vollkommen überfordert. „Das sind meine Sachen. Hast du mir nachspioniert, ja?"

„Nein, nein, die lagen im Wohnzimmer auf dem Sofa. Ich hab nur aufgeräumt. Allerdings sehe ich das als ein gutes Zeichen dafür, dass du über die, nun ja, Angelegenheit hinweggekommen bist."

„Erstens, ich komme über gar nichts hinweg und zweitens habe ich mich nur intern auf eine andere Position beworben."

„Intern?" Marvins Euphorie verschwand augenblicklich.

„Ja, intern. Das bedeutet innerhalb der Firma.", entgegnete sie unnötig schroff. *Bitte geh jetzt und raube mir nicht die letzte Kraft. Ich kann es dir nicht erklären. Du verstehst mich doch eh nicht.*

„Ich weiß, was das heißt."

„Ehrlich? Du kommst mir in letzter Zeit etwas beschränkt vor. Sicher, dass der Sport dir nicht statt Kalorien Gehirnzellen verbrennt? Geh jetzt bitte."

Marvin wurde blass. „Jasmin! Siehst du nicht, was diese Firma mit dir macht? Guck dich doch an! Du wirst schmaler Tag für Tag. Dein Charakter verändert sich. Du bist nur noch schlecht gelaunt und zeigst gar keine Lebensfreude mehr."

„Papperlapapp. Du bildest dir das alles nur ein. Ich bin schlicht und einfach karriereorientiert."

„Darum geht es dir? Aufsteigen um jeden Preis?"

„Ja."

„Reichen dir deine Impfstoffe nicht mehr?"

„Ja. Ich will genetisch veränderte Organismen produzieren."

„Das... das ist nicht dein Ernst. Jasmin, nach allem... ."

„Was ist los? Hast du Angst vor Genmais? Oder der Kuh mit zwei Eutern? Sehr effizient findest du nicht?"

„Das ist doch einfach nur Horror!"

„Tztztz, wenn unsere Eltern dich jetzt hören könnten. Sie haben für diesen Konzern gelebt und sich gewünscht, dass ich in ihre Fußstapfen treten werde."

„Sie wollten bestimmt nicht, dass aus dir ein Monster wird."

„Wenn, dann bin ich wohl eher Frankenstein als das Monster."

Sprachlos schaute Marvin seine kleine Schwester an. Obwohl sie es eigentlich nicht wollte, kam sie jetzt so richtig in Fahrt. Sie musste ihn verletzen und von sich wegstoßen, schließlich war er nicht auf ihrer Seite.

„Einer von uns muss auch Geld verdienen. Glaubst du, eine Siegprämie pro Quartal finanziert unser Leben?"

„Ich verdiene mehr als nur das."

„Nicht genug für das Haus und sämtliche Nebenkosten. Du kannst grade so dein veganes Futter bezahlen. Alle anderen Kosten trage ich."

„Das... also... ."

„Ich werde also nicht Aushilfe im Bio-Shop sondern bleibe in der Wissenschaft. Kapier das endlich! Du könntest auch mehr aus dir und deinem Leben machen. Du wirst alt, Marvin. Was kommt nach dem Sport? Schon mal darüber nachgedacht? Das bisschen Laufen ist doch keine wirkliche Arbeit."

„Es reicht, du hast kein Recht mein Leben zu bewerten. Wer bist du denn, dass du etwas beurteilst, worüber du kaum etwas weißt?"

„Hört, hört. Solche Worte aus deinem Mund."

„Bitte?"

„Wer bist du denn, dass du über Hybriden urteilst und ihnen das

Menschsein aberkennst, obwohl du gar nichts über sie weißt?"

„Das ist was ganz anderes."

„Ach ja? Weißt du, du kannst aufhören, mich zu bemuttern. Ich werde dir einen dreiköpfigen Hund mitbringen, um den kannst du dich dann ersatzweise kümmern."

„Hör auf, ich will kein Genetikdreckszeug."

„Du bestehst selbst aus Genen."

„Das ist was ganz anderes."

„Du wiederholst dich. Ist dir schon mal in den Sinn gekommen, dass du, das Kind zweier Forscher, vielleicht auch schon manipuliert wurdest? Vielleicht wollten sie ja unbedingt einen blonden, blauäugigen Jungen?"

„Hör sofort auf damit, Jasmin, komm zur Vernunft. Sieh doch mal klar."

„Ich sehe nur, dass ich mich in meinem Job wahnsinnig langweile und nun die Herausforderung suche."

„Du hättest dir auch ein herausforderndes Hobby suchen können. Fallschirmspringen oder so. Musst du unbedingt Gott spielen wollen?"

„Ja. Lass mich deine Göttin sein."

„Du hast doch nicht mehr alle Latten am Zaun. Weißt du was, du erinnerst mich an Vater."

Okay, du treibst mich zum Äußersten. Es tut mir so leid, Marvin. „Warum auch nicht? Ich war immerhin stets seine kleine, schlaue Prinzessin." Jasmin hatte das Gefühl, ihm einen Dolch ins Herz gestoßen zu haben. Er war sichtlich getroffen. Mit dieser gehässigen Aussage hatte sie eine alte Wunde aufgerissen. Erst als er stumm das Zimmer verlassen und die Tür zugeknallt hatte, sackte sie in sich zusammen. Wie gerne würde sie Marvin hinterherrennen und ihm alles in Ruhe erklären, anschließend mit ihm lachend zusammen kochen und fernsehen. Doch es ging nicht. Solange er nicht ein wenig einlenkte, was die Hybriden betraf, musste sie ihn von sich wegstoßen. Sie hatte Angst, dass er sie überzeugen konnte, ihre Mission abzubrechen. Die Befürchtung, dass der Burggraben zwischen ihnen vielleicht bald zu breit sein würde, als dass sie ihn je wieder überqueren könnten, verdrängte sie hartnäckig.

Klärendes Gespräch und Sojaschnitzel

Jasmin und Marvin schafften es, ein Wochenende und drei Werktage nicht miteinander zu reden. Die Methode war simpel: Sie verließ früher als sonst das Haus und mied die Küche, dafür verlegte er sein Haupttraining auf den späten Nachmittag und die Abendstunden. Das bekamen sie ganz ohne Absprache hin. Da fast nur Marvin kochte, aß Jasmin durch diese Umstellung nur noch Joghurt und Äpfel, wodurch sie weitere Kilos verlor. Die ganze Belastung schlug sich dazu in Blässe und schwarzen Augenschatten nieder.

Es war Zeit für ihren Abendjoghurt und so schlurfte Jasmin die Treppe hinunter zur Küche. Falls es sie aus dem Konzept brachte, dass Marvin dort gegen ihre nicht vorhandene Absprache anwesend war, ließ sie sich nichts anmerken. Wortlos ging sie an den Kühlschrank und entnahm ihm einen Magerjoghurt ohne Geschmack, anschließend holte sie sich einen Löffel aus der Schublade. Sie setzte sich auf einen Stuhl, über dessen Lehne eine Schürze von Marvins Lieblingsbiohofladen hing.

„Was'n das?" Gelangweilt begann sie zu essen. Ihr Bruder warf gerade ein Sojaschnitzel in die heiße Pfanne und war sichtlich überrascht, von ihr angesprochen zu werden. „Das ist meine Schürze. Ich arbeite jetzt da."

Jasmin zeigte kein Interesse. Er beobachtete sie, während er weitersprach.

„Ich habe übrigens mit unserem Vermieter gesprochen."

„Aha.", erwiderte Jasmin lasch.

„Ab nächsten Monat werde ich die Miete bezahlen."

Zum ersten Mal schaute sie ihn direkt an. „Was soll das?"

„Ich wollte nur, dass du Bescheid weißt." Hochkonzentriert wand er sich wieder dem Schnitzel zu.

„Ich verdiene doch genug." Ihr Ton klang ungewöhnlich aggressiv.

„Du hast es mir doch vorgeworfen."

„Hab ich nicht."

„Hast du."

„Ich hatte es nur mal erwähnt."

„Genau."

„Ich dachte, du wolltest dich auf deinen Lauf konzentrieren?"

Sie bemerkte, wie er kurz innehielt, bevor er sein Eiweiß in der Pfanne wendete. Dann drehte er sich langsam zu ihr um. „Ich will, dass du aussteigst." Marvin sah ihr fest in die Augen. „Ich will, dass du nicht wegen des Geldes dort arbeitest."

Jasmin schluckte. Sie wich seinem Blick nicht aus, doch sie spürte, wie sie anfing zu zittern. Betont cool leierte sie die nächsten Sätze herunter. „Ich arbeite dort, weil es mich interessiert, weil es total spannend ist und ich Anerkennung finde. Es hat nichts mit dem Haus zu tun. Bist du jetzt zufrieden?"

„Ich glaube dir kein Wort.“

„Soll ich es wiederholen?“

„Macht das die Sache besser?“

„Nein, wahrscheinlich nicht.“ *Ich kann einfach nicht mehr. Geh weg.*
Marvin sah, dass sie ein wenig Haltung verlor. Wahrscheinlich wertete er das als Durchbruch. Sein Tonfall wurde jedenfalls sanfter. „Jasmin, ich bin nicht gegen dich. Im Gegenteil, ich mache mir große Sorgen. Du ähnelst unserem Vater mehr als du ahnst. Mehr als du willst. Er verhielt sich so, kurz bevor... .“

„Er wird seine Gründe gehabt haben.“

„Nein Jasmin, du verstehst das nicht. Hat er nie mit dir über seine Arbeit gesprochen?“

Sie schüttelte den Kopf. „Brauchte er auch nicht.“

„Jasmin, hast du ihn nie so gesehen, wenn er von der Arbeit nach Hause kam?“

Wieder schüttelte sie den Kopf. Sie sah, dass Marvin einen inneren Konflikt ausfocht und sich dann zu einer Entscheidung durchrang.

„Oh man Jasmin! Er war an dem Projekt mit den Frea... ich meine Hybriden involviert. Er war im Team von Tübald Fabini.“

Nein. Nein. Das kann nicht sein. Vater. „Ich... kann das nicht glauben.“
Sie stand auf und begann, neben dem Tisch auf und ab zu laufen. „Daher kannte er ihn also. Er hat ihn nicht nur so gesehen. Zufällig auf dem Flur. Er kannte ihn aus dem Programm!“

„Äh, Jasmin? Von wem sprichst du?“

„Von Vincent.“, antwortete sie ungeduldig. „Er hatte Papa auf dem Foto erkannt.“ Fahrig strich sie sich durch die Haare.

„Moment. Auf welchem Foto?“

„Das ist doch jetzt egal. Papa war an dem Hybridenprogramm beteiligt? Warum? Er... er hatte bestimmt seine Gründe. Gute Ansätze.“

„Wie bitte?“

„Er wollte bestimmt nicht, dass es so ausartet.“

„Kannst du nicht einmal vernünftig reden, Jasmin? Gute Ansätze? Was denn für gute Ansätze?“ Hilflos stand Marvin seiner Schwester gegenüber.

„Schrei mich nicht an.“

„Er hat mit Menschen experimentiert! Am Erbgut herumgespielt. Vielleicht war er ja nicht zufrieden mit dem Elend, was er sich jeden Tag zu Hause angucken musste? Vielleicht haben ihm seine Kinder nicht mehr gereicht? Vielleicht waren ihm seine eigenen Kinder nicht gut genug, ja?“
Jasmin schaute ihn entsetzt an. „Das darfst du nicht mal denken! Er hat uns geliebt.“

„Ja, dich vielleicht.“

Sie zuckte zusammen. *Er ist so verletzt. Immer noch.* „Hör zu, Marvin. Er hat dich auch geliebt. Weißt du noch, wie stolz er war, als du deinen ersten professionellen Lauf damals gewonnen hast? Erinnerst du dich? Er hatte sich so gefreut."

„Ja genau. Eine halbe Stunde nach der Pokalverleihung war er wieder arbeiten."

„Das heißt nicht, dass du ihm weniger wert warst. Du kannst diesen Mist doch nicht selbst glauben?"

„Es spielt keine Rolle, was ich glaube. Es ist wichtig, was du weißt. Du musst bei Fabini Industries kündigen. Bitte!"

„Aber es ist meine einzige Chance."

„Chance? Wofür?"

„Ihn wiederzusehen."

„Darum geht es dir?"

Sie nickt. Tränen füllten ihre Augen. „Es hört nicht auf, weh zu tun. Ich liebe ihn."

„Du kannst nicht alles aufs Spiel setzen. Nicht wegen... so etwas."

„Ich kann es nicht erklären. Ich habe das Gefühl, ich kann nicht mehr ohne ihn leben."

„Vater könnte es dir bestimmt erklären. Manipulation oder so."

„Marvin, mein Leben erscheint mir so sinnlos ohne ihn."

„Was soll das heißen? Wir haben doch uns."

„Schon. Aber ohne ihn will ich nicht mehr weitermachen."

„Jasmin, ich brauch dich doch."

„Du isst doch eh meist deine Veggie-Fertigprodukte. Jetzt brauchst du mich auch nicht mal mehr, um die Miete zu zahlen."

„Das habe ich während deines Studiums doch auch hinbekommen und da war es kein Problem, dass mal ich die Miete erarbeitet hatte."

„Na ja." Nervös rieb sie ihre Hände. „Ganz allein dann doch nicht."

„Was soll das heißen?"

„Einen Teil der Miete habe ich schon immer bezahlt."

„Wie? Woher hattest du denn das Geld?"

„Ich habe gearbeitet. Abends im Pub." Peinlich berührt schaute jeder in eine andere Zimmerecke. „Und habe den Vermieter einfach gebeten zu sagen, er mache uns die Miete günstiger, wegen unserer Situation."

„Was? Egal. Bitte, kündige."

„Ich weiß, dass du es gut meinst, aber... ."

„Aber was?"

„Ich brauche ihn."

Marvin seufzte. „Aber ich brauche dich. Zählt das nicht?"

„Doch. Nur leider kann ich dich nicht heiraten." Vorsichtig schenkte sie ihm ein kleines Lächeln.

„Nun, es gibt schon irgendwo ein Land, in dem es erlaubt ist, seine Schwester zu ehelichen."

„Willst du auswandern?"

„Mal im Ernst. Denkst du nicht, dass du über ihn hinwegkommen wirst? Es muss doch auch einen Menschen geben, der dir gefällt."

„Marvin, du weißt, dass mich bisher niemand vom Hocker gerissen hat. Er ist einfach anders. Die Art wie er lacht, sich bewegt, wie er spricht."

„Wie er sich bewegt?" Er schüttelte den Kopf. „Deine Nachforschungen, du gefährdest auch mich, ist dir das klar?"

„Ich versuch doch die ganze Zeit, dich da herauszuhalten."

„Wie soll das gehen? Ich bin dein Bruder. Ich lass dich nicht allein. Ich kann es nur nicht verstehen."

„Ich weiß nicht, wie ich es dir erklären soll. Vincent und ich, das ist wie Seelenverwandtschaft. Wir waren uns unfassbar vertraut. Seit er weg ist, fühle ich mich so, so auseinander gerissen. Leer."

Marvin schluckte. Jasmin lachte verzweifelt auf. „Ich wünschte, wir wären nie zur Gala gegangen, dann wäre ich ihm nicht begegnet."

„Du bist sicher, dass er dich nicht beeinflusst hat?"

„Ja. Es sind meine eigenen Hormone. Er hatte doch auf niemanden sonst solch eine Wirkung. Meinst du nicht, dass wenn er Pheromone oder so ausgestoßen hätte, wären dann nicht mehr Frauen in seiner Nähe gewesen?"

„Vielleicht hat er dir was ins Glas getan?"

„Nein."

„Aber... ."

„Marvin."

„Okay."

„Ich versuche ja zu akzeptieren, dass ich ihn nicht mehr wiedersehen werde." Traurig spielte Jasmin mit ihrem leeren Joghurtbecher.

„Du wirst einen netten Menschen kennenlernen. Ich möchte doch Onkel werden." Er lächelte sie an. Zögernd erwiderte sie es. „Du bist sechs Jahre älter. Du solltest selber Vater werden."

„Ich bin nicht so der Beziehungstyp."

„Hahaha." Jasmin biss sich auf die Unterlippe. „Ich habe auch etwas Schiss, Marvin. Ich weiß nicht, was mich in der neuen Abteilung erwartet."

„Dann zieh deine Bewerbung zurück."

„Ich kann es nicht. Ich würde mir ein Leben lang vorwerfen, dass ich es nicht versucht habe."

„Es ist dir also ernst?"

„Ja." Sie schaute sich um. „Irgendwas riecht hier aber komisch."

„Scheiße, mein Schnitzel!" Marvin sprang an den Herd und versuchte zu retten, was zu retten ist.

Das gab Jasmin einen Moment zum Nachdenken. *Was für ein Chaos... und welche Kreise das zieht... woher weiß Marvin eigentlich... vorher tat er immer so.* Unbewusst trommelte sie mit ihren Fingern auf dem Tisch. Diese Geste kannte Marvin von ihr und jedes Mal verhieß das nichts Gutes.

„Sag mal, Marvin?"

„Ui, ist das Sojaschnitzel dunkel geworden."

„Du hast bisher immer so getan, als ob du gar nichts über diese ganze Geschichte weißt."

„Ich weiß nicht, wovon du redest." Er setzte sich mit seinem Essen zu ihr an den Tisch.

„Fabini Industries, die Hybriden, Vater?"

„Schwesterherz, du hast nie konkret gefragt."

„Was soll das heißen?"

„Jasmin, du hast dich nie dafür interessiert. Hast du mich nicht sogar immer als Spinner abgetan?"

„Moment, unterscheide bitte zwischen deinen wilden Spekulationen und klaren Fakten."

„Ich habe nicht gelogen."

„Aber du hast mich auch nicht unterstützt, als ich mich für die Hybriden einsetzen wollte. Von dir kam nur ein 'Fabini ist doof'."

„Ist dir mal der Gedanke gekommen, dass ich dich schützen wollte? Oder das Andenken an unseren Vater? Außerdem schaltest du bei gewissen Themen einfach nur auf Durchzug."

„Das stimmt doch gar nicht."

„Ach nein? Was ist, wenn unsere Eltern doch nicht zufällig gestorben sind? Was ist, wenn du irgendwie auch dafür büßen musst?"

„Du willst mir nur Angst machen."

„Nein, du machst mir Angst, Jasmin. Mit deiner neuen Art."

„Ich kann nicht mehr zurück." Sie schaute auf seinen Teller und zeigte auf sein Essen. „Du wirst davon sterben."

„Wir werden alle sterben, wenn wir in Fabinis Fadenkreuz geraten."

„Ich rede von deinem verkohlten Schnitzel. Hast du schon mal von dem Zusammenhang zwischen Acrylamid und Krebs gehört?"

„Ach so... na ja... ." Marvin stocherte in seinem Essen herum. „Was versprichst du dir denn von diesem neuen Job?"

„Informationen. Ich will wissen, wo diese Siedlung ist. Wie viele Hybriden es noch gibt. Was sie mit ihnen machen. Die Schwachstellen kennenlernen. Wie man den Chip ausschalten kann."

„Chip?"

„Ja, die sind mit einem Chip ausgestattet, um jederzeit ortbar zu sein."

„Richtig so."

„Bitte?"

„Ich mein ja nur."

„Marvin, ich musste einiges tun, was mir richtig Bauchschmerzen macht.

Meine Prinzipien verraten." Tränen kullern über ihr Gesicht. „Du ahnst nicht, wie schrecklich dieses Vorstellungsgespräch war. Ich habe ohne mit der Wimper zu zucken behauptet, ich würde Menschen opfern, um Krebs heilen zu können."

„Und würdest du?"

„Was? Was ist das denn für eine Frage?"

„Ziemlich konkret, oder?"

„Wenn ich mir einen auswählen könnte. Einen Schwerverbrecher zum Beispiel. Da könnte man schon in Versuchung kommen, oder?"

„Nein." Er reichte ihr ein Taschentuch. „Ich wünschte, unsere Eltern würden noch leben. Sie würden es dir vielleicht direkt erklären."

„Ja, ich vermisse Vater so schrecklich. Ich brauche jemanden, der mir sagt, was ich tun soll."

„Ich kann es dir sagen."

„Jemand, der sich auskennt."

„Vielleicht kenne ich mich doch ein bisschen besser aus, als du denkst"

„Was soll das heißen?"

„Na ja, ich habe möglicherweise ein paar Informationen für dich."

„Marvin, sei nicht so kryptisch."

„Ich weiß, dass es zum Beispiel früher mehrere Siedlungen gab, eine war in der Schweiz."

„Schweiz?"

„Ja. Hör zu, Jasmin, ich habe Unterlagen von Vater gefunden. Aufzeichnungen, die er aus irgendeinem Grund zu Hause aufbewahrt hatte."

„Was? Verstehst du überhaupt alles, was du da liest?" Takt gehörte eindeutig nicht zu Jasmins Stärken.

„Nein, du Intelligenzbestie."

„Warum hast du nicht früher was gesagt."

„Um dich zu schützen."

„Das ist nicht logisch."

„Jasmin, diese Hybriden waren das Schlimmste, was diese Drecksfirma hervorbringen konnte. Ganze Familien wurden zerrissen."

„Quatsch."

„Wirklich? Schau dir unsere an."

„Nein, das hat nur etwas mit fehlender Akzeptanz und Toleranz zu tun."

„Wenn du das sagst."

„Versteh doch, dass die Hybriden nichts für ihre Existenz können. Sie haben das alles nicht verdient. Vincent braucht mich."

„Du redest darüber, als ob das Menschen wären."

„Verdammt nochmal."

„Okay. Du lässt nicht locker, oder?"

„Nein."

„Gut, auch wenn ich ein ungutes Gefühl habe, ich werde dir die Akten zeigen." Marvin stand auf und ging in das Arbeitszimmer seines Vaters. Neugierig folgte sie ihm. Sie sah, wie Marvin das Familienbild abnahm. Dahinter kam ein Tresor zum Vorschein.

Seit wann haben wir einen Safe? Was weiß ich denn noch alles nicht?

„Die Kombination habe ich schnell herausgefunden. Es war dein Geburtsdatum." Zügig tippte Marvin es ein und mit einem Quietschen öffnete sich die Tür. Sie sah einige Papierberge darin. Nun gab es für sie kein Halten mehr. Stürmisch rannte sie um den Schreibtisch und holte alles heraus. Der Stapel auf dem Tisch wuchs rasch.

„Krass. Wow. Wahnsinn."

Diskret zog sich Marvin zurück. Er setzte sich in den Ohrensessel und beobachtete still seine Schwester. Ihre Wangen waren rot gefärbt vor Aufregung und ihre Augen strahlten. Seit langem hatte sie nicht mehr so lebendig gewirkt. Das dicke Tagebuch ihres Vaters packte sie zunächst beiseite. Dafür brauchte sie Ruhe. Die Akten enthielten sehr viele Unterlagen mit wissenschaftlichen Aufzeichnungen. Jasmin überflog sie und verschaffte sich leicht einen Überblick. Sie erkannte, wie einfach das Prinzip war. Die Hybriden bestanden aus Bausteinen mehrerer Menschen. Während sie das überflog, bewegte sie stumm ihre Lippen. Anschließend nahm sie dann doch das Tagebuch in die Hand. Sie blätterte darin und stieß auf Fotos. Diese zeigten Fotos von Kindern in einer Art Schule. Auf einem Gruppenbild entdeckte sie sofort einen Jungen, der definitiv Vincent sein musste. Jasmin schätzte ihn auf etwa zehn Jahre. Aufgeregt zeigte sie Marvin das Foto.

„Erkennst du ihn wieder?"

Etwas widerwillig antwortete er. „Ja."

Auf einem anderen Bild spielten sie Schach im Garten. Im Hintergrund war ein Backsteingebäude mit weißen Fensterrahmen zu sehen. Goldene Metallbuchstaben gaben den Namen der Schule preis: Gregor-Mendel-Stift. Jasmin zerrte ihrem Bruder aufgeregt am Oberarm.

„Das ist es. Endlich ein Hinweis. Marvin, wir haben den Namen der Schule, auf der die Hybriden waren. Wie passend, dass die Schule nach dem Mönch benannt wurde, der die Vererbungslehre begründete."

„Ja. Toll." Seine Begeisterung hielt sich in Grenzen.

„Kannst du nicht herausfinden, wo diese Schule ist? Bitte. Du kannst doch so gut mit Computern umgehen."

„Ich weiß nicht, ob ich da weitermachen möchte."

„Wir haben doch gerade erst angefangen." Fieberhaft überlegte Jasmin, wie sie ihren Bruder überzeugen konnte. „Marvin, sieh dir diese Kinder an. Sie spielten und lachten genau wie wir."

„Und?"

„Wir hatten Eltern, die uns liebten und uns liebevoll aufgezogen haben.

Das hatte die Hybriden nie. Sie verrotten jetzt irgendwo in einer Art Siedlung, die genauso gut ein Gefängnis sein könnte."

„Es sind keine Menschen."

„Wie kannst du nur so stur sein? Zeichnet sich Menschlichkeit nicht durch Nächstenliebe aus?"

„Stopp. Du siehst das alles aus einem anderen Blickwinkel."

„Ach ja?"

„Ja."

„Wen willst du eigentlich mit deinem Verhalten bestrafen? Die Hybriden, die nichts dafür können, dass sie erschaffen wurden? Unsere Eltern, dafür, dass sie irgendwie daran beteiligt waren? Oder mich, weil ich anders denke als du?"

„Ich will niemanden bestrafen."

„Das machst du aber."

Marvin sammelte die Unterlagen wieder ein und legte sie zurück in den Safe. Schnell ging Jasmin dazwischen und brachte das Tagebuch an sich.

„Hey, ich will das lesen."

Wortlos schloss er den Safe und hängte das Familienportrait an die Wand.

„Okay. Du musst mir nicht helfen. Ich zieh das auch alleine durch. Erik hilft mir vielleicht bei der Recherche. Wir werden herausfinden, wo diese Schule ist. Ich werde dann dort hinfahren und nach weiteren Informationen suchen. Ich könnte auch Nele fragen, ob sie mich begleiten möchte."

„Nele? Wer ist Nele?"

„Meine Assistentin in der Firma. Und eine Freundin."

„Was? Bist du verrückt? Die gehört zu den... den Bösen. Nichts da. Ich fahr dich."

Jasmin lächelte. *Geht doch.*

„Ich geh jetzt nach oben und lese noch ein bisschen."

„Äh, ja, ich mach den Abwasch. Gute Nacht."

„Gute Nacht."

Jasmin ging mit dem Tagebuch nach oben. Müde machte sie sich bettfertig. Während sie ziellos das Buch durchblätterte, dachte sie über ihre Situation nach. *Vielleicht hat Marvin doch ein wenig Recht. Ich möchte uns, vor allem ihn nicht in Gefahr bringen. Noch kann ich meine Bitte um Versetzung rückgängig machen. Impfstoffe sind ja nicht übel. Was, wenn die Hybriden doch einen Menschen gezielt manipulieren können? Was, wenn ich mich irre?*

Das T-Shirt unter ihrem Kissen erweckte ihre Aufmerksamkeit. Sie kuschelte und roch an ihm. *Vincent. Ich kann dich einfach nicht vergessen.*

Autofahrt zur Gregor-Mendel-Stiftung

Jasmin verstaute gerade ihren Rucksack im Auto, als sie das Knattern eines Motorrollers hörte. Sie blickte auf und sah Erik, wie er zum Halten kam und dann umständlich von seiner weißen Vesper abstieg. Vom Lenkrad nahm er einen kleinen Picknickkorb ab und kam strahlend auf sie zu. Ein blauer Helm mit gelben Sternen zierte sein Haupt und rundete das skurrile Gesamtbild ab.

„Hi Jasmin, bin ich zu spät?"

„Nein, nein, alles gut."

Er spähte in das Auto und erkannte Marvins Sporttasche auf dem Beifahrersitz. „Kommt dein Bruder auch mit?"

„Ja, klar. Meinst du, er würde mir sein Auto einfach so überlassen?" Jasmin grinste.

In dem Moment kam Marvin aus dem Haus und begrüßte stirnrunzelnd Erik. Dann wendete er sich an seine Schwester. „Sag mal, hast du die Kamera eingepackt?"

„Ich? Nein, das wolltest du doch machen."

„Echt? Hab ich vergessen." Marvin reckte sich. Sein Morgensport zollte den Tribut.

„Ich hol sie dann eben jetzt." Ein klein wenig genervt ging Jasmin wieder ins Haus zurück.

Erik präsentierte dem Langstreckenläufer sein Körbchen.„Guck mal, ich hab frische Erdbeeren mit."

„Oh, äh, toll." Etwas irritiert schaute Marvin ihn an.

„Falls sie dir zu sauer sind, ich habe noch Puderzucker dabei." Erik strahlte. Marvin war mit der Situation etwas überfordert und er suchte fieberhaft einen Vorwand, um aus dieser Unterhaltung herauszukommen.

Erik plapperte fröhlich weiter.„Ja, da vorne an der Hauptstraße ist ein Stand von Bauer Steinbach. Vor kurzem konnte man da noch Spargel kaufen."

„Du, mir fällt grade ein, die Kamera ist woanders, als Jasmin glaubt zu wissen, dass sie da ist und deshalb muss ich mit meinem Wissen hin und sie aufklären." Marvin flüchtete geradezu in das Haus. Kaum hatte er die Haustür zugeschlagen, brüllte er nach seiner Schwester. Sie kam aus der Wohnstube geeilt.

„Was ist denn los, ich komm doch schon."

„Warum nochmal ist Erik dabei?"

Sie sah in sein entnervtes Gesicht. *Jetzt schon? Verdammt. Ich hatte gehofft, er hält länger durch. Zum Glück weiß er nicht, dass er Eriks Objekt der Begierde ist und ich kann es sogar verstehen. Wenn er nicht mein Bruder wäre...*Sie gluckste vor sich hin. Dann antwortete sie endlich ihrem Bruder: „Weil er Historiker ist und uns wahrscheinlich helfen kann.

Wir wissen schließlich nicht, was uns erwartet oder was wir da vorfinden werden. Komm schon, es geht doch nur um einen Tag. Ich sitze auch vorne, wenn du willst." Sie setzte ihren Dackelblick auf und Marvin seufzte. Allerdings nahm er sich von der Garderobe die männlichste Sportjacke mit, die er besaß. Jasmin schmunzelte und hakte sich bei ihm unter. Zusammen gingen sie zurück zum Auto, aus dem Erik von der Rückbank aus eifrig winkte. Wieder hörte sie ihren Bruder seufzen. Er warf ihr einen letzten, leicht vorwurfsvollen Blick zu bevor er seine Sonnenbrille aufsetzte. Sie stiegen ein, Marvin ans Steuer, sie auf den Beifahrerplatz, und fuhren endlich los.

Im Auto drehte Marvin das Radio laut und dröhnende Bässe erfüllten den Ford Fiesta. Von hinten konnte man nur eine dünne Stimme erahnen.
„Wer ist das, Marvin?"
Dieser schaltete auf stur und ignorierte Erik. Doch der ließ nicht locker und wiederholte seine Frage solange bis Marvin etwas genervt antwortete.
„Ich kann dich nicht hören."
Jasmin missfiel Marvins Verhalten und stellte die Musik leiser. Sofort meldete sich Erik wieder zu Wort.
„Wer ist das, Marvin?"
„Meine Schwester."
Kurze Stille. Erik gab jedoch seinen Versuch, sich mit Marvin zu unterhalten, nicht auf.
„Ich habe dir übrigens etwas Besonderes mitgebracht."
„Mir?" fragte Jasmin, die sich angesprochen fühlte.
„Nein, dir, Marvin."
Wie konnte ich auch nur an mich denken? Jasmin kicherte und kassierte dafür einen Seitenblick von ihrem Bruder.
„Du magst doch diese Grünkernbrätlinge? Für deinen Sport, für Muskeln und so?"
„Äh, ja."
„Ja, ich hab dir welche mitgebracht."
Jasmin nahm das Thema fröhlich auf.„Mensch, Erik, das ist aber lieb von dir. Da freut sich der Marvin, nicht wahr?"
„Äh, ja, danke." Marvin gab vor, sich auf die Straße zu konzentrieren. Jasmin, die wusste wie stur er sein konnte, bemühte sich, die Stimmung im Auto durch weitere Konversation etwas aufzulockern.
„Und Erik, was macht die Bibliothek?"
„Da läuft alles super. Das ist eine Menge Arbeit, macht mir aber viel Spaß. Marvin, was ist denn dein Lieblingsbuch?"
Marvin schaute ihn im Rückspiegel an. „Ich lese nicht so viel."
„Aber du musst doch irgendein Hobby haben.", überlegte Erik, „Kochbücher, magst du vielleicht Kochbücher?"

„Ja. Ich koche ab und zu aus Kochbüchern."

Jasmin biss sich in die Faust, um nicht laut lachen zu müssen und schaute angestrengt aus dem Seitenfenster. *Wetten, dass Erik daraus schließt, dass Marvin ebenfalls vom anderen Ufer ist?*

„Backst du auch? Weißt du, ich hab so tolle Plätzchenrezepte."

„Nein."

„Auch kein Kuchen?"

„Nein, ich backe nicht und koche eher so vegane Sachen."

„Oh, da gibt es eine Gemüsetorte, das Rezept muss ich dir zeigen."

Marvin nahm seine Sonnenbrille ab und guckte streng zu Jasmin, die sich schon vor Kichern halb verschluckte. Unter seinem Blick fing sie an, laut zu lachen. Er sah, dass sie zumindest versuchte, sich zu beruhigen.

„Wir sollten langsam mal schauen, wo wir überhaupt hin müssen." Immer noch glucksend kramte sie die Landkarte aus ihrem Rucksack, der zwischen ihren Beinen auf dem Boden stand. Marvin fingerte zeitgleich mit einer Hand sein Handy aus der Hosentasche und klappte es auf.

„Nun packe doch mal die blöde Technik weg, die versagt doch eh." Jasmin wedelte mit ihrer Straßenkarte.

„Mein Handy führt uns sicherer ans Ziel als deine Karte." Erwiderte Marvin missmutig.

„Niemals. Entweder fehlt an entscheidender Stelle das Netz oder die nette Stimme erzählt uns, dass wir über einen Acker fahren oder so. Ich hingegen habe eine ganz neue Ausgabe mit aktuellem Straßennetz."

„Okay. Ich fahre nach meinem Handy."

„Ich lese die Karte."

„Na dann."

„Na dann." Jasmin hielt die Karte so, dass er auch nicht einen Blick darauf werfen konnte, wenn er gewollt hätte. Kaum war die liebevolle Geschwisterkabbelei vorbei, meldete sich erneut die Stimme von hinten.

„Kennt ihr eigentlich TomTom?"

Marvin guckte in den Rückspiegel. Jasmin hob rasch die Karte hoch und versteckte sich dahinter. Marvin sah, dass sie verdächtig bebte.

Sie räusperte sich, dennoch konnte sie die Belustigung nicht aus ihrer Stimme verbannen. „Ja, na klar, benutze ich immer sehr oft mit meinem Fahrrad."

„Das war ja mal so richtig modern. Ich hab auch eins."

„Wofür brauchst du denn ein Navi?", mischte sich nun Marvin ein. Er klang genervt.

„Er hat doch seine Vesper.", warf Jasmin grinsend ein.

„Kriegst du das überhaupt am Lenker fest?", fragte Marvin, obwohl es ihn nicht interessiert.

„Nee, leider nicht. Aber ich hol es aus der Tüte, wenn ich nachgucken muss."

Stille. Für die einen war es angenehm, die andere Seite suchte in Gedanken nach neuen Fragen. Nach einer Weile obsiegte die Seite mit den Fragen.

„Ich habe übrigens gerade einen historischen Roman gelesen. Der ist so toll."

Das war der Moment, ab dem Marvin nicht mehr zuhörte. Erik beschrieb nun sehr ausführlich und farbenfroh sowohl den komplizierten Handlungsstrang als auch sämtliche Orte, die in diesem Buch vorkamen. Jasmin bemühte sich und warf ab und zu ein zustimmendes Brummen ein, doch auch sie schaltete irgendwann ab. Nach einer Weile hörte man sie Kekse essen.

„Die sind ungesund.", kam es provokant von ihrer linken Seite.

„Ich habe aber Hunger."

„Dann iss lieber die Haferflockenvollkorndinger von mir."

„Oh, hast du die selber gemacht?", fragte Erik prompt.

„Nein." Marvin starrte nun wieder angestrengt auf die freie Autobahn und Jasmin suchte leise summend seine Kekse. Irgendwann wedelte sie mit einer Tüte in seinem Sichtfeld herum.

„Meinst du diese?"

„Ja."

Jasmin öffnete sie und nahm einen heraus. Sie schnupperte daran.„Das riecht wie Pferdeleckerli."

Marvin lachte. „Der Geschmack entfaltet sich beim Essen. Probiere, na los, nur Mut."

Jasmin steckte sich einen in den Mund und kaute eine gefühlte Ewigkeit darauf herum. „Wann genau entfaltet sich das Aroma?"

Marvin musste grinsen. „Das kommt mit der Masse."

„Ah ich verstehe. Zum Abgewöhnen."

Marvin setzte den Blinker und bog in die nächste Ausfahrt. Jasmin protestierte. „Nein. Du hättest besser eine später genommen. Jetzt trödeln wir auf den Landstraßen herum. Das kostet unnötig Zeit."

„Nein."

„Ich sehe das doch auf der Karte. Der Herr muss nicht so tun, als ob er Bescheid wüsste. Du warst noch nie hier."

„Also, ich war schon mal hier." Erik klang fröhlich wie eh und je.

Jasmin seufzte und bot Marvin resigniert einen seiner Kekse an. Da er fahren musste, fütterte sie ihn und Marvin biss ihr aus Spaß in den Finger, woraufhin sie lachte. Auf diese und ähnliche Art lösten sie oft ihre Konflikte. Dann etwas schweigsamer fuhren sie weiter, bis Marvin an einer Tankstelle hielt. Er tankte den Wagen voll und ging zum Bezahlen in den Shop. Die Fahrt strengte ihn an, vor allem Erik, doch auch die Sorgen um seine Schwester kosteten ihn Kraft. Bisher konnte er das gut verbergen, allerdings war inzwischen kurz davor, sich eine Zigarette zu kaufen. Das Sportlerherz entschied sich dagegen, war aber als Entschädigung mit einem Erdnuss-Schokoladenriegel einverstanden. Sein Trainer würde ihn auch dafür umbringen, aber was er nicht weiß, macht ihn nicht heiß. Marvin schlang den Riegel herunter und entsorgte das Papier noch im Gebäude. Auf die Predigt seiner Schwester konnte er verzichten. Als er wiederkam, fehlte diese jedoch. Erik empfing ihn allein am Wagen.

„Jasmin ist auf Toilette. Alles gefunden?"

„Was soll ich denn gefunden haben?"

„Ja, das hast du ja nicht erzählt."

Marvin blinzelte nervös, blieb aber ruhig. „Ich habe mir nur eine Kleinigkeit zu essen geholt."

„Was denn? Gab es dort Grünkernburger?"

„Nein."

„Was hast du denn dann gegessen?"

„Einen Fitnessriegel."

„Ja? Magst du die?"

„Vielleicht, deswegen hat er wohl einen verspeist." Fröhlich grinsend stand Jasmin plötzlich hinter Marvin.

„Also ich mag die ja nicht so gerne. Die sind so gehaltvoll und machen dick.", sprach Erik unbekümmert und stieg mit den anderen in den Wagen.

„Findest du, dass ich dick aussehe?" Marvin, der Fitnessfanatiker, schien empfindlich getroffen.

„Nein, nein." Nervös wehrte Erik ab. „Das wollte ich damit nicht sagen."

„Na ja, ein bisschen angesetzt hast du schon." Sanft kniff Jasmin ihrem Bruder in den Bauch. Er wollte sich gerade echauffieren, als Erik ihm ein Schälchen unter die Nase hält.

„Willst du eine Erdbeere?" Jasmin, die nun direkt vor Marvin stand, zog die Stirn kraus. Ein verdächtiger Erdnuss-Karamellgeruch stieg ihr von Marvins Atem in die Nase. Sie guckte ihren Bruder wissend an. „Was du gegessen hast war kein..."

„Wir müssen weiter." Marvin stopfte sich umgehend zwei Erdbeeren in den Mund und startete den Wagen. Er fuhr los und bog von der Ausfahrt der Tankstelle nach rechts ab.

„Das ist falsch. Wir hätten nach links gemusst."

Jasmin hielt ihm die Karte hin, doch Marvin fuhr zunächst stur geradeaus. Obwohl sein Handy es nicht sagte, bog er dann zweimal hintereinander stillschweigend nach links ab.

„Jemand 'ne Erdbeere?", ertönte Eriks helle Stimme.

„Nein." Gereizt antwortete nur Marvin.

„Ein Radieschen?" Unbekümmert pries Erik weiter seine Waren an.

„Nein, verdammt, ich kann doch nicht die ganze Zeit essen."

„Stimmt, das setzt an.“

Jasmin konnte es sich nicht verkneifen. „Ja, wie man sieht. Bei dem Bauchansatz muss man schon aufpassen.“

Marvins Augen verengten sich zu Schlitzen, während sie fortfuhr.

„Wenn man die Fotos von letztem Jahr anguckt und mit heute vergleicht, dann...“

„Bin ich männlicher geworden.“

„Na ja.“

Sie guckte auf seinen Bauch, was er registrierte und er revanchierte sich.

„Ich meine Schwesterchen, ist ja nicht so, dass du eine Elfe wärst.“

Wenn Blicke töten könnten, wäre Marvin tot umgefallen, aber stattdessen grinste er nur triumphierend. Da meldete sich Erik zu Wort.

„Ich finde ja schon, dass sie was elfenhaftes hat. Nur die Haare passen nicht.“

Marvin warf einen Blick in den Rückspiegel.

Jasmin war verwirrt. „Die Haare? Was ist denn mit meinen Haaren?“

„Elfen haben immer weizenblondes Haar.“

Marvin warf erneut einen Blick in den Rückspiegel.

Jasmin forderte Antworten. „Was? Wieso? Wie kommst du denn darauf?“

Typisch. Blond. Pffff. Sogar die schwulen Männer ziehen blonde Frauen vor. Nein, blonde Elfen. Oh mein Gott. Jetzt diskutieren wir über die Haarfarbe von Elfen. Was kommt als nächstes?

„Ich meine, dass Elfen wie Menschen alle Haarfarben besitzen können.“, verteidigte sich Jasmin schwach.

„Ja, ja, ja, das stimmt schon. Aber die typische Vorzeigeelfe, die hat immer blonde Haare.“, warf Erik wissend ein.

„Also ich habe noch keine Vorzeigeelfe kennengelernt.“

„Aber in Filmen und Büchern.“

„Dann gib mir doch mal ein Beispiel!“

„Ja. Aus Herr der Ringe der Legolas.“

„Das ist für dich eine Vorzeigeelfe?“ Jasmin war fassungslos.

Marvin prustete los: „Wenn ich es mir jetzt recht überlege, dann finde ich doch, dass du sehr viel von einer Elfe hast.“,dann schaute er auf sein Handy. „Abgestürzt, na toll.“

„Nach Karte fahren?“

„Ja. Besser ist es, ich glaube, durch die Wolken dahinten könnte das Signal gestört sein.“

Sie fuhren noch ein paar Stunden, bis der Weg immer ländlicher und kaputter wurde. Starker Wind zog auf, aber es regnete noch nicht. Jasmin las die Karte und navigierte sie bald auf einen verwilderten Weg in einem Waldstück. Marvin verzog das Gesicht, fuhr aber weiter. Es polterte und meterhohe Brennnesseln säumten die vergessene Straße. Nach kurzer Zeit stoppte Marvin den Wagen. „Hier liegt ein Baum quer. Wir kommen nicht weiter."

„Hmm, dann sollten wir zu Fuß gehen.", schlug Jasmin vor. „Es kann nicht mehr weit sein. Dort zwischen den Bäumen, das könnte ein Teil des Schuldachs sein."

„Es zieht ein Unwetter auf. Wir müssten uns sehr beeilen." Marvin überlegte. „Ich fahr das Auto lieber von der Straße an den Rand."

Nachdem er das getan hatte, stiegen sie aus und entluden den Wagen. Jasmin packte noch die Taschenlampe aus dem Handschuhfach in ihren Rucksack, bevor Marvin den Wagen missmutig abschloss. Sie sah ihm an, dass ihm nicht wohl bei der Sache war. Zu dritt kletterten sie über den quer liegenden Baumstamm und näherten sich sowohl der mysteriösen Schule als auch einer großen tiefschwarzen Unwetterfront.

Erkundungstour und Unwetterfront

„Und wie kommen wir da jetzt rein?" Erik schaute auf das große, sehr alte Backsteingemäuer mit kleinen Erkern und turmähnlichen Treppenaufgängen. Wahrscheinlich war dieses Gemäuer ursprünglich mal ein Kloster.

„Sieht verschlossen aus." Jasmin wackelte an einer Tür.

Marvin schaute sich um. „Okay, ich hab einen Plan. Wartet kurz hier."

„Was hast du vor?" Irritiert blickte Jasmin ihren Bruder an.

„Bin gleich zurück." Marvin verschwand hinter dem Gebäude.

„Mhh, hat er etwas im Wagen vergessen?" Erik winkte ihm nach.

„Nein, ich befürchte, er hat irgendeinen dummen Plan, der uns dann in Schwierigkeiten bringt. So ist das doch immer."

In diesem Moment hörten sie ein lautes Scheppern und dann ein Klirren von Glas. Jasmin fasste sich an die Schläfen. *In der Not ist jedes Mittel recht?*

„Aloha." Marvin öffnete ein Fenster rechts neben der Tür.

„Wie bist du da rein gekommen?" Erik schaute verblüfft.

„Magie und Können. Achtung, etwas staubig hier drin." Marvin reichte Jasmin die Hand und half ihr herein. Kurze Zeit später stolperte auch Erik durch das Fenster. Die Spuren auf dem staubigen Boden waren nur von ihnen und ein paar Nager schienen sich hier auch noch wohl zu fühlen. Alles in allem war das Gebäude aber noch gut in Schuss und wirkte, bis auf den Staub, wie gerade eben erst verlassen. Selbst der Tafelschwamm und die Kreide waren noch in den Klassenzimmern.

„Schau mal, Jasmin. Die haben richtig gemalt." Erik pustete ein selbstgemaltes Papier vom Staub frei, welches bis eben noch an einer Pinnwand hing. Jetzt sah er selbst sehr staubig aus. „Das ist genauso wie auf unseren Schulen."

„Und das bringt was?" Marvin schaute auf das seltsame Duo.

„Es zeigt uns ..." Jasmin entriss das Blatt aus Eriks Händen und wedelte damit vor Marvins Nase herum." ... dass sie genau so sind wie wir!"

„Tsss, wenn du meinst."

„Ja meine ich."

„Dann meine ich, wir suchen jetzt das Lehrerzimmer." Marvin verschränkte die Arme.

„Ja, auf nach oben."

„Oben? Seit wann sind Lehrerzimmer im oberen Bereich? Unten, das ist ja wohl klar."

„Hallo? Warum sollte so etwas unten sein. Ab nach oben."

„Wie wäre es mit der Mitte?" Dieser zaghafte Einwurf kam von Erik.

„Dann eben Mitte." Jasmin erwiderte dies ziemlich genervt und ging los.

Sie durchquerten das alte Gemäuer und langsam wurde es dunkel.

„Das Gewitter kommt immer näher." stellte Marvin fest. „Wenn wir Pech haben, saugt sich der Waldboden voll mit Regen und wir kommen dann mit dem Wagen nicht aus dem Schlamm."

„Dann sollten wir uns jetzt wohl beeilen."

„Hier ist ein Schild. Es ist ein Stockwerk höher. Genau in der Mitte. Ihr hattet also beide Recht - ist das nicht witzig?" Strahlend ging Erik voran und zog Jasmin mit sich.

„Ja ,super witzig.", grummelnd folgte Marvin.

Das Sekretariat sah genauso plötzlich verlassen aus wie die Klassenzimmer. Stühle standen am Tisch, ein paar vertrocknete Pflanzen befanden sich noch auf der Fensterbank. Das Trio suchte nach Unterlagen, Akten oder dergleichen und es dauerte auch nicht sehr lange, da schrie Jasmin auf.

„Ich, ich hab ihn!"

Marvin, der alte Ordner durchstöbert hatte, ließ alles fallen und kam zu ihr. „Was denn genau?"

„Seinen Namen! Hier im Klassenbuch, er war tatsächlich auf dieser Schule." Selig schaute sie zu Marvin hoch.

„Okay, dann können wir jetzt endlich gehen."

„Nein, wieso?"

„Da ist doch dein Beweis, was willst du mehr?"

„Aber wir sind doch jetzt hier. Schauen wir uns noch weiter um."

„Aber es regnet gleich."

„Wir waren weder im Keller noch auf dem Dachboden."

„Jasmin, hier war doch nirgendwo sonst eine Akte, vom Klassenbuch mal abgesehen, und du willst dich wirklich durch Kisten von alten Sachen graben?"

„Ja."

„Ich aber nicht. Los komm, steh auf, ich will nach Hause." In diesem Moment durchzog ein Blitz gefolgt von einem ohrenbetäubenden Knall den Raum.

„Zu spät." Triumphierend lächelte sie ihren Bruder an. „Also, was ist dir lieber?"

„Mir doch egal."

„Dann will ich in den Keller."

Das Prasseln des Regens war durch das ganze Gebäude zu hören.

„Hoffentlich sind hier alle Fenster und Türen verschlossen. Nicht auszudenken, wenn in so einem schönen Haus etwas undicht ist und es rein regnet. Da reicht schon eine zerbrochene Scheibe." Erik lief seelenruhig durch die Gänge.

Von Marvin kam nur ein grummelndes „Ist doch egal.".

Jasmin wollte sich nicht unterhalten. Sie hielt sich fest umklammert am

Arm ihres Bruders fest. *Der Keller, warum wollte ich eben unbedingt in den Keller? Oh man, bei Gewitter? Aber okay, ist nicht so dicht an den Blitzen, falls welche einschlagen sollten.*

„Ist ganz schön unheimlich hier.", bemerkte Erik unsicher.

Marvin und Jasmin standen vor einer Gittertür, die den Weg ins Innere des Kellers versperrte.

„Und jetzt? Kann jemand von euch Schlösser knacken?" Jasmin rüttelte am Eisen, bis der nächste Knall von den Wänden hallte und sie sich wieder an Marvin festhalten musste.

„Okay, lass mal einen Kerl ran." Und mit ein paar Tritten gegen das Schloss, knallte die Gittertür auf.

„Also ich möchte dich ja nicht kritisieren.", leise ertönte Eriks Stimme. „Aber das hat man sicherlich durch die ganze Schule gehört."

„Gut, da keiner kommt, wissen wir ja, das wir hier allein sind." Marvin schaltete die Taschenlampe an und lief voraus.

Schlagartig folgte dem unguten Gefühl, welches Jasmin nach und nach durchströmte, eine Beklemmung, die ihr die Kehle zuschnürte. Es waren die Untersuchungsräume, die sie hier fanden: Türkis gefliste Zimmer, mehr als ein halbes Dutzend, und gegenüber schien eine Art Krankenstation mit unzähligen Betten zu sein. Sie betraten langsam und die Taschenlampe wie eine Waffe haltend einen dieser Untersuchungsräume.

„Wie-wie-wieso sin-sind denn da Riemen an der Liege?" stotterte Erik, der sich mittlerweile auch an Marvin festhielt.

„Ach, das weiß ich doch nicht." Marvin wollte sich losreißen, konnte aber weder Jasmin noch Erik mit Erfolg abschütteln. „Ey, hier finden wir eh nichts. Lasst uns zum Wagen zurückkehren."

„Der der sitzt be-be-bestimmt fest."

„Ja, aber in dem Keller muss ich jetzt echt nicht sein."

„Gut. Suchen wir am besten die Schlafräume. Also die Richtigen." Mit einem Seitenblick schaute sie in die Station, während ein Blitz den Raum dort kurz erhellte.

Die Schlafräume befanden sich ganz oben und zu Marvins Freude gab es keinen Dachboden, den sie irgendwie hätten erreichen können. Die Schlafsäle waren spartanisch eingerichtet, aber auch diese wirkten wie bis vor Kurzem bewohnt. Hier gab es voll bezogene Hochbetten mit drei bis vier Etagen und ein paar Kleiderschränke. Die Matratzen wurden hochgenommen, Schränke von den Wänden gerückt und selbst die Spiegel im Waschraum waren vor den Dreien nicht sicher. Sie merkten nicht einmal, dass es später und später wurde. Erst als Erik sich erschöpft auf eine Matratze niederließ, um zu verschnaufen, wurde ihnen das bewusst. „Es regnet ja immer noch."

„Verdammt, so können wir hier nicht weg. Der Boden sollte mindestens ein wenig abtrocknen. So riskieren wir nur, dass die Reifen von meinem Wagen durchdrehen."

„Und was nun?", fragte Erik.

„Wir übernachten hier."

„Das ist doch nicht dein Ernst?" Jasmin brachte sich damit ins Gespräch ein. Sie hatte nicht gerade Lust, an so einem grauenhaften Ort nächtigen zu müssen.

„Doch. Oder hast du einen besseren Plan?"

Stille, nur durchzogen vom Prasseln des Regens.

„Wir könnten ja die Matratzen zusammenschieben? Dann sind wir sicherer und einen Stuhl stellen wir von innen unter die Klinke?" Für Erik schien dieser Tag heute ein riesiges und unterhaltsames Abenteuer zu sein und die Aussicht mit Marvin auf dem Boden zu schlafen, untermalte dieses Gefühl.

„Meint ihr das wirklich? Vielleicht gibt es hier noch so etwas wie einen Hausmeister?"

„Ach Quatsch. Unsere Spuren im Staub waren die einzigen. Keine Angst, Schwesterherz, ich passe auf dich auf und beschütze dich."

Ein Teddy

Es regnete immer noch, als Jasmin mitten in der Nacht aufwachte. Neben sich ihren Bruder und auf der anderen Seite Erik. Sie hatten sich tatsächlich ein Lager aus drei Matratzen am Boden geschaffen. Wach wurde sie, weil der Fensterladen im Sturm klapperte. Sie stahl sich leise aus dem Bett und ging ans Fenster. Während sie den Riegel quietschend zuzog, hörte sie wie der Wind einen Namen rief. *„Amelie.“* Erschrocken fuhr sie herum, konnte jedoch nichts in der Dunkelheit erkennen.

„Marvin?“, flüsterte sie und kniete sich neben ihren Bruder. „Hörst du das?“

„Ist der Wind und jetzt schlafe weiter.“

Sie schaute sich um. Ein Wolkenloch ließ kurz das Licht des Mondes durch. Sie erkannte, dass immer noch ein Stuhl von innen gegen die Türklinke gelehnt war.

„Amelie.“

„Es muss vom Flur her kommen.“ Jasmin eilte ohne nachzudenken zur Tür und nahm den Stuhl fort. Rasch öffnete sie die Tür. Ein eisiger Lufthauch strich durch den finsteren Flur und erneut lauschte sie. Es war bitter kalt und dann sah sie nasse, kleine Fußspuren auf dem Boden.

Wie ist das möglich? Sind wir doch nicht allein?

„Hallo? Ist da wer?“ Sie hatte das Gefühl, als müsse sie sich beeilen, als sei jemand in Gefahr. Ihr Herz pochte und sie konnte kaum atmen vor Beklemmung. Sie begann zu laufen. Immer schneller. Sie selbst lief auf Socken, doch die Fußabdrücke denen sie folgte, waren barfuß. Im Treppenflur stoppte Jasmin, atemlos schaute sie zu Boden.

Werde bloß nicht verrückt. Ganz ruhig. Vielleicht war es doch nur Einbildung.

„Amelie. Wo bist du?“

Und dann sah sie am Geländer hinab nach unten einen Schatten, dem eines Kindes gleich und ihr war so als hörte sie im Pfeifen des Windes das Lachen zweier Kinder. Nichts konnte sie mehr halten. Schnell lief Jasmin die Treppe hinab, halb stolpernd kletterte sie an der Gittertür im Keller vorbei. Es war nun stockduster, nur weiter hinten schien Licht aus einem der Untersuchungsräume zu kommen. Langsam näherte sich Jasmin und nahm einen beißenden, metallischen Geruch wahr. Behutsam stieß sie die Tür auf. Hier saß ein Junge mit freiem, vernarbtem Oberkörper, mit dem Rücken zu ihr gewandt. Das Licht blendete Jasmin und sie musste die Hand schützend gegen die Richtung der Lichtquelle halten. In diesem Moment drehte der Junge sich um. Er hatte wildes schwarzes Haar und lächelte sie an. *„Du bist wieder da?“* Dann hielt er ihr seine ausgestreckte Hand entgegen. Blut tropfte von seiner Handfläche und fiel auf die türkisblauen Fliesen. Erst jetzt schaute Jasmin zu Boden. Ihre weißen

Socken verfärbten sich rot, sie stand in einer Lache aus Blut. Dann schrie sie aus Leibeskräften und alles wurde schwarz.

„Jasmin, aufwachen! wir wollen bald los." Marvin riss sie aus ihrem Alptraum.

Es dauerte noch ein paar Sekunden, bis sie verstand und ihr die Situation bewusst wurde. „Wie spät ist es?"

„Halb zehn."

„Oh, so spät schon?"

„Ja wir haben dich schlafen lassen. Erik blieb hier und ich habe mir schon mal die Straße angesehen."

„Und?"

„Ich war nicht ganz beim Wagen. Nur vor dem Haus. Es ist schon wesentlich trockener als gestern Nacht. Ein paar Pfützen und viel Geäst, was noch herunter gekommen ist."

„Wo ist Erik?"

„Hinterm Haus für kleine Jungs. Er wollte die Toiletten hier nicht benutzen, das Wasser ist abgestellt."

„Oh, okay. Gib mir eine Minute. Ich muss noch meine Sachen anziehen und dann komme ich auch nach unten."

„Geht klar, na dann mache ich es mal Erik nach. Wir treffen uns bei dem Fenster, an dem ich euch hereingelassen habe."

Jasmin zog sich an. Bei den Socken stockte sie und erinnerte sich an den Traum.„Marvin, halt!"

Er war schon im Flur als sie ihm mit den Schuhen in der Hand nacheilte.

„Hab ich was vergessen?"

„Nein, ich."

„Was?"

„Ich glaube, ich habe gestern meinen Schlüssel unten liegen lassen."

„Unten? Im Keller?"

„Ja, vor dem Gitter. Kann ich die Taschenlampe haben?"

„Soll ich suchen helfen?"

„Nein, das schaffe ich schon. Ich weiß auch ungefähr, wo er ist."

„Keine Angst da unten?"

Sie schluckte, setzte dann aber ihr tapferstes Lächeln auf. „Nein, ich doch nicht. Schließlich ist doch jetzt alles hell und die Sonne scheint. Weiß überhaupt nicht mehr, warum ich gestern so ängstlich war. Also nicht, dass ich es war. Nein, ich doch nicht."

„Schon gut. Hier, für deine verspätete Mutprobe." Er warf ihr die Taschenlampe zu. „ Aber wenn du in zwanzig Minuten nicht bei uns bist, komme ich dich suchen."

„Geht klar." Sie salutierte zum Spaß und er ging lächelnd nach unten. Nachdem ihre Schuhe endlich den passenden Platz an ihren Füßen fanden, lief sie auch das Treppenhaus hinab. Natürlich hatte sie den Schlüssel nicht im Keller abgelegt, sie wollte nochmal in den Raum aus ihrem Traum. Einmal noch nachschauen und sich vergewissern, das dort nichts war. Oder niemand. Leider brachte das Tageslicht nur spärlich etwas Helligkeit durch die vergitterten Kellerfenster, aber es war bei Weitem nicht mehr so unheimlich wie in der Nacht bei Gewitter und dieses Mal hatte sie die Taschenlampe. Das richtige Zimmer fand sie sofort, denn der Weg war ihr noch frisch im Gedächtnis. Dort war tatsächlich auch ein Untersuchungsraum, nur war hier natürlich kein Junge oder etwas, das darauf hingewiesen hätte, das hier gestern ein kleiner Junge gesessen hatte. Sie seufzte, irgendwie hatte sie sich mehr erhofft. *Was habe ich erwartet? Es war nur ein Traum.* Sie schaute sich um. *Nun, wenn ich schon mal da bin, dann kann ich mir auch die Schränke mal näher betrachten.* In den Schränken waren immer noch ein paar Verbände und Pflaster. Verborgen unter ein paar muffigen Handtüchern fand sie auch einen kaputten Teddy. Ihm fehlte ein Auge und ein Arm. Über dem Auge klebte ein Pflaster welches sich allerdings schon langsam löste. *Vielleicht wurde er ja als eine Art pädagogische Ablenkung für die Untersuchungen benutzt?* Ohne weiter nachzudenken, steckte sich Jasmin den verstaubten, kleinen Teddy in die Tasche und erschrak plötzlich.

„Jasmin?" Marvins Stimme hallte im Keller umher. „Wo bleibst du?"

„Ich komme." Schnell und irgendwie das Gefühl nicht loswerdend, einem Kind den Teddy geklaut zu haben, rannte sie zum Treppenhaus.

„Und hast du ihn?"

„Ihn?" Ertappt schaute sie ihren Bruder an.

„Na deinen Schlüssel."

„Oh, das meinst du. Ja, den hab ich."

„Was sollte ich den sonst meinen? Können wir jetzt endlich los? Ich muss echt nicht noch länger hier sein."

Heimfahrt

Auf dem Weg zum Wagen, sahen sie das ganze Ausmaß des Unwetters. Große Äste lagen auf dem Waldboden. Die Sonne, die endlich am Horizont stand, versüßte den kleinen Marsch.

„Haben wir denn auch alles eingepackt und nichts vergessen?" Erik durchstöberte sein Körbchen. „Na, die Erdbeeren sind jedenfalls alle."

„Oh, das ist aber Schade, Marvin hätte sicherlich noch gerne welche gehabt, oder Marvin?"

„Ja, ganz bestimmt."

Nach einer Weile erreichten sie das Auto. Dieses war mit Ästen und Laub verschmutzt, doch das Schlimmere war eher, dass der Wagen mit den Rädern halb im Morast versunken war.

„Ach du scheiße. Herr Gott nochmal, wieso?", fluchend entfernte Marvin das Holz von seinem Wagen.

„Oh, du grüne Neune." Erik stellte seinen Korb auf den Boden. „Marvin, also meine Mutter hat immer gesagt, man soll seinen Abwasch nicht antrocknen lassen."

Dieser Witz kam bei Marvin nur minder lustig an. „Ach so, hat sie das?"

„Marvin, sei nicht gekränkt, aber Eriks Mutter scheint recht zu haben. Wenn der Schlamm noch weiter trocknet, bekommen wir den Wagen womöglich gar nicht mehr hier weg."

„Ach papperlapapp. Ihr müsst halt nur gut schieben."

„Ich? Ich soll schieben. Das ist ja wohl voll unlogisch. Du bist der Stärkste, du solltest schieben. Mit Erik zusammen. Ich lenke und schmeiße den Motor an. Sowieso sinnvoller, da ich die bin, die am wenigsten Gewicht auf die Waage bringt."

„Okay, aber schön vorsichtig."

„Geht klar."

Gekonnt warf Marvin im Vorbeigehen seiner Schwester den Wagenschlüssel zu. Dann versammelten sich die beiden Männer am hinteren Teil des Autos.

„Bei drei lässt du den Wagen langsam vorwärts fahren."

„Was?", brüllte Jasmin nach hinten.

„Oh, man das fängt ja gut an. BEI DREI STARTEST DU DEN WAGEN, den WAGEN. VERSTANDEN?"

„Geht klar."

„Okay, eins... zwe... .", doch weiter kam er nicht. Jasmin startete den Wagen schon und trat volle Kanne auf das Gaspedal. Der Wagen ruckelte und dann stand er auch schon fast wieder auf der Straße. Allerdings konnte sie im Rückspiegel sehen, dass doch nicht alles gut gelaufen war. Ein wütender Marvin stapfte zur Fahrertür. Jedenfalls ahnte sie, dass es Marvin sein musste, denn leider war dieser durch und durch mit braunem

Schlamm versehen. Schnell drückte sie den Verriegelungsknopf herunter. Ihr Schreck dauerte nur kurz an, dann wich dieser einem Lachanfall.

„Mach sofort die Tür auf!", tobte Marvin.

„Ich... ha... ich... ha ha kann nicht."

„Und ob du kannst."

„Ha ha." Sie musste sich den Bauch halten vor Lachen. „Du siehst echt hübsch aus. Ha ha, Erdfarben stehen dir."

„Mach sofort die Tür auf oder du bereust es."

Statt dem Befehl nachzukommen, machte sie lieber noch kichernd ein Erinnerungsfoto mit ihrem Handy. Es dauerte noch eine ganze Weile bis Jasmin sich wieder fassen konnte und genügend Luft hatte, um einigermaßen normal reden zu können. Sie fasste sich ein Herz und öffnete langsam die Wagentür.

„Es tut mir wirklich leid."

„Aha."

„Und dass ich lache, tut mir auch leid."

„Weiter."

„Wie weiter?"

„Das ist alles?"

„Ich habe das doch nicht mit Absicht getan. Wer konnte denn ahnen, dass euch so etwas passiert?" Sie starrte zu Erik, der bis auf seine kleinere Körpergröße und der Brille genauso wie ein Schlammmonster aussah wie ihr Bruder.

„Ich habe gesagt, langsam."

„Hast du nicht!" Jasmin stemmte die Hände in die Hüften. „Ich lasse mich nicht zum Sündenbock machen. Du hast gesagt... ."

„ Okay okay, lassen wir das."

„Wie bitte, du gibst mir einfach so Recht?"

„Klar doch."

Sie wollte gerade triumphierend lächeln, da sah sie, zu spät, was er vor hatte. Mit einem Satz war er auch schon bei ihr und drückte sie an sich. Nun war keiner aus dem Trio auch nur noch ansatzweise sauber oder trocken.

„MARVIN! Du Idiot. Mensch, was soll denn das?"

Nun war es Erik, der lachte, und Marvin, der sich mit einem süffisanten Lächeln ans Steuer setzte.

„Steigt ein, ich will los."

Jasmin und Erik nahmen beide auf dem Rücksitz Platz.

„Wieso lachst du eigentlich?" Mit einem gekränkten Blick starrte sie zu Erik, dieser verstummte augenblicklich und schaute beschämt auf seine Füße. Es dauerte eine gefühlte Ewigkeit bis überhaupt einer von den dreien wieder sprach. Jasmin fing an.

„Wieso hast du das gemacht?"

„Darf ein Bruder jetzt auf einmal nicht mehr seine Schwester ärgern?"
„Ha ha, sehr witzig."
„Jep."
„Erik, was... ."
„Der schläft."
„Oh."
„Und lass ihn ja schlafen, sonst fängt der wieder mit seiner Fragerei an. Apropos Fragerei, was macht deine Arbeit bei Fabini?"
„Läuft, wieso?"
„Also ich hab da so einen Verdacht."
„Aha, welchen denn diesmal?"
„Da gibt es jemanden aus meiner Truppe."
„Vom Sport?"
„Ja, genau und ich hab da so einen Verdacht, dass er vielleicht einer von denen sein könnte."
„Von denen? Du meinst aus dem Labor?" Totale Ungläubigkeit.
„Ja, so ähnlich, ich meine, er könnte ein Hybride sein und beim Sport schummeln und so."
„Aha, ausgerechnet in deinem Verein? Warum denn das?"
„Na ja, so wie Doping halt, nur eben noch schlimmer."
„Und hast du ihn gefragt?"
„Nein, natürlich nicht. Aber wäre es möglich, dass man das mit einem DNA-Test herausfindet? Ich meine, gibt es da so was?"
„Also vielleicht, bestimmt. Ich kann mir gut vorstellen, dass das möglich ist, aber ich arbeite ja in einer ganz anderen Abteilung."
„Wenn ich dir eine Gewebeprobe beschaffen kann, würdest du für mich so einen Test machen können?"
„Mhhh, da müsste ich mal Nele fragen, versuchen könnte ich es zumindest."
„Super, das wäre klasse. Wer ist nochmal Nele?"
„Eine Arbeitskollegin und Freundin."
„Vertrauenswürdig?"
„Mh, stimmt, jetzt wo du es sagst. Egal wie gut ich sie kenne, es könnte unangenehm, sogar gefährlich werden, schließlich ist das Thema in der Firma topsecret. Ich meine nicht nur für uns, sondern auch für deinen Sportkollegen."
„Wieso?"
„Na was, wenn die ihn entdecken und er illegal in deiner Mannschaft ist?"
„Ach, kein Ding. Das müssen wir ja nicht groß an die Glocke hängen."
„Aha. Und du bist dir sicher, dass wir so was machen sollten, nur weil du glaubst, dass da wer schummelt in deinem Verein?"
„Ja, sag ich doch."

„Ich habe es mir anders überlegt, es ist zu riskant.“

„Warum?“

„Weil du deinen Kumpel auch einfach unter vier Augen ansprechen kannst.“

„Nein, kann ich nicht.“

„Okay, Marvin, und warum nicht?“

„Weil er nicht weiß, dass er vielleicht einer ist und ich ihn deshalb nicht fragen kann.“

„Das verstehe ich nicht. Woher willst du das dann wissen?“

„Ich weiß es einfach.“

„Es gibt diesen Kumpel überhaupt nicht, oder?“

„Doch gibt es.“

„Dann sag mir seinen Namen.“

„Nein!“ Marvin wurde sauer, dass sie ihn so in eine Sackgasse laufen ließ, das merkte sie. Trotzdem bohrte sie weiter. „Nenne mir seinen Namen.“

„Nein.“

„Dann gibt es ihn auch nicht, basta.“ Sie schaute aus dem Fenster.

Nach einer Weile kam es ganz leise von ihrem Bruder: „Du bist es.“

„Bitte?“

„Du bist die Probe. Dich will ich untersuchen lassen.“ Er schaute starr geradeaus.

Jasmin schüttelte fassungslos mit dem Kopf. „Was hast du genommen? Setze das Mittel ab.“

„Nichts, ich beschäftige mich schon länger mit dem Thema.“

„Genau und da bin ich jetzt plötzlich einer von denen, die du so aus vollem Herzen verabscheust. Ist auch überhaupt nicht verletzend.“

„Es gibt Hinweise.“

„Hinweise welcher Art denn?“

„Vater hat sich besonders um dich gekümmert und … .“

„Wie bitte? Nur weil Vater mich bei meinem beruflichen Weg unterstützt hat, denkst du, ich bin ein Hybride? Hast du ein Rad ab?“

„Nein, habe ich nicht und ich meine viel früher schon. Als Kind.“

„Ah, also hast du schon seit meiner Geburt so finstere Gedanken. Eifersüchtig?“

„Daran liegt es nicht.“

„Ha! Also bist du eifersüchtig. Und dann denkst du dir so einen Blödsinn aus.“ Ihre Stimme zitterte vor Wut.

„Nein, das ist es nicht. Als du klein warst, da warst du immer kränklich und dann warst du plötzlich weg.“

„Wie weg?“

„Für ganz viele Wochen.“

„Und das ist keinem aufgefallen?“

„Doch, mir. Du warst im Krankenhaus, wir haben dich fast jeden Tag besucht. Irgendwas mit dem Herzen."

„Marvin, an so etwas müsste ich mich doch erinnern. Wie alt soll ich denn da gewesen sein?"

„So ungefähr sechs oder fünf."

„Sorry, Marvin, ich war immer schon kerngesund. Ich kann mich beim besten Willen nicht an einen langen Krankenhausaufenthalt erinnern. Das hört sich leider schon wieder nach einer deiner wahnwitzigen und paranoiden Fantasien an."

„Ist es aber nicht. Ich dachte, du wärst tot und alle haben geweint und ein paar Wochen später warst du plötzlich wieder da."

„Wieder da?"

„Ja aber du hast geschrien und geweint und hast nach Hause gewollt. Du hast mich und Mama am Anfang nicht erkannt."

„Marvin, das klingt alles so, mir fehlen da echt die Worte."

„Aber es ist wahr."

„Und keinem außer dir ist aufgefallen, dass ich weg war?"

Wenn er nicht das Auto lenken würde, ich würde ihm sofort den Hals umdrehen.

„Unser Vater hat gesagt, dass du geheilt bist, aber die starken Medikamente eine Amnesie verursacht haben. Von da an durften wir im Haus nicht mehr darüber sprechen. Angeblich für dein Wohlergehen."

„Marvin, das kann und werde ich nicht glauben. Ich bin geboren worden, so wie du. Meine Mutter war doch schwanger oder etwa nicht?"

„Ja, aber darum geht es nicht. Vater hat etwas mit dir gemacht, damit du wieder gesund wirst."

„Und selbst wenn ich im Krankenhaus war, meinst du, die haben mich da neu erschaffen oder mir Hybridentechnologie eingesetzt?"

„Es ist zumindest denkbar."

„Sah ich denn genau so aus wie vorher? Oder war ich anders nach dem Krankenhaus?"

„Du sahst ganz genauso aus wie vorher, nur gesünder."

„Ah und du meinst die züchten mal eben schnell einen Klon von mir der mal eben so fix genauso alt ist?"

„Ja vielleicht. Denkbar oder?"

„Ach du spinnst doch, unser Vater hätte niemals seine eigene Tochter für die Experimente benutzt."

„Dann spinne ich halt, ist mir auch recht."

Marvin starrte weiterhin stur auf die Straße und ab hier wortlos bis nach Hause. Erik verschlief das Gespräch und wurde erst wach als sie wieder daheim waren. Hier trennten sich ihre Wege. Erik fuhr nach Hause, Marvin verschwand unter der Dusche und Jasmin wartete in ihrem Zimmer darauf, dass   ihr Bruder nicht das ganze heiße Wasser verbrauchte. Stumm starrte sie dabei auf ein Familienfoto, welches neben ihrem Bett auf dem Nachtisch stand. Allerdings liefen ihr Tränen über die Wangen, nur wusste sie nicht, ob sie weinte, weil Marvin so etwas Schreckliches über ihren Vater gesagt hatte oder weil sie Angst hatte, es würde vielleicht ein Funken Wahrheit in Marvins These stecken.

„Bad ist frei." Ohne zu klopfen stand er in ihrer Zimmertür. „Es tut mir leid."

„Was tut dir leid?" Jasmin wischte sich die Tränen weg, doch sie verschmierte so nur den Dreck in ihrem Gesicht.

„Ich meine, egal, was da passiert ist... ."

„Nichts ist da passiert."

„Okay, selbst für den unwahrscheinlichen Fall, dass du nicht mehr so ganz du bist. So mit allen Originalteilen. Ich bin und bleibe dein Bruder, ich würde alles für dich tun, egal was."

„Warum?"

„Ach du dummes Ding, weil ich dich unendlich lieb habe natürlich."

„Marvin, ich muss das ganze erst einmal verarbeiten. Du sagst mir unverblümt ins Gesicht, dass du glaubst, ich wäre irgendwie nicht mehr deine Schwester. Hast aber keinerlei Beweise, nur deine üblichen wilden Vermutungen. Allein, dass du das von mir denkst, ist schrecklich verletzend."

„Ich wollte dir das doch auch gar nicht sagen. Es ist halt so passiert."

„Noch schöner." Sie stand auf und drückte sich an ihm vorbei durch den Türrahmen. „Du hättest das noch Jahre mit dir herumgeschleppt und mir dann irgendwann an den Kopf geworfen, ich sei nicht echt."

„Nein, so darfst du doch nicht denken. Du bist, egal was passiert, immer meine Schwester."

„Ja genau. So sehr, dass du mich sogar von meiner Arbeit weg haben willst."

„Das hatten wir doch schon, ich will dich nur schützen."

„Vor mir selbst oder was?" Doch bevor Marvin darauf antworten konnte, knallte die Badezimmertür hinter Jasmin ins Schloss.

Marvin blieb allein in ihrem Zimmer zurück. „Ja, vor dir selbst, wenn es denn sein muss.", flüsterte er und dabei streifte sein Blick durch ihr Zimmer. Er sah ihr Handy. Er erinnerte sich an den Namen ihrer Kollegin, Nele. Ohne weiter nachzudenken, nahm er das Mobiltelefon und suchte nach einer Nele, die vor kurzem erst ins das Kontaktbuch eingetragen wurde. „Bingo.", flüsterte er und notierte sich ihre Telefonnummer.

Als Jasmin kurze Zeit später aus dem Bad kam, war Marvin nicht mehr da. Nichts schien auf seine Tat hinzudeuten, nur seine Worte, die kreisten die ganze Nacht über in Jasmins Kopf herum, so dass sie kaum schlafen konnte.

Neles Telefonnummer

Ihre Laune war am nächsten Arbeitstag nicht die Beste. Sie ignorierte das ein oder andere „Guten Morgen, Dr. Cheplow." und glitt dann mit einer Miene ins Labor, die selbst die Ratten zum Fürchten fanden.

Nele sah auf und grinste. „Hey, na du schaust ja blendend aus. Ist es wegen dem Streit mit deinem Bruder?"

Verwundert blickte Jasmin sie an und vergaß dabei sogar das grimmige Gesicht. „Woher weißt du das denn jetzt so schnell oder war das nur geraten?"

„Beides. Bei dem Ausdruck in deinem Gesicht kann eigentlich nur ein Mann Schuld sein und zweitens hat dein Bruder mich gestern Abend angerufen."

„Dich angerufen? Woher hat er denn deine Nummer?"

„Keinen Plan, das hat er nicht verraten."

„Na, der kann was erleben. Was wollte er denn von dir?" Sie begann ihre Tasche zu leeren und ihre Brotdose auf den Schreibtisch zu legen.

„Ach, nur die Telefonnummer vom Chef."

„Wie bitte? Wozu das denn? Du hast ihm die doch hoffentlich nicht gegeben, oder?"

„Doch klar, ich fand es ja irgendwie süß von ihm."

„Süß?" In Jasmins Gesicht sah man nun blanke Panik, aber Nele schien dies nicht zu bemerken.

„Ja voll. Ich meine, er will sich persönlich bei Nicolai Fabini entschuldigen."

„Ach? Wieso?", fragte Jasmin tonlos.

„Na dafür, dass er sich auf der Gala so daneben benommen und dich vor dem Chef blamiert hatte." Nele sprach ruhig und deutlich.

Wahrscheinlich denkt sie, ich habe den Verstand verloren. Ich meine, vielleicht habe ich das auch? „Mich?"

„Ja genau."

„Aber, aber da hat er überhaupt nicht mit Nicolai Fabini gesprochen. Ich meine, der Idiot kann dich doch nicht einfach anrufen und dir die Nummer vom Chef entlocken." Jasmin bemerkte nicht, wie die Tür hinter ihr aufging, und sie ignorierte leider auch das Zuzwinkern, welches Nele ihr ab da zuwarf. Dafür war sie viel zu aufgeregt. „Wie kann er sich so in mein Leben einmischen? Das, das fasse ich nicht. Dieser Vollhorst! Boah, der kann was erleben. Unsere Eltern haben ihn nie übers Knie gelegt, das werde ich definitiv nachholen. Mich so bei Nicolai Fabini zu blamieren. Was will er überhaupt wirklich mit dieser Nummer, denn eine Entschuldigung wird es ja wohl nicht sein. Das war doch nur gelogen. Oh mein Gott! Auf keinen Fall dürfen die miteinander sprechen. Ich muss selbst mit dem Fabini reden."

„Ihr Wunsch sei mir Befehl." Eine dunkle Stimme sprach gleich hinter ihrem Nacken.

Jasmins Herz rutschte ihr in die Hose und der Klang von Nicolais Stimme ließ sie innerlich erschauern.

Leise hauchte sie gerade so noch ein. „Guten Morgen, Herr Fabini."

„Wie ich sehe, arbeiten Sie ausgelassen und mit Freuden hier?"

Sie schluckte und merkte, wie ihr die Röte ins Gesicht schoss. Langsam drehte sie sich um. Ein leichtes entschuldigendes Lächeln breitete sich zögerlich in ihrem Gesicht aus. „Welche Ehre, Sie schon wieder hier zu treffen, wie dürfen wir denn behilflich sein?" *Ich wünsche mir ein Mäuseloch. Sofort.*

„Ich bin wegen Ihnen hier, wenn Sie mich bitte begleiten wollen?"

Um ehrlich zu sein, nein. „Wegen mir?" *Ich bring Marvin um!* „Ach, wirklich?"

„Natürlich. Oder sind Sie hier gerade gebunden?"

„Ich, äh, nein. Keinesfalls." *Leider.* „Ich kann mitkommen, falls sie das möchten."

„Möchte ich."

„Okay, Nele, du kommst zurecht?"

Doch Nele nickte nur, sie bekam kein Wort heraus. Jasmin begleitete Nicolai Fabini zum Fahrstuhl. Bei jedem Schritt bekam sie Hitzewallungen.

Oh nein, oh nein. Was hat Marvin angestellt, dass Fabini mich persönlich abholt? „Wo gehen wir denn hin?"

„In mein Büro."

„Ach wirklich?" Auf das Rote in ihrem Gesicht folgte nun kränkliche Blässe. „Das ist ja schön."

„Finden Sie?"

Innerlich klatschte sich Jasmin die Hand vor das Gesicht. „Also, ich hab davon gehört, dass es schön sein soll. Also schön eingerichtet, meine ich." Es wäre wunderbar gewesen in diesem Moment einfach zu verpuffen, um nie wieder in eine solch peinliche Situation zu kommen. Leider trat ihr Wunsch jedoch nicht ein und ihr oberster Chef öffnete die Tür zu seinem Büro. *Halte jetzt wenigstens deinen Mund, Jasmin.*

„Nach Ihnen."

„Oh danke." Jasmin betrat einen sehr großen, weiß gestrichenen Raum, der im hinteren Teil mit einer Glasfront prunkte. Zwei Palmen links und rechts, dazwischen stand ein riesiger Schreibtisch gestrichen mit schwarzem Klavierlack. Er selbst nahm in einem großen Ledersessel dahinter Platz.

„Setzen Sie sich doch bitte."

Jasmin setzte sich auf einen der weißen Stühle vor dem Schreibtisch und starrte Fabini einfach nur an. Dieser beugte sich zur Freisprechanlage am

Telefon vor.

„Fräulein Niemann, bitte sagen Sie doch Herrn Gregorius, dass er jetzt eintreten kann."

„Herrn Gregorius?", platzte es aus Jasmin.

„Sagt Ihnen der Name etwas?"

„Nein, aber ich bin etwas verwirrt, wollten Sie nicht allein mit mir reden? Geht es nicht um meinen Bruder?"

„Ihren Bruder? Nein."

„Hat er sie noch nicht kontaktiert?"

„Doch natürlich, aber darum geht es heute nicht."

„Nicht? Aber was wollte er denn von Ihnen?"

„Einen Termin für ein persönliches Gespräch."

„Aber den geben Sie ihm doch n... ." Weiter kam sie nicht, da sie unterbrochen wurde.

In diesem Augenblick kam ein sehr großer, breitschultriger Mann herein, der sogar kurz seinen Kopf neigen musste, um durch die Tür zu passen, ohne am Rahmen anzustoßen. Er hatte dunkles, langes Haar, welches er zu einem Zopf trug. Er wirkte eher wie der typische, durchtrainierte Rausschmeißer in einer anrüchigen Bar, als dass man so einen Menschen bei einem Pharmakonzern vermuten würde. Nur weil er ein schwarzes Hemd trug, machte ihn das nicht gerade elitärer.

Oh je, vielleicht gehört er zum Sicherheitsdienst. Er soll mich jetzt bestimmt vor die Tür setzen.

„Hey. Veit Gregorius." Er reichte Jasmin die Hand.

Doch sie schaute darauf, als sei es eine Pranke, die sie gleich zerreißen wollte. Jasmin schluckte. „Hallo", kam es leise von ihr.

„Wenn ich Sie beide vorstellen darf. Das hier ist Dr. Cheplow. Sie arbeitet bald in der Vorbereitung für die Abteilung Humangenetische Allgemeinmedizin. Und dies hier ist ihr zukünftiger Vorgesetzter für alle Sicherheits- und Geheimhaltungsfragen beziehungsweise Praktiken."

Sie schaute zu Nicolai Fabini und ignorierte unversehens immer noch Veits ausgestreckte Hand. „Ich bin befördert worden?" *Nicht rausgeschmissen?*

Nicolai Fabini lächelte. „Natürlich, bei Ihren Qualifikationen konnten wir doch nicht Gefahr laufen, Sie zu verlieren. Nicht wahr, Herr Gregorius, Sie werden sich besonders um Dr. Cheplows Wohlergehen bemühen."

„Jep. Ich glaube, Sie werden sich schnell wie zu Hause fühlen."

„Meinen Sie?" Ungläubig starrte sie Veit an, dieser zog lächelnd die Hand wieder zurück. Hier erkannte Jasmin, dass er tätowiert war. Sie erhaschte einen Blick auf sein Handgelenk. Eben noch sah sie ein Stück von einem Tribal unterm Hemd hervorblitzen.

„Keine Angst, keiner wird Sie beißen und wenn doch, bekomme ich das schon in den Griff."

„Okay." Sie nickte Veit zu und starrte dann zu wieder zu ihrem Chef. „Ich nehm' den Job."

„Nichts anderes hatte ich von Ihnen erwartet."

Nach ein paar formellen Unterzeichnungen zur Geheimhaltung der Abteilungsbelange, verabschiedete Nicolai Fabini die beiden und Veit führte sie in den siebten Stock des Gebäudes. Seine Größe schüchterte Jasmin immer noch etwas ein, doch das änderte sich bald.

„Und wie gefällt es Ihnen hier im Konzern?" Veit lief mit ihr die Gänge entlang.

„Immer wieder überraschend."

„Das ändert sich, der Alltagstrott kommt schnell."

Sie liefen an einem Empfangsbereich vorbei, wo Veit ihr die Empfangsdame Jenny Kluge vorstellte. Ein junges Mädchen mit wasserstoffblond gefärbtem Haar und 12 Zentimeter hohen, pinken Stöckelschuhen. Sie war für die Anmeldungen der Probanden zuständig. Jasmin bekam von ihr einen eigenen Untersuchungsraum zugewiesen. Hier sollte sie ab jetzt den Gesundheitszustand der ihr zugeteilten Probanden protokollieren und bewerten. Jasmin war nicht die einzige Ärztin, in diesem Bereich gab es noch drei weitere, die genau den gleichen Job machten wie sie.

„Ich hatte ja gehofft, im Labor zu landen.", sagte sie, als sie ihren Schreibtisch begutachtete.

„Alles mit seiner Zeit. Und hier bekommen Sie schon mal die Grundlagen mit", antwortete ihr Veit.

„Wie meinen Sie das genau?"

„Der Umgang mit den Hybriden. Das meine ich."

„Oh, aber Sie passen auf mich auf?" Irgendwie kam ihr dieser Mann bekannt vor. Sein Gesicht, doch ihr wollte einfach nicht einfallen, wo sie dieses schon einmal gesehen haben könnte. So starrte sie ihn immer wieder an.

„Klar doch."

„Sehr schön."

„Heute Abend schon etwas vor?" Veit deutete ihren Blick falsch, der ihn momentan von Jasmins Neugierde und Nachdenklichkeit durchbohrte.

„Äh, muss ich an einem Meeting teilnehmen?"

„Nö, aber vielleicht haben Sie ja Lust auf ein Abendessen."

„Mit Ihnen?"

„Jep."

„Aber, aber Sie sind mein Vorgesetzter." Jasmin fiel fast in Ohnmacht.

„Das passiert hier öfter, als man denkt."

„Was denn genau?"

„Dass Sie Vorgesetzte treffen."

„Ah, ich dachte schon, Sie versuchen mit mir zu flirten. Puh, ich hätte nicht gewusst, wie ich damit umgehen sollte."

„Kein Ding. Heute Abend um 19 Uhr?"

„Also doch ein Meeting?"

„Ich weiß, wo Sie wohnen."

„Oh, okay." Etwas überrumpelt blieb sie zurück als er aus ihrem neuen Büro tritt. Er kam kurz darauf nochmals zurück und steckte den Kopf durch die Tür. „Ach und noch was, Sie haben heute und morgen frei. Am Mittwoch ist dann hier Ihr neuer Arbeitsplatz." Dann verschwand auch sein Kopf aus dem Raum.

Das Erste, was sie tat, nachdem sie diesen Mann innerlich verarbeitet hatte, war, ihren Bruder anzurufen, um ihm gehörig die Meinung zu geigen.

„Ja."

„Marvin? Jasmin hier. Wie kannst du es wagen, Nele um Nicolai Fabinis Nummer zu bitten und was zum Teufel hat dich geritten, mit ihm sprechen zu wollen?"

„Oh, dir auch einen schönen Tag, Schwesterherz."

Ich zieh dich gleich durchs Telefon. „Ja, Tag auch, und jetzt sag was dazu."

„Keine Zeit, ich muss zum Training."

„Ich bring dich um."

„Ist ja nichts Neues. So muss los."

„Marvin, wage es nicht aufzulegen. Marvin!" Klick. „Marvin?" *Na, der kann was erleben.*

Meeting oder Date?

Die Haustür fiel ins Schloss und nachdem Jasmin ihre Schuhe ausgezogen hatte, durchzog ein lautes Gebrüll die Luft.

„MARVIN!"

Dieser stürmte auch sofort die Treppe hinab, glaubte er doch, sie wäre in Not. „Oh mein Gott, was ist los?"

Die Hände in die Hüfte stemmend sah sie ihn böse an. „Du machst einen Termin bei meinem Chef?"

„Ja, das sagte ich doch schon. Das ist alles? Boah und ich dachte, dir wäre etwas passiert."

„Dir passiert gleich etwas, wenn du mir nicht sofort sagst, was du vorhast."

„Ich hole dich da aus der Firma, was denn sonst. Hast du Hunger? Essen dürfte gleich fertig sein. Es gibt Brokkoliauflauf."

„Wie bitte?"

„Brok-ko-li, magst du doch, oder?" Damit schritt er voran in die Küche.

Jasmin folgte ihm umgehend. „Du kannst mich nicht aus der Firma bekommen."

„Doch, wenn ich ihm sage, dass du hier gebraucht wirst und deine Prioritäten woanders liegen." Er band sich eine Schürze um den Bauch.

„Du, du hast doch überhaupt keine Vorstellungen, wie das dort abläuft."

„Ich will nicht mehr, dass du da arbeitest. Diese Firma macht alles kaputt. Schau dich mal im Spiegel an. Du wirkst krank und andauernd streiten wir uns."

„Wir streiten uns, weil du ständig über mein Leben bestimmen willst."

„Nein, weil ich mir Sorgen mache und du … ."

Sie unterbrach ihn. „Ich kann da jetzt nicht weg, ich bin befördert worden."

„Nein." Ungläubig starrte Marvin seine Schwester an.

„Doch! Es ist übrigens genau dieselbe medizinische Abteilung wie bei unserem Vater." Sie setzte sich und starrte ihren Bruder provozierend an. *Du wolltest es ja nicht anders. Ich hätte es dir auch schonend beibringen können. Du wolltest es so.*

„Das darfst du nicht."

„Natürlich darf ich das, ich bin ein freier Mensch. Ich kann sehr wohl entscheiden, was ich mache."

„Aber wenn du in die Hybridenzeugsabteilung gehst, dann werden die dich nie wieder da... ."

Es klingelte an der Tür. Marvin schüttelte fassungslos den Kopf und lief mit dem Pfannenwender in der Hand sowie der umgebundenen Schürze zur Tür. Veit Gregorius stand davor.

„Sie schon wieder?" Marvin starrte ihn an.

„Hey, ist Jasmin da?"

„Wieso? Ich sagte doch, hier ist keine Jasmin."

„Wir sind verabredet."

„Kann ja jeder sagen."

Jasmin schob ihren Bruder beiseite. „Sie sind zu früh. Es ist doch gerade erst 18 Uhr."

„Das tut mir leid, mein Fehler."

„Kommen Sie doch rein, ich muss mich allerdings noch umziehen."

Marvin zog Jasmin an sich und flüsterte ihr ins Ohr. „Erkläre mir das bitte mal."

„Dann erkläre du mir doch mal den Anruf bei Fabini.", antwortete sie leise und wandte sich nun Veit zu. „Bitte kommen Sie rein. Verraten Sie mir, wohin wir gehen?"

„Zum Griechen."

„Ich bin gleich wieder unten, mein Bruder gibt Ihnen sicherlich etwas zu trinken." Mit einem mahnenden Blick zu ihrem Bruder verschwand sie nach oben. Wohl wissend, dass es zwischen den Männern ein kritisches Gespräch werden könnte, raffte sie zügig ihre Sachen in ihrem Zimmer zusammen und brachte sie in den oberen Flur. Von der Galerie aus, hatte sie ein Auge, viel besser ein Ohr, auf die beiden Männer.

Marvin brummte ein: „Wir gehen am besten in die Küche."

„Riecht nach Essen.", bemerkte Veit und begutachte neugierig die Kücheneinrichtung. Eine kleine weiße Vase schien ihn besonders zu interessieren.

„Ja, wir wollten auch gerade loslegen. Sie hat mir nämlich gar nicht erzählt, dass sie zum Essen verabredet ist."

„Sie wird ihre Gründe haben." Veit tippte vorsichtig gegen die Vase im Regal.

„Nein, wir sagen uns immer alles." Marvin starrte Veit an.

„Mh, das Jasmin und ich heute ein Date haben, hat sie dann sicherlich einfach vergessen."

„Ein Date?" Marvin blieb der Mund offen stehen. „Sie hat kein Date."

„Hat sie einen Freund?"

„Nein, deshalb hat sie ja auch kein Date."

„Na dann." Erneut tippte Veit gegen die Vase.

„Das ist ein Erbstück. Lassen Sie das bitte."

„Erbstück? Von ihren Eltern? Mein Beileid übrigens."

„Ja, von meiner Mutter und ich glaube, Sie haben sich noch nicht einmal vorgestellt."

Wieder tippte Veit gegen die Vase. „Ich meine, ich hätte 'Hey' gesagt. Aber wer will schon unhöflich sein. Hallo."

„Das meinte ich nicht."

„Verstehe. Es ist nur, meine Hände haben halt gerne was zum Anfassen."

„Woher kennen Sie denn meine Schwester?"

„Von der Arbeit. Und Sie? Sind Sie glücklich mit Jasmin aufgewachsen?"

„Ja, natürlich. Hatten Sie etwa keine schöne Kindheit?" Marvins Stimme klang provozierend.

„Ist es nicht seltsam, dass Jasmin so eifrig am selben Forschungsgebiet arbeiten möchte wie ihr Vater?" Veit nahm die Vase in die Hand und drehte sie immer wieder in den Händen.

„Sie mag das halt. Würden Sie jetzt bitte die Vase wegstellen."

„Ich werde schon auf sie aufpassen."

„Meine Schwester oder die Vase?" Marvin verengte seine Augen, er konnte diesen Veit nicht einschätzen.

„Ist sie denn glücklich mit ihrer Arbeit oder macht sie es nur, weil ihre Eltern dafür wären und Jasmin sozusagen das Erbe antritt?"

„Weil, weil sie es so will." Marvin riss, nunmehr sichtlich nervös, Veit die Vase aus der Hand.

„Da bin ich." Lächelnd stand Jasmin im kleinen, schwarzen Abendkleid im Türrahmen. „Habe ich etwas verpasst?"

Veit grinste anerkennend. „Nein, dann können wir zwei ja jetzt los."

Veit hatte einen schwarzen Firmenwagen organisiert, bei dem er ihr galant die Tür öffnete. Sie fuhren auch nur knapp 15 Minuten, dann parkte Veit den Wagen vor einem griechischem Restaurant. Hier war ein Tisch für zwei in einer ruhigen Ecke für sie beide reserviert. Höflich zog er ihr den Stuhl zurecht und setzte sich dann selbst.

„Und können Sie etwas empfehlen?" Die Karte studierend sprach sie zu Veit. Sie hatten sich lange genug angeschwiegen.

„Nö."

„Wie bitte?"

„Ich war hier noch nie. Ich gehe sonst eher in Kneipen."

„Oh." Darauf wusste sie nicht zu antworten.

Die erneute Stille wurde erst von dem Kellner unterbrochen, der sie nach ihrer Bestellung fragte.

„Ich nehme die Grillplatte und ein Bier. Dr. Cheplow, ich soll Sie übrigens von einem gemeinsamen Freund grüßen." Veit gab dem Kellner die Karte zurück.

„Ein gemeinsamer Freund? Ich wüsste nicht, wen Sie da meinen. Ich nehme die 26 und ein Glas Wasser bitte."

„Vincent Fischer, der Name sagt Ihnen sicherlich etwas?"

Jasmin war sichtlich überrascht, versuchte aber eher desinteressiert zu wirken. „Ja, ich traf ihn auf der Firmengala. Inwiefern sind Sie denn befreundet?" *Und Schweine können fliegen.*

„Ach, wir kennen uns schon eine ganze Weile. Und sind Sie jetzt zufrieden mit der neuen Abteilung?"

„Ja. Ich hoffe, es wird so vielversprechend, wie ich es mir vorstelle."

„Was stellen Sie sich denn so vor?"

„Dass ich meiner Ausbildung gerecht werde."

„Und Sie auf Vincent treffen?" Veit grinste. „Da muss ich Sie enttäuschen. Er arbeitet nicht mehr bei Fabini Industries, er macht nur noch seinen Stiftungskram."

„Ach wirklich?" Jasmin versuchte extrem gelangweilt zu klingen. Sie war froh, dass die Getränke gebracht wurden.

Veit schnappte sich sein Bier. „Na, dann wollen wir mal anstoßen. Auf eine fruchtbare Zusammenarbeit." Vergnügt sah er ihr dabei in die Augen.

„Ja, zum Wohl." Jasmin nahm einen großen Schluck Wasser. *Worauf habe ich mich hier nur eingelassen?*

„Ihr Bruder erwähnte, dass Sie zur Zeit keinen Freund haben?"

Jasmin spürte, wie ihre Wangen heiß wurden. *Werde jetzt bloß nicht rot.* Lässig räusperte sie sich. „Ist das wichtig für die Arbeit?"

„Und wenn?"

„Wenn Sie keine Freundin haben, ist dies hier doch ein Date?"

Veit lachte laut los. Jasmin schaute sich etwas peinlich berührt um, da einige Gäste zu ihnen herüber schauten. Er wischte sich mit dem Handrücken über den Mund.

„Jasmin, Sie können mir vertrauen. Warum fällt es Ihnen so schwer?"

Weil Vincent gesagt hatte, ich solle mit niemanden über uns sprechen.

„Vielleicht haben Sie nicht so die vertrauenerweckende Ausstrahlung?"

„Ein Punkt, an dem ich dringend arbeiten sollte." Wieder grinste er von einem Ohr zum anderen. Der Kellner brachte ihnen das Essen und Jasmins Magen knurrte. Sie hatte wirklich Hunger. Er schien es gehört zu haben.

„Falls Ihnen Ihr Teller nicht reicht, können wir auch nachbestellen." Frech zwinkerte er ihr zu.

„Guten Appetit, Herr Gregorius." *Langsam versteh ich gar nichts mehr.* Die nächsten Minuten aßen sie schweigend.

„Vincent bat mich, Ihnen zur Seite zu stehen."

Jasmin ließ die Gabel, die sie gerade zum Mund führte, sinken. „Tat er das?"

„Sie sind ein schönes Paar."

„Wir sind Freunde."

„So, so."

„Ja, einfach nur Freunde."

„Nur Freunde, die gemeinsam von der Gala verschwinden und die Nacht zusammen verbringen."

Sehr interessiert begutachtete sie das Gyros auf ihrem Teller. *Nicht schwach werden. Vincent sagte, Nicolai Fabini darf nichts von uns erfahren. Veit ist sein Handlanger, soweit ich das mitbekommen habe. Er kann unmöglich ein Freund von Vincent sein.* Sie antwortete mit ruhiger

Stimme, was ihre ganze Konzentration und Kraft kostete. „Auch wenn das scheinbar nicht in Ihr Weltbild passt, Herr Gregorius, Vincent und ich haben sehr angenehme Gespräche geführt. Wir haben praktisch die Nacht durch geredet und daher würde ich ihn durchaus als Freund bezeichnen." *Und weiteratmen.*

„Schmeckt Ihnen das Gyros?"

„Ja, sehr. Danke."

„Bitte, zahlt die Firma. Fällt unter Spesen." Er grinste.

Wieso erinnert er mich an ein großes Kind? Okay, sei mutig. Geh das Thema an. „Ich finde es bedauerlich, dass ich ihn erst in einem Jahr wiedersehen werde." Sie tupfte sich mit der Serviette den Mund ab.

„Liegt an Ihnen, würde ich sagen."

„Wie ist das jetzt zu verstehen?" Sie sah, wie er die Arme hinter dem Kopf verschränkte und anfing mit dem Stuhl zu kippeln. *Unglaublich. Er ist einfach unglaublich.*

„So wie ich es sage. In drei Wochen hält Vincent einen Vortrag in Hamburg." Ihr entging nicht, dass er sie trotz aller Lässigkeit scharf musterte.

„Ach wirklich. Wo denn?"

„In einem Hotel. Es geht mal wieder um die Stiftung, allerdings diesmal nicht ganz so etepetete wie bei der Gala in der Firma."

„Und da kann jeder hin?"

„Jeder, der auf der Gästeliste steht. Wieso? Interesse?" Seine Augen funkelten vor Vergnügen.

Schön, dass du Spaß hast. „Ja, warum nicht?"

„Ich könnte Sie auf die Liste setzen. Das wäre ein großer Gefallen meinerseits, finden Sie nicht?"

„Lassen Sie mich raten, ich soll auch etwas für Sie tun."

„Möchten Sie einen Nachtisch?"

„Nein."

„Sicher? Er soll hier gut sein."

„Ja, ich bin mir sicher."

„Ist Liebe im Spiel?"

„Bitte?"

„Mir können Sie es doch sagen."

„Ich sage dazu nichts mehr."

„Aber Sie möchten unbedingt nach Hamburg?"

„Unter Umständen schon." *Hör auf mit mir zu spielen.*

„Gut. Ich werde dann jetzt mal zahlen." Veit stand auf und gab dem Kellner das Geld. Dann kam er zu ihr zurück zum Tisch. „Na los, ich muss morgen früh raus."

Etwas irritiert ging Jasmin mit ihm nach draußen. Er half ihr in den Wagen und fuhr sie nach Hause. Erstaunlicherweise sprachen sie kein

Wort. Dort angekommen, brachte er sie noch bis zur Haustür. „Jasmin."

„Ja?"

Er hielt sie am Oberarm fest, dann strich er ihr mit der anderen Hand eine Haarsträhne aus dem Gesicht. „Bitte üben Sie sich in Geduld. Es wäre unklug, zu schnell innerhalb der neuen Abteilung aufzusteigen. Lassen Sie es einfach langsam angehen."

Jasmin versank in seinen dunklen Augen, die zum ersten Mal erstaunlich weich wirkten. „Okay."

„Und noch etwas."

„Ja?"

„Da Sie ja Single sind, haben Sie bestimmt nichts dagegen einzuwenden, wenn wir das hier mal wiederholen."

„Meinetwegen." *Niemals.*

„Schön." Er ließ sie lächelnd los und ging zurück zum Auto. „Wir sehen uns Mittwoch."

„Ja, bis dann." Sie blieb draußen stehen, bis er in der Dunkelheit davonfuhr. *Was für ein seltsamer Abend.*

Recherche in der Bibliothek

Da Jasmin noch bis Mittwoch frei hatte, wollte sie den freien Dienstag für weitere Ermittlungen nutzen. Gerade der gestrige Abend hallte in ihr noch wie ein Verhör nach, sie musste langsam mehr von der Gegenseite erfahren. Mit ihrem Rucksack und dem alten Klassenbuch bewaffnet, radelte sie zur Universitätsbibliothek, in der Erik arbeitete. Sie mochte das altehrwürdige Gemäuer sehr und freute sich schon richtig darauf, die nächsten Stunden dort zu verbringen. Der große Lesesaal mit den vielen dunklen Echtholzregalen und den unzähligen Büchern hatte es ihr besonders angetan. Schon als Kind verbrachte sie mit ihrem Vater viel Zeit dort. Langsam schritt sie die Gänge ab, um ihren alten Schulfreund zu finden. Erfolgreich war sie in der Esoterikabteilung. Ganz akkurat sortierte er abgegebene Bücher von seinem kleinen Wägelchen in die Regale. Jasmin winkte ihm zu.

„Hi, Erik."

Verblüfft darüber, angesprochen zu werden, schaute Erik sich um. Als er seine Freundin erkannte, erhellte sich sein Gesicht. „Hallo, Jasmin. Was tust du denn hier?"

„Ich möchte ein bisschen recherchieren. An meinem kleinen Projekt, falls du verstehst, was ich meine."

„Oh." Erik runzelte die Stirn. „Musst du denn gar nicht arbeiten?"

„Nein, heute nicht. Habe frei, da ich morgen in einer neuen Abteilung anfange."

„Ach so."

„Willst du mir nicht helfen?"

„Ja, gern. Ich muss nur die Bücher fertig einsortieren. Sonst warte doch vorne bei den Tischen, ich komm dann gleich zu dir."

„In Ordnung."

Zehn Minuten später war er bei ihr. „Was hast du denn vor?"

Sie schaute sich vorsichtig um. „Ich möchte etwas über die Hybriden herausfinden. Immerhin haben wir ein Klassenbuch mit dreißig Namen und Geburtsdaten." Erwartungsvoll blickte sie zu Erik, der kurz überlegte.

„Ich denke, es ist vielleicht besser, in die Gruft zu gehen."

„In die Gruft?"

„Ja, so nennen wir unser kleines Zimmer, Zugang nur für Personal. Dort stehen Rechner und so. Wir haben Zugriff auf das Internet und den internen Server, also auf das gesamte Archiv. Wir sind da eindeutig ungestörter, was sagst du?"

„Ja, klasse."

Kurz darauf standen sie in der Gruft und Jasmin verstand genau, wie der

Name begründet war. Es gab kein Fenster in dem winzigen Zimmer, dafür war er vollgestopft mit verschiedenster Technik und eingestäubten Kartons. Es roch ein wenig muffig. Umso erstaunter war sie als sie erkannte, dass die beiden Computer ziemlich neu waren und auch der Kopierer nicht gerade billig gewesen sein konnte.

„Gib mir mal das Klassenbuch."

„Wieso?"

„Weil ich mir gern eine Kopie machen würde. Darf ich?"

„Ja, klar." Sie reichte es ihm.

„Was ist mit Marvin?"

„Marvin? Der ist beim Training."

„Braucht er vielleicht auch eine Kopie?"

„Keine Ahnung. Glaube ich nicht. Er hat noch nicht einmal Interesse an dem Buch gezeigt."

„Gut, er bekommt eine." Erik fertigte im Nu zwei Exemplare an. „Ich bringe ihm das heute Nachmittag vorbei. Er ist doch dann zu Hause?"

„Ja.", grinste Jasmin und setzte sich an einen der Rechner. „Wie wollen wir vorgehen?"

„Ich würde sagen, du googelst die Namen und ich schau mal, was ich in den Archiven so finde. Vielleicht stoße ich auf einen wissenschaftlichen Artikel oder eine Forschungsarbeit."

„Meinst du echt? Wäre ich der Fabini, ich hätte alle Spuren beseitigt."

„Nur wer sucht, kann fündig werden." Erik nahm neben ihr Platz und bediente den anderen Computer. Jasmin schlug mit einem komischen Gefühl im Bauch das Klassenbuch auf und las die ersten Namen.

„-Albrecht, Ina-Theresa

-Anders, Sebastian

- Beier, Christian

Mensch, das klingt alles so normal. Das sind Namen, wie sie in jeder Klasse hier in Deutschland vorkommen könnten."

„Hast du schon was?", fragte Erik.

„Nein."

Es wurde auch nicht einfach. Obwohl sie Geburtsdaten zu den Namen hatte, dauerte es immer etwas, um die Treffer auszuwerten. Meistens waren es einfach nur gleiche Namensträger, die in irgendwelchen sozialen Netzwerken Einträge hatten oder Mitglied in einem Sportverein waren. Einer war sogar Politiker, doch keiner schien etwas mit den Hybriden auf ihrer Liste zu tun zu haben.

„Weißt du, was ich mich frage?", unterbrach Jasmin irgendwann das Schweigen.

„Wann du endlich mal wieder zum Friseur gehst?"

„Nein." Sie warf ihm einen zweifelnden Blick zu. „Ähm, also ich wundere mich nur über eines. Die Hybriden sind Menschen. Das bedeutet, dass sie zwar in-vitro gezüchtet oder gezeugt werden konnten, aber nichtsdestotrotz wurden doch Frauen gebraucht, in denen sie heranwachsen konnten. Leihmütter. Wo sind die abgeblieben?"

„Umgebracht?"

„Unwahrscheinlich. Vielleicht hatten sie einfach andere Möglichkeiten."

„Wie bitte sollen die ausgesehen haben? Schimpansen?"

Jasmins Blick ließ ihn sofort verstummen. Schweigend arbeiteten sie weiter. Die Zeit verging und die Motivation sank mit jedem Misserfolg. Bis sie auf eine Todesanzeige stieß.

„Erik, schau mal. Tobias Köhler ist vor fünf Jahren gestorben. Name und Geburtsdatum ist identisch. Die Anzeige wurde von dem Unternehmen aufgegeben, bei dem er scheinbar gearbeitet hatte. Sunenergy GmbH aus Schulzendorf. Das ist doch gar nicht so weit weg von hier."

„Das könnte wirklich passen. Steht da auch, wie er gestorben ist?"

„Nein, nur, dass es unerwartet war."

„Ein Hybride, der in einem mittelständischen Unternehmen gearbeitet hat, wie ein Mensch? Wie passt das denn jetzt wieder zusammen?"

„Ich weiß es nicht. Andererseits wurden die Hybriden doch gerade dafür erschaffen. Der alte Fabini wollte doch einerseits Intelligenzbestien für Wissenschaft und Forschung und andererseits Soldaten für den Krieg produzieren. Es heißt doch, er hätte sie damals verkauft. Dieser Tobias müsste einer von denen sein, die schlau waren. So wie Vincent Fischer. Dieser hatte doch sogar in dem Pharmakonzern, der ihn hervorgebracht hatte, gearbeitet."

„Das ergibt ja sogar noch Sinn. Aber Tobias in einer Firma für Solarenergie?"

„Das ist 'ne heiße Spur. Vielleicht ist ja doch der ein oder andere durch das Netz geschlüpft!" Vor Aufregung bekam sie rote Wangen.

Erik hingegen sah skeptisch aus. „Die können sie doch nicht einfach frei herumlaufen lassen. Ich denke, sie haben Siedlungen für die Hybriden?"

„Die Siedlung kam erst, nachdem alles öffentlich wurde. Such weiter, vielleicht finden wir mehr."

Sie fand noch sechs weitere Todesanzeigen. Christian Beier war darunter, er ist drei Jahre vor Tobias gestorben. Alle anderen wiesen das gleiche Todesjahr wie Tobias auf. Sie präsentierte Erik ihre Ergebnisse.

„Findest du das nicht auch seltsam?"

„Doch, in der Tat."

„Das sind mir zu viele Tote dafür, dass Hybriden nicht krank werden sollen."

„Gibt es zu den anderen auch irgendwelche Informationen?"

„Nein, nur Name mit Geburts- und Sterbedatum. Warte mal, ich habe noch einen Treffer."

„Sag bloß, noch ein Toter."

„Eine Tote namens Antonia Weinstedt."

„Damit sind es acht aus dreißig."

„Ja. Halt dich fest, hier trauert die Familie um ihre Tochter."

„Was?"

„Dieser Hybrid hat Eltern? Familie Weinstedt. Sogar ein Ort ist mitangegeben. Bieslingen."

„Moment." Erik haute in die Tasten und kurz darauf wurde ein Kartenausschnitt ausgedruckt. Er holte aus einem Karton Klebepunkte. „Also hier sind wir." Gelber Punkt. „Dort ist Schulzendorf." Blauer Punkt. „Und unweit daneben liegt Bieslingen." Roter Punkt. Er schaute sie an.

„Das sind vielleicht zwei Stunden Autofahrt dorthin. Was meinst du?"

„Ja. Morgen?"

„Geht nicht, da trete ich meinen neuen Job an."

„Ach. Was machst du da?"

„Ich untersuche Probanden für Medizinstudien."

„Echt?"

„Ja. Darunter befinden sich auch Hybriden."

„Krass."

„Was hältst du von Samstag?"

„Kommt Marvin auch mit?"

„Wir brauchen sein Auto."

„Cool." Eriks Augen strahlten.

Jasmin schmunzelte. „Wenn du meinen neuen Vorgesetzten kennen würdest, dann hätte Marvin keine Chance mehr."

„Ich weiß nicht, wovon du sprichst. Wer ist denn dein neuer Vorgesetzter?"

„Er heißt Veit Gregorius und ist ein Schrank von einem Mann."

„Wirklich?"

„Ja. Er ist unheimlich."

„Wieso?"

„Weil er mich ständig anbaggert. Gestern Abend waren wir sogar essen."

„Nein, echt?"

„Ja."

„Er hat mich die ganze Zeit aushorchen wollen. Wegen Vincent. Ich habe natürlich alles abgestritten."

„Warum?"

„Vincent hatte mir extra gesagt, ich sollte mit niemandem darüber sprechen, was passiert ist."

„Mit mir hast du geredet."

„Du bist mein Freund!"

„Marvin weiß es auch."

„Ja." Jasmin rutschte nervös hin und her.

„Wer noch?"

„Nele."

„Nele?"

„Meine Assistentin."

„Jasmin! Du bist aber leichtsinnig. Sie arbeitet für Fabini Industries."

„Ja, aber sie hat es nun mal mitbekommen. Auch wie ich nach dem Abschied von Vincent geheult habe. Was sollte ich machen?"

„Hmm. Und wie ist dieser Veit sonst so?"

„Frech, ungehobelt. Und er ist ein Lügner."

„Wieso?"

„Er hat sich als Freund von Vincent ausgegeben."

„Vielleicht ist er es ja."

„Genau. Und Marvin ist meine Schwester."

„Gott sei Dank nicht."

Beide hingen kurz ihren Gedanken nach. Dann fiel Jasmin etwas ein. „Erik, ich würde gern Vincent eine Mail schreiben."

„Aha."

„Ich brauche deine Hilfe."

„Wieso?"

„Ich möchte sie weder von meinem Account noch von zu Hause aus schreiben."

„Ich verstehe. Er kann sie aber empfangen."

„Kann ich mich nicht als ich selbst ausgeben? Ach nein, die Mails werden bestimmt überwacht."

„Gut, dann erstellen wir dir einen neuen Account und versenden die Mail vom Uniserver über einen Proxy. Das kann keiner zurückverfolgen."

„Erik, du bist ein Schatz."

Er fühlte sich sichtlich geschmeichelt und winkte ab. „Los, richte dir jetzt mal dein Konto ein."

„Ja, ist gut."

Jasmin starrte den Bildschirm an. *Ich brauch einen Namen. Er muss so gewählt sein, dass er weiß, dass ich es bin. Was könnte ich nur nehmen?* Gedankenverloren spielte sie mit ihrer Kette. Plötzlich hatte sie eine Idee und tippte los. Erik schaute neugierig zu ihr herüber. „Goldenervogel@email.de? Ist das dein Ernst?"

„Ja, er hat mir doch diese Kette geschenkt. Mit diesem goldenen Vogel."

„Das ist gut."

„Ich weiß nur nicht weiter."

„Ach Mädchen, schreib irgendwas wegen der Stiftung. Dass du Geld spenden möchtest oder so. Davor möchtest du noch einige Dinge fragen. Bau Sachen ein, die ihm helfen, dich zu identifizieren."

„Jawohl, der Herr." Eifrig dachte Jasmin über mögliche Formulierungen nach. Bald hatte sie den Text fertig:

Sehr geehrter Herr Fischer,

mit großem Interesse habe ich alles über die Stiftung „Zur Erhaltung des Ursprungs" in der Zeitung und im Internet verfolgt. Ich bewundere Ihre Arbeit sehr und möchte gerne einen gewissen Betrag spenden, da ich überraschend zu einer kleinen Erbschaft gekommen bin. Bevor ich mich allerdings für diesen Schritt entscheide, würde ich mich freuen, wenn Sie mir zuvor noch ein paar Fragen beantworten könnten.

1. *Wie leben die Hybriden heute?*
2. *Wie und wo wird das Geld der Stiftung eingesetzt?*
3. *Besteht die Möglichkeit, eine solche Hybriden-Siedlung zu besichtigen?*
4. *Gibt es Bedarf für Entwicklungshilfe?*
5. *Existieren in Ihrer Siedlung Läden wie Schnellrestaurants oder Schmuckgeschäfte?*

Verzeihen Sie mir bitte diese Fragen, doch Sie sind mein erster Kontakt zu dieser Angelegenheit. Vielen Dank im Voraus und alles Gute bis dahin!

Erik nickte zufrieden. „Das kannst du so abschicken. Guck mal, was ich grade gefunden habe."
„Okay. Gesendet. Ich bin ja so aufgeregt. Kannst du dann nachschauen, ob er geantwortet hat?"
„Ja, natürlich. Aber nun guck doch mal endlich. Ich habe die Doktorarbeit von Vincent Fischer im Archiv entdeckt."
„Wow, krass. Kannst du mir die auf den Stick ziehen?"
„Selbstverständlich."
„Danke."
Eine halbe Stunde später, nachdem sie alles abgespeichert, eingepackt und aufgeräumt hatten, verabschiedete sie sich von Erik.
„Vielen Dank für deine Hilfe."
„Gern geschehen. Wie verfahren wir in der anderen Sache weiter?"
„Ich denke, wir sollten sowohl die Firma als auch die Familie besuchen. Dafür solltest du die Adressen recherchieren."
„Okay, mach ich. Ich rufe dich dann morgen Abend an."
„Ja, klingt gut. Bis dahin habe ich auch mit Marvin gesprochen und geklärt, ob wir am Samstag fahren können."

Zweiter erster Arbeitstag

Am nächsten Morgen verließ Jasmin früher als sonst das Haus, um pünktlich an ihrem neuen Arbeitsplatz zu erscheinen. Es war ein seltsames Gefühl statt in der dritten nun erst in der siebten Etage aus dem Fahrstuhl zu steigen.

Okay, die Freigabe für meine Karte am Fahrstuhl hat schon mal funktioniert. Hoffentlich läuft mir nicht gleich wieder dieser Veit über den Weg. Sie betrat den Flur ihrer Abteilung und stand einen Moment unschlüssig herum. *Hmm, es könnte ja sein, dass sie mir aus Versehen mehr Rechte gebucht haben.* Ihr Blick fiel auf die nächste Sicherheitsschleuse am Ende des Ganges. *Probieren geht über Studieren.* Sie schaute sich um, aber es herrschte um diese Uhrzeit noch gähnende Leere auf der Etage. Leise pfeifend ging sie auf die Tür zu und zog die Karte durch den Schlitz. Nichts passierte. *Schade.* Enttäuscht drehte sie sich um und prallte gegen Veit, der plötzlich hinter ihr stand.

„Na, Kleines, verlaufen?"

„Huch! Herr Gregorius... nein, ja, also eigentlich wollte ich zur Toilette."

„Tja, die befindet sich vorne." Grinsend zeigte er in die andere Richtung.

„Na ja, vorne, hinten, rechts, links, das ist am Anfang schon alles etwas verwirrend." Nervös trat sie von einem Bein auf das andere.

„Ich zeige Ihnen gerne unsere Keramikabteilung. Wenn Sie mir bitte folgen möchten."

„Äh, super."

Veit führte sie zu einer Tür, die groß mit 'WC' beschriftet war. Artig betrat sie den Bereich für die Damen. Als sie kurz darauf wieder herauskam, stand er immer noch da.

„Ich bringe Sie mal lieber zu ihrem Untersuchungsraum. Nicht dass sie noch in der Besenkammer landen." Seine Augen blitzten amüsiert.

„Ja. Äh, danke." *Mistkerl.*

„Dort entlang."

Sie gingen nebeneinander her.

„Und? Wie war ihr freier Tag?"

„Oh. Sehr aufschlussreich. Ich meine, ich fand es gut, mal wieder sich die Stadt anzugucken."

„Ja, es gibt dort interessante Gebäude." Sein Grinsen wurde immer breiter.

Wieso fühle ich mich gerade wie ein Fisch auf dem Trockenen?

„Bereit für den ersten Arbeitstag hier?"

„Ja, ich bin sehr gespannt, wie das heute hier losgeht."

„Jenny kennst du ja noch von Montag, nicht wahr."

„Ja."

„Sie wird dir assistieren und dich einarbeiten."

„Wie schön."

„Ich bin mir sicher, Sie werden sich gut verstehen." Höflich hielt Veit ihr die Tür auf und Jasmin betrat ihr neues Reich. *Eine Liege, ein Schreibtisch, ein paar Regale an den Wänden – was will ich mehr?*

Jenny stellte sich in den Türrahmen, bildete mit ihrer Hand eine Faust und tat so als ob sie an eine unsichtbare Wand klopfte. Ihre extrem hohe Stimme meldete sich dazu. „Klopf, klopf."

Stumm verzog Jasmin leicht ihr Gesicht, während Veit ihr fröhlich antwortete. „Komm herein, Schönheit."

Albern kicherte Jenny.

Was geht denn hier ab? Na klar, das ist sein Beuteschema, nicht wahr? Blond, vollbusig, knapper Kittel, keine Hose.

„Soll ich jetzt übernehmen, Chef?"

„Gern. Ich hab leider noch anderes zu tun, als Fremdenführer zu spielen." Er nickte Jasmin zu und verließ das Zimmer, natürlich nicht ohne der Blondinen noch einmal zuzuzwinkern.

„Ist er nicht süß?"

„Wie bitte?"

Jenny seufzte. „Welche Frau wäre nicht gern an seiner Seite? Er ist doch so groß."

„Ich."

Jasmin erhielt einen mitleidigen Blick.

„Und, wie finden Sie ihren Raum? Etwas kahl noch, oder? Blumen wären nicht schlecht." Jenny lächelte sie an.

„Blumen? Das ist ein Arbeitsplatz."

„Ja, aber so eine schöne Topfpflanze wäre doch nett."

„Bakterien in Blumenerde brauche ich nicht."

„Haben Sie gerade Ihre Tage?"

„Bitte, was?"

„Oh ich kenne das, da hab ich auch immer schlechte Laune." Sie lächelte zuckersüß.

Jasmin bekam das Bedürfnis zu schreien, sie versuchte ruhig zu bleiben und wechselte das Thema. „Du willst mir also helfen?" Leider schaffte sie es nicht ganz, die Skeptische aus ihrer Stimme zu verbannen, aber sie hatte das Gefühl, dass Jenny für derartige Schwingungen eh unempfindlich war.

„Ja, genau. Ich ordne den Ärzten die Probanden zu. Dafür frage ich nach ihren Namen, suche die Akten heraus und bringe sie zu den Ärzten."

„Ja, das war verständlich. Was mache ich dann?"

„Na, untersuchen. Sie kriegen alle irgendwelche Medikamente, manche auch nur Placebos. Sie müssen alles in ein Formular eintragen." Sie zeigte auf den Schreibtisch und Jasmin nahm eins in die Hand. „Sehen Sie, bei Name tragen Sie den Namen ein, ins nächste Feld ein M für Mensch oder ein H für Hybride. Darunter schreiben Sie alle Sachen auf, wie Blutdruck, Puls und so. In das Feld hier dann alles, was Sie für wichtig erachten, die haben halt oft irgendwelche Nebenwirkungen. Klar?"

„Ja."

„Wir haben hier auch einige Möglichkeiten für weitere Diagnostikdings."

„Du meinst Ultraschall, Röntgen und so?"

„Ja, genau."

„Und welche Medizin testen wir momentan?"

Entrüstet schaut Jenny sie an. „Das weiß ich doch nicht. Das fällt nicht in unsere Zuständigkeit. Das entscheiden doch die anderen von den anderen Ebenen."

„Ach so, verstehe."

„Gut."

„Dann fangen wir doch mal an."

„Gerne, bis dann." Jenny trippelte auf ihren Highheels nach draußen.

Ich kriege gleich Kopfschmerzen. Und überhaupt, darf die mit solchen Absätzen hier herumlaufen?

Jasmin wartete auf ihren ersten Probanden. Es war sehr still in dem kleinen Raum, wenn die Tür zu war. Ihr fiel auf, dass sie sogar ihre Armbanduhr ticken hören konnte. Sie malte auf ihrem Block herum. Zunächst versuchte sie sich an Blumen, dann an Augen. Als sie damit fertig war, erschrak sie ein wenig. Unbewusst hatte sie Vincents Augen gezeichnet. Besonders die Traurigkeit in seinem Blick hatte sie gut getroffen. *Ach herrje, ich wusste gar nicht, dass ich das kann.* Sie schaute auf die Uhr und stellte fest, dass sie schon über eine Stunde allein war. Unruhig lief sie umher. *Habe ich irgendwas falsch verstanden? Muss ich mich irgendwo melden? Nein, Jenny hatte gesagt, dass sie die Probanden herbringen würde. Aber, was dauert denn da so ewig?* Gerade als sie beschloss, nachzusehen, öffnete sich plötzlich die Tür.

„So, Herr Schmitt, treten Sie bitte ein." Jennys nervige Stimme erfreute Jasmin in diesem Moment. Hinter der Arztschwester kam ein gutaussehender, junger Mann herein. Jasmin lächelte ihn freundlich an.

„Wie geht es Ihnen?"

„Ganz gut, denke ich." Sein charmantes, schüchternes Lächeln erinnerte sie an Vincent.

„Ich geh dann jetzt, kommen Sie zurecht?" Jenny wackelte schon aus dem Raum.

„Ja, danke, und das nächste Mal bitte etwas schneller, ja?"

„Ich verstehe nicht ganz?"

„Diese Warterei ist nervtötend." Jasmin wurde allerdings nur doof angeguckt, dann schloss sich die Tür.

„Ihren Namen bitte."

„Manuel Schmitt."

„Nehmen Sie doch bitte Platz."

„Okay."

„Haben Sie irgendwelche Beschwerden wie Kopfschmerzen, Haarausfall, Hautausschlag, Übelkeit oder Schwindel?"

„Nein. Mir tut nur der Rücken etwas weh. Da, wo die Spritzen gesetzt wurden."

„Zeigen Sie mir das bitte mal."

„Gern." Er zog das T-Shirt über den Kopf und präsentierte einen muskulösen Oberkörper.

Jasmin trat näher an ihn heran und untersuchte seinen Rücken. Entlang der Wirbelsäule konnte sie Einstichstellen entdecken, um die sich ein dunkelvioletter Ring gebildet hat. Sie musste an Unterlegscheiben denken.

„Oh, das sieht aber böse aus."

„Wirklich?"

„Äh, ich meine, ungewöhnlich."

„Aha."

„Es ist auf jeden Fall keine Entzündung sondern Sie haben Hämatome auf dem Rücken. Vielleicht war die Kanüle ungünstig gewählt." *Das hat andere Ursachen, aber was soll ich denn sonst erzählen?*

„Okay."

„Wie lange sind Sie schon in diesem Programm?"

„Vier Jahre."

„Ziemlich lange Zeit. Können Sie sich aussuchen, an welcher Studie Sie teilnehmen?"

„Wir werden ausgewählt. Sie sind neu hier, oder?"

„Ja, seit heute."

„Auch Hybrid?"

„Nein. Sie also ja."

„Jepp." Er lächelte.

„Bei ihrem Körperbau habe ich das vermutet."

„Ich gehöre zur dritten Generation."

„Dritte Generation? Ich dachte, es gibt nur einen Prototypen."

„Na ja, es gibt schon nicht nur einen, wir wurden verfeinert und für unseren Zweck perfektioniert."

„Zweck? Sie meinen die Begabung?"

Nachdenklich betrachtete er sie. „Ja, genau. Aber Sie sind wirklich eine Ärztin aus dem Projekt, ja?"

„Ja. Aber heute erst ganz neu dabei. Ins kalte Wasser geworfen sozusagen. Darf ich Sie was fragen?"

„Klar."

„Ich, also, äh... ."

„Kann ich mich wieder anziehen?"

„Was? Oh, natürlich. Ich schreib derweil alles auf.“ Nervös griff sie nach einem Formular und notierte alles sehr genau. Als sie fertig war, wanderte ihr Blick nach oben und sie sah eine kleine Kamera, die alles aufzeichnete. *Die habe ich glatt übersehen. Das war so klar.* Sie bemerkte, dass Manuel angezogen auf der Liege saß und sie ansah.

„Messen Sie noch meinen Blutdruck? Und machen Fotos von den Einstichen?“

„Ups. Natürlich.“

„Ich helfe Ihnen. Also die Kamera ist meistens in der oberen Schublade und eigentlich sind die Fotos auch sofort in der EDV, wenn Sie meine Akte offen haben.“ Er lächelte sie an. „Sind miteinander verbunden.“

„Danke. Woher wissen sie das?“

„Vier Jahre hier. Da redet man mit seinen Ärzten.“

Das Foto war schnell gemacht, dann griff Jasmin nach dem Messgerät und ihrem Stethoskop. *Ich fühle mich irgendwie ungenügend vorbereitet.* Die Messung ergab keine Auffälligkeit.

„Alles in Ordnung.“

„Dann nehmen Sie heute kein Blut ab?“

„Ist das üblich?“

„Ja.“ Grinsend hielt er ihr den Arm hin.

Wie lange ist das nur her? Im Studium haben wir uns gegenseitig Blut abgenommen. Lass dir bloß nichts anmerken. Jasmin entdeckte eine Schale mit sterilem Arbeitsmaterial. Hochkonzentriert setzte sie die Nadel in seine Vene. *Geschafft. Meine Güte, bin ich froh.*

„Wie gesagt, es ist mein erster Tag. Die Abläufe sind mir noch nicht so geläufig.“

„Kein Problem. Sie machen das super.“

Dankbar lächelte sie ihn an. Sie entfernte die Nadel und presste ein Wattepad auf die Stelle. „Kennen Sie zufällig Vincent Fischer?“ Geschäftig tauschte sie das Pad gegen ein Pflaster.

„Wie bitte?“

„Haben Sie sonst noch Besonderheiten, die ich aufschreiben sollte?“

„Nein.“

„Juckreiz, tränende Augen?“

„Nein.“

„Gut, dann muss ich Sie jetzt entlassen.“

„Alles klar.“

„Bis zum nächsten Mal.“

„Ich kenne ihn flüchtig.“

Jasmin guckte ihn an, sagte aber nichts. Lächelnd nickte er ihr zu und verließ den Untersuchungsraum. Jenny kam kurz herein, um die Blutprobe abzuholen. Anschließend war Jasmin wieder allein. Erneut musste sie Stunden um Stunden warten. Der Tag zog sich zäh wie

Kaugummi und um nicht vor Langeweile zu zerplatzen, sortierte sie die Bücher hin und her. Nach einer gefühlten Ewigkeit führte Jenny eine dunkelblonde Frau herein.

„Guten Tag."

„Tag."

„Ihren Namen, bitte."

„Tessa Gölls."

„Haben Sie irgendwelche Beschwerden?"

„Nein."

„Bekamen Sie Spritzen oder Tabletten?"

„Tabletten."

„Mensch?"

„Ja."

„Keine Magenschmerzen, Durchfall, Übelkeit?"

„Nein. Nur ein bisschen Kopfschmerzen."

„Okay. Das war ja einfach."

„Horchen Sie mich gar nicht ab?"

„Wie bitte?"

Die junge Frau zeigte auf Jasmins Stethoskop, das um ihren Hals baumelte.

„Oh, klar." *Schön, wenn die Patienten dem Arzt erzählen, was er machen muss.* Jasmin klemmte sich das Stethoskop an die Ohren und horchte brav Tessa ab. „Alles in Ordnung. Keinerlei Begleitgeräusche wie Rasseln oder so." Der Vollständigkeit wegen prüfte sie noch die Reflexe. Abschließend nahm sie auch der Frau Blut ab. „Danke. Dann bis zum nächsten Mal."

„Auf Wiedersehen."

Jasmin schaute auf die Uhr. Nur noch eine halbe Stunde bis zum Feierabend. Sie trat auf den Flur und rief nach Jenny.

„Ja?"

„Wieso hatte ich heute nur zwei Patienten?"

„Na, Sie sind doch neu."

„Und?"

„Sie sollen doch alles in Ruhe kennenlernen und sich einrichten."

„Ich bin eingerichtet."

„Es fehlen Blumen."

„Ich will keine Blumen, sondern Probanden. Dafür werde ich schließlich auch bezahlt."

„Heute kommt aber keiner mehr."

„Und was bitte soll ich die letzte halbe Stunde machen? Die Wand anstarren?"

„Nein, genießen Sie doch die Ruhe."

Ungläubig schaute Jasmin sie an. *Die meint das tatsächlich ernst. Ich*

fasse es nicht.
„Kann ich jetzt gehen? Ich habe noch zu tun."
„Wie schön für Sie."
Etwas pikiert verließ Jenny den Untersuchungsraum. Jasmin saß müde an ihrem Tisch. *Ich hasse Nichtstun. Wäre ich doch nur bei den Ratten geblieben. Wenn der morgige Tag auch so wird, dann kriege ich Migräne. Ich sollte mir ein Buch mitnehmen.* Sie packte ihre Sachen in ihre Tasche. So langsam wie möglich. Der ersehnte Feierabend kam und sie flüchtete von der Arbeit nach Hause.

„Marvin, bist du da?" Zuhause gab es keine Antwort. Dafür roch es nach Sellerie und Zwiebeln. Sie schmiss die Schuhe und Tasche wie gewohnt in die Ecke und kam in die Küche. Ein Schlachtfeld. *Himmel, Marvin, was hast du nur wieder gemacht? Wofür brauchtest du zwei Pfannen und drei Töpfe?* Sie ging weiter und entdeckte Marvin schlafend auf dem Sofa. Er sah so friedlich aus. Leise näherte sie sich an, dann deckte sie ihn vorsichtig mit der Wolldecke zu. Da sie sowenig auf Arbeit gearbeitet hatte, räumte sie noch die Küche auf bevor sie früh zu Bett ging. Sie schlief sofort ein und träumte von Warteschleifenmusik. Es dauerte etwas, bis sie wach wurde und erkannte, dass es ihr Handy war, das klingelte. Schlaftrunken ging sie an das Telefon.
„Ja?"
„Hi. Hast du getrunken?"
„Nein, Erik, ich habe geschlafen. Was ist denn?"
„Ich habe doch gesagt, dass ich heute Abend anrufen werde."
„Schon gut."
„Ich habe die Familie von Antonia gefunden. Es gibt eine Telefonnummer und ein Adresse."
„Oh, das klingt gut."
„Soll ich dort anrufen oder willst du?"
„Ruf du an. Ist besser, wenn wir uns ankündigen bevor wir umsonst hinfahren, oder?"
„Ja. Was sagt Marvin zu Samstag?"
„Marvin schläft. Aber egal, ich überzeuge ihn schon noch."
„Gut. Die Firma war auch leicht ausfindig zu machen. Ich habe die Adresse. Sie arbeiten am Samstag bis 14 Uhr."
„Prima." Jasmin gähnte in den Hörer. „'Tschuldigung."
„Wie war dein Arbeitstag?"
„Öde."
„Gut, dann bis dann, wir hören uns."
„Ja, gute Nacht."
Sie legte das Telefon beiseite und fiel umgehend in einen unruhigen Schlaf.

Intermezzo

Der nächste Tag auf der Arbeit unterschied sich kaum von dem ersten. Der einzige Unterschied war, dass Veit sie in ihrem Zimmer aufsuchte.

„Na, wie läuft es hier?", er grinste frech.

„Oh. Prima."

„Höre ich da einen sarkastischen Unterton?"

„Nein, gar nicht."

„Dr. Cheplow, was ist los? Gefällt Ihnen Ihr Arbeitsplatz nicht?"

„Doch, doch. Sehr geräumig. Alles bestens."

„Aber?"

„Ich langweile mich zu Tode.", platzte es aus Jasmin heraus.

Leicht verwundert schaute Veit sie an. „Dafür sehen Sie noch sehr fit aus."

„Haha. Warum bekomme ich nur so zwei, drei Probanden am Tag?"

„Weil Sie neu sind."

„Das kann doch kein Grund sein."

„Doch. Wir müssen sehen, wie Sie zurechtkommen." Er nickte Richtung Kamera. „Den Rest der Zeit können Sie sich einrichten oder Sie gehen eine rauchen."

„Ich bin Nichtraucherin."

„Dann gehen Sie halt in den Aufenthaltsraum für das Personal."

„Und wo ist der?"

„Ich führe Sie gern hin." Das tat er dann auch. Allerdings wirkte der Raum im Gegensatz zum restlichen Konzern eher schmuddelig. Eine verkalkte Kaffeemaschine stand neben der Spüle, in der sich schmutziges Geschirr stapelte. „Hier steht auch eine Mikrowelle. Ansonsten gilt hier Do-it-yourself. Klappt nur nicht so ganz." Er grinste.

„Ja, scheinbar nicht." *Hier werde ich mich bestimmt nicht aufhalten.* „Ich arbeite wahrscheinlich lieber an meinem wissenschaftlichen Artikel."

„Ah, hoffentlich nicht über das, was hier passiert."

„Ich kenne die Vorschriften. Keine Sorge."

„Mach ich mir nicht. Wie der Vater, so die Tochter." Er hielt ihr beim Herausgehen die Tür auf.

„Sie kannten meinen Vater?"

„Klar. Hatte ordentlich was auf dem Kasten. Und immer sehr nett."

Sie schlenderten zurück zu ihrem Untersuchungsraum.

„Hatte er gern hier gearbeitet?"

„Interessante Frage. Ich denke schon. Immerhin konnte er sich hier selbst verwirklichen."

„Inwiefern?"

„Wir könnten Samstagabend darüber reden."

„Da habe ich keine Zeit."

„Wie schade. Warum nicht?"

„Familiensache."

„Auch nicht später am Abend?"

„Nein."

„Dann ein andermal?"

„Vielleicht."

„Hat Ihr Bruder was dagegen? Er wirkte sehr, nun ja, bemüht, Sie zu beschützen."

„Ja, Marvin ist eben Marvin. Aber ich denke, wir sollten uns nicht so viel außerhalb der Arbeitszeit treffen."

„Wollten Sie nicht nach Hamburg?"

Mieser Erpresser. „Okay."

„Geht doch."

Sein fieses Grinsen machte sie wütend, doch sie versuchte, es zu ignorieren. „Aber Samstag habe ich wirklich keine Zeit."

„Das macht nichts. Wir finden schon einen Termin." Veit ging zur Tür, zögerte aber noch kurz. „Jasmin?"

Überrascht sah sie ihn an. „Ja?"

„Wenn Sie mich brauchen, sagen Sie Jenny Bescheid. Mein Zimmer ist leider nicht auf dieser Etage. Und geben Sie sich selbst etwas Zeit. Seien Sie nicht zu ungeduldig." Mit den Worten verließ er sie dann.

Was war das jetzt wieder? Ich werde aus ihm einfach nicht schlau.

Die Anwältin und der Schulfreund

Der Freitag war genauso wenig erfüllend wie die Tage davor, doch Jasmin hatte sich darauf vorbereitet. In den Wartezeiten vertiefte sie einfach ihre Kenntnisse in der Molekularbiologie und ging ansonsten Veit Gregorius erfolgreich aus dem Weg. Zu Hause bereitete sie dann alles für den Samstag vor. Marvin war unterwegs und wollte über Nacht wegbleiben, da er mit seinem Team ein spezielles Vorbereitungstraining für den Lauf absolvieren musste. Nichtsdestotrotz hatte er ihr versprochen, mit am Ausflug teilzunehmen.

Es war nun Samstag, 9:30 Uhr, und Jasmin packte den Proviant in die Kühlbox, als es an der Tür klingelte. Es war Erik mit seinem Picknickkorb.

„Hallo, Jasmin, ist Marvin schon da?"

„Nein. Aber er müsste jeden Moment hier sein. Komm so lange in die Küche."

„Gern."

In der Küche setzte sich Erik an den Tisch, während Jasmin den Inhalt der Kühlbox kontrollierte und dann zufrieden den Deckel schloss. „Und? Magst du noch etwas trinken?"

„Einen Apfelsaft, bitte." Ehe er sich versah, stand ein Glas Saft vor seiner Nase.

Ungeduldig schaute Jasmin auf die Uhr. „Wo bleibt er bloß?"

„Er wird schon gleich kommen. Du könntest so lange das hier lesen." Erik schob ihr ein Blatt Papier zu, das er aus seiner Hosentasche gezogen hatte.

„Was ist das?"

„Eine Antwort auf deine Mail. Von Vincent."

„Endlich!" Sie riss das Blatt vom Tisch und las es aufgeregt durch.

Guten Tag,

vielen Dank für Ihr Interesse, gerade Spenden helfen uns sehr, da wir keine staatlich geförderte Institution sind. Gerne beantworte ich Ihnen Ihre Fragen:

1. *Wir Hybriden leben in ganz normalen Wohnhäusern, vergleichbar mit einem kleinen Dorf.*
2. *Das Geld wird für verschiedene Angelegenheiten eingesetzt, sowohl für die medizinische Versorgung, als auch für Kultur und Bildung. Ebenso wird die Instandsetzung des Dorfes damit finanziert.*
3. *Leider waren die Hybriden in der Vergangenheit oftmals Opfer*

von Gewalt und Missgunst. Aus diesem Grund ist der Ort der Siedlung geheim und nicht zu besichtigen. Gerne können Sie sich aber Fotos auf unserer Website anschauen. Bei Bedarf schicke ich Ihnen auch gerne noch weitere zu, die mehr zeigen. Hier jedoch werde nur ich auf den Fotos zu sehen sein, um die Privatsphäre meiner Kollegen zu schützen.

4. *Nein, Entwicklungshilfe ist nicht notwendig. Wir leben in einer modernen Anlage.*

5. *Weder eine Fastfoodkette noch ein Juwelier haben sich bei uns angesiedelt, dafür würde der Kundenstamm nicht ausreichen.*

Vielen Dank für Ihre Fragen, bitte durchlöchern Sie mich weiterhin, dies ist meine Aufgabe.

Mit freundlichen Grüßen,
Vincent Fischer

„Oh." Jasmin presste die Lippen aufeinander, dann lächelte sie aufgesetzt. „Eine nette Mail, findest du nicht?" Ihre Stimme war eine Spur höher als sonst.

„Jasmin..." Erik griff nach ihrer Hand. „Was hast du erwartet? Er muss genauso vorsichtig sein wie du."

„Aber er schreibt so, so nichtssagend. Liest du da heraus, dass er mich erkannt hat?" Krampfhaft unterdrückte sie ein Schluchzen.

„Er wird es wissen.", versuchte er sie unbeholfen zu trösten.

„Ja. Klar."

„Schreib ihm nochmal."

„Ja, die Tage dann." Tapfer lächelte sie, dann hörten sie das Klimpern eines Schlüsselbundes. Kurz darauf fiel die Eingangstür ins Schloss und Marvin kam in die Küche. „Da seid ihr ja. Können wir los?"

Jasmin sah ihn an und hatte ihren Blitzableiter. „Hör mal, wir haben die ganze Zeit auf dich gewartet. Es ist nach zehn! Wo warst du so lange?"

Marvin verdrehte die Augen. „Ich muss noch mal aufs Klo, geht ihr doch schon zum Auto." Er warf ihr den Schlüssel zu und ging ins Bad. Erik guckte sie fragend an, doch Jasmin zuckte nur mit den Schultern. „Komm, wir gehen."

„Ja, ist gut."

Sie beluden den Wagen und stiegen ein, Jasmin vorn auf dem Beifahrersitz, Erik hinten.

Marvin kam nach und setzte sich hinters Lenkrad. „Erst zu dieser Firma?"

„Ja, Brüderchen, wenn es dir nichts ausmacht."

„Nö." Er klappte sein Handy auf. „Erik, sag an, wie ist die Adresse?"

„Robert-Bosch-Straße 17 in Schulzendorf."

„Okay. Jasmin, pack' die Karte weg. Das bringt doch nichts."

„Letztes Mal hatte sie uns gerettet."

„Das war eine Ausnahme."

„Oder die Regel."

„Tu, was du nicht lassen kannst."

Sie fuhren los und diesmal funktionierte die Navigation durch das Handy scheinbar einwandfrei. Jasmin behielt die Karte dennoch auf dem Schoß.

„Von wem hast du eigentlich diese Sturheit?", fragte Marvin nach einiger Zeit.

„Ich bin nicht stur."

„Nein, natürlich nicht."

„Wie war dein Training?"

„Gut. Ich werde vereinsintern als Favorit gehandelt." Stolz schwang in seiner Stimme mit.

„Schön, das freut mich für dich."

„Mich auch.", mischte sich Erik ein.

Marvin warf ihm einen Blick im Rückspiegel zu. „Danke."

„I-i-ich habe dir auch einen veganen Salat mitgebracht."

„Schade, ich habe gerade meine Fleischtage."

„Oh."

Jasmin dreht sich zu Erik. „Ich kann ihn ja essen." Sie hörte die Enttäuschung von Erik, konnte daran aber nichts ändern. „Wieso bist du heute eigentlich so spät gekommen?"

„Gab halt Verzögerungen."

Bald kamen sie in einem Industriegebiet an.

„Laut Karte ist hier ein Wald."

„Ha! Sieg für das Navi."

„Witzig. Guck mal, da vorne, das müsste die Firma sein. Da ist ein Schild."

„Gut, dann kannst du da jetzt hingehen und nach diesem Freak fragen."

„Er hieß Tobias. Tobias Köhler."

„Wie auch immer." Marvin parkte das Auto.

„Ich kann doch nicht einfach nach ihm fragen. Ich brauch eine Story."

„Du bist die Freundin?"

„Nein, vielleicht hatte er eine."

„Cousine?"

„Und wenn hier Verwandte von ihm arbeiten?"

„Anwältin?"

„Das ist gut. Ich bin Anwältin und suche ihn wegen einer Erbangelegenheit." Jasmin überlegte. „Ich sehe nur nicht so aus." Sie sah auf ihre Jeans.

„Ein Rock wäre besser.", wand Erik ein.

„Ja, ich habe sogar einen im Rucksack."

„Je kürzer, desto besser." Alles schaute zu Marvin. „Was denn? Kurze Röcken lenken ab. Du hast schöne Beine, damit verdrehst du den Männern den Kopf. Also nicht, dass du das machen sollst, aber... ."

„Ich versteh schon." Jasmin stieg aus dem Wagen und zog sich einfach die Hose aus. Marvin guckte verlegen aus seinem Fenster und achtete darauf, dass Erik das ebenfalls tat. Sie schlüpfte dann in ihren Rock und krempelte sogar noch oben das Bündchen um, sodass er kürzer wurde. „Fertig."

Marvin sah zu ihr hin. Ihm blieb der Mund offen stehen. „Nein."

„Nein, was?"

„Zu kurz."

„Du sagtest doch gerade, dass... ."

„ZU KURZ!"

Bockig sah sie ihn an.

„Meine Schwester ist keine Nutte."

„Marvin!"

„Und was sind das für Schuhe? Eben hattest du noch andere an."

„Turnschuhe passen aber nicht zum Rock, du Idiot. Ich habe vorausschauend ein paar Sachen eingepackt, um mich gegebenenfalls umkleiden zu können."

Erik ging dazwischen. „Genau, du siehst wirklich, äh, gut aus und solltest dich jetzt um deine Mission kümmern. Ich warte mit Marvin im Wagen, nicht wahr?"

Marvin knurrte nur und beobachtete seine Schwester, wie sie im Gebäude von der Sunenergy GmbH verschwand.

Jasmin wurde freundlich von einer Empfangsdame begrüßt. Jasmin reichte ihr die Hand.

„Guten Tag, mein Name ist Inge Neumayer." *Toller Name. Immerhin.*

„Was kann ich für Sie tun?"

„Ich bin Anwältin und auf der Suche nach Tobias Köhler."

„Oh, ich, der hat hier mal gearbeitet." Sie wirkte betroffen.

„Ja, genau. Deswegen bin ich hier. Ich muss ihn in einer wichtigen Angelegenheit sprechen. Natürlich kann ich Ihnen nicht mehr sagen, nur dass es sich um eine Erbschaft handelt."

„Ich weiß gar nicht, wie ich Ihnen das sagen soll. Er ist leider verstorben."

„Nein, wie ungünstig. Schrecklich."

„Ja, das war auch für uns ein richtiger Schock."

„Er war noch sehr jung. Wann war das denn?"

„Vor fünf Jahren."

„Wie ist denn das passiert? Hat er noch Familie? Haben Sie vielleicht eine Adresse?"

„Ich weiß es nicht, wissen Sie, ich war damals gerade in Elternzeit. So richtig viel hatte ich nicht mit ihm zu tun."

„Das verstehe ich. Sie haben aber doch bestimmt eine Personalakte über ihn, nicht wahr?" Jasmin lächelte sie so freundlich an wie es nur ging. *Und los. Hol die Akte.*

„Ja, die müsste im Archiv sein. Was wollen Sie denn damit?"

„Nun, ich hoffe dort eine Adresse oder Ähnliches zu finden, um Verwandte von ihm aufsuchen zu können. Schließlich wäre es doch schade, wenn das Erbe verfallen würde, oder?"

„Ja, ich hol sie." Die Frau verschwand im Nebenzimmer. *Geht doch. Klasse.*

Fünf Minuten später kam sie mit einer Akte in der Hand zurück. Jasmin spürte, wie ihre Fingerspitzen vor Aufregung kribbelten. Die Frau hielt die Akte fest und schaute Jasmin skeptisch an. „Sie können sich doch sicher ausweisen?"

„Ausweisen?" *Ach, du meine Güte. Was mach ich denn jetzt? Cool bleiben.* „Sie glauben doch nicht, dass ich solch einen Weg auf mich nehme, hier bei Ihnen vorspreche und mir gerade spontan vor der Tür diese Geschichte habe einfallen lassen? Wozu?" *Schluck den Köder, schluck den Köder.*

Zu Jasmins grenzenloser Erleichterung begann die Frau zu lächeln. „Sie haben recht. Hier ist die Akte."

Schnell blätterte Jasmin darin. Leider ergab das nichts Näheres außer einer alten Wohnadresse. Vorsichtshalber notierte sie sich diese.

„Vielen Dank dafür." Sie gab die Akte zurück. „Gibt es hier vielleicht noch Mitarbeiter, die mit Tobias Köhler zusammengearbeitet haben?"

„Lassen Sie mich kurz überlegen. Ja, der Manni und der Kalle."

„Könnte ich die zufällig gerade sprechen?"

„Die müssten in der Werkstatt sein. Ich bringe sie hin."

Die Frau führte Jasmin durch ein Lager, an dem sich eine riesige Werkstatt anschloss. Im Pausenraum hockten ein paar Männer zusammen, die Mittagspause machten. Die Frau öffnete die Tür und räusperte sich laut.

„Meine Herren, dies ist Frau Neumayer. Sie ist Anwältin und möchte mit euch beiden, Kalle und Manni, sprechen."

Die beiden sahen sich achselzuckend an und standen auf. Die Frau verabschiedete sich und Jasmin suchte sich eine ruhige Ecke in der Werkstatthalle. Manni begann das Gespräch.

„Also, wenn'se wegen dem Unfall hier sind, dett mit dem Schraubenzieher war ick nich und ick weeß ooch nischt davon. Du Kalle?"

„Nö, der is von selbst da irgendwie rinjekullert."

„Meine Herren, ich bin nicht von der Berufsgenossenschaft. Der Unfall interessiert mich nicht. Ich bin wegen eines ehemaligen Mitarbeiters hier,

Tobias Köhler."

Beide sahen prompt erleichtert aus und wurden gleich zugänglicher.

„Ja, der Tobias, dett war 'n Netter."

„Jenau, der war einer von uns. Ooch wenn der Studierter war. Hatte als Lehrling anjefangen. Von janz unten. Dufter Typ." Kalle kratzte sich am Hals.

„Watt wollen'se denn von dem? Der is doch tot."

„Ja, das habe ich gerade erfahren. Es geht um eine Erbschaft. Wissen Sie, wie er verstorben ist?"

Die Männer sahen sich an, dann nickte Manni und Kalle erzählte.

„Also, dett war janz tragisch. Der Kleene war uff der Autobahn und is volle Kanne in nen LKW rinjefahren."

„Ja, einfach so. Dett hätte keener jedacht, dass der dett macht."

„Sie meinen, er hatte sich umgebracht?"

„Ja."

„Vielleicht haben die Bremsen versagt?"

„Davon wissen wir nischt."

„Verstehe. War denn sein Verhalten irgendwie anders als sonst? Kurz vor dem Unfall?"

„War irgendwie jestresst."

„Hatte wohl viel jesoffen."

„Haben Sie ihn jemals Alkohol trinken sehen?"

„Nö, aber haben se halt erzählt."

„War er verheiratet?"

Das löste ein Grinsen aus. Manni antwortete. „Nee. Der kam aber jut an bei Frauen, wenn se verstehen, watt ick meine."

„Sie sagen, er hatte viele Freundinnen?"

„Jo, der sah ooch jut aus und so. Aber mit der Schnecke vom Kiosk ums Eck hatte er watt längeres, wa Kalle?"

„Jo. Die hat ooch über die ein oder andere Dame hinwech jesehen."

„Arbeitet sie immer noch beim Kiosk?"

„Jo. Lydia."

„Fällt Ihnen sonst noch etwas ein? Über seine Familie?"

„Nö."

„Gut, dann möchte ich Sie gar nicht länger aufhalten. Vielen Dank."

„Jo, für ne nette Frau machen wir doch alles, watt?" Die Blicke der beiden hafteten auf ihren Beinen. Der kurze Rock hatte definitiv seine Wirkung.

„Ja, dann auf Wiedersehen." Jasmin ging gleich durch die Hallentür nach draußen und spürte die ausziehenden Blicke der beiden Mitarbeiter im Rücken. Eilig trabte sie dann zum Auto zurück, in dem Marvin und Erik sich gemütlich ausruhten. Jasmin setzte sich auf ihren Platz.

„Ich habe einiges erfahren."

„Zieh den Rock runter. Ich kann ja fast dein Höschen sehen. Jasmin!"

„Dann guck halt woanders hin." Trotzdem zog sie ihren Rock wieder auf Knielänge zurecht.

„Ich habe eine alte Adresse von ihm, aber ich denke, die hilft uns nicht weiter. Aber ich weiß jetzt, dass er bei einem Autounfall ums Leben gekommen ist."

„Raser."

„Nein, Marvin, angeblich Selbstmord, aber ich denke, da steckt etwas anderes hinter."

„Nicolai Fabini?"

„Ja."

„Aber ich bin paranoid."

„Wir könnten noch mehr erfahren, wenn wir seine ehemalige Freundin aufsuchen."

„Ach, der Freak hatte eine Freundin?"

„Ja, stell dir vor, er kam sogar richtig gut an beim weiblichen Geschlecht. Er soll ein kleiner Frauenheld gewesen sein."

„Genau wie Vincent."

„Hör auf."

„Wo ist denn die Freundin jetzt?", hakte Erik nach.

„Sie arbeitet bei einem Kiosk, der hier gleich in der Nähe ist."

„Dann sollten wir da mal hinfahren. Oder? Marvin?"

„Ja, können wir machen." Marvin startete den Motor und sie suchten den Kiosk. Da es nur einen in der Nebenstraße gab, hatten sie schnell Erfolg.

„Marvin, wollen wir beide gucken? Erik, wartest du im Wagen?"

„Ja, ist gut.", kam es von hinten.

Ihr Bruder antwortete nicht, stieg aber mit ihr aus. Der Kiosk hatte wohl seine beste Zeit lange hinter sich. Eine große braunhaarige Frau, mit roten Strähnchen, in Leggings und Oberteil in Leopardenoptik, wischte mit einem Lappen die Stehtische draußen ab. Bevor Jasmin sie ansprechen konnte, kam ihr Marvin zuvor, der seine Augen nicht aus dem tiefen Dekolletee abwenden konnte.

„Hi."

Sie sah auf. „Hi."

Jasmin stellte sich neben ihren Bruder und wartete gespannt auf seine Story.

„Ich bin... Max."

„Ich bin Lydia, ich hab gleich Pause. Soll ich dir vorher noch was bringen?"

„Nein, kein Problem. Das kann meine Schwester machen."

Jasmin schaute ihn überrumpelt an. „Bitte?"

Lydia legte den Lappen beiseite und zündete sich lächelnd eine Zigarette an. Marvin posierte lässig und klatschte Jasmin eine auf den Hintern.

„Los, Kleine, hol mir mal Zigaretten."

Grinsend sah er zu Lydia. Jasmin hielt die Luft an. *Das ist nicht sein Ernst. Das hat er gerade nicht gemacht. Na warte. Sei froh, dass es hier um was Wichtiges geht.* „Welche Sorte?" Böse lächelt sie ihn an. Sie sah, wie er ins Schwimmen kam.

„Na die, die ich eben immer rauche."

Blödmann. „Gut, dann hole ich dir jetzt Zigaretten."

„Otto ist drinnen." Lydia inhalierte den Rauch.

Jasmin betrat den Kiosk. Sie hatte das Gefühl, der Boden klebte wie Fliegenpapier. Auch die Luft war dick und roch nach altem Fritteusenfett. Tapfer ging sie bis zum Verkaufstresen, hinter dem ein großer, dicker Mann so tat, als ob er putzte. Dafür benutzte er ein dreckiges Handtuch. Er drehte sich um, als sie näher kam und sie konnte gelbe Flecken auf seinem T-Shirt ausmachen. *Wer hier etwas isst, der bekommt garantiert eine Lebensmittelvergiftung.*

„Guten Tag, haben Sie Zigaretten?"

„Nö. Ausverkauft." Sein Grinsen entblößte schwarz-gelbe Zähne. „Puppe, sieh dich um. Watt willste?"

Jasmin, die keine Ahnung von irgendwelchen Marken hatte, wählte das erste was ihr in den Sinn kam.

„Det jibt mehrere Sorten von der Firma."

„Die Grünen sind hübsch."

„Hübsch? Na, mir soll's egal sein." Klatschend landete eine Packung vor ihr auf dem Tresen.

„Ich bräuchte noch ein Feuerzeug."

„Hier, kriegste eens mit nem nackten Kerl drauf. Für einsame Stunden."

„Ja, äh, danke."

„Ick krieg dann sieben sechzig."

Jasmin bezahlte und eilte nach draußen. Marvin lachte gerade fröhlich mit Lydia.

Himmel, ist der albern. „Hier, deine Zigaretten."

„Danke." Marvin griff nach der Packung, nahm eine Zigarette und machte sie an. Jasmin beobachtete das Ganze skeptisch. Natürlich bekam er einen Hustenanfall. „Mensch, das sind doch Mentholkippen. Willst du mich umbringen?"

Du kannst mich mal.

Lydia lachte. „Mein Ex rauchte die auch."

Jasmin ging darauf ein. „Wir wollten dich auch wegen einem deiner Exfreunde was fragen."

„Echt? Um wen geht es?"

„Tobias Köhler. Er war ein Schulfreund von Marvin."

„Oh." Lydias Gesicht wurde sehr traurig. „Er ist tot. Autounfall vor fünf Jahren."

„Ja, das wissen wir schon." Jasmin schaute genervt zu Marvin, der immer noch hustete. „Das tut uns sehr leid. Du warst seine Freundin damals, richtig?"

„Ja, er war echt ein toller Typ. Sah geil aus, war clever und total lieb." Sie zog in Erinnerungen versunken an ihrer Zigarette. „Hab lang nicht mehr über ihn gesprochen. Weißt du, wir wollten heiraten."

„Oh, wirklich?"

„Ja, er hatte mir einen Antrag gemacht. Natürlich wusste ich von seinen, naja, Eskapaden, aber ich habe ihn so geliebt. Wir wollten auch Kinder kriegen. Das ganze Programm eben."

„Und dann hatte er den Unfall? Hatte er getrunken?"

Sie wurde böse. „Wer hat das erzählt? Er hatte nie, nie getrunken, wenn er Autofahren musste. Er hat sich auch nicht umgebracht. Bullenschweine. Die waren nur zu blöd herauszufinden, was da wirklich passiert ist."

„Was glauben Sie denn, was da passiert ist?"

„Ich weiß es nicht. Ich wünschte, ich wüsste es. Wahrscheinlich war das Auto kaputt. Kommt doch vor, dass so ein Marder die Bremsleitung durchbeißt, oder?" Sie sah Jasmin so flehend an, dass sie ihr nur zustimmen konnte. Marvin war inzwischen zu ihrem Wagen gelaufen und trank Wasser. *Selber Schuld.* „Okay, wissen Sie, ob Tobias noch Familie hat?"

„Nee, da waren seine Eltern, aber die sind auch schon tot."

„Hmm."

„Will dein Bruder vielleicht zum Friedhof?"

„Das ist eine gute Idee. Ich meine, das wird ihm helfen, Abschied von seinem Schulfreund zu nehmen."

„Ich schreib dir die Adresse auf." Lydia griff nach einer Serviette und notierte die Straße vom Friedhof.

„War er vielleicht kurz vor seinem Tod anders als sonst?"

Lydia fing plötzlich an, zu weinen. „Wir haben nach einer größeren Wohnung gesucht. Wegen dem Baby und so. Ansonsten war alles wie immer."

„Waren Sie schwanger? Von Tobias?", fragte Jasmin erstaunt.

„Nein. Aber ich wollte es doch werden."

„Ich verstehe." *Eigentlich nicht. Er war doch ein unfruchtbarer Hybrid.*

„Wollen wir unsere Telefonnummern austauschen? Falls noch etwas ist?"

„Ja klar."

Kurz darauf kam Jasmin zum Wagen, in dem Erik und Marvin quatschten. Sie riss die Tür auf und ließ sich auf den Sitz fallen.

„Sag mal, Marvin, hast du eigentlich noch alle Tassen im Schrank?"

„Wieso?"

„Wie kannst du dich als Raucher ausgeben?"

„Ich fand es passend."

„Ich fand es einfach nur dämlich." Sie warf Erik das Feuerzeug zu. „Für dich."

„Cool. Danke."

„So, und nun fahren wir zum Friedhof."

„Wieso?"

„Zu seinem Grab." Jasmin dachte nach. „Wisst ihr, was merkwürdig ist?"

„Alles."

„Nein, hört zu. Er wollte Lydia heiraten und mit ihr eine Familie gründen."

„Und?"

„Als Hybride."

„Vielleicht hat er sich deswegen umgebracht?"

„Quatsch. Du musst da rechts lang und nach der nächsten Ampelkreuzung links."

„Okay, er wollte halt Kinder."

„Ja, er wollte eine Familie gründen und schwuppdiwupp hat er einen tödlichen Unfall. Das stinkt doch zum Himmel."

„Vielleicht. Fandest du nicht auch, dass sie wie Elli aussah?"

„Ja. Deswegen hast du sie auch mit deinen Blicken ausgezogen."

„Hab ich nicht."

„Hast du doch."

Er fuhr mit Absicht einen Schlenker und Jasmin stieß sich den Kopf am Autorahmen.

„Aua!"

„Ups."

„Du bist doch bloß neidisch, dass Tobias bei den Frauen gut ankam und du nicht."

„Was? Ich hatte auch eine Menge Frauen."

„Elli, Anja und Nina. Hab ich jemanden vergessen?"

„Das waren viel mehr.", behauptete Marvin.

„Zählen Männer auch?", zog sie ihren Bruder auf. Erik wurde augenblicklich hellhörig.

„Na ja, das hat ja jeder mal ausprobiert."

„Was?" Jasmin traute ihren Ohren nicht.

„Es war halt ne Wette."

„Du warst mit einem Mann zusammen?"

„Nein, wir haben uns nur geküsst."

„Das hätte ich von dir nicht erwartet."

„Es war eine Wette. Da war ein Mädel dabei und sie meinte, wenn wir uns küssen, dann zieht sie sich aus."

„Und hat sie? Ich hätte euch auflaufen lassen."

„Ihr seid echt alle gleich.", brummte Marvin.

„Also nicht, dass mich nicht schon mal ein Mann nackt gesehen hätte."
„Sei ruhig."
„Wieso? Ist eine Tatsache."
„Ich will davon nichts hören."
Erik kam dazwischen: „Marvin, du wirkst so verspannt. Willst du eine Nackenmassage?"
„Nein. Ich fahre Auto."
„Aber ich hätte gern eine."
„Klar, Jasmin." Erik begann, ihr den Nacken zu massieren.
Marvin trat in die Bremsen. Fragend schaute Jasmin ihn an, doch der drehte sich gleich um zu Erik. „Nimm sofort deine Griffel von meiner Schwester oder ich breche dir jeden Finger einzeln."
Sofort ließ Erik von Jasmin ab und legte seine Hände in den Schoß.
„Was soll das denn jetzt?", fragte Jasmin halb verärgert, halb amüsiert.
„Schlimm genug, dass du dich überhaupt für Männer interessierst. Aber nicht, wenn ich dabei bin und das verhindern kann." Er fuhr wieder los und Jasmin lehnte ihren Kopf lächelnd an die Scheibe.
Wie süß. Er hat immer noch nicht geschnallt, dass Erik schwul ist.

Der Schulfreund sabotiert

Der Friedhof lag außerhalb von Schulzendorf und wirkte unglaublich friedlich. Jasmin spazierte im Schatten der Eichen und genoss für einen Augenblick die Einsamkeit. Mitten auf dem Gelände befand sich eine kleine Kapelle, die aus Feldsteinen gebaut war. Neugierig spähte Jasmin durch die angelehnte Tür. Ein Pfarrer sammelte gerade die Gesangsbücher ein. Leise betrat sie die Kapelle und wurde sofort freundlich empfangen.

„Treten Sie näher, nur keine Scheu."

„Guten Tag, ich möchte Sie aber nicht stören."

„Das tun Sie nicht. Mein Kind, wie kann ich Ihnen helfen?"

„Ich bin auf der Suche nach einem Grab von einem... Freund. Sein Name ist Tobias Köhler." *Komme ich in die Hölle, wenn ich einen Pfarrer belüge?*

„Tobias Köhler? Da müsste ich nachschauen. Kommen Sie mit."

„Er ist ziemlich jung verstorben. Vor fünf Jahren. Er hatte einen Autounfall."

„Oh ja, ich erinnere mich."

Sie kamen nun in ein kleines Büro und der Pfarrer setzte sich an einen Computer.

„Entschuldigen Sie bitte, ich muss jetzt nachschauen und das kann immer etwas dauern. Ich habe zwei linke Hände für Technik."

„Kein Problem. Vielleicht können Sie mir noch etwas zu den Umständen seines Todes erzählen?"

Der Pfarrer tippte sehr langsam und immer wieder die Buchstaben suchend, auf die Tastatur seines Computers. „Nun, da gibt es nicht viel zu berichten. Tragisch war es, aber der Herr wollte ihn wohl schon zu sich rufen. Zum Glück konnte die Theorie, dass er Selbstmord begang, nicht bewiesen werden."

„War es eine große Beerdigung?"

„Nein, im Gegenteil. Seine Eltern waren schon tot und daher nahmen nur seine Freundin und eine ältere Dame daran teil."

„Eine ältere Dame? Seine Großmutter?"

Leicht skeptisch musterte er sie. „Wie war nochmal Ihr Name?"

„Oh, Inge Neumayer."

„Und Sie waren befreundet?"

„Während der Schulzeit. Wir haben uns ewig nicht mehr gesehen."

„Ach so, dann können Sie es wahrscheinlich nicht wissen. Er hatte keine Verwandten mehr. Allerdings könnte seine Freundin wissen, wer die ältere Dame war."

Wieder schaute er zweifelnd auf den Computer. „Gestern ging das doch noch."

„Sonst nahm keiner daran teil? Wer hat denn die Kosten übernommen?"

„Ah, hier ist es. Sein Grabplatz ist E26." Zufrieden schaute er sie an.
„Hier steht es. Die Rechnung übernahm eine Forschungsstiftung. Seltsam, hier steht gar keine Adresse, es wurde bar bezahlt."
„Was?" Jasmin sah ihn erschrocken an.
„Ja, da war ein Herr von der Stiftung, die seine Studiengebühren finanziert hatten."
Also hängen sie doch mit darin. Mist. „Wissen Sie zufällig noch den Namen?"
„Das ist doch schon fünf Jahre her."
„Nicolai Fabini? Vincent Fischer? Veit Gregorius?"
„Tut mir leid."
„Trotzdem vielen, vielen Dank."
„Gern geschehen."
Jasmin stand auf, reichte ihm die Hand zum Abschied und wollte die Kapelle verlassen. Am Ausgang war eine kleine Spendenbox aufgestellt und sie tat ihr gesamtes Kleingeld hinein. Anschließend suchte sie das Grab auf. Es war sehr schick und sie ahnte, dass es nicht wenig gekostet haben konnte. *Weißer Marmor. Typisch. Oh, seine Eltern ruhen direkt daneben.* Das Doppelgrab war schon leicht verwildert und wesentlich einfacher gehalten. Vorsichtshalber notierte sie sich noch die Namen und Lebensdaten der Eltern, bevor sie zum Wagen zurücklief.
Marvin und Erik diskutierten gerade über verschiedene Diäten, als Jasmin zu ihnen ins Auto stieg.
„Hi Jungs."
„Na, Schwesterchen, was hast du herausgefunden?"
„Wer die Beerdigung bezahlt hat. Ratet!"
„Seine Freundin."
„Nein."
„Die Solarfirma."
„Nein."
„Keine Ahnung."
„Du bist echt phantasielos. Wahrscheinlich Fabini Industries. Der Name steht nicht direkt drin, aber es war eine Stiftung und somit können wir erstmal davon ausgehen. So viele Stiftungen kümmern sich ja nun auch nicht um Hybriden."
„Krass."
„Ja. Und einer von der Stiftung war wohl auch bei der Beerdigung, denn es wurde bar bezahlt."
„Wer?"
„Weiß ich nicht. Ansonsten war nur eine alte Dame dabei."
„Name?"
„Weiß ich nicht."
„Aber vielleicht kennt diese Lydia sie.", gab Erik zu bedenken.

„Ja, ich habe sogar ihre Telefonnummer."

„Dann ruf sie an."

„Danke, Marvin, auf die Idee wäre ich jetzt gar nicht gekommen." Jasmin nahm ihr Handy aus der Tasche und wählte Lydias Nummer. Sie stellte auf laut.

„Ja?"

„Hallo, hier ist Inge, wir waren eben bei dir."

Marvin startete den Wagen und fuhr los.

„Ach hallo."

„Ich habe eine Frage zu der Beerdigung. Eine ältere Frau nahm doch daran teil, nicht wahr?"

„Ja, richtig. Else."

„Wer ist Else?"

„Das alte Kindermädchen von Tobias. Sie hat ihn wohl damals betreut, als seine Eltern gearbeitet hatten."

„Okay, danke. Lebt sie noch?"

„Ja, klar. Im Pflegeheim hier in der Nähe. Rosengut heißt es. Und das ist in der Straße Am Ententeich im Nachbarort."

„Kann man sie besuchen?"

„Ja, sie ist nur schon etwas dement."

„Kennst du zufällig auch ihren Nachnamen."

„Warte mal. Das war etwas mit G. Äh, Gerber. Genau, Else Gerber."

„Danke."

Sie legte auf. Erik meldete sich zu Wort. „Ich habe die Adresse mitgeschrieben. Wir könnten theoretisch nachher auf dem Heimweg dort vorbeifahren."

„Ja, können wir machen. Jetzt will ich aber Musik hören." Grinsend drehte Marvin das Radio laut und sie fuhren zu Speedcore weiter Richtung Bieslingen.

„Wir sind da." Sanft rüttelte Marvin an ihrer Schulter. Sie war tatsächlich eingeschlafen. *Das war wohl Selbstschutz meines Körpers. Ich verstehe nicht, dass dieser Krach tatsächlich unter Musik fällt.* Jasmin sah sich um, hinten saß Erik mit Kopfhörern und grinste. Der Wagen parkte in einer hübschen Allee. Die Häuser waren alt, aber groß. Mit Herzklopfen stieg sie aus. *Jetzt treffen wir auf die Familie eines Hybriden.*

„Die Weinstedts wohnen dort drüben in der Nummer Vier." Marvin trat neben sie. „Ich bin also der Schulfreund Max. Sollte ich noch etwas wissen?"

„Nein." Sie traten durch ein Gartentor und entlang an gepflegten Blumenbeeten zur Haustür.

„Bevor wir da reingehen. Du und Erik, da läuft doch nichts zwischen euch, oder?"

Irritiert blinzelte Jasmin ihn an. „Wie bitte? Kannst du dich bitte auf Antonia konzentrieren?"

„Nur wenn du mir antwortest."

„Himmel! Erik und ich sind nur Freunde, okay?"

„Ja, jetzt bin ich erleichtert und zufrieden."*Ich fasse es echt nicht.* „Also, der Einfachheit wegen bin ich deine Freundin." Sie hakte sich bei ihm unter und klingelte an der Tür. Eine junge Frau öffnete. Jasmin setzte ihr schönstes Lächeln auf. „Hallo."

„Sie wünschen?"

„Mein Freund hatte uns telefonisch angekündigt. Er ist ein ehemaliger Schulfreund von Antonia gewesen."

„Antonia war meine Schwester."

„Unmöglich.", rutschte es Marvin heraus.

Jasmin versuchte, die Situation zu retten. „Er wusste gar nicht, dass es Sie gibt und wundert sich, wieso, nicht wahr, Schatz?"

„Äh, ja."

Die Frau machte die Tür wieder zu und ließ die beiden stehen.

„Du musst dich besser unter Kontrolle haben.", fauchte Jasmin. „Du glaubst erst einmal alles und bist ausnahmsweise mal nicht unhöflich."

„Aber wie soll das denn gehen, Schwester?"

„Ich könnte dir mehrere Möglichkeiten aufzeigen, doch dafür fehlt jetzt die Zeit."

Schon öffnete sich die Tür erneut und die junge Frau bat die beiden ins Haus. Sie folgten ihr ins Wohnzimmer, in dem sich ein älteres Ehepaar befand. Als die Frau sie erblickte, schluchzte sie auf und verließ mit der Tochter den Raum. Jasmin und Marvin tauschten verwunderte Blicke aus, setzten sich aber aufs Sofa, als Herr Weinstedt sie dazu aufforderte. Es war ein altmodisch eingerichtetes Wohnzimmer mit richtigen Polstermöbeln und unzähligen Familienfotos an den Wänden.

„Entschuldigen Sie bitte meine Frau. Das Thema ist ihr noch immer sehr unangenehm."

„Kein Problem, wir freuen uns, dass Sie uns empfangen. Sie haben es sehr gemütlich hier.", übernahm Jasmin zunächst das Gespräch.

„Danke. Möchten Sie etwas trinken?"

„Nein, danke. Schöne Fotos. Wie bei uns, nicht wahr, Max?"

„Ja." antwortete Marvin einsilbig.

Der Mann runzelte die Stirn. „Was kann ich für Sie tun?"

Er wirkt sehr angespannt. Ich frage mich, wieso. „Mein Freund ist noch etwas geschockt. Es geht um Ihre Tochter Antonia. Er wollte sie gern zum Klassentreffen einladen und hatte erfahren, dass sie gestorben ist. Dazu möchten wir natürlich unser herzlichstes Beileid ausdrücken." *Wow, das habe ich ja voll daneben ausgedrückt. Wieso hilft mir Marvin auch nicht?*

„Da sie sehr jung verstorben ist, wollten wir fragen, wie das passiert ist."

Herr Weinstedt musterte sie lange, bevor er antwortete. „Sie war krank. Sie hatte ein Herzleiden."

„Krank?", rutschte es Jasmin heraus. „Aber wie, ich meine, krank?"

„Ja."

„Ich kann das nicht glauben. Max hatte immer erzählt, wie robust Antonia war." *Scheibenkleister. Jetzt sag du doch auch mal was, Brüderchen*

„Am Ende eben nicht mehr. Wir fanden sie tot im Bett."

„Oh."

Marvin beugte sich vor und Jasmin war erleichtert, dass er sich nun auch mal zu Wort meldete, doch alles, was er sagte, war: „Ich müsste mal auf die Toilette."

Das gibt es doch nicht. Enttäuscht blieb ihr beinahe der Mund offen stehen.

„Auf dem Flur, zweite Tür links."

„Danke." Marvin verließ das Zimmer.

Tapfer versuchte Jasmin, weiterhin das zähe Gespräch am Laufen zu halten. „Antonia ist leider nicht die Einzige, die aus der Klasse verstorben ist. Das ist für Max sehr schwer momentan."

„Aha."

„Kurz vor ihrem Tod, hatte sie da zufällig einen Freund? Wollte sie vielleicht heiraten?" *Irgendwo muss doch der Zusammenhang sein.*

„Nein. Zu dem Zeitpunkt war sie Single, so sagt man doch heute."

„Was hat sie denn damals nach der Schule so gemacht? Studiert?"

„Ja. Philosophie und Kulturwissenschaften."

„Da war sie bestimmt sehr gut, oder?", fragte Jasmin freundlich nach.

„Ja. Sie brachte immer Einsen mit nach Hause."

„Sie müssen sehr stolz auf sie gewesen sein."

„Waren wir."

„Was macht denn ihre andere Tochter?"

„Sie studiert das Gleiche."

„Wirklich? Wie schön."

„Sie ist ein Jahr jünger als Antonia."

„Nur ein Jahr?" *Holla. Das riecht aber verdächtig.* „Ich meine, sie sieht jünger aus." Sie lächelte ihn an. „Wie war die Beerdigung? Waren viele Leute da?"

„Ja. Familie und Freunde."

Marvin kam zurück und schaute sich schweigend die Fotos an der Wand an.

„Wir, ich meine, er möchte gern das Grab besuchen, wenn es Ihnen recht ist."

Der Mann zuckte mit den Schultern. „Wieso war er nicht bei der Trauerfeier? Wir hatten alle Mitschüler eingeladen.", fragte Herr Weinstedt plötzlich.

Ups. Wieso guckt er denn plötzlich so misstrauisch, fast schon wütend?
„Wir, äh, waren im Ausland. Nicht wahr, Schatz?"
Marvin brummte zustimmend.
„Es reicht." Herr Weinstedt sprang nun von seinem Sessel auf. „Glauben
Sie wirklich, ich würde Sie nicht erkennen?"
Die Geschwister warfen sich überraschte Blicke zu.
„Haben wir nicht alles getan, was Sie verlangt haben? Warum kommen
Sie hierher und, und stören uns?"
„Ich... also wir, Sie sind uns gleich wieder los. Wir... ich verstehe nicht."
Jasmin stotterte vor Schreck. *Er sieht aus, als ob er uns gleich an die
Gurgel will.*
„Lassen Sie uns in Ruhe!"
„Ja, natürlich. Sagen Sie uns doch bitte nur, woher Sie ihn kennen."
„Dr. Cheplow!"
„Ja?" Erschrocken sah sie ihn an, doch er ging auf Marvin los.
„Glauben Sie, ich würde sie nicht wieder erkennen? Nach allem, was wir
durchgemacht haben?" Die beiden Männer sahen sich in die Augen.
Marvin lächelte traurig.
„Herr Weinstedt, bitte beruhigen Sie sich. Dr. Cheplow war mein Vater."
Antonias Vater keuchte vor Schreck und Jasmin schnappte nach Luft.
„Max!" Wild gestikulierte Jasmin zu Marvin, er solle den Mund halten,
doch er ignorierte sie.
„Ich heiße auch nicht Max sondern Marvin. Sie hatten mit meinem Vater
zu tun?"
„Ja. Entschuldigen Sie, Sie sind viel zu jung, um … ."
„Hören Sie, wir sind seine Kinder und versuchen zu verstehen, was er
damals getan hat. Wir sind weder von der Stiftung noch von der Firma,
falls Sie das befürchten."
„Marvin!", versuchte sie, ihn erneut zu stoppen.
„Jasmin, hör doch auf. Legen wir die Karten auf den Tisch. Sag ihm, was
wir wissen."
Sie fühlte sich in die Enge getrieben und erkannte, dass sie nichts anderes
tun konnte. *Das wirst du mir büßen.* „Herr Weinstedt, wir wandeln
momentan auf den Spuren der Hybriden. Unser Vater hatte damit zu tun
und wir wollen wissen, was genau damals vor sich ging und vor allem,
was heute noch passiert. Wir wollen Ihnen keine Schwierigkeiten
machen, wirklich nicht. Wussten Sie, dass aus Antonias Klasse allein acht
aus dreißig verstorben sind? Davon sieben innerhalb eines Jahres. Wir
waren auch schon im Internat, im Gregor-Mendel-Stift, um mehr
herauszufinden. War Ihre Tochter auch dort?"
Er sah gebrochen aus, so wie er sich jetzt auf den Sessel setzte. „Ja, sie
war dort. Schnell fand sie heraus, dass nur die Besten gefördert wurden.
Sie stellte sich extra dusselig an, um wieder zu uns kommen zu können."

Schluchzend schlug er die Hände vor sein Gesicht. „Meine Frau und ich, wir konnten damals keine eigenen Kinder bekommen. Wir sahen uns nach Möglichkeiten um. Fabini Industries hatte ein verlockendes Angebot. Ganz günstig wollten Sie uns helfen. Ihr Vater hatte uns erklärt, dass es... besondere Kinder werden. Wir spendeten die Ei- und Samenzellen. Wir sollten sie erhalten, wenn sie schon geboren war. Selbst durfte meine Frau sie nicht austragen."

Jasmin griff nach Marvins Hand. Er hatte sich hinter sie gestellt.

„Sie war schon ein Jahr alt und musste in diese Schule. Aber in den Ferien war sie immer bei uns. Wir haben uns sofort in sie verliebt. Dann hatte meine Frau festgestellt, dass sie plötzlich schwanger war. Zwei Töchter. Wir waren so glücklich."

Gemeinsam schwiegen sie, dann fragte Jasmin ganz sanft nach.

„Was ist passiert? Wie ist ihre Tochter gestorben?"

„Ich weiß es nicht. Sie lag einfach tot da." Tränen liefen inzwischen über seine Wangen.

„Ist etwas passiert? Es muss doch etwas gegeben haben, was, nun ja, auslösend gewirkt hatte."

„Ich weiß es nicht. Wirklich."

„Schon gut."

„Wir haben sie so geliebt. Nie haben wir zwischen den Mädchen unterschieden."

„Warum auch? Sie waren beide Ihre Kinder, aus Ihren Genen entstanden, zwei vollwertige Menschen. Herr Weinstedt, glauben Sie uns, Ihrer Tochter hätte nichts besseres passieren können als in solch einer liebevollen Umgebung aufzuwachsen. Nicht alle Hybriden hatten solch ein Glück."

Dankbar nickte er.

„Fällt Ihnen noch irgendetwas Wichtiges ein?"

„Nein."

Jasmin merkte, dass ihr das Gespräch sehr nahe ging und sie dem lieber ein Ende machen wollte. „Gut, dann werden wir jetzt gehen. Vielen Dank, dass Sie mit uns gesprochen haben."

„Halten Sie uns bitte daraus. Was auch immer Sie noch vorhaben."

„Versprochen. Es ist für uns beide besser, wenn niemand erfährt, dass wir uns begegnet sind."

„Einverstanden."

Er brachte sie noch zur Tür. Schweigend gingen die beiden dann zum Auto. Marvin startete den Wagen und Jasmin erzählte Erik eine Kurzfassung des Gesprächs. Sie fuhren wieder Richtung Schulzendorf, als die Geschwister Eriks leises Schnarchen vernahmen.

„Krasse Geschichte." Marvins Stimme zitterte leicht.

„Ja." Jasmins Kopf lehnte an der seitlichen Scheibe. Der Tag hatte unglaublich an ihren Kräften gezerrt.

„Das ist doch sadistisch. Erst machen sie Familien, dann zerstören sie sie wieder." Vor Wut krallte Marvin sich am Lenkrad fest. Sie konnte seine Knöchelchen weiß hervorkommen sehen.

„Ja.", antwortete sie einsilbig.

„Irgendetwas machen die Hybriden dann falsch und – peng – sie werden umgebracht."

„Ja."

„Kannst du auch noch etwas anderes sagen als 'ja'?"

„Ja. Siehst du ein, warum wir Vincent helfen müssen?"

„Vielleicht ist er ja schon tot?"

„Marvin!"

„Okay, es tut mir leid. Ich habe mich doof benommen. Dir und ihm gegenüber."

„Wieso hast du eigentlich unsere Tarnung auffliegen lassen?"

„Fand ich halt passend."

„Wie bitte? Damit hast du uns in Gefahr gebracht."

„Er hat mir halt leid getan. Außerdem dachte er, ich wäre, na ja, Vater."

„Trotzdem. Du hast ihm verraten, dass ich deine Schwester bin."

„Ja." Er trommelte nun nervös auf dem Lenkrad herum. „Aber du hast dich auch selbst beinahe verquasselt."

„Unser Vater steckte tiefer drin, als wir dachten."

„Schrecklich."

„Fahren wir jetzt zu Else?"

„Was?" Er bremste den Wagen und fuhr an der Seite heran. „Jasmin, schau mir in die Augen und sag mir, dass du das wirklich willst."

„Was meinst du?"

„Willst du wirklich tiefer bohren und eine womöglich ganz furchtbare Wahrheit aufdecken?"

„Ich weiß nicht."

„Was ist, wenn wir in deren Schusslinie geraten?"

„Sei nicht albern."

„Albern? Was ist mit unseren Eltern? Was ist mit all den Toten, die es bisher gibt?"

„So schnell stirbt es sich schon nicht." Doch sie klang verunsichert. *Er hat ja recht. Ist es richtig, uns und auch Freunde wie Erik in Gefahr zu bringen, nur um zu erfahren, was damals geschah? Um Vincents Vergangenheit zu erfahren?*

Er schien ihren Zwiespalt zu spüren und sprach dringlich auf sie ein. Sie konnte seine Angst hören. „Jasmin, wir haben doch nur noch uns. Ich könnte es nicht ertragen, dich zu verlieren. Bitte."

Sie sah die Verzweiflung in seinem Blick. *Nie könnte ich mir verzeihen, wenn dir etwas zustieße.* „Ich sag dir, was wir machen. Wir fahren nach

Hause und stellen die Ermittlungen vorerst ein. Ich halte meine Ohren auf der Arbeit offen und versuche über den Weg, Vincent wiederzusehen." Sie schluckte.

Marvin fuhr wieder los und lächelte erleichtert. „Ich habe mich noch nie so auf zu Hause gefreut."

T-Shirt mit Folgen

Um Jasmin eine Freude zu machen, kümmerte sich Marvin heute um die Hausarbeit. Der Tag war für alle gestern stressig gewesen und er wollte wenigstens etwas dazu beitragen, dass sie das Wochenende ohne Streitereien verbringen würden. Während Jasmin unter der Dusche stand, saugte er Staub und nahm sich auch ihr Zimmer vor.

Ein Kissen lag auf dem Boden, er hob es auf. Als er es aber auf seinen Platz im Bett zurücklegen wollte, starrte er auf sein zerknittertes T-Shirt. „Hey, da ist ja mein Lieblingsshirt. Dich habe ich schon vermisst! Was machst du im Bett meiner Schwester?" In dem Moment merkte er, was er da gerade festgestellt hat. Blass setzte er sich auf die Bettkante. „Nein, das ist... unmöglich. Allein der Gedanke, ich meine, sie wird doch nicht, sie kann doch nicht, oder doch?"

Die Dusche wurde abgestellt, Jasmin trocknete sich im Bad ab und hatte keine Ahnung, welches Melodram sich gerade in ihrem Zimmer, oder vielmehr in Marvins Kopf abspielte.

„Schwärmt meine Schwester für mich und schläft sie abends mit meinem Shirt im Arm ein? Oder hat sie sich das nur ausgeliehen als Nachthemd? Nein, sie trug eben noch vorm Duschen einen Pyjama. Und sie hatte letzte Woche schon so komische Fragen gestellt, warum ich so viele Exfreundinnen hatte und ihre Männer allesamt Vollpfosten waren. Ja, sie schwärmt für mich! Das erklärt vielleicht einiges an ihrem Verhalten. Sie wollte mich mit diesem Gregorius eifersüchtig machen, sucht meine Nähe und dann der Blick letztens in der Küche. Herrje, was mache ich jetzt nur mit dem Shirt? Mitnehmen? Zurücklegen?"

Eingewickelt in ihrem Handtuch kam sie zurück zu Marvin. „Hast du gerade mit mir gesprochen?"

„Was?" Er dreht sich zu ihr um und ließ dabei das Kissen auf das T-Shirt fallen.

Sie nahm ein kleines Handtuch aus dem Schrank, um ihre Haare trocken zu rubbeln. Dafür beugte sich sich nach vorne. Marvin schluckte, als er sah, wie das Handtuch um ihren Körper spannte.

„Sag mal, ist alles in Ordnung mit dir?" *Was guckt der denn so komisch? Starrt er gerade auf meine Beine?*

„Alles gut. Ich als dein Bruder wollte dir nur sagen, dass du immer mit mir über alles reden kannst."

„Ja, danke. Du kannst dasselbe mit mir tun."

„Mit dir tun?" Nervös lachte er.

„Bist du betrunken?"

„Nein, aber ich muss jetzt los. Training. Den ganzen Tag." Er ging Richtung Tür.

„Ja, viel Spaß." In dem Glauben, dass er nun das Zimmer verlassen hat, öffnete sie ihren Kleiderschrank. In der Tür blieb er allerdings stehen und drehte sich noch einmal zu ihr. Das war der Augenblick, in dem sie ihr Handtuch zu Boden gleiten ließ. Er schnappte nach Luft, sprang förmlich nach vorn und schloss schnell die Tür.

„Herr Gott, Jasmin! Zieh dir gefälligst mehr an als nur ein Handtuch! Du wohnst hier nicht alleine!"

Leicht verstört schaute sie auf ihre Zimmertür. *Ist er jetzt völlig verrückt geworden? Ich glaube, der gestrige Tag hat ihn mehr aus der Bahn geworfen als mich.*

Und wie durch ein Wunder begegneten die beiden Geschwister sich den Rest des Tages nicht mehr.

Nach dem Ausflug ins Grüne

Die Sonne schien angenehm auf ihr Gesicht, als Jasmin mit dem Fahrrad am Montagmorgen zur Arbeit fuhr. Sie lehnte das Rad wie immer an eine Laterne etwas weiter entfernt vom Eingang zum Firmengelände. Sie schloss gerade ab, als ein Schatten ihr die Sonne nahm.

„Guten Morgen."

„Oh, Herr Gregorius, das wünsche ich Ihnen natürlich auch." *Was macht der denn hier?*

„Warum stellen Sie das Rad hier ab?"

Sie wollte sich nicht die Blöße geben, dass sie immer noch nicht den Fahrradstand gefunden hatte. „Ich laufe manchmal gerne noch etwas bevor die Arbeit anfängt. Sie nicht?"

„Nee, ich nicht. Können Sie sich nicht langsam mal ein Auto leisten?" Er zündete sich eine Zigarette an.

„Bitte? Haben Sie schon mal etwas von körperlicher Ertüchtigung und Umweltbewusstsein gehört?" *Auch wenn das nicht meine Gründe sind.*

„Ach so." Er grinste von einem Ohr zum anderen. „Sie haben keinen Führerschein."

„Ich muss Sie leider enttäuschen. Ich besitze seit acht Jahren einen."

„Na dann. Wie war Ihr Wochenende?"

„Schön."

„Mit der Familie verbracht?"

„Ja, wir sind aufs Land gefahren. Ein kleiner Ausflug."

„Und wo genau hin?"

„Einfach so raus, wir hatten kein Ziel."

„So, so, darf ich Sie ein Stück begleiten?"

„Aber natürlich. Waren Sie heute auch zu Fuß?"

„Nein, ich habe Sie gesehen, während ich mir Zigaretten gezogen habe."

„So etwas ist aber ungesund."

Er lachte. „Insofern unterstütze ich damit meine Firma, schließlich verdienen die Millionen durch Krebsbehandlungen."

„Und was haben Sie am Wochenende gemacht?"

„Auch einen Ausflug ins Grüne."

„Ach wirklich. Das ist ja was."

„Finden Sie?"

Sie nickte und dann betraten sie das Gebäude. Die Empfangsdame winkte Jasmin zu sich. „Sie haben mir noch immer kein Passfoto gegeben."

„Oh, entschuldigen Sie, das habe ich in dem ganzen Stress vergessen."

„Nein, ich entschuldige nicht. Ihre Arbeit ist nicht wichtiger als meine."

„Bitte?" *Was für eine Zicke.* Etwas überrumpelt holte Jasmin ihr Portemonnaie heraus. Sie hatte schon längst wieder ein neues Foto eingepackt, dann aber tatsächlich vergessen es abzugeben. Sie gab es heraus. „Es wäre schön, wenn Sie das nächste Mal nicht so pampig sein würden. Immerhin arbeiten Sie hier auch nicht ehrenamtlich, sondern werden bezahlt."

Leicht verschnupft nahm die Empfangsdame ihr das Foto aus der Hand und gab es in die Maschine. „Hier bitte, Ihr neuer Ausweis."

„Danke sehr."

Veit grinste, sie ignorierte ihn.

„Wir werden forscher."

„Sehr witzig."

So teilten sich dann beide den Fahrstuhl und Jasmin lief mit einem freundlichen Gruß an Jenny vorbei in ihr Büro. Ein paar Stunden später hatte sie eine handvoll gewöhnlicher Patienten dokumentiert und die Mittagspause durch. Es näherte sich der Feierabend und auf ihrem Schreibtisch war nur noch die Akte von dem Hybriden Manuel Schmitt. Fröhlich rief sie ihn auf und er kam in den Untersuchungsraum. Sie mochte ihn, erinnerte er sie doch an ihren Vincent. Jasmin erschrak, denn es stand nun mittlerweile kein gesunder, sondern ein blasser und deutlich magererer Mann vor ihr als vor ein paar Tagen.

„Ach, du meine Güte, setzen Sie sich doch bitte. Sie sehen krank aus. Was ist passiert?"

„Ich glaube, ich vertrage dieses Mal die Spritzen nicht so gut."

„Das haben wir gleich, würden sie bitte das Shirt ausziehen und den Oberkörper freimachen?"

„Ja natürlich." Manuel tat wie ihm geheißen und drehte sich so, dass sie seinen Rücken sehen konnte. Vor Schreck schlug Jasmin die Hand vor den Mund. Die anfänglich wie blaue Flecke wirkenden Male hatten sich zu handtellergroßen Kreisen entwickelt, die nun mehr mit schwarzen Adern durchzogen waren.

„Meine Güte haben Sie sich das schon einmal angesehen?"

„Ja, im Spiegel."

„Ist das schon einmal geschehen?"

„Ja, bei einer älteren Studie. Jedoch noch nie so schwarz."

„Ich muss sie da unbedingt herausnehmen. Also aus der Studie, das ist wirklich nicht mehr gesund."

Ein ungläubiges Schnauben kam von Manuel, doch Jasmin ging darauf nicht weiter ein.

„Es gibt einen Freitext, dort trage ich ein, dass Sie so nicht weiter an der Studie teilnehmen können. Sie müssen sich ausruhen. Ich melde das sofort und der Arzt, der verantwortlich ist, wird sich sicherlich bei Ihnen melden. Sie wissen nicht zufällig, welches Medikament das bei Ihnen ausgelöst hat?"

„Nein, ich dachte, Sie sind die Ärztin."

Jasmin lächelte etwas verlegen und widmete sich dann den Malen.

„Spüren Sie das?" Sie pikste kurz in das schwarze Gewebe.

„Nein, überhaupt nicht. Sie könnten eine Nadel da hinein stechen, ich würde es nicht merken."

„Ich habe so etwas noch nie in meinem Leben gesehen, das tut mir leid. Da muss ich mir Hilfe holen. Wie gesagt, ich werde in ihrer Akte vermerken, dass sie sofort dagegen behandelt werden und dass sie an weiteren Diagnoseuntersuchungen teilnehmen müssen."

„Wenn Sie meinen, dass es etwas ändert, dann gern."

„Wie meinen Sie das?"

„Ach, es ist doch egal wie es mir geht. Hauptsache ist doch, dass das Medikament so wirkt wie die es wollen und ein Hybrid heilt doch eh fast immer."

„Sprechen Sie doch bitte nicht so, jedes Leben ist wertvoll. Egal ob Hybride oder Mensch."

„Wenn Sie es sagen."

Jasmin machte noch ihre üblichen Aufnahmen, nahm Blut ab und gab den Patienten dann persönlich bei Jenny ab.

„Leite bitte alles umgehend weiter und veranlasse die Untersuchungen, die ich aufgeschrieben habe. Das hat Priorität. Und gib ihm bitte unbedingt einen Termin bei mir in drei Tagen. Ich möchte ihn im Auge behalten." Mit einem flauen Gefühl im Magen machte sie dann Feierabend.

Das kleine Schwarze?

Mehrmals hintereinander klingelte es an Eriks Haustür. Dieser öffnete mit einer Serviette im Kragen die Tür.

„Kindchen, was machst du denn hier?"

„Ich muss mit dir reden. Wenigstens funktioniert deine Klingel wieder." Jasmin ging geknickt an ihm vorbei.

„Komm, setze dich. Ich habe gerade einen riesigen Topf Muschelsuppe gemacht. Das wärmt und heitert dich bestimmt etwas auf. Und dann sagst du mir was los ist, okay?"

Gesagt, getan und eh sich Jasmin versah, saß sie an einem Tisch mit pinkem Geschirr und silbernen Löffeln.

„Danke. Was sagtest du nochmal, was ist das für eine Suppe?" Sie rümpfte die Nase.

„Muschelsuppe. Austern, um genau zu sein."

„Daraus kann man Suppe machen?" Sie nahm etwas von der Suppe auf den Löffel und ließ den Inhalt dann wieder in den Teller fallen. *Komische Konsistenz.*

„Ja, ich experimentiere gerade. Für Marvin, für seine Eiweißtage. Probiere doch mal bitte."

Sie seufzte, kostete und zu ihrer Überraschung war die Suppe gar nicht so eklig. „Oh, die ist gut."

„Ich weiß. Trotzdem danke. Warum bist du denn jetzt eigentlich hergekommen? Neue Ergebnisse, was Vincent angeht?"

„Nicht direkt. Es ist wegen einem meiner Patienten."

„Oha, jetzt kommt schon das erste Moralproblemchen. Das ging aber schnell."

Du kennst mich besser als ich selbst. Seufzend zog Jasmin mit ihrem Löffel ein Muster in die Suppe. „Ich weiß nicht, was ich machen soll. Dieser Patient, er hat Hämatome am Rücken, kreisförmig und ich habe keine Ahnung, was das ist, geschweige denn, wie ich ihm helfen soll."

„Ist das denn deine Aufgabe?"

„Wie bitte?"

„Sofern ich dich richtig verstanden habe, besteht doch deine Aufgabe nicht darin, ihn zu heilen, sondern nur den Verlauf und den allgemeinen Zustand zu dokumentieren."

„Ja, aber ich will ihm helfen."

„Das kannst du aber doch nicht. Das muss der Arzt machen, an dessen Studie dein Proband teilnimmt."

„Ich weiß, aber ich kann doch nicht zusehen, wie... ."

„Musst du aber. Sonst fällst du auf. Also schreib in seine Akte deine medizinischen Bedenken und vielleicht kannst du ja auch eine Empfehlung abgeben, dass er in ein anderes Programm gesteckt wird."

„Und was sind das für dunkle Kreise? Und wieso spürt er da auch nichts mehr?"

„Jasmin, das könnte sonst was sein. Blaue Flecken, totes Gewebe, Indikatorfarbe, was weiß ich? Du bist Ärztin, aber das darf dich nicht beschäftigen. Ich weiß, das ist fies, aber versuche nur in deinem Arbeitsfeld zu wirken. Was sagt denn dein Vorgesetzter dazu?"

„Veit?"

„Ja."

„Der will mich doch nur zu einem Date bringen. Dieser Flegel."

„Hervorragend."

„Wieso?"

„Mach ihn betrunken und dreh den Spieß mal um. Frag ihn aus."

„Mhh, das wäre vielleicht sogar einfach. Schließlich lässt er mit seinen Anmachsprüchen keine Gelegenheit aus. Und wenn das auffliegt?"

„Na, du bist halt vorsichtig mit deinen Fragen. Nicht zu viel und alles eher so im Nebensatz, das bekommst du doch hin, oder?"

„Klar." Kurz löffelte sie an ihrer Suppe. „Aber ich habe nichts, was ich auf so einem normalen Date tragen könnte. Was ziehe ich denn da an? Ich kann ja wohl schlecht im Kittel da hin."

„Na, dann ab zu Madame Petite."

„Ein Abendkleid wäre too much."

„Aber du brauchst definitiv das klassische, kleine Schwarze und noch was Nettes zum normalen Essengehen."

„In letzter Zeit kaufe ich mehr Klamotten als in den letzten drei Jahren. Außerdem hatte ich beim letzten Mal ein schwarzes Kleid an."

„Gut, dann beeilen wir uns, damit du mal wieder auf alles vorbereitet sein kannst. Ich packe etwas von der Suppe in eine Dose, magst du die dann Marvin mitbringen?"

„Klar doch. Er wird sich sicherlich freuen." *Du gibst auch nicht auf.*
In diesem Moment klingelte ihr Handy. „Wenn man vom Teufel spricht."

„Marvin?"

„Nein, Veit."

Sie nahm das Gespräch an und stellte das Handy auf Mithören. „Ja, hallo?"

„Hier ist Veit Gregorius. Ich wollte nachfragen, wie der Arbeitstag war. Ich habe gehört, Sie sind etwas aufgelöst nach Hause gegangen?"

„Nein, absoluter Schwachsinn." *Blöde Kluge.*

„Na ja, Jenny übertreibt gerne, vielleicht bereden wir das am besten mal morgen?"

Erik schüttelte den Kopf und flüsterte. „Nein, heute Abend, los."

Entsetzt starrte Jasmin Erik an und vergaß dabei Veit an der anderen Leitung. „Bist du verrückt?"

„Wie bitte?" Veit war irritiert.

„Nein, ich also gern, aber heute würde besser passen."
„Kein Problem, heute Abend essen?"
„Ja gern."
„Gut, ich hole Sie um acht Uhr heute Abend ab."
„Wunderbar. Ich werde dann warten. Bis denn."

Sie legte auf. „Na toll und was jetzt?"
„Ja, schon vergessen? Madame Petite? Ich sage dir, ich hab da wirklich tolle Kleider gesehen, die würden dir wunderbar stehen."

Zweites Date mit Veit

Etwas abgehetzt und mit mehreren Einkaufstaschen beladen kam Jasmin ins Haus.

„Marvin, bist du da?"

„In der Küche."

Ihre Schuhe flogen in die Ecke, ihre Taschen nahm sie mit.

„Was hast du denn da alles?"

„Ich war shoppen."

„Du warst shoppen?"

„Ja, wundert dich das?"

„Ehrlich gesagt schon. Gibt es vielleicht einen bestimmten Anlass?" Er räusperte sich nervös. „Kann es sein, dass es eine Veränderung in deinem Leben gab?"

„Du kannst Fragen stellen. Es hat sich alles verändert, findest du nicht?"

„Alles?"

„Ja. Was hast du in der Pfanne?"

„Champignons."

„Hier, die soll ich dir von Erik geben."

„Was ist das?"

„Muschelsuppe."

„Na, super."

„Ich sollte sie dir geben. Du musst sie ja nicht essen."

„Hör mal, ich denke, wir zwei sollten mal in Ruhe miteinander reden."

„Ja, ist gut. Ich will mich nur schnell umziehen."

„Okay, beeile dich."

Das tat sie wirklich. Jasmin tauschte ihre förmliche Kleidung gegen das knallrote, schulterfreie Schlauchkleid, das Erik ihr empfohlen hatte. Dazu legte sie den schwarzen Gürtel an und zog die nagelneuen schwarzen Stiefel an. *Oh mein Gott. Ich sehe aus wie ein männerfressender Vamp.* Sie steckte ihre Haare hoch und schminkte sich. *Ich fürchte, das ist zu dezent für das Kleid, aber mehr kann ich echt nicht bringen.* Brav eilte sie zurück in die Küche.

„Da bin ich wieder."

Marvin fiel die Kinnlade herunter.

„Ist was?"

„Als du sagtest, du gehst dich umziehen..." Er schnappte nach Luft. „...da dachte ich, du willst dir was Bequemes anziehen. Stattdessen kommst du mit so was an."

„Gefällt es dir nicht?"

„Doch, nein, also, ich meine, als Mann klar, aber ich bin dein Bruder."

„Ich weiß."

„Wir haben vorhin von einer Veränderung gesprochen."

„Ja." Seufzend setzte sie sich hin.

„Seit wann empfindest du denn so, na ja, stark?"

„Seitdem wir uns kennen eben."

„Oh."

„Ich kann einfach nichts dagegen machen. Du weißt, dass ich mich bemühe."

„Ja. Aber es kann doch nicht so weitergehen."

„Ich weiß. Für heute habe ich auch eine Ablenkung. Ich treffe mich mit Veit Gregorius."

„Wie bitte? Das kann nicht dein Ernst sein."

„Doch. Warum nicht? Weißt du, auf der Arbeit... ."

Marvin fiel ihr ins Wort. „Mit diesem Kerl! In diesem Outfit!"

„Schrei mich nicht an."

„Ich schreie, wenn es mir passt, mein Fräulein."

Wütend sprang Jasmin auf und ging zur Haustür. „Du kannst mich mal. Das ist mein Leben. Ich treffe mich mit Veit wegen Gründen, die du nicht mal ahnst."

„Vielleicht ahne ich mehr, als du denkst."

Sie schnappte sich ihre kleine Handtasche und öffnete die Tür. „Er holt mich gleich ab und du brauchst nicht auf mich zu warten."

„Warum willst du unbedingt in dein Unglück rennen?"

„Weil ich keine andere Wahl habe. Mit dir als Bruder."

„Ich, ich verbiete es dir."

Bitter lachte sie. „Versuche es. Er ist schon da."

Tatsächlich fuhr Veit in dem Augenblick mit dem Firmenwagen vor. Er sah noch, wie die beiden Geschwister an der Haustür stritten, dann kam Jasmin schon auf ihn zu.

Von innen drückte er ihr die Wagentür auf. „Alles in Ordnung?"

„Ja."

„Sah aus, als ob Sie sich mit ihrem Bruder gestritten haben. Ich hoffe doch nicht wegen mir." Sein Grinsen verriet jedoch, dass er sehr wohl hoffte, Auslöser des Streites zu sein.

„Bitte fahren Sie einfach."

Veit startete den Wagen. „Übrigens ein sehr schönes Kleid."

„Danke." *War klar, dass es dir gefällt. Es ist oben wie unten zu kurz.*

Sie fuhren los und nach knapp einer halben Stunde fuhren sie in eine kaum besiedelte Straße ein. Hier prunkten ab und an ein paar moderne und im Design auffallende Häuser.

„Diese Gegend kenne ich überhaupt nicht.", bemerkte Jasmin.

„Sie werden Sie kennenlernen, wir sind auch schon so gut wie da." Veit drehte das Lenkrad und sie fuhren einen weißen Kiesweg entlang. Mannshohe Bambus-Sträucher zierten den Wegesrand.

„Hier ist ein Restaurant?"

„Nein, hier wohne ich." Veit parkte den Wagen vor einem Bungalow aus verspiegeltem Glas. Nur die Mauer für die Eingangstür und das Dach waren aus Stein.

Jasmin wurde ganz anders. *Na super, zu dir nach Hause wollte ich eigentlich nicht!*

Er öffnete ihr die Beifahrertür und hielt ihr galant seine Hand hin. „Na los, ich beiße schon nicht."

Zögerlich ließ sie sich zur Tür begleiten. „Man scheint ja ganz gut verdienen zu können bei Fabini."

„Oh, es kommt halt alles auf die Einstellung an." Er lachte und sie verstand seinen Witz nicht.

Seine Wohnung war fast ein Loft. In der Diele befand sich ein moderner Küchentresen, der sich nach hinten rechts zu einem großen Wohnbereich öffnete. Das Bad und Schlafzimmer schienen separat zu sein. Davon abgesehen sah man rundherum nach draußen in den Garten.

„Beeindruckend.", staunte Jasmin.

„Ganz nett, aber ich bin froh, dass ich hier keine Fenster putzen muss."

„Wieso?" Sie dachte an eine Art technische Selbstreinigung, bis er plump ihre Gedanken durchbrach. „Putzfrau. Sie kommt einmal die Woche und macht hier sauber. Zahlt die Firma."

Ja und was kannst du selber? „Oh, das ist ja praktisch." So lässig wie möglich setzte sie sich auf ein schwarzes Ledersofa. „Ich dachte eigentlich, dass wir essen gehen und Sie nicht kochen?"

„Ich kochen? Tss, nö. Essen kommt und wird geliefert."

„Ui, hier ins Haus?" Sie versuchte noch im Nachhinein ganz cool zu wirken, als wenn sie so etwas nicht überraschen könnte, doch befürchte sie zurecht, dass er sie durchschaut haben könnte.

„Zahlt die Firma. Ist kein Ding, eher etwas wie ein besserer Pizzabringdienst."

„Aha und was gibt es?"

„Hummer, Fleisch, alles was das Herz begehrt. Möchtest du schon mal einen Champagner?"

Du? „Ja gerne." *Ich brauche Mut.* Jasmin stand wieder auf und schlenderte durch die modern eingerichtete Wohnung. Im Wohnbereich lag ein großes, schwarzes Kuhfell auf dem Boden und hinter dem Tresen stand ein riesiger amerikanischer Kühlschrank, der mit dem Muster der englischen Fahne bedruckt war. *Versuchen wir etwas Smalltalk.* „Mögen Sie England?"

„Ich? Nee. Wieso?"

Jasmin zeigte auf den Kühlschrank.

„Ach der. Der war schon drin, hab das Haus möbliert bekommen." Dann reichte er ihr ein Glas Champagner.

Dieser Mann schafft es in allen Lebenslagen ein schlechtes Bild von sich preiszugeben. Sie seufzte und prostete ihm zu. „Zahlt die Firma." Und mit ironischem Grinsen trank sie den Sekt aus. Umgehend wurde ihr neu eingeschenkt.

„Du kannst im privaten gerne 'du' sagen, das 'Sie' muss nur auf der Arbeit gewahrt werden."

„Gut, dann du. Ich bin Jasmin." Sie lachte.

„Freut mich. Ich bin Veit."

Es klingelte und Veit ließ umgehend den Catering-Service eintreten. Dieser stellte Essen auf den Tresen, das wahrscheinlich auch für fünf Personen gereicht hätte. Leicht angeheitert betrachtete Jasmin den Trubel. Nach nicht mal drei Minuten waren sie wieder allein.

„Und wer soll das essen?"

„Ich hoffe doch wir." Veit reichte ihr einen Teller und begann dann selbst, sich etwas aus der immensen Vielfalt an Essensvarianten herauszusuchen. Sie griffen beide nach der Fleischgabel.

„Wie, keinen Hummer?" Veit starrte sie an.

„Nee, lass mal lieber. Ich mag Hummer nicht sonderlich."

„Sympathisch, ich hab auch lieber was Richtiges zu Essen."

Sie lachten und setzten sich dann mit Köstlichkeiten beladen in den Wohnbereich. Sie dachte an Eriks Worte und fragte höflich nach mehr Champagner, achtete aber dieses Mal darauf, dass Veit auch etwas trank. Schweigend aßen sie die nächsten Minuten.

„Also, ich bin satt." Jasmin schob den Teller auf den Tisch und ließ sich ins Sofa fallen. „Und was machen wir jetzt?"

„Ich bin ganz Ohr."

„Wir spielen ein Spiel."

„Da bin ich ja mal gespannt." Veit schenkte ihr nach.

„Na na na, du musst aber auch was trinken."

„Dann darf ich dich aber nicht mehr fahren."

„Egal, ich nehme ein Taxi.", sagte Jasmin fröhlich zu ihm.

Ein halbes Glas Champagner schenkte er sich auch ein. „Dann erkläre mal dein Spiel."

„Also, wir stellen uns abwechselnd genau eine Frage, die wir immer wahrheitsgetreu beantworten müssen. So lernt einer den anderen besser kennen." Ein leichtes Lallen war in ihrer Stimme zu hören. Sie musste unbedingt aufpassen, sonst wäre sie vollends betrunken, noch bevor Veit es wäre.

„Na schön, dann fang mal an."

„Also, warum arbeitest du bei Fabini?"

„Weil es Geld und Annehmlichkeiten bringt."

„Oh, das leuchtet ein." *Statussymbole.*

Er stellte seine Frage. „Erinnerst du dich an deine Kindheit? War sie schön?"

„Also, eigentlich sind das ja zwei Fragen." Sie pikste ihn mit dem Zeigefinger gegen die Brust. „Aber ich will mal nicht so sein. Also, ich hatte eine gute Kindheit, ich war Papas Liebling und Marvin war auch ein toller Bruder, auch wenn er oft an Mutters Rockzipfel hing. Und du? Hast du Familie?"

„Man könnte sagen, ich habe so etwas Ähnliches. Es lebt noch ein Halbbruder, der Rest ist verstorben."

„Oh mein Beileid, ich weiß wie das ist, wenn die Eltern einen verlassen." Mitleidig schaute sie ihn an. Sie merkte, wie der Alkohol ihr zu Kopf stieg. *Ich verglühe. Konzentriere dich auf dein Ziel. Hicks.*

„Hast du einen Freund?", hörte sie seine tiefe Stimme.

„Nein, nicht richtig. Hast du eine Freundin?"

„Passt nicht in mein Leben. Ach, läuft nichts mit Vincent?"

„Wir haben uns ja nur kurz kennengelernt. Aber ich muss sagen, er ist sehr beeindruckend." Ihre Wangen wurden rot. „Wie hat Nicolai Fabini dich kennengelernt?"

„Auf der Arbeit. Hat dein Vater dich in seine Forschungen eingeweiht?"

„Ja, zum Teil. Er hat mir viel beigebracht. So war es irgendwie vorherbestimmt, später genau dort in den Bereichen zu arbeiten, wie zuvor mein Vater. Wo ist Vincent Fischer jetzt?"

„In der Schweiz. Hat dein Vater noch Unterlagen bei euch zu Hause liegen lassen? Nahm er seine Arbeit mit nach Hause?"

„Das ist nicht fair. Ich wollte genauere Angaben.", etwas beleidigt trank sie aus ihrem Glas, das wie aus Geisterhand scheinbar schon wieder voll war.

„Gut, machen wir einen Deal."

„Einen Deal?"

„Du kopierst mir einige Akten von deinem Vater und ich setzte dich auf die Gästeliste von Vincents Vortrag in Hamburg. Das würde bedeuten, du könntest ihn in nicht mal zwei Wochen wiedersehen."

Sie dachte nach, so gut es der Alkohol in ihrem Blut denn zuließ. *Ich könnte ihm ja unwichtige oder gefälschte Akten besorgen.* „Okay, abgemacht." Und hielt Veit die Hand hin. „Wer ist dran mit fragen?"

Veit lehnte locker einen Arm um ihre Schultern. „Inwiefern mischt sich dein Bruder in deine Arbeit ein?"

„Gar nicht, aber er hasst die Firma und würde mich am liebsten in mein Zimmer sperren, damit ich da nicht täglich hingehe." Es fiel ihr seltsamerweise immer schwerer, sich zu konzentrieren.

„Warum?"

„Alles, was... was wollte ich nochmal sagen, ach ja. Alle,s was in seinem Leben kaputtgeht, schiebt er auf die Firma. Für ihn ist das halt ein guter Sündenbock, mehr ist das aber nicht."

„Er kann mich wohl auch nicht leiden."

„Ja." Sie begann albern zu kichern „Weil du in der Firma arbeitest und mir den Hof machst."

„So, mache ich das?"

Plötzlich war er ihr ganz nah und schaute tief in ihre Augen. Alles begann sich zu drehen und dann fiel sie in seinen Arm.

„Es wird Zeit.", hörte sie ihn sagen. Doch es klang irgendwie nicht so, als ob er zu ihr gesprochen hätte. Sie sah noch, wie sich am Boden ein Champagnerfleck ausbreitete, dann wurde alles um sie herum schwarz.

Blackout

Es brummte Jasmin der Schädel und es dauerte eine ganze Weile, bis sie das Geräusch der Dusche vom Raum nebenan nicht mehr für einen Presslufthammer unter ihrem Bett hielt. Sie wachte in Veits Schlafzimmer auf. Um sich vor dem vermeintlichen Presslufthammer und dem Gebrüll der Vögel zu verkriechen, zog sie sich die Decke über den Kopf. Zu ihrem Entsetzen bemerkte sie so jedoch, dass sie gerade mal einen Hauch von Unterwäsche trug. Eins und eins zusammenzählend, saß sie plötzlich senkrecht im Bett und schaute umher. Veits Sachen und ihre Stiefel lagen am Boden. Von ihrem Kleid war jedoch im ersten Augenblick keine Spur. Fast schon panisch kroch sie unter das Bett, doch auch hier fand sie außer Veits Unterhose nichts. Beim Aufstehen hielt sie sich am Bettgestell fest und spürte dann den feinen Stoff des Kleides. Fast schon wollte sie aufatmen, da sah sie wie das Kleid entzwei gerissen und nun links und rechts am Geländer festgemacht war. Sie schluckte, was hatte sie an diesem Abend nur gemacht? Ihr Herz begann noch etwas schneller zu schlagen als das Geräusch des Wassers in der Dusche verstummte. Eilig schaute sie sich erneut um und stolperte dann zu seinem Wäscheschrank. Hier schlüpfte sie schnell in ein schwarzes T-Shirt, welches an ihr nun länger war als das rote Kleid vom gestrigen Abend. Dennoch schnappte sie sich noch eine kurze Shorts aus dem Schrank und zog sie sich an. In dem Moment kam Veit in den Raum.

„Morgen."

„Kannst du nicht anklopfen?"

„Ich wohne hier." Er lachte. „Kannst die Sachen erst einmal behalten, ich behalte dafür den Rest vom Kleid als Andenken." Dann zwinkerte er ihr zu und ließ das Handtuch von seinen Hüften zu Boden gleiten. Entsetzt schaute Jasmin sofort in die andere Ecke des Raumes, kam aber nicht umhin kurz seinen tätowierten Rücken zu bemerken während er sich Shorts und Hose anzog.

„Was haben wir gestern gemacht?" Jasmins Stimme bebte.

Lachend antwortete er „Die Frage sollte sein, was haben wir alles nicht gemacht."

„Ich finde das nicht komisch."

„Oh so eine biste." Veit lief aus dem Raum in die Küche. Sie folgte umgehend.

„Was bin ich für eine?"

„Na eine, die sich vergnügt und am nächsten Morgen einen auf unschuldig macht. Keine Angst, Kleine, Diskretion halte ich auch für angebracht. Schließlich bin ich ja dein Chef."

Verdutzt schaute sie ihn an. *So ein Ars...!*

„Ich habe gleich leider noch nen Termin. Frühstück ist also nicht mehr drin. Einen Kaffee kann ich dir aber anbieten."

„Nein, danke."

„Okay, ich trinke meinen eben zu ende und dann fahr ich dich nach Hause."

„Das ist ja wohl das Mindeste." Ihre Stimme klang schnippisch.

Dieses Mal hielt er ihr nicht die Wagentür auf, sondern setzte sich gleich ans Steuer.

Wie schnell Mann doch vergisst.

„Hast du was gesagt?" Er schaute zu ihr herüber während der Fahrt.

„Nein."

„Du wirkst gestresst."

„Ach echt?"

„Hab ich dir irgendetwas getan?"

„Keine Ahnung, sag du es mir. Ich kann mich an nichts mehr erinnern."

„Das kann doch gar nicht sein. All die schönen Stunden weg? Mach dir keinen Kopf, das wiederholen wir irgendwann und dann bekommst du einfach nicht mehr so viele Flaschen Champagner."

„Wie bitte? Ich hatte nur ein, zwei Gläser Champagner."

„Nein, heute Morgen lagen mindestens drei Flaschen neben dem Sofa."

„Du hast mir doch immer wieder nachgeschenkt."

„Du hast ja auch geschluckt wie ein Rohspecht. Ich war einfach ein zuvorkommender Gastgeber."

„Das ist ja wohl die Höhe."

Er parkte den Wagen vor ihrem Haus und schaute sie ernst an. „So, Mädchen, jetzt komm mal wieder runter. Wir hatten eine schöne Nacht, wenn da plötzlich ein Anfall von Moral in dir aufkeimt, ist das nicht mein Problem!"

„Du, du hast mich betrunken gemacht und dann einfach gegen meinen Willen... ."

„Moment, Kleine, jetzt pass mal schön auf, was du sagst. Ich glaube nicht, dass die Kameras in meiner Wohnung irgendetwas aufgenommen haben, das unfreiwillig war. Im Gegenteil, da sind sicherlich ein paar nette Bilder bei."

Ach du meine Güte. Ich bin verloren. „Wie bitte? Du hast das auch noch gefilmt? Gib mir sofort die Aufnahme!"

„Nein, nicht ich. Die Kameras sind von der Firma aufgestellt und jetzt geh in dein Haus und beruhige dich. Haben wir uns da verstanden?" Er beugte sich zu ihr herüber und öffnete von innen die Beifahrertür.

Ohne den Blick von ihm zu lassen, stand sie auf, stieg aus dem Wagen.

„Ich, ich bin fassungslos. Wie konntest du nur?"

„Mach einfach keinen Stress und konzentriere dich einfach ausschließlich auf deine Arbeit. Ich glaube, du weißt, was ich meine." Er schloss die Tür, ohne auf Antwort zu warten und fuhr fort.

Jasmin stand noch eine ganze Weile wie paralysiert auf der Straße, bis sie Veits Drohung ansatzweise verarbeitet hatte. Erschrocken über die Wandlung in Veit und ihrem eigenen Leichtsinn lief sie wie in Zeitlupe zur Wohnungstür.

Marvin bemerkte wie sie kam. Sie hörte, wie er schimpfte und sich über ihr von Veit geliehenes Outfit aufregte. Er redete und redete, bis ihr die Tränen über die Wangen liefen und sie mitten auf dem Flur zusammen sackte. Im ersten Augenblick wusste Marvin scheinbar nicht, was er machen sollte, dann setzte er sich einfach ihr gegenüber und starrte sie an.

„Es tut mir leid, wenn ich dich mit meinen Worten verletzt habe. Ich habe mir Sorgen gemacht, weil du den ganzen Abend lang weg warst. Immerhin hatten wir uns gestritten. Und nun kommst du in Klamotten von irgendeinem Kerl nach Hause, da muss man sich doch aufregen?" Marvin tätschelte ihr die Schulter.

„Das ist es doch gar nicht, ich hab dir überhaupt nicht zugehört."

Etwas beleidigt schaute er Jasmin an, sagte aber nichts mehr und wartete ab.

„Er hat mich betrunken gemacht und... und an den Rest kann ich mich nicht einmal erinnern." Dann begann sie bitterlich zu schluchzen. „Und morgens bin ich in seinem Bett aufgewacht, das Kleid war zerrissen und ich musste seine Sachen anziehen."

„Ich bring ihn um!"

Das war zu viel für sie, sie umarmte ihn und heulte in sein T-Shirt. Marvin tröstete sie, aber es schien ihm das erste Mal in seinem Leben etwas unangenehm zu sein. Vorsichtig drückte er sie etwas von sich.

„Wie wäre es, wenn wir zur Polizei gehen?", versuchte er sie zu beruhigen, doch dies hatte nur den Effekt, dass sie aufheulte und sich noch fester an ihn drückte. Er wand sich ein wenig und sie spürte, dass ihm auch etwas auf der Seele lastete, doch war sie zu verzweifelt um nachzuhaken. Auch er schien momentan nicht darüber reden zu wollen.

„Jasmin." Er packte sie an ihren Schultern und drückte sie so weit von sich wie er konnte, dabei schüttelte er sie untermauernd „Wenn dir jemand weh getan hat, ist es meine Pflicht … ", die nächsten Wörter betonte er ausdrücklich „... jawohl meine Pflicht als dein BRUDER, mich darum zu kümmern."

„Warum schüttelst du mich?" , schniefte sie.

„Oh, entschuldige, ich dachte, weil es wichtig sei, müsse man das. Nichts für ungut." Er ließ sie los und Jasmin hatte das Gefühl, er hoffte beinah inständig, dass sie ihn nicht nochmal so nahe kommen wollte. „Also als dein BRUDER werde ich jetzt diesen Veit anrufen und das klären."

„Bist du verrückt?" Sie schien sich wieder zu fangen, doch seine Distanz verletzte sie. „Wer weiß denn schon, ob es nicht vielleicht doch der Alkohol war und außerdem ist er mein Chef. Ich kann da nichts machen. Ich geh jetzt duschen." Damit stand sie auf.

„Warte, ich mein, ihr habt doch wenn dann auch verhütet? Oder nimmst du die Pille?"

„Das geht dich zwar nichts an, aber ich habe keinen festen Freund und Vince wird von mir ferngehalten. Wozu soll ich mir also Hormone einschmeißen?"

„Ihr habt doch nicht etwa ohne Kondom... ." Er konnte den Satz nicht beenden.

„Tut mir wahnsinnig leid, dass ich als ich mit meinem Gedächtnisverlust aufwachte nicht umgehend nach benutzten Gummis gesucht habe!"

Sie stürmte hoch und ließ, wie so oft, ihren Bruder zurück, der die Welt nicht mehr verstand.

In der Dusche untersuchte sie ihren Körper genau und suchte nach Spuren, die das Bild beweisen könnten, dass sie nicht ganz freiwillig der gemeinsamen Nacht zugestimmt hatte. Bis auf ein paar blauen Flecken und einer kleinen Wunde in der Ellenbogenbeuge fand sie nichts. Die Flecken am Handgelenk wiesen zwar auf gröbere Behandlung hin, könnten aber genauso von wilden Fesselspielchen mit ihrem Kleid herrühren. *Ich will und kann mir nichts ausmalen.* Die Wunde am Arm könnte auch ein harmloser Mückenstich sein. *Oder eine Einstichstelle? Vielleicht hat er mich auch betäubt?* Am besten wäre es wohl, wenn sie irgendwie an die Aufnahmen kommen könnte, denn Veit traute sie nun kein Stück mehr.

Eine halbe Pizza

Jasmin ging am nächsten Tag wieder arbeiten. Zu ihrem Glück lief ihr Veit zunächst nicht über den Weg und sie konnte sich auf die Arbeit konzentrieren. Erst zur Mittagszeit klopfte es an ihre Tür.

„Ja?"

„Na?" Die tiefe Stimme sorgte für ein Aufstellen ihrer Nackenhaare, dennoch konzentrierte sie sich auf das Schreiben ihrer Bemerkungen zu ihrem letzten Patienten. „Morgen."

„Ist ja eher schon Mittag." Veit schaute sie an.

„Dann eben Mahlzeit."

„Moin. Wie geht es dir?"

„Mir? Du fragst ernsthaft, wie es mir geht?"

„Ja."

„Spielt das eine Rolle?"

„Nicht?"

„Gibt es einen bestimmten Anlass, warum du hier bist?"

„Ich weiß nicht, ähm, hast du irgendwas für mich?", nuschelte er.

„Genau, das werde ich mit in die Firma nehmen."

„Ja. Warum nicht?"

„Kameras?"

„Und? Wir wissen das sowieso schon alle."

„Wir wissen das?" Sie schluckte zunächst ein paar böse Worte hinunter und gab sich weiterhin total konzentriert beim Schreiben.

„Begleitest du mich zum Mittagessen?"

„Ich muss arbeiten. Können wir das nicht später klären? Nach Feierabend?"

Veit ging und Jasmins Laune war auf dem Gefrierpunkt, was ihre Assistentin Jenny die nächsten Stunden ausbaden musste. Um dem unangenehmen Gespräch möglichst lange zu entkommen, machte Jasmin heute Überstunden. Jedenfalls bis zu dem Augenblick, in dem ihre Tür aufgerissen wurde. „Klopf, klopf."

„Ja?"

„Wie sieht es aus?"

„Ich arbeite noch."

Veit schaute auf die Uhr. „Es ist schon spät."

„Ich habe noch nicht Feierabend."

„Ich schon."

„Dann tschüss."

„Ist was?" Vorsichtig schloss Veit die Tür und ging auf sie zu. Er zog sich einen Stuhl heran, setzte sich neben sie und beobachtete sie beim wilden Tippen auf ihrer Tastatur. „Hab ich irgendwas falsch gemacht?"

Mit ungläubigen Gesicht schaute sie jetzt kurz zu ihm hoch. Ihr fehlten die Worte, daher schrieb sie einfach weiter.

„Ich werde das Gefühl nicht los, dass du sauer auf mich bist."

„Herzlichen Glückwunsch, dein Gefühl täuscht dich nicht. Ich wusste gar nicht, dass du überhaupt welche hast."

„Hallo? Klar. Hast du doch mitbekommen. Na, erinnerst du dich?" Süffisant grinste er sie an. Jasmin stand daraufhin abrupt auf. „Ich glaube, ich mache jetzt doch Feierabend."

„Schön, dann können wir ja weitermachen."

Jasmin fuhr ihren PC herunter und tauschte den Kittel gegen ihre Jacke.

„Und? Wo willst du essen?"

„Essen?" Jasmin starrte ihn böse an.

„Ja, ich lade dich ein."

„Was? Etwa bei dir?"

„Ja. Es wäre noch Hummer übrig."

„Das war nicht ernst gemeint."

„Ich weiß."

Genervt massierte Jasmin ihre Schläfe. „Gut, dann gehen wir halt essen. Irgendwo in der Öffentlichkeit."

„Bist du mit dem Fahrrad da?"

„Natürlich bin ich mit dem Fahrrad da."

„Meinst du nicht, du könntest dir langsam mal doch ein Auto leisten?"

„Können wir jetzt gehen?"

„Es kommt so eine Negativ-Aura von dir."

„Da kommt gleich noch viel mehr als nur 'ne Aura."

„Ach komm, du kannst ja wohl Berufliches vom Privaten trennen." Er hielt ihr am Ausgang des Gebäudes die Tür auf.

„Moment. War das jetzt beruflich oder privat, als du mich bei dir betäubt und irgendwelche Dinge mit mir angestellt hast?"

„Ich hab dich nicht betäubt."

„Neiiiiiiiiiiiiiin."

„Wann bitte hab ich dich betäubt?" Er sprach dabei so nebensächlich, als ob sie übers Wetter redeten.

„Hallo? Du hast mich bei dir unter irgendwelche komischen Drogen gesetzt!"

„Nein. Du hast gesoffen wie ein Loch."

„Bitte?"

„Ich kann doch nichts dafür, dass du ein Alkoholproblem hast. Solange du es nicht mit zur Arbeit bringst, ist alles tutti."

„Ich habe kein Alkoholproblem!" *Glaub ich zumindest.*

„Du hast ein paar Flaschen Sekt leergemacht."

„Du hast ständig mein Glas nachgefüllt."

„Aus Gastfreundlichkeit. Wusste ich, dass du so wenig verträgst?"

„Aus Gastfreundlichkeit?" Jasmin konnte es einfach nicht fassen. „Und die Kameras?"

„Sind halt da."

„Auch aus Gastfreundlichkeit?"

„Na ja, eher für mein Privatvergnügen."

„Um anschließend Erpressungen vornehmen zu können?"

„Ach, du nimmst das viel zu persönlich." Er zündete sich eine Zigarette an.

„Entschuldige bitte, dass ich das persönlich nehme."

„Wo steht eigentlich dein Fahrrad?"

„Die Straße runter." Sie zeigte nach links. Natürlich waren sie vorhin nach rechts abgebogen.

„Magst heute gerne laufen, was? Wir können auch mein Auto nehmen. Das steht hier gerade gegenüber."

„Und wie komme ich dann später zu meinem Fahrrad?"

„Ich fahre dich nachher hin."

„Ich weiß gar nicht, ob ich zu dir ins Auto steigen möchte."

„Da sind keine Kameras."

Sie liefen zu seinem Wagen und er hielt ihr die Tür auf. Jasmin stieg ein und nahm so steif wie möglich Platz.

Er setzte sich auf den Fahrersitz. „Rückenschmerzen?"

„Nein. Eher Kopfschmerzen."

„Wegen mir?"

„Nein."

„Wo wollen wir essen?"

„Keine Ahnung."

„Fastfood oder Restaurant?"

„Mit dir werde ich bestimmt kein Fastfood essen."

„Okay. Was dann?"

Jasmin überlegte kurz. „Pizza."

„Das ist ja auch nur fast so was wie 'kein Fastfood'." Veit fuhr los. „Ich mein, du kannst da ja auch einfach einen Salat bestellen."

„Wieso sollte ich?"

„Na ja, du willst doch kein Fastfood."

„Ich muss auch nicht mit dir essen gehen." Zickig versuchte Jasmin aus der Situation herauszukommen. Sie war schlichtweg überfordert.

„Kannst ja aussteigen." Er lachte. „Jetzt sag schon, was regt dich auf?"

„Was mich aufregt? Dass du ein total falsches Spiel hier spielst? Dass du dich als Vincents Freund ausgibst, aber ausschließlich dafür sorgst, mir das Leben schwer zu machen?"

„Mach ich doch gar nicht."

„Ah ja."

„Ich verfolge nur meist meine eigenen Interessen. Macht das nicht jeder?"

„Deine Interessen liegen genau wo?"

„Meine Arbeit gut zu machen und meinen Spaß zu haben."

„Deine Arbeit gut zu machen? Ich wusste gar nicht, dass wir in einer Stasi-Firma angestellt sind."

„Ich habe dich nur leicht dezent auf etwas hingewiesen."

„Genau. Demnächst bekommen wir alle noch einen Chip in den Nacken, damit Nicolai weiß, welcher Mitarbeiter sich wo aufhält."

„Willst du einen haben? Ich hab da so 'ne Bezugsquelle."

Fick dich. Beinah hätte sie es laut ausgesprochen, doch sie konnte sich gerade noch beherrschen.

„Was regst du dich eigentlich so auf?"

„Du fragst mich allen Ernstes, worüber ich mich aufrege?"

„Als ob irgendetwas davon in die Öffentlichkeit kommen würde."

„Was genau?"

Veit machte eine eindeutige obszöne Geste und fing lauthals zu lachen an. Ihr platzte nun endgültig der Kragen. „Du bist so ein Arsch."

„Na, na, na. Das passiert doch oft in der Firma. Schließlich bin ich dein Vorgesetzter."

„Den Zusammenhang verstehe ich jetzt nicht."

„Wir sind da." Gekonnt parkte er den Wagen.

Er ist so ein eingebildeter, chauvinistischer Lackaffe. Denk an Vincent. Denk an Vincent.

Wieder hielt er ihr die Tür auf, damit sie aussteigen konnte. Mit hocherhobenem Haupt ging sie an ihm vorbei und auf das Restaurant zu. Sie fühlte sich dennoch verschwindend klein neben ihm.

„Gewachsen?" Er konnte sich das Lachen nicht verkneifen. „Was willst du denn essen?"

„Pizza!" Sie betraten das Restaurant und schauten sich die Karte an.

„Keinen Salat?"

„Wieso?"

„Pizza macht dick."

„Dann solltest du lieber Salat essen. Würde dir gut tun."

„Hallo?" Seine Eitelkeit war sichtlich gekränkt und sie fühlte sich gut. Natürlich hatte er einen muskulösen Körper und brauchte sich eigentlich keine Sorgen um Fettpölsterchen zu machen, aber das würde sie ihm nicht sagen.

Veit bestellte sich eine Salamipizza mit doppelt Käse. „Dazu eine Cola. Und du?"

„Ich nehme..."

„Einen Salat?"

„Pizza Mista. Auch eine Cola."

„Light?"

„Nein. Eine richtige."

„So viele Kalorien auf einmal?" Schmunzelnd bezahlte er schon mal das

Essen, dann suchten sie sich einen Tisch. „Und wie war dein Tag?"

„Gut. Bis du aufgetaucht bist."

„War das so schrecklich?" Erneut machte er eine obszöne Geste und Jasmin würde ihm am liebsten ins Gesicht springen. Böse funkelte sie ihn an.

„Komm schon, Kleines, du siehst gut aus und du machst beim Sex eine gute Figur. Du brauchst dich also für nichts zu schämen."

Scharf sog sie die Luft ein. „Okay, dann erkläre mir bitte die blauen Flecke."

„Welche blauen Flecke?"

„Die an meinen Hand- und Fußgelenken?"

„Ach so die." Veit lachte dreckig. „Ich hätte nicht gedacht, dass du darauf stehst."

„Dass ich worauf stehe?"

„Auf diese Spielchen."

„Was für Spielchen?" Jasmins Stimme wurde immer höher und dünner.

„Na, diese kleinen Fesselspielchen. Du warst sehr, na ja, willig in der Nacht." Wieder klang Veit so unbekümmert, als ob sie über die Tischdekoration diskutierten. „Du hast mir jeden Wunsch von den Augen abgelesen."

Jasmin hielt sich am Tisch fest. „Frechheit. Übrigens habe ich tatsächlich darüber nachgedacht, zur Polizei zu gehen."

„Bitte. Ich habe Beweise dafür, dass alles freiwillig war."

„Das war nicht freiwillig."

„Soll ich es dir zeigen? Es ist sehr unterhaltsam."

„Es ist was? Das ist nicht unterhaltsam, sondern entwürdigend. Außerdem hast du die Aufnehmen gegen meinen Willen gemacht. Ich kann dich anzeigen."

„Mach doch."

„Vielleicht mach ich es auch."

Veit stöhnte. „Gut. Es tut mir leid."

Jasmin lachte kurz hysterisch auf.

„Ich hätte dir nicht so viel Sekt einschenken dürfen."

„Sekt? Von so einem bisschen Sekt werde ich doch nicht..."

Lachend fiel er ihr ins Wort. „Bisschen? Ich erwähne es gerne nochmal: Du hast meinen ganzen Vorrat ausgetrunken. Du bist nicht das einzige Weibchen, dass... ."

Der Kellner brachte das Essen und rettete dadurch wahrscheinlich Veit vor einer öffentlichen Exekution. Jasmin legte das Messer wieder aus der Hand, welches sie eben unbewusst gegriffen hatte.

„Ich werde das Gefühl nicht los, dass, egal was ich sage, du nicht entspannter wirst."

„Wieso hältst du dann nicht einfach den Mund?"

„Weil du nicht anders bist als ich.", antwortete Veit.

„Wie bitte?"

„Was ist mit Vincent?"

„Was soll mit ihm sein?"

„Du hast doch auch mehrere Männer."

„Hab ich nicht."

„Ach ja." Grinsend steckte er sich ein Stück Pizza in den Mund.

„Ich hatte niemals vor mit dir, ausgerechnet mit dir... ." Sie hatte nicht die Kraft, den Satz zu beenden.

„Ach komm, du bist auch nicht so, also ich würde dir nicht hinterherlaufen."

„Und warum hast du mich dann so oft gefragt, ob ich mich mit dir treffe?"

„Arbeit."

„Warum gibst du dich als Vincents Freund aus?"

„Arbeit."

Grimmig nickte Jasmin. Veit schwächte ab. „Nein, ich bin wirklich mit Vincent befreundet." Er sah in ihr absolut skeptisches Gesicht. „Soll ich ihn anrufen?"

„Ja, bitte, ruf ihn an."

„Echt? Und was kriege ich dafür?"

„Wolltest du mir nicht einfach was beweisen? Da können wir später drüber reden."

„Nein. Jetzt. Also?"

„Boah, keine Ahnung."

„Ich nehme die Hälfte deiner Pizza."

„Gut."

„Und einen Kuss."

„Niemals."

Genüsslich trank Veit das halbe Glas Cola leer. Er hatte die Ruhe weg, während Jasmins Fuß nervös unter dem Tisch wippte.

„Wieso forderst du einen Kuss? Ich denke, du hast die Riesenauswahl an Frauen und bist nicht an mir interessiert? Das machst du doch nur, um mich und Vincent zu ärgern."

„Mit Sicherheit."

„Gut. Auf die Wange?"

Veit schüttelte den Kopf.

„Vergiss es, du mieser Erpresser."

„Vergiss du das Telefonat."

In Jasmins Kopf herrschte das reine Chaos. „Du rufst ihn an und ich kann mit ihm reden?"

„Ja. Zwei Minuten."

„Und du sagst ihm nichts davon?"

„Von dem Kuss? Bin ich bescheuert?"

„Von dem anderen auch nicht?"

„Hatte ich nicht vor. Er ist immer noch ein Mann und es würde ihm etwas quer kommen, glaub ich."

Meinetwegen könnte er dich totschlagen. „Wie ich dich einschätze, lässt du auch nicht weiter mit dir verhandeln?"

„Genau. Ich bestehe auf meinen Zungenkuss."

„Bitte was?" Feixend aß er sein letztes Stück Pizza und Jasmin prustete einen Schluck Cola über den Tisch.

„Okay, das wird jetzt mehr, weil deine Pizza nun ruiniert ist."

Verzweifelt rieb sich Jasmin erneut die Schläfen. „Also gut. Ich mach es."

„Versprochen?"

„Ruf ihn an."

„Versprochen?"

„Ja."

Veit fischte sein Handy aus seiner Jacke, die über seiner Stuhllehne hing. Er wählte eine Nummer und telefonierte los. „Ich möchte gern mit Vincent Fischer sprechen. Hier ist Veit." Kurze Pause. „Ja, ich warte." Wie verabredet hielt er ihr das Handy hin. Sie nahm es aus seiner Hand und führte es mit klopfendem Herzen ans Ohr. Jasmin hörte Warteschleifenmusik, dann eine ihr sehr bekannte, warme Stimme.

„Vincent Fischer."

„Hi. Ich bin's." Mehr brachte sie nicht heraus.

„Jasmin? Wie kommst du an diese Nummer?"

„Über Veit."

„Ah, okay. Das freut mich, dass du mich anrufst."

„Moment." Jasmin verdeckte mit ihrer Hand das Mikrofon vom Telefon und schaute Veit streng an. „Kannst du bitte woanders hingehen?" Er rückte genau einen Stuhl weiter. Sie verdrehte die Augen und telefonierte weiter, denn wenn sie eines nicht hatte, dann war es Zeit. „Wie geht es dir?"

„Gut."

„Wirklich?"

„Also, ich sitze hier gerade im Büro."

„Ich verstehe. Ich habe gehört, du bist bald in Hamburg."

„Rufst du mit Veits Handy an?"

„Ja."

„Okay. Also ich sitze im Büro. Du nicht."

„Ja, ich weiß." *Aber hier sitzt Veit.* Sie sah ihn an und prompt meldete sich dieser zu Wort. „Grüß ihn mal schön."

Jasmin schnitt eine Grimasse und suchte verzweifelt nach Worten für Vincent. „Ähm."

„Ja? Bist du noch da?"

164

„Ich hab das T-Shirt. Und die Kette." *Wow, du nutzt deine Gelegenheit so was von gar nicht.*

Erneut forderte sie knurrig Veit zum Gehen auf. Sie hörte Vincents Stimme und ihr wurde warm ums Herz. „Ich habe den Kassenbon noch."

Veit mischte sich nun ein. „Soll ich dir helfen? Du kannst ihn fragen. Nach mir."

Weil sie nichts besseres wusste, griff sie das Thema auf. „Wie ist das mit dir und Veit?"

„Na ja, er ist, äh, nett."

Jasmin lachte los. „Ich verstehe."

„Was genau möchtest du denn wissen?"

„Redest du mit ihm? Über alles?"

„In gewissen Dingen kann man ihm vertrauen, ja. Aber nicht in allem. Er ist sehr charismatisch, falls du verstehst, was ich meine."

„Ach. Findest du?"

„Prinzipiell geht es wirklich. Natürlich ist ihm sein Interesse stets am Wichtigsten, aber darüber hinaus kann er sehr hilfsbereit sein."

„Ja. Leistung für Gegenleistung." Während des Gesprächs ließ sie Veit, der sich auf seinem Stuhl lümmelte, nicht aus den Augen. „Und man kann dich über diese Nummer richtig anrufen?"

„Ja, man sollte es nur nicht zu oft machen." Vincent war immer sehr vorsichtig mit seinen Formulierungen, Jasmin verstand ihn.

„Ich habe gehört, diese ganze Werbeaktion für die Stiftung hat ordentlich Wellen geschlagen und du bekommst diverse Anfragen?"

Vincents schönes Lachen war zu hören. „Ja, habe ich gelesen. Ich finde sie teilweise auch sehr unterhaltsam und es lockert meine Arbeit etwas auf."

Und ich habe noch nicht wieder geschrieben. Es tut mir leid. „Da wird bestimmt noch mehr kommen."

„Das glaube ich auch."

„Du arbeitest doch nur im Büro und du musst nicht in andere Bereiche, oder?"

„Wie geht es dir denn?" wechselte Vincent abrupt das Thema.

„Großartig. Ich fühle mich rundum betreut."

Wieder erklang sein Lachen. „Ist Veit in der Nähe?"

„Ja."

„Sag ihm mal bitte, er soll eine Raucherpause machen. Sag, dass es von mir kommt."

Jasmin sprach Veit an. „Geh mal bitte eine Zigarette rauchen."

„Warum?"

„Weil Vincent das gesagt hat."

„Ach so, wenn *Vincent* das natürlich sagt, dann mache ich das." Veit entriss ihr das Telefon. „Ey, du Vogel, seit wann nehme ich von dir

Befehle an?" Stille. „Ja." Er drückte ihr das Handy zurück in die Hand. „Na dann. Viel Spaß euch beiden. Zwei weitere Minuten. Länger brauche ich nicht." Er ging nach draußen.

„Veit ist endlich weg. Meinst du, sein Handy wird abgehört?"

„Keine Ahnung. Er arbeitet für den gleichen Arbeitgeber wie ich, aber meistens ist das, was über ihn läuft, relativ, nun, neutral."

„Also ich, ähm, ich habe ein paar Ausflüge gemacht und war auch ein bisschen weiter weg. Unter anderem habe ich so eine alte Schule besucht."

„Wirklich? Etwa im Grünen?"

„Ja. Marvin und ich wollten mal Historiker spielen."

„Dein Bruder war dabei?"

„Ja, er hat einige seiner Einstellungen grundlegend verändert."

„Ich würde es besser finden, wenn du das lässt." Vincents Stimme klang ernst.

„Warum?"

„Weil es schwierig werden könnte."

„Ich weiß, dass mein Vater damit drinsteckte."

„Aber du willst doch sicherlich nicht in seine Fußstapfen treten."

„Na ja, ich meine, ich dachte, wenn ich an der Quelle sitze, dann komme ich an hilfreiche Informationen."

Kurze Stille am anderen Ende der Leitung. „Ich finde das zu riskant."

„Kennst du einen Manuel Schmitt?"

„Ja."

„Er ist Patient von mir."

Vincent seufzte. „Lass uns nicht über so etwas reden."

„Ich will herausfinden, was mit ihm los ist."

„Wieso ist er ein Patient von dir?"

„Weil ich versetzt wurde?"

„In welche Abteilung?"

„Hngtik."

„Bitte?"

„Hngentik."

„Nuscheln hilft dir jetzt auch nichts. Ich habe das Wort Genetik verstanden."

„Ja-a. Humangenetische Medizin. Stufe 1."

„Das bringt dir nur Ärger."

„Ja. Vielleicht. Ich kann aber nicht anders."

„Wieso?"

„Ich komm doch da nicht mehr heraus."

„Ich spreche mit Veit."

„Nein."

„Wieso?"

„Ich trau ihm nicht."

„Es ist immer gut, jemandem nicht vollends zu trauen. Oh man, Jasmin." Veits tiefe Stimme durchschnitt den Raum. „Zwei Minuten sind um. Darf ich?" Er nahm ihr das Handy weg und sprach selbst mit Vincent. „So, junger Mann, ich muss leider auflegen." Veit sah ihr dabei in die Augen. „Ja, ja, ich grüß schön. Viel Spaß auf Arbeit." Er legte auf. „Krieg ich die Pizza?"

Jasmin schob ihm den Teller hin. Sie hatte nur etwa ein Achtel von ihrer Pizza Mista gegessen und Veit bediente sich. „Und? Glaubst du mir jetzt?"

„Ich weiß nicht. Freunde verhalten sich anders, oder?"

„Meinst du, weil ich mit dir schlafe?"

„Du hast einmal eine Situation schamlos ausgenutzt und... ."

Veit fiel ihr ins Wort. „Einmal? Wir hatten es eigentlich ein paar Mal hintereinander, aber wenn du es gern als einmal zählen möchtest, ist das auch okay."

„Wir sind her in einem Restaurant." Jasmin schaute sich peinlich berührt um. „Könntest du etwas leiser sprechen?"

„ICH HAB SIE EIN PAAR MAL MEHR ZUM ESSEN EINGELADEN!" Veit grinste in die Runde. „Wenn ihr versteht, was ich meine."

„Danke."

„Bitte. Wo waren wir? Ach ja, bei dem Zungenkuss."

Jasmin stöhnte laut. „Das kann doch nicht dein Ernst sein."

„Wieso das denn nicht?"

„Weil du ein Freund von Vincent bist? Jetzt komm mir nicht wieder damit, dass es was mit Arbeit zu tun hat."

„Freunde teilen doch alles. Teilst du nicht auch mal einen Kuss mit deiner besten Freundin?"

„Nein!"

„Ah, ich hab davon gehört."

„Mir ist egal, was du alles hörst und mit wem du es so treibst, aber mich kannst du bitte da rauslassen."

„Jetzt ja nicht mehr. Haha." Er lachte gehässig. „Isst du das Stück noch?"

„Was? Nein."

„Ich hab ja nur die halbe Pizza gehabt. Die Reste sind für dich."

„Danke, die will ich nicht."

„Du willst lieber den Kuchen, ne?"

Jasmin zählte langsam von zwanzig an rückwärts, um nicht vollständig den Verstand zu verlieren.

„... 17, 16, 15..."

„40, 33, 21?"

„Was?"

„Ich würde vorschlagen, ich komm heute Abend vorbei."

„Wie, du kommst heute Abend vorbei? Wieso?"

„Ich glaube, heute Abend würde mir am besten passen, morgen habe ich nämlich schon was vor."

„Du kommst wegen eines dämlichen Kusses?"

„Ja. Was soll ich denn sonst abends machen? Das ist auch kein dämlicher Kuss, ich bin ein Spieler, durch und durch."

„Okay?!"

„Kannst dir gerne auch was Nettes anziehen. Lockert das Ganze auf."

„Ach, meinst du? Hast du eigentlich irgendwie den Schuss nicht gehört? Du willst wegen eines Kusses herkommen und ich soll mir noch was Nettes anziehen? Vielleicht gehen wir auch noch woanders hin?", sprach sie zynisch.

„Nö, ich finde das eigentlich ganz passend bei dir. Ist Marvin da?" Schelmisch grinste er sie an.

„Ich werde dich nicht reinlassen."

„Wir können es auch heimlich im Auto vor dem Haus machen."

Jasmin wollte eigentlich antworten, da legte er noch nach. „Vielleicht hebe ich ihn mir noch auf? Weiß du, für so eine ganz besondere Situation."

„Nein."

„Echt?"

„Ja. Nein."

„Ich hab heute Abend vielleicht doch was vor."

„Dann habe ich leider keine Akten für dich."

„Die Kleine lernt zu spielen. Okay, ich komme nachher vorbei."

„Dann bis dann."

„Soll ich dich noch zum Fahrrad bringen?"

„Ich finde den Weg auch alleine."

„Ich weiß, du bist schon groß."

„Ja, ich brauch keinen, der auf mich aufpasst."

„Auch keinen Champagner getrunken?"

Sie verengte die Augen. „Bis später." Dann stand sie auf und verließ das Lokal.

Veit drehte sich in die Runde und rief laut zu den anderen Gästen: „Sie und ich, heute Abend." Dazu macht er, die wie er fand, passende Gestik. Obwohl sie schon draußen war, hörte sie ihn und das Gelächter der Anwesenden leider noch durch die langsam zufallende Tür.

Mehr oder weniger Chaos?

Noch aufgewühlt von dem Treffen mit Veit fuhr Jasmin mit ihrem Fahrrad nach Hause. Wie durch ein Wunder geschah ihr dabei kein Unfall, allerdings benötigte sie wenigstens drei Versuche, um mit ihrem Schlüssel das Schloss in der Haustür zu treffen. Fahrig betrat sie das Haus, warf Schuhe, Schlüssel, Tasche und Jacke in die Ecke. „Marvin, bist du da?"

„Ich bin hier. Und eins und zwei und drei."

„Wo genau?"

„Wohnzimmer. Und vier und fünf und sechs."

Jasmin kam um die Ecke und sah ihren Bruder, wie er Liegestütze mit nur einem Arm trainierte.

„Was machst du da?"

„Training?"

„Ja, aber wofür brauchst du Oberarmmuskeln beim Laufen?"

„Ich will komplett in Form sein. Außerdem sind die Kisten im Hofladen teilweise ganz schön schwer."

„Du arbeitest immer noch in diesem Bioladen?"

Er wiederholte in piepsiger Tonlage: „Du arbeitest immer noch in diesem Bioladen?"

Jasmin seufzte und wechselte das Thema. „Wann ist eigentlich dieser wichtige Lauf?"

„Nächste Woche."

„Nächste Woche schon?"

„Ja, wieso?"

„Sag mir genau wann, dann komm ich da hin."

„Natürlich kommst du, ich hab es dir sogar schon in deinen Kalender eingetragen."

„Echt? Apropos Kalender. Wann war nochmal dein Termin bei Nicolai Fabini?"

„Und sieben und acht und neun."

„Marvin."

Seufzend blieb er liegen. „Du willst es doch nur verhindern."

„Wie kommst du denn darauf?", fragte Jasmin ironisch.

„Weil ich dich kenne."

„Und da bist du dir sicher?"

Er setzte sich nun auf dem Boden in den Schneidersitz. Prompt machte es ihm seine Schwester nach.

„Hast du eine Sinnkrise, Schwesterherz?"

„Bitte was?"

„Das liegt nur an deiner fanatischen Arbeit."

„Was jetzt? Dass mein Leben gerade total aus dem Ruder läuft?"

„Ja. Kündige da, mach mehr Sport, dann fühlst du dich viel besser."

„Ah ja. Was für einen Sport soll ich machen? Vielleicht Kugelstoßen? Mit diesen Oberarmen?" Sie präsentierte ihm ihren sehr zarten Bizeps.

„Ähm, ja, könntest du."

„Oder Volleyball spielen?"

Marvin lachte verlegen. „Warum nicht?"

„Wann ist nochmal dein Treffen bei Nicolai Fabini?"

„Sag ich nicht, du kleine Hexe."

„Also warst du noch nicht da."

„Du kriegst keine Antwort."

„Ich mein, wärst du schon bei ihm gewesen, dann könntest du es ja sagen."

„Warum? Dann würdest du nur versuchen mich darüber auszuhorchen, was da passiert ist."

Streng sah Jasmin ihm in die Augen. Sie sagte kein Wort.

„Okay, vielleicht war ich schon da und konnte ihn davon überzeugen, dass du für diese Abteilung doch nicht so geeignet bist."

„Wie willst du das gemacht haben oder noch anstellen?"

„Die Wege eines Cheplows sind unergründlich."

„Ja, das sind sie."

„Ich sehe doch, wie sehr dich die Arbeit kaputt macht.", versuchte er es etwas sanfter.

„Es ist nicht die Arbeit, es ist viel mehr alles andere, was mich kaputt macht."

„Ich war schon da."

„Du warst schon da?"

„Ich war schon da!"

„Wann?"

„Vor vier Tagen."

„Am Samstag?"

„Ja."

Sie überlegt kurz. „Du warst also am Samstag da. Deswegen kamst du zu spät? Was hast du ihm gesagt?"

„Dass du nicht geeignet bist für den Job."

„Wie hast du das begründet?"

„Überforderung und so."

„Was?"

„Na ja, dass du deine Ziele anfangs ehrgeizig verfolgtest, dann aber... ." Marvin wand sich wie eine Schlange. „Ich weiß, du wirst mich dafür hassen."

„Ja. Wahrscheinlich."

„Ich habe ihm sehr deutlich gemacht, dass er dich nicht auf ewig an seine Firma binden kann."

„Wie?"

„Da du einen freien Willen hast und moralisch gefestigt bist.“

„Versteh ich nicht.“

„Du bist ja auch eine Frau.“ Erneut begann er mit seinen Liegestützen „Und eins und zwei und drei.“

„Also hast du nicht versucht, mich als psychisch labil hinzustellen?“

„Nein.“

„Keine psychische Klatsche?“

„Nein, ich hab ihm gesagt, dass er eine hat.“

„Oh Gott, Marvin.“

„Ja, dass er nicht meine ganze Familie ruinieren kann.“

„Okay und du hieltest es nicht für nötig mich vorzuwarnen? Dass du so mit meinem Chef gesprochen hast? Du hast mich Montag einfach ins Messer laufen lassen?“

„Übertreibe nicht.“

„Hätte ich davon gewusst, dann wäre ich unter Umständen etwas vorsichtiger im Umgang mit anderen Menschen gewesen, die ebenfalls für Nicolai Fabini arbeiten.“ *Ich hätte mich nicht mit Veit getroffen, du Honk!*

„Ach komm schon. Er kann Kritik ab. Er ist doch schließlich kein Soziopath oder so.“

„Sicher?“

„Er ist kein Hybrid.“

„Und Hybriden sind Soziopathen oder was?“

„Es ist möglich.“

„Du hältst Vincent für einen Soziopathen? Ich habe ihm gerade erzählt, dass du deine Einstellung zu ihm gerade geändert hast.“

„So kann man das nun nicht sagen. Ich habe eine Grundeinstellung und die wird auch so bleiben. Aber aus Liebe zu meiner Schwester, ich meine, was also nur eine reine Geschwisterliebe ist, eben so zwischen Bruder und Schwester, ganz normal, wollte ich nur helfen.“

„Ja?“

„Bitte kündige da. Nicolai Fabini wird es verstehen. Ich habe ihm gesagt, wie sehr es dich belastet wegen deiner Eltern. Ihr Tod.“ Fast flehend guckte er sie an, doch Jasmin wechselte nur das Thema. „Veit kommt übrigens demnächst vorbei. Du musst nicht zufällig noch irgendwo hinlaufen?“

„Zufällig jetzt nicht mehr. Wieso?“

„Musst du wirklich nicht trainieren?“

„Mach ich doch hier.“

„Es wäre schön, wenn du nicht anwesend wärst. Ihr beide provoziert euch gerne.“

„Lief doch bisher immer friedlich ab.“

„Kommt darauf an, was man unter friedlich versteht.“ Sie schüttelte den

Kopf. „Also?"

„Also was?"

„Gehst du nachher mal bitte weg?"

„Nein. Ich kann ja mal nachher mit Veit sprechen wegen deiner Kündigung. Vielleicht kann er ja was tun."

„Was?"

„Ja, wenn er schon da ist, dann führe ich mal ein Männergespräch mit ihm. Und vier und fünf und sechs."

„Das wirst du nicht machen."

„Ach ja? Und wie willst du mich hindern? Und sieben und acht."

„Ich könnte dich betäuben. Geht ganz einfach." Plötzlich griff sie in seinen Nacken, wo er doch gerade so schön vor ihr lag. „Es gibt da nämlich so Punkte, wenn man da draufdrückt, dann... ."

„Ich zeig dir auch gleich mal Punkte." Er sprang auf und riss sie um. Seine Hände suchten gezielt ihre Kitzelstellen ab. „Gutes Training. Und eins und zwei..." Kreischend versuchte sie sich zu wehren, doch gegen ihren sportlichen Bruder hatte sie keine Chance. Er lachte, bis Jasmin ein Kissen zu fassen bekam und es ihm um die Ohren schlug. Da musste er sie loslassen und prompt befanden sie sich in einer ausgiebigen Kissenschlacht. Ein Kissen musste auch im wahrsten Sinne des Wortes Federn lassen. So wild hatten sie schon lange nicht mehr getobt, da klingelte es an der Tür. Jasmin schreckte hoch. *Kann er es tatsächlich schon sein? Ist es schon so spät?* „Ich geh schon."

„Wer kann denn das jetzt sein?"

„Ich weiß nicht. Vielleicht der Postbote?" Nervös öffnete sie die Haustür einen Spalt. Es war tatsächlich der Postbote. Sie hörte, wie Marvin im Wohnzimmer den Staubsauger anmachte.

„Gott sei Dank. Wie schön sie zu sehen." Erleichtert strahlte sie den Postboten an.

„Äh, ja, auch schön sie zu sehen. Kennen wir uns? Ich bin nämlich neu."

„Ich freue mich einfach so, dass wir uns begegnen."

„Ich habe ein Einschreiben. Sind Sie Dr. Cheplow?"

„Ja." Sie freute sich immer noch.

„Dann brauche ich eine Unterschrift. Hier."

„Wie wunderbar Sie kennengelernt zu haben." Sie unterschrieb.

„Äh ja. Auf Wiedersehen." Beim Weggehen hörte sie ihn noch murmeln.

Sie kam zurück zu Marvin, der in der Zwischenzeit die Wohnstube tadellos aufgeräumt hatte.

„Es war tatsächlich der Postbote." Lachend wedelte sie mit dem Briefumschlag vor seiner Nase herum.

„Wieso bekommst du Post von Fabini Industries?"

„Was?" Zum ersten Mal schaute sie auf das Papier in ihren Händen.

„Legen sie dir das nicht ins Fach?"

172

„Ich kann ja mal hineingucken." Sie riss den Brief auf und begann ihn vorzulesen. „Sehr geehrte Frau Dr. Cheplow, hiermit laden wir Sie recht herzlich zu einem Vorstellungsgespräch für einen Posten in der Humangenetischen Medizin, Stufe 2 ein." Verunsichert sah sie hoch zu Marvin. „Die wollen mich befördern?"

„Wie jetzt?" Marvin wurde blass. Während sie sich noch von dieser überraschenden Nachricht erholte, riss er ihr das Schreiben aus der Hand und steckte es sich in den Mund.

„Marvin!"

Angewidert kaute er darauf herum.

„Ich habe es doch schon gelesen."

„Aber... nicht... alles." Er musste nach jedem Wort nach Luft japsen. Sie hatte beinah Angst um ihn, da er vielleicht zu ersticken drohte, aber ihr Mitgefühl hielt sich dann doch in Grenzen. „Du... weißt... nicht... wo." Verzweifelt würgte er das Papier herunter.

„Nein, aber... ."

„Siehst du."

„Dein Verhalten ist kindisch."

„Nein, es passt nur nicht so ganz in meinen Ernährungsplan. Ich brauch Wasser." Marvin trank seine Flasche leer. „Ich möchte nicht, dass du da weiterarbeitest."

„Findest du das nicht seltsam? Du sprichst bei ihm vor, machst mich schlecht und prompt bekomme ich eine Möglichkeit, aufzusteigen?"

„Das liegt vielleicht daran, dass du dich dauernd mit diesem Veit triffst. Bei dem du dich hochschläfst. Er könnte dahinter stecken."

„Ich schlafe mich doch nicht hoch! Bist du bescheuert?"

„Ich habe gehört, er ist dein Vorgesetzter."

„Ja."

„Und jetzt plötzlich steigst du auf?"

„Ich geh nicht mit ihm."

„Ach so, du schläfst also nur so mit ihm."

„Ich schlafe nicht, also ich meine, ich habe keine, verdammt, ich bin mit Vincent zusammen."

„Weiß Vincent das auch?"

„Natürlich weiß Vincent, dass ich mit ihm zusammen bin."

„Verlangt er von dir, dass du dich ein ganzes Jahr aufhebst? Oder führt ihr eine offene Beziehung?"

„Das ist jetzt... ."

„Ja?"

„Alles etwas kompliziert. Weißt du, ich hasse Veit."

„Wieso kommt er dann andauernd in unser Haus? Obwohl du wegen ihm weinst?"

„Weil, weil das alles nun mal kompliziert ist."

Erneut klingelte es an der Tür. Jasmin zuckte zusammen. „Vielleicht hat der Postbote was vergessen?"

Sie eilte zur Tür und machte sie auf. Veit stand lässig davor. „Hi." Reflexartig knallte sie die Tür wieder zu. *Okay, ganz ruhig bleiben. Verfahrene Situation. Irgendwie komm ich da wieder raus. Marvin darf ihn nur nicht umbringen!* In dem Moment klingelte es nochmal. Gleichzeitig kam Marvin um die Ecke. „Wer war das?" Bevor sie antworten konnte, ging wieder die Klingel. Dingdong.

„Der Eismann." Dingdong, hallte es erneut durch den Flur. „Musst du nicht duschen?"

Besorgt musterte er seine kleine Schwester, die mit dem Rücken zur Tür stand. Sie sah ihm an, dass er an ihrem Verstand zweifelte. Sanft schob er sie beiseite und öffnete nun selbst die Tür.

„Eben sahst du noch anders aus." Veits Stimme erfüllte die Stille.

„Was willst du hier?" Marvin wollte ihm am liebsten das Kinn brechen.

„Ich wollte nochmal die Vase begutachten."

„Was für eine Vase?" Verunsichert nahm ihm Veit mit dieser Aussage die Wut.

„Egal, darf ich?" Veit drängelte sich an Marvin vorbei und strahlte dann Jasmin, die hilflos herumstand, an. „Hallo, mein Schatz."

Sie schluckte. „Hi."

„Hast du was für mich?"

„Können wir das woanders klären?"

„Klar, ich hätte nur gern einen Begrüßungskuss." Seine Augen funkelten vor Vergnügen an der Situation.

„Bitte was?" Marvin fiel aus allen Wolken.

„Veit, geh bitte schon mal nach oben." Jasmin versuchte, die Lage in den Griff zu bekommen.

„Klar. Wo ist denn dein Zimmer?"

„Oben, letzte Tür bei der Galerie."

„Okay."

Beschwichtigend wendete sie sich nun an ihren Bruder. „Es ist ganz anders als es aussieht, glaub mir."

„Er fragt nach einem Begrüßungskuss, du schickst ihn in dein Zimmer und du sagst mir vorher, er hätte dich zu etwas gezwungen?!"

„Sei doch nicht so laut. Ich erkläre es dir später."

„Du schläfst dich also doch hoch! Warum machst du das dann nicht in der Firma?"

„Weil da Kameras sind.", rief Veit beschwingt von der Treppe aus.

„Danke." giftete Jasmin in seine Richtung.

Marvin platzte nun der Kragen und er lief Veit nach. „Herr Gregorius!" Dieser blieb oben am Treppenabsatz stehen und drehte sich langsam um. „Ja?"

„Ich möchte etwas mit Ihnen klären."

„Marvin, nein." Jasmin versuchte ihn aufzuhalten, doch er zog sie einfach mit sich. Er stand nun unten an der Treppe. „Sie!"

Jasmin sah zu Veit hoch. „Tu ihm bitte nicht weh."

„Sie werden augenblicklich zu Ihrem Chef gehen und meine Schwester aus der Firma holen."

„Warum?" Veits tiefe Stimme verursachte ihr jedes Mal eine Gänsehaut. Sie sah, dass er Marvin beinah wie ein Raubtier musterte.

„Weil, weil das, weil die Firma, ich weiß, dass Sie alle Dreck am Stecken haben. Und ich weiß, was Sie mit meiner Schwester gemacht haben!"

„Marvin, bitte, geh laufen. Du machst das alles nur noch schlimmer." Jasmin redete auf ihren Bruder ein wie auf ein kleines Kind.

„Ich?", fragte Veit herausfordernd.

„Die ganze Firma. Und ich habe Sachen gegen Sie in der Hand."

„Marvin!" Erschrocken kniff sie ihm fest in den Arm, aber sie wurde einfach ignoriert.

„Gegen mich?"

„Und Ihre Firma."

„Das ist nicht meine Firma. Ich arbeite nur da."

„Marvin... bitte.", doch Jasmin wurde überhört.

„Meine Schwester hat etwas Besseres verdient als Sie."

Vergnügt hob Veit eine Augenbraue. „Ach ja? Wen denn?"

„Jemanden wie mich. Also, ich bin mit ihr verwandt, aber eben so jemanden."

„Oh, das wird jetzt interessant. Dann erzähl mal." Veit grinste breit.

Jasmin musste an einen fiesen Kater denken, der mit seiner Beute spielte.

„Her Gregorius. Was wollen Sie haben, damit sie aus der Firma raus kann?"

„Was ich haben will? Mhhh, hat sie eine beste Freundin?"

„Wieso?"

„Also ich mag so... Konstellationen."

Schwach mischte sich Jasmin wieder ein. „Könntet ihr das Gespräch an dieser Stelle abbrechen?"

Marvin legte seinen Arm über ihre Schultern. „Jasmin, alles wird gut. Ich kläre das für dich." Er guckte wieder zu Veit. „Sie möchte nicht mehr bei Ihnen arbeiten. Es belastet zu sehr ihr Gewissen."

„Wie niedlich. Aber sie kann nicht mehr zurück."

„Wieso kann sie nicht mehr zurück?"

„Na, sie ist einfach zu gut. Wir lassen sie jetzt nicht mehr gehen."

„Aber wenn sie dumm wird... ."

„Oh man." Veit sah Jasmin an. „Ich warte in deinem Zimmer."

„Das Gespräch ist noch nicht beendet."

„Jasmin! Welches Zimmer?", ertönte Veits Stimme.

„Das letzte."

„Links oder rechts?"

„Links."

Marvin und Jasmin standen immer noch unten an der Treppe. Sie schaute ihm ins Gesicht. „Ich regle das schon. Wirklich."

„Nein, eben nicht. Egal, was du tust, du haust dich doch immer tiefer da rein. Jetzt betritt er schon dein Zimmer."

„Ist doch nicht so schlimm."

„Nein. Vielleicht sollte ich ihm sagen, dass mein T-Shirt unter deinem Kopfkissen liegt?"

Jasmin wurde blass. „Woher weißt du das? Schnüffelst du in meinen Sachen?"

„Was macht mein T-Shirt in deinem Zimmer?"

„Das geht dich überhaupt nichts an." Trotzig hielt sie seinem Blick stand, dann endlich machte es klick. „Du glaubst doch nicht? Marvin."

„Nichts glaube ich. Aber da müssen wir echt mal drüber reden."

„Ähm, okay, später. Jetzt geh ich erst mal hoch. Ich kann ihn jetzt nicht so lange da allein lassen. Wenn er weg ist, dann klären wir alles. Okay?"

„Gut. Ich hab das auch mit Erik geklärt."

„Was?" Sie hatte keine Ahnung, wovon er sprach.

„Später." Marvin gab sich konsequent.

„Okay. Fünf Minuten, dann ist er hoffentlich wieder weg."

„Na, dann seid ihr aber schnell.", konnte sich Marvin nicht verkneifen.

Entrüstet ging sie die Treppe hoch. Natürlich hatte Veit ihre Zimmertür offen gelassen. Sie kam herein und sah, wie er hemmungslos ihre Sachen durchstöberte. Gerade hatte er ein kleines Fotoalbum von ihr am Wickel, in dem sie Fotos aus ihrer und Marvins Kindheit eingeklebt hatte. Jasmin schloss hinter sich die Tür.

„Okay, jetzt weiß ich, worauf du stehst." Veit schaute hoch.

„Bitte?"

„Ich kam nicht umhin, euer Gespräch mitanzuhören."

Seufzend rang sie sich durch, ihn einzuweihen. „Das T-Shirt ist von Vincent. Er trug es, als er hier übernachtet hatte."

„Und jetzt bewahrst du es als Erinnerungsstück."

„Ja, und nun?"

„Nun warten wir etwas, gehen dann wieder herunter und ich bekomme den versprochenen Kuss."

„Wir könnten es auch hier oben schnell hinter uns bringen."

„Ist das so schrecklich?"

„Ja, ich glaub schon."

Veit überlegte kurz. „Ich glaube, dein Leben ist im Moment etwas kompliziert. Kannst du dich noch an dein Vorstellungsgespräch erinnern?"

„Ja."

„Auch an die... besonderen Fragen?"

„Meinst du eine spezielle?"

„Ja, die, ob du dich auch von deiner Familie trennen würdest."

„Das ist nicht dein Ernst." Ihre Augen weiten sich vor Unglauben. „Er, er hat doch nur noch mich und nächste Woche ist sein Lauf. Es gibt überhaupt keinen Anlass."

„Na ja, es gibt immer einen."

„Was soll das heißen?"

„Du solltest dich langsam entscheiden - willst du weiterkommen oder wieder zurück?"

„Vielleicht will ich ja wieder zurück."

„Sicher?"

„Ich habe eine Einladung zu einem weiteren Vorstellungsgespräch."

„Ich weiß."

„Warum?"

„Ich konnte es nicht verhindern."

Sie verstand jetzt gar nichts mehr. „Wieso solltest du das wollen?"

„Weil die Abteilung nicht besonders toll ist. Ich habe dir doch anfangs gesagt, dass es nicht clever ist, sich da voll reinzuhängen. Du solltest es langsam angehen lassen."

„Und was soll ich jetzt machen?"

„Nicht hingehen."

„Ich soll da einfach nicht hingehen und das war es?"

„Wenn du dich für die Hybridenforschung einsetzt, wirst du dich wahrscheinlich irgendwann gegen Vincent aussprechen."

„Was passiert, wenn ich nicht hingehe?"

„Dann wirst du nicht genommen. Das ist nur ein Vorstellungsgespräch."

Fieberhaft versuchte Jasmin alles richtig einzuordnen. „Ich verstehe immer noch nicht, warum ich gerade jetzt eingeladen wurde."

„Du wurdest aufgrund deiner Leistung eingestellt."

„Marvin war doch bei Nicolai Fabini."

„Das hat ihn doch nur noch heißer auf dich gemacht. Das war absoluter Bullshit, was dein Bruder sich da geleistet hat. Guck nicht so, ich war dabei."

„Du warst dabei?"

„Ich will ihm eins auswischen. Was meinst du wohl, warum ich dich unbedingt vor ihm küssen möchte?"

„Du kannst mich doch nicht benutzen."

„Warum nicht?"

„Allein diese Frage! Da ist jeder Hybride menschlicher als du."

„Findest du?"

„Vincent würde mich nicht für so etwas benutzen."

„Weil er ein Hybrid ist?"

„Nein." Jasmin wollte sich die Haare raufen. *Wie kann er nur immer so ruhig sein? Bringt ihn eigentlich gar nichts aus der Fassung?* „Du verstehst mich nicht. Ständig muss ich klarstellen, dass Hybriden Menschen sind. Momentan habe ich aber das Gefühl, dass sie die einzigen sind, die tatsächlich menschlich sind, da alle Menschen um mich herum scheinbar jeglichen Anstand und Mitgefühl verloren haben. Sie benehmen sich wie die Monster."

Veit betrachtet sie nachdenklich. „Vielleicht liegt das daran, dass die Hybriden aus bestem menschlichen Erbgut bestehen?"

„Äh, ja."

„Im Grunde meines Herzen bin ich dir nicht böse. Ich mag dich."

„Aha. Und der Rest von deinem Herzen?"

„Geh nicht zu dem Vorstellungsgespräch!"

„Marvin hat das Schreiben eh aufgegessen."

„Er hat den Brief gegessen?" Veit lachte.

Jasmin musste auch schmunzeln. „Ja, hat er."

„Er sollte über seine Diät nachdenken."

„Marvin möchte mich aus der Firma haben."

„Er sorgt sich so wie Vincent. Ich bin übrigens schon sehr lange mit Vincent befreundet."

„Aber?"

„Nichts aber."

„Ah okay."

Sein Blick wanderte durchs Zimmer und blieb an einem kleinen Regalbrett hängen. Dort bewahrte sie ein paar ausgewählte Kuscheltiere aus ihrer Kindheit auf. Den einarmigen Teddy aus dem Gregor-Mendel-Stift hatte sie dazu gesetzt.

„Wie niedlich." Er ging dorthin und nahm den Teddy in die Hand.

„Findest du?"

„Ziemlich alt."

„Ja." Nervös wischte sie ihre Handflächen an ihrer Hose ab. Ihr fiel auf, dass sie noch immer die Hose und die Bluse von der Arbeit trug. *Du machst mich fertig. Ich weiß nicht wieso. Geh einfach.*

Veit holte tief Luft und sah irgendwie verärgert aus. Etwas grob packte er den Teddy wieder auf seinen Platz. Jasmin nutzte die Pause, um sich für das nächste Thema zu wappnen und mutig anzugehen. „Du willst die Akten haben und dafür setzt du mich auf die Gästeliste. Dazu sorgst du dafür, dass ich Zeit mit Vincent allein verbringen kann."

„Ich glaube, ich lasse den Deal platzen." Er betrachtete noch immer das alte Stofftier.

„Was?" Jasmin fiel aus allen Wolken. „Das kannst du doch nicht bringen. Ich muss dahin." Keine Antwort. „Bitte Veit, es ist meine einzige Chance,

Vincent zu sehen." Stille. „Ich, ich muss unbedingt nach Hamburg."
Keine Reaktion. „Okay, Veit, was willst du?"
„Du verzichtest dafür auf dieses Leben."
Sie schluckte. „Welches Leben?"
„Kleines Haus, großer Bruder... ."
„Worüber sprechen wir hier gerade?"
„Über deine Entscheidung. Für die Firma."
„Hörst du mir eigentlich zu? Ich habe mich gegen die Firma ausgesprochen."
„Wenn du dich gegen sie entscheidest, dann entscheidest du dich auch gegen Vincent."
Jasmin schnappte nach Luft. „Das, das ist doch total unlogisch. Ich... es bleibt einfach alles, so wie es ist. Ich bleibe auf der Stelle, wo ich jetzt bin und... ."
Veit lachte leise. Er sah ihr direkt in die Augen. „Du bist für Nicolai Fabini so interessant geworden. Meinst du, er lässt dich jetzt einfach in Ruhe?"
„Ich bin doch nur eine von vielen Angestellten."
„Es war dein Vater, der einen Riesenschritt in der Entwicklung von Hybriden geschafft hat. Ohne ihn wäre das alles gar nicht möglich gewesen."
„Ja, möglich."
„Alle rechnen fest damit, dass du in seine Fußstapfen treten wirst. Wäre das meine Firma, dann würde ich auch alles tun, um dich bei mir zu halten."
„Ja, aber wenn ich mich weigere und nur das mache, was ich jetzt tue?"
„Was versprichst du dir überhaupt davon?"
„Ich glaub nicht, dass du der Richtige bist, mit dem ich mich darüber unterhalten will."
„Oh, ich kann dir mehr sagen als irgendeiner von deinen wenigen Freunden. Aber du stellst ja gar nicht die richtigen Fragen."
„Welche Fragen sollte ich denn deiner Meinung nach stellen?"
„Jedenfalls nicht die, um in den Gregor-Mendel-Stift zu fahren."
Nervös lachte Jasmin. „Da war ich nicht."
„Sicher?"
„Soll mir das jetzt irgendetwas sagen?"
„Boah, ey, was du machst, ist deine Sache. Ich habe nur das dringende Bedürfnis, dich..." Beinah verlegen fasste er sich in den Nacken. „...nicht ins Messer laufen zu lassen. Du tust mir leid." Seine Worte berührten sie, denn sie wusste irgendwoher, dass er es ehrlich meinte. Sie flüsterte mehr, als dass sie sprach. „Ich tu dir leid?"
„Ja."
„Jetzt versteh ich gar nichts mehr."

Veit spielte mit dem nächsten Gegenstand, einem Kerzenständer, herum. Tapfer räusperte sie sich. „Okay, kommen wir auf unseren Deal zurück. Ich möchte Zeit mit Vincent in Hamburg."

„Ja."

„Dafür gebe ich dir die Akten."

„Ja. Die mit dem Code BXT/2370. Steht vorne drauf." Er klang furchtbar gelangweilt.

„Du weißt doch gar nicht, welche hier sind."

„Die müssen hier sein."

„Okay. Also eben wolltest du noch den Deal platzen lassen und jetzt willst du ihn durchziehen?" Sie traute ihm in der Sache nicht. Er änderte zu oft seine Meinung.

„Es ist deine Entscheidung. Ich kann dich weder von dem einen noch von dem anderen abhalten. Das ist auch nicht meine Aufgabe. Ich habe nur meine persönliche Meinung kundgetan."

Ach ja? Wirklich? Jasmin runzelte die Stirn. Er sprach weiter und seltsamerweise klang das eher böse. „Du bist frei. Du hast einen freien Willen."

„Aha." *Er muss verrückt sein. Das ist der einzige Grund, warum nichts einen Sinn ergibt, von dem, was er so sagt.* „Dann gehst du jetzt wieder?"

„Ich habe noch etwas gut. Du stehst in meiner Schuld." Frech grinst er sie an.

„Ja. Ich bringe dich jetzt herunter. Dort dann."

„Okay, ab nach unten."

Jasmin öffnete die Tür und sah Marvin vor sich. „Was machst du denn hier?"

„Ich habe auf euch gewartet. Du hast gesagt, ihr braucht nur fünf Minuten."

„Wir haben uns halt unterhalten."

„Und?"

Veit mischte sich ein. „Keine Sorge, kleiner Mann, ich gehe jetzt schon wieder."

Obwohl Marvin locker ein paar Köpfe größer war als Jasmin, überragte Veit Marvin noch um weitere zehn Zentimeter. Dazu war er sehr breitschultrig, sodass Marvin tatsächlich etwas klein neben ihm wirkte. Alle drei gingen nach unten. Veit stand an der Haustür, Jasmin gesellte sich zu ihm und ließ Marvin im Flur stehen. Flüsternd fragte Veit Jasmin, ob sie es vielleicht lieber verschieben wollte.

„Nein. Ich habe nicht gerne Schulden." *Außerdem bringst du mich dann wahrscheinlich in eine noch brenzligere Situation.*

Er lachte leise. „Na dann. Ich wünsche dir noch einen schönen Abend." Seine Hand griff nach ihrem Kinn, so dass sie zu ihm hoch sehen musste. Mit der anderen strich er ihr eine Strähne aus dem Gesicht. Langsam beugte er sich zu ihr herunter und gab ihr einen zärtlichen Kuss auf die Lippen. Jasmin wusste nicht, was sie erwartet hatte, aber das sicher nicht. Es kribbelte und zog in ihrem Bauch. Als seine Zunge vorsichtig ihren Mund öffnete und dann behutsam ihre Zunge berührte, wurden ihre Knie weich wie Butter. Der Kuss dauerte an, Veit nutzte sein Recht voll aus. Irgendwann löste er sich von ihr und kam mit seinem Mund an ihr Ohr.

„War doch gar nicht so schlimm, oder?"

„Ja."

„Wir sehen uns später am Abend."

„Ja."

„Vielleicht sollten wir noch einmal in Ruhe reden. Es gibt da so einiges, was du wissen solltest."

„Ja."

„Vielleicht gibt es dann noch einen Kuss."

„Raus."

Lächelnd verließ Veit endlich das Haus und sie sackte mit dem Rücken an der Tür auf den Boden. *Was war das denn jetzt? Wieso hat mir das auch noch gefallen? Was für ein Chaos. Ich weiß nicht mehr, was ich machen soll.*

Stunde der Wahrheit

Jasmin fand Marvin in der Wohnstube. Er saß auf dem Sofa und trank ein alkoholfreies Bier. Mit weichen Knien setzte sie sich zu ihm. Sie griff nach einem Kissen und drückte es fest an ihre Brust. Sie brauchte Halt, den sie momentan nirgendwo finden konnte.

„Der Kuss eben hatte nichts zu bedeuten."

„Du hast ihn geküsst?"

„Oh, du hast nicht, ich dachte, also, ähm, nein." Geknickt sah sie zu ihm herüber. Irgendwie wirkte er genauso verzweifelt und einsam wie sie. *Was ist nur mit uns geschehen? Früher waren wir uns so nah.* „Du hattest mit Erik gesprochen?"

„Ja. Er sieht das Ganze genauso wie ich und steht voll auf meiner Seite. Wir wollen, dass du kündigst."

„Klar steht er auf deiner Seite."

„Wieso? Er ist immerhin dein Freund."

„Weil er schwul und bis über beide Ohren in dich verliebt ist."

„Haha! Sehr witzig."

Das ließ sie unkommentiert.

„Und kündigst du jetzt? Bitte."

„Ich gehe zumindest nicht zu dem Vorstellungsgespräch."

„Gott sei Dank! Mir fällt ein Stein vom Herzen."

„Ich... ich werde vielleicht kündigen."

„Warum denn nur vielleicht? Was gibt es denn da noch zu überlegen?"

„Die Arbeit ist meine einzige Verbindung zu Vincent."

„Du kannst doch über diesen komischen Veit Kontakt zu ihm halten."

„Lieber nicht."

„Wieso nicht? Ihr seid doch jetzt scheinbar gute Freunde?"

„Sind wir nicht. Und der Kuss hatte keine Bedeutung."

„Du hast ihn also doch geküsst? Warum?"

„Spielt das eine Rolle?"

„War das an dem Abend als du so, na ja, verzweifelt nach Hause gekommen bist?"

„Äh, ja, genau."

„Und jetzt hast du Schluss gemacht?"

„Himmel, wir waren nicht mal zusammen. Wie soll ich da Schluss machen?"

„Schon gut. Ich bin ein moderner Mann, ich weiß, dass man keine Beziehung braucht, um einen Kuss zu kriegen. Ich finde es nur nicht gut, dass meine kleine Schwester so etwas macht."

„Aber du?"

„Ich? Wann habe ich denn das letzte Mal... ."

„Stopp. Ich will das gar nicht wissen.", fiel sie ihm ins Wort.

Er guckte sie an und da war sie wieder, diese seltsame Stimmung, die sie nicht fassen konnte.

„Hör mal...", fing er an. „... wegen dem T-Shirt."

„Es tut mir leid."

„Schon vergessen. Ich habe es in den Wäschekorb getan."

„Was? Du darfst es nicht waschen!"

„Wieso das denn nicht?" Fragend schaute er sie an.

„Ich brauche es. So grausam kannst du nicht sein."

„Äh, es liegt oben auf."

Jasmin sprang auf und rannte los. Ein paar Minuten später kam sie damit zurück.

„Kannst du mir das bitte erklären? Jasmin."

„Marvin, ich bin nicht verknallt in dich."

„Das habe ich auch gar nicht gesagt. Wie kommst du denn darauf? Wir sind schließlich Geschwister." Er wurde puterrot im Gesicht.

„Vincent hatte es getragen. Als er hier war."

„Du hast diesem Dreckshybriden mein T-Shirt geliehen? Mein Lieblingsshirt?"

„Marvin! Mäßige dich. Es ist nur ein T-Shirt. Er brauchte doch etwas zum Schlafen." *Ups.*

„Wie zum Schlafen? Hat er etwa hier übernachtet? Wann?"

„Nach der Gala. Nun rege dich bitte nicht so auf."

„In unserem Haus? Spinnst du? Schleppst du hier Hybriden rein. Das ist wie früher mit den kranken Vögeln."

„Er hat sogar in meinem Bett geschlafen."

Marvin atmete tief durch. „Okay, es gibt Schlimmeres."

„Ich bin schwanger."

„Was?"

Lachend rutschte sie fast vom Sofa. „Es war nur ein Scherz."

„Haha. Vielleicht noch von Veit."

„Als ob ich mit dem schlafen würde." *Zumindest weiß ich nichts mehr davon.*

„Er behauptet das."

„Er provoziert halt gerne."

„Merkst du, wie er mich behandelt? So herablassend. Unangenehmer Zeitgenosse."

Jasmin ging einiges durch den Kopf, daher wechselte sie vorsichtig das Thema. „Falls ich mal für einige Zeit woanders hin müsste, das würdest du doch akzeptieren, oder?"

„Wie woanders hin?"

„So eine Art Geschäftsreise."

„Nein, das wäre nicht okay. Es sei denn, es wäre für eine andere Firma."

„Hmm."

„Okay, lass uns Klartext reden."

„Tun wir das nicht schon die ganze Zeit?"

Er griff nach ihrer Hand und schaute ihr fest in die Augen. „Diese Firma ist nicht gut für dich. Siehst du nicht, was du machst? Du schleppst jetzt schon dauernd irgendwelche Kerle ins Haus."

„Geht es dir jetzt um die Kerle?"

„Nein, um deine Art. Vor einem halben Jahr hättest du dich nicht so verhalten. Da war noch alles harmonisch hier. Diesen Veit hättest du umgehend der Polizei überlassen."

„Harmonisch? Nur weil ich keinen Freund hatte?"

„Das hat damit nichts zu tun. Damals hattest du noch nicht da gearbeitet. Es sind alles Verbrecher, sieh das doch endlich ein. Oder traust du etwa diesem Veit?"

„Begrenzt."

„Vincent?"

„Ja."

„Voll und ganz?"

„Ja."

„Warum kommt er dann nicht her?"

„Weil er eingesperrt ist?"

„Und du kannst ihn nicht erreichen?"

„Per Mail und per Telefon."

„Wieso telefoniert ihr dann nicht jeden Tag?"

„Weil das nicht geht."

„Wieso nicht?"

„Weil das 'ne Art Gefängnis ist. Er wurde an das Telefon geholt."

„Woher willst du das wissen?"

„Weil er mir das gesagt hat." *Jedenfalls so in der Art.*

„Und das glaubst du so einfach?"

„Du machst mich irre." Verzweifelt kaute sie an dem Kissen. *Er hat Recht. Ich habe nur sein Wort.*

„Ich mache Fehler. Ja. Aber du auch. Du vertraust blind." Verunsichert sah sie ihren Bruder an.

„Du weißt ja jetzt, dass ich bei Nicolai Fabini war."

Sie nickte und er fuhr fort: „Möglicherweise habe ich da einen Fehler gemacht, von dem du noch nichts weißt."

„Was?"

„Bitte kündige doch da." Er wich ihrem Blick aus.

„Marvin. Welchen Fehler?"

„Ich habe halt alles versucht... na ja, sie sollten dich halt loswerden wollen. Vielleicht weißt du es ja schon."

„Was denn?" Mit seiner Herumdruckserei machte er sie wahnsinnig.

„Du musst wissen, dass du das Wichtigste in meinem Leben bist. Für dich würde ich sogar meinen Sport aufgeben."

„Und mich bei Fabini ans Messer liefern?"

„So kann man das jetzt nicht nennen. Er schmeißt dich deswegen raus und das war es. Hab ich gedacht."

„Weswegen denn? Und wieso habe ich dann die Einladung zum Vorstellungsgespräch statt einer Kündigung erhalten?"

„Vielleicht hat sich das zeitlich überschnitten."

„Marvin, was hast du gesagt?"

„Dass du eine Affäre mit einem Mitarbeiter hast."

„Was?"

„Ja, mit jemanden von diesem Hybridenprojekt."

„Okay. Langsam. Vincent arbeitet da nicht, sondern in der Stiftung."

„Seinen Namen hab ich auch nicht erwähnt. Du hast gesagt, ich soll das nicht."

„Oh, du hörst auf mich?"

„Na ja."

„Mit wem habe ich dann die Affäre?"

„Nicht böse sein."

„Sprich!"

„Mit Veit Gregorius."

„Moment. War der nicht bei dem Gespräch dabei?" *Du hängst echt nicht an deinem Leben.*

„Ja, schon. Ich wollte ihm eins auswischen. Ihn beim Chef anschwärzen, weil er immer so doof zu mir ist."

„Ja, das ist natürlich logisch."

„Ihr habt euch doch eh andauernd getroffen."

„Wir arbeiten zusammen."

„Du warst doch mit ihm aus."

„Vor dem Gespräch nur einmal."

„Sei nicht zimperlich."

„Was haben denn die beiden dazu gesagt?"

„Das willst du nicht wissen."

„Doch."

„Also, Veit, der hat das Ganze ziemlich chauvinistisch aufgenommen."

„War ja nicht anders zu erwarten. Was hat er denn gesagt?"

„Dass es keine Rolle spielt. Dass ihr halt Spaß habt und das kein Kündigungsgrund ist."

„Und?"

„Ich will nicht, dass du da arbeitest."

„Was hat der Fabini dazu gesagt?"

„Eigentlich hat er die ganze Zeit nichts gesagt. Er ist auf nichts eingegangen, hat nicht mal Mimik gezeigt."

„Okay. Hast du sonst noch etwas gesagt, dass ich wissen sollte? Affären?

Macken? Eine Atombombe im Keller?"

„Nein." Marvin sah gequält aus. „Es tut mir leid, Jasmin, wirklich."

„Schon gut."

„Habt ihr denn jetzt eine Affäre oder nicht? Nach dem was er dir angetan hat?"

„Hör zu. NACH diesem Gespräch an dem Montag, du weißt schon, da ist es möglich, dass wir das ein oder andere Mal so Dinge getan haben, die eben Mann und Frau so manchmal tun, aber ich kann mich nicht mehr an alles erinnern. Ich hab da einen Blackout, wahrscheinlich weil ich zu viel getrunken hatte. Mittlerweile, also er sagt es so selbstverständlich, dass ich es selbst irgendwie glaube."

„Wieso hast du einen Blackout? Also wurdest du vergewaltigt?"

„Nein. Es ist alles in Ordnung. Wir wollten es beide so." Es klingt ein wenig wie auswendig gelernt.

Marvin schluckte. „ Aber wenn du betrunken warst, hat er zumindest die Situation ausgenutzt! Meinst du, das hat er nur gemacht, weil ich das vor seinem Chef gesagt habe?"

„Nein. Er hat das gemacht, weil er sich und der Welt ständig etwas beweisen muss." *So schätze ich ihn zumindest ein. Und du warst vielleicht wirklich der Auslöser, doch ich vergebe dir.*

„Ich verstehe nicht, wie du dich weiterhin auf ihn einlassen kannst."

„Er hilft mir."

„Erst verkaufst du deine Seele, jetzt deinen Körper? Siehst du nicht, was die Firma aus dir macht? Ich meine das nicht böse. Wer weiß, ob der Vincent genauso empfindet wie du? Was wissen wir schon über sie?"

„Sie sind normale Menschen."

„Das Menschsein spreche ich ihnen doch nicht ab. Aber sie sind modifiziert, uns überlegen. Kannst du sicher ausschließen, dass du nicht manipuliert wurdest?"

„Nein. Aber sowohl Vincent als auch Veit wollen, dass ich nicht weitermache."

„Wow. Dann hör doch auf."

„Ja. Nein. Vielleicht."

„Veit will, dass du kündigst?"

„Zumindest dass ich nicht aufsteige."

„Aber er arbeitet für Nicolai."

„Ja."

„Warum sollte er dir helfen?"

„Weil er nicht will, dass mir etwas passiert?"

„Warum?"

„Weil er mit Vincent befreundet ist."

„Und dann schläft er einfach mal so mit dir."

„Ich weiß, das klingt unlogisch, aber das sind zwei unterschiedliche

Dinge. Das eine ist eben so und das andere anders. Er ist mit ihm befreundet und scheint auch auf mich aufpassen zu wollen, die andere Seite will halt mit jeder Frau und somit auch mit mir Sex haben."

„Das ist verständlich. Also aus männlicher Sicht."

„Ich kann jetzt nicht kündigen, dann kann ich nicht nach Hamburg."

„Klar, wir fahren zusammen hin. Du stehst doch auf der Gästeliste."

„Aber bleibe ich darauf, wenn ich vorher kündige?"

„Frag Veit."

„Soll ich ihn jetzt anrufen?"

„Ich kann es auch tun."

„Nein. Schon gut." Ihre Finger suchten schon nach dem Handy und schnell war die Nummer gewählt. Freizeichen.

„Hallo?", meldete sich diese unglaublich tiefe Stimme.

„Hi."

„Na, das ging aber schnell."

Du hast damit gerechnet, ich weiß. „Bilde dir bitte nichts darauf ein."

„Normalerweise rufen sie immer erst nach dem Sex an. Ach ja, hatten wir ja, du kannst dich nur nicht mehr erinnern."

„Haha. So etwas wird jedenfalls nicht nochmal vorkommen."

„Warte ab, bis du dich erinnerst. Du wirst es wiederholen wollen."

„Deswegen rufe ich nicht an." Sie hatte Gänsehaut am gesamten Körper.

„Nehmen wir mal an, ich würde jetzt kündigen."

„Ich finde es echt bedauerlich, dass du 'ne Gedächtnislücke hast."

Langsam wurde sie sauer. „Vielleicht warst du einfach nicht besonders toll und ich hab es verdrängt?"

„Oh doch. Du hast meinen Namen geschrien. Soll ich es dir mal vormachen?"

„Nein." Sie spürte, wie sie rot wurde, und sah Marvins skeptisches Gesicht. *Kann er nicht einmal bei der Sache bleiben?*

„Ja, Veit, ja! Weiter! Ja, Veit!", hörte sie ihn, sie nachahmend.

„Du kannst mir viel erzählen."

Er lachte dreckig und ihr fiel es schwer, sich zu konzentrieren.

„Nehmen wir an, ich kündige, würde mein Name dann noch auf der Gästeliste stehen?"

„Kommt darauf an, wann du kündigst."

„Wenn ich vorher drauf bin."

„Du stehst drauf."

„Okay. Und wenn ich jetzt kündigen würde?"

„Kann ich für nichts garantieren."

„Also sollte ich damit warten bis nach Hamburg?"

„Wenn du Vince nochmal sehen möchtest."

„Und danach? Wenn ich kündige, dann... ?"

„Meinst du nicht, Nicolai weiß schon längst über euch Bescheid? Oh, ich muss abbiegen und jetzt auflegen."

„Warte."

„Ja?"

„Warum sollte ihm das aufgefallen sein?"

„Habe ich nicht am Montag etwas zu dir gesagt?"

„Ja." *Die Kameras.* „Aber wenn ich kündige, dann habe ich keine Chance mehr an Vincent heranzukommen, oder?"

„Über mich."

„Über dich?"

„Ist er dir so wichtig?"

„Wieso mache ich denn den ganzen Mist?"

„Weiß ich doch nicht? Ich bin dein Vorgesetzter. Offiziell machst du das, weil du Karriere machen möchtest. Das waren deine Ambitionen im Vorstellungsgespräch. Bis eben habe ich das gedacht."

„Es ist ja nur rein hypothetisch."

„Soll ich dich abholen?"

„Ja."

„Ich bin gleich wieder da." Er legte auf.

„Toll, Marvin. Danke."

„Was denn?" Ihr Bruder schaute sie verwirrt an.

„Ich muss nochmal weg."

„Wo willst du denn hin?"

„Dinge erledigen."

„Jetzt? Wir haben doch gerade darüber gesprochen, wie wir dich da rausholen."

„Genau. Ich arbeite daran. An meinem Plan." Aufgeregt hüpfte sie vom Sofa. „Ich muss mich nur eben nochmal umziehen."

„Bitte? Was stimmt denn nicht an deinem Outfit?"

„Das habe ich schon auf der Arbeit angehabt."

„Gut, ich warte. Soll ich dir was zu essen machen?"

„Nein, ich muss weg."

„Das sagtest du bereits. Aber mit leerem Magen?"

„Ja. Ich bin auf Diät."

„Ja genau... ."

Jasmin verschwand in ihrem Zimmer. Der Kleiderschrank blieb für sie ein Buch mit sieben Siegeln, also rief sie Erik an.

„Hi Jasmin."

„Was soll ich anziehen?"

„Ganz ruhig. Welcher Anlass?"

„Wenn ich das wüsste. Ich werde gleich abgeholt."

„Von einem Mann?"

„Ja. Wir müssen über gewisse Dinge reden."

„Reden? Und du willst ihn mit gewissen Argumenten überzeugen?"

„Ich weiß nicht."

„Aha."

„Er ist ein Mann, der wahnsinnig gut aussieht, aber ich mag ihn eigentlich gar nicht."

„Schätzchen?"

„Was soll ich anziehen?"

„Bist du vernarrt in den jungen Mann?"

„Nein."

„Die Antwort kam mir zu schnell."

„Ich kann ihn nicht ausstehen. Er ist ungehobelt, egoistisch und ein Frauenheld."

„Und du stehst auf ihn?"

„Nein."

„Das hört sich aber ganz anders an. Was ist mit Vincent?"

„Was soll mit ihm sein? Ich liebe ihn." *Wow, das klang nicht mal in meinen Ohren überzeugend.*

„Gut, lassen wir das. Was ist denn mit deinem schwarzen Kleid?"

„Hältst du das für angemessen, wenn wir reden wollen?"

„Kommt darauf an, wo ihr redet."

„Das weiß ich nicht. Ich will nur weg, weil Marvin hier ist."

„Hat er dir alles gestanden?"

„Was meinst du?"

„Na, das Gespräch bei Fabini."

„Ja."

„Endlich. Tut mir leid, ich musste ihm versprechen, dir nichts zu sagen."

„Damit hat er den Vogel abgeschossen."

„Ich fand es auch nicht gut."

„Danke. Warum hast du ihm dann in allen Punkten zugestimmt?"

„Habe ich das?"

„Laut Marvin ja."

„Das muss er verwechselt haben. Ich habe ihn lediglich angeschmachtet."

„Wann sagst du es ihm endlich, dass du ihn magst?"

„Wenn er auch schwul ist."

„Ist er nicht."

„Dann lass ich es."

„Können wir jetzt auf mein Problem zurückkommen?"

„Hast du einen schwarzen Rock?"

„Ja."

„Ein grünes oder braunes Oberteil?"

„Pullover?"

„T-Shirts."

„Nein."

„Hast du ein schwarzes Top?"

„Ja."

„Zieh es an und darüber ein weißes Hemd."

„Geht klar."

„Lass die oberen Knöpfe offen."

„Ist gut. Danke. Ciao!" Hastig legte sie auf und zog sich nach seinen Vorgaben um. Da klingelte es schon unten an der Tür. Sie rannte los, doch Marvin war schneller.

„Was machen Sie denn schon wieder hier?"

„Ich habe ein Date."

Jasmin schlitterte durch den Flur und prallte auf Marvin. „Hi, ich bin fertig."

„Jasmin, aber... ." Verdattert sah ihr Bruder sie an.

„Ich komme später, du musst nicht warten und es ist alles in Ordnung."

„Hatten wir nicht gerade geredet?"

„Ja, ich erkläre es dir auch. Irgendwann, wenn ich es selber verstehe."

„Wann bist du wieder zu Hause?" Marvin sah besorgt aus, er wollte sie eigentlich nicht schon wieder mit Veit ziehen lassen.

„Ich bin erwachsen."

„Ich warte." Marvin tippelte mit dem Fuß.

„Tu, was du nicht lassen kannst." Dann drückte sie sich vorbei und ging mit Veit zum Auto.

„Dein Bruder ist aber auch ein Vogel."

„Er meint es nur gut."

Er hielt ihr die Tür auf. Sie stieg ein. *Was mache ich hier nur? Ich muss verrückt sein. Es ist nicht zu erklären. Wo ist die Logik, die mein Leben immer bestimmt hat? Gefühle sind so irrational.*

Veit sprach kein Wort, während er fuhr. Nachdem sie sich zehn Minuten angeschwiegen hatten,wurde der Wagen langsamer.

„Was ist?"

„Ich wohne hier."

„Ich will nicht zu dir. Woanders hin, bitte."

„Okay."

Er wendete den Wagen.

„Wieso hast du in deinem Haus so viele Kameras? Ist das überhaupt dein Haus?"

„Ja." Mehr schien er nicht dazu zu sagen haben.

„Wir könnten irgendwo was trinken gehen und reden."

Veit sah sie an und legte seinen Zeigefinger auf seinen Mund. *Ich soll still sein? Was wird das jetzt wieder?* Sie nickte.

„Ich fahr dich jetzt lieber nach Hause. Wenn du nicht zu mir willst, habe ich heute auch keine Zeit für dich."

„Ja, ist vielleicht besser so. Ich bin einfach ein wenig durcheinander."

Er fuhr in ein naheliegendes Waldstück, nicht weit von ihrem Zuhause. „Ist es okay wenn ich dich hier schon raus lasse?" Er stieg aus.

„Ja, kein Problem ich laufe den Rest." Sichtlich irritiert folgte sie ihm. *Gut, dass ich einen Rock und Pumps anhabe. Genau passend für einen Waldspaziergang.*

„Gehen wir ein Stück?"

„Klar." *Marvin würde mich umbringen, wenn er wüsste, dass ich allein mit Veit in den Wald gehe. In den Filmen würde jetzt ein tragischer Mord geschehen.*

Sie liefen eine Weile durch das Unterholz, dann blieb er auf einer kleinen Lichtung stehen. Ein kleiner Baumstamm lag quer, auf den er sich setzte. Anhand der vielen alten Zigarettenstummel war ihr klar, dass er nicht zum ersten Mal hier saß. Wie aufs Stichwort zündete er sich eine Kippe an.

„Was weißt du?"

Sie sah ihn an. *Irgendetwas hat sich verändert. Es war etwas in seinem Blick.* „Nicht viel.", antwortete sie vorsichtig. „Ich weiß von der Schule. Dass Vincent dort war." Unsicher verlagerte sie ihr Gewicht von einem Bein auf das andere. „Ich weiß, dass sowohl mein Vater als auch meine Mutter an diesem Projekt beteiligt waren. Hauptsächlich mein Vater. Ich weiß, dass meine Eltern zufällig zeitgleich krank wurden und gestorben sind."

„Ja."

„Ich habe ein Klassenbuch aus der Schule mitgenommen."

„Okay."

„Vincents Klasse. Ich habe es zufällig gefunden."

„Aha."

„Ich habe die Mitschüler gegoogelt und festgestellt, dass schon einige aus seiner Klasse gestorben sind. Acht, um genau zu sein." *Was mache ich hier? Ich stehe vor meinem Feind, allein im Wald und erzähle ihm, was ich heimlich herausgefunden habe.*

„Schwund gibt es überall."

„Dein Mitgefühl ist überwältigend."

„Ach komm, hör auf." Wütend warf Veit den Zigarettenstummel auf den Boden und trat ihn aus. „Ich fühle mich ein bisschen verarscht von dir."

„Bitte?" Mit großen Augen sah Jasmin ihn an. *Was soll das denn jetzt?*

„Was für eine Nummer ziehst du hier ab?"

„I-i-ich weiß nicht, was du meinst."

„Ich komm dir kein Stück bekannt vor?"

„Nein." Sicherheitshalber trat sie einen Schritt zurück. „Solltest du?"

„Ja." Seine Stimme klang noch rauer als sonst. Und traurig. „Bevor du mir gesagt hast, dass du das Klassenbuch von Vincent gefunden hast, dachte ich, du hast etwas von mir gefunden."

„Du warst auf der Schule? Du bist einer von ihnen?" Entsetzt sah sie ihn an. „Jetzt verstehe ich gar nichts mehr."

„Ich mach Nicolais Drecksarbeit, dafür bekomme ich ein paar Besonderheiten." Er klang nun sehr verbittert.

„Du meinst, du darfst dich frei bewegen?" Sie ahnte langsam sein schlimmes Schicksal.

„Ja."

„Und mit Drecksarbeit meinst du... ."

„So etwas wie deine Eltern."

„Du, du willst mir jetzt nicht sagen, dass du meine Eltern auf dem Gewissen hast?" Sie hatte Mühe, ihre Stimme zu kontrollieren.

„Nein. Ich sagte nur so etwas."

„Verstehe ich das richtig, da laufen noch mehr frei herum?" Ihre Gedanken überschlugen sich und sie hatte mehr Fragen als sie stellen konnte. „Solche, die Drecksarbeit erledigen?"

„Ja. Unter anderem."

„Sie bewegen sich frei zwischen den Menschen?"

„Ja, völlig frei." Es klang zynisch. „Sie arbeiten bei Fabini Industries."

„Na ja, das ergibt sogar irgendwie Sinn."

„Ja, nicht wahr? Nicolai weiß eben, wie man alles am besten nutzt. Gerade auch in deiner Abteilung."

„Du meinst, Kollegen von mir sind Hybriden? "

Er lachte böse. „Ja, einige sind Hybriden und wissen es nicht mal."

„Du kannst mich nicht erschrecken."

„Wirklich nicht? Was sind die Hybriden für dich?"

„Na, Menschen, was sonst?"

„Du bist echt unglaublich naiv." Wieder zündete er sich eine Zigarette an und sie starrte ihn weiter entsetzt an. „Guck nicht so, ich bekomme keinen Krebs." Kopfschüttelnd musterte er sie. „Du warst also im Gregor-Mendel-Stift. Es war nicht nur eine Schule, auch Internat und Waisenhaus. Die meisten von uns waren von klein an dort. Die Schule kam dir nicht bekannt vor? Hast keinerlei Erinnerungen?"

„Nein, warum sollte ich? Hatte mein Vater mich als Kind mal mitgenommen?"

„Du hast den Teddy geholt."

„Ja, ich hab ihn gefunden. Kennst du ihn? War es deiner?"

„Nein. Er gehörte dir."

„Kann gar nicht sein." Plötzlich wurde ihr kalt.

„Ursprünglich waren wir sechs. Drei sind schon tot, die anderen drei waren Vincent, ich und du." Er ließ ihr Zeit, die Information zu verdauen und zog genüsslich an seiner Zigarette.

„Du verarschst mich doch. Als ob es nicht schon alles schwierig genug ist, kommst du mir jetzt mit so einem Psychospiel!"

„Ach ja? Du kommst sowieso bald tiefer in das Projekt."

„Nein, ich sagte dir schon, dass ich aussteigen will."

„Einfach so?"

„Ja, ich bleib jetzt erst mal auf meiner Position und irgendwann kündige ich."

„Und das Vorstellungsgespräch?"

„Ich geh nicht hin."

„Spätestens beim zweiten Mal werden Sie dich so oder so versetzen."

„Warum?" Ihre Stimme überschlug sich. Sie hatte das Gefühl, er möchte ihr den Boden unter den Füßen wegziehen. *Wenn ich jetzt losrenne, dann schaffe ich es vielleicht? Nur nach Hause und nicht mehr zuhören. Alles bleibt so wie es war.*

„Nicolai wird dich nicht gehen lassen. Er will von dir profitieren."

„Wieso?"

„Weil Fabini Industries dich erschaffen hat. Du bist sein Eigentum."

„Okay. Du bist gut. Ich gratuliere dir." Sie applaudierte ihm sogar. „Für kurze Zeit hatte ich tatsächlich geglaubt, du wirst mir helfen. Dabei willst du mich nur fertigmachen und tiefer in den Mist mit reinziehen."

„Warum sollte ich das tun?"

„Keine Ahnung. Weil du krank bist?"

„Ich bin ein Hybride, ich werde nicht krank." Er lächelte.

„Aber bestimmt geisteskrank! Ist dir klar, was du mir gerade erzählst? Das ist unmöglich, dass ich ein Hybrid bin. Ich habe Eltern. Es gibt Fotos davon, wie meine Mutter mit mir schwanger war."

„Ja, deine Geschichte ist so gesehen besonders tragisch. Nur die wenigstens von uns haben eine."

„Ich war schon immer zu Hause. Ich habe einen großen Bruder. Es kann nicht sein."

„Interessiert es dich?"

Sie war unschlüssig. „Ich weiß nicht, ich habe Angst, dass ich dir glauben könnte."

„Komm her, setz dich zu mir." Er tätschelte den Stamm.

Total überfordert nahm sie neben ihm Platz und war froh sitzen zu können, dachte sie doch eben noch, sie würde ohnmächtig werden..

„Ich bin mir sicher, dass Marvin mehr weiß, als er zugibt. Egal, also, deine Eltern hatten eine richtige Tochter. Dich quasi. Doch sie war krank."

„Also bin ich doch ein Mensch."

„Na ja, du bist im Stift aufgewachsen. Du warst einige der Wenigen, die Besuch von außen hatten. Dein Vater hat dich oft getroffen."

„Wie soll denn das gehen? Ich war zu Hause und krank. Außerdem müsste ich mich doch daran erinnern?"

„Ja, tief in dir drin, schlummert sie wahrscheinlich auch, die Erinnerung.

Ich glaube, du warst sechs, als dein Original gestorben ist. Genau weiß ich es nicht mehr, ich war selbst noch ein Kind."

„Mein Original?"

„Du warst mit keiner besonderen Begabung gesegnet. Ich habe keine Ahnung, was dein Vater mit dir angestellt hat. Ich bin mir sicher, dass er dich erschaffen hat, aber anders als uns. Du sahst aus wie seine Tochter und wirktest immer so zerbrechlich menschlich. Weder hattest du ein analytisches Gedächtnis noch Freude an Gewalt. Also eigentlich wertlos für Tübald Fabini."

„Aber ich habe studiert... ich habe als beste im Jahrgang abgeschlossen."

„ Fleiß? Gutes Erbgut deines Originals?"

„Du willst mir also erzählen, dass wir auf der Schule und befreundet waren? Dann müsste ich auch Vincent kennen."

„Eigentlich schon."

„Was heißt das jetzt? Habe ich jetzt auch so einen Chip? Bin ich ein Hybrid oder nur ein Klon der Tochter meines Vaters?"

„Eins nach dem anderen. Du warst so eine Art Geheimprojekt. Dein Vater verschwieg Fabini, dass er seine Tochter kopiert und verbessert hatte. Er hat dir sogar in der Schule natürlich einen anderen Namen gegeben."

„Aha."

„Das ist auch der Grund, warum..." Er stockte kurz. „...deine Eltern gestorben sind. Es war sozusagen Hochverrat, sich seinen eigenen, privaten Hybriden zu basteln."

„Okay. Vielleicht glaube ich dir." Sie zitterte inzwischen, doch es war eine Kälte, die von innen kam. Ihr Verstand arbeitete auf Hochtouren, aber irgendetwas verhinderte, dass sie wirklich das ganze Ausmaß verstand, denn dann würde sie wahrscheinlich zusammenbrechen.

„Marvin hatte mir erzählt, dass ich als Kind krank war und letztendlich fortgeschickt wurde. Er war überzeugt, dass ich tot war, bis ich plötzlich wieder gesund auftauchte."

„Passt doch."

„Als ich wiedergekommen bin, hätte er es doch merken müssen."

„Du sahst genauso aus wie sie."

„Aber... meine Persönlichkeit?"

„Du warst todkrank und wurdest mit Medikamenten vollgestopft, jeder hätte verstanden, dass du dich danach etwas anders verhältst, denkst du nicht?"

„Schon."

„Du bist etwas jünger als dein Original. Sie kam mit einem schweren Herzfehler zur Welt, dein Vater wusste, dass sie sterben würde. Er ist wohl in Versuchung geraten. Vielleicht solltest du ja auch nur das Ersatzteillager sein und er konnte es am Ende nicht, weil du seiner eigenen Tochter so ähnlich warst. Oder der Altersunterschied zwischen deinem und ihrem Herzen war doch zu groß?! Wer weiß das schon."

„Wenn Marvin das erfährt... ."

„Darf er nicht, du darfst es niemandem verraten."

„Wirst du mich dann umbringen?"

„Sei nicht albern. Wahrscheinlich würde ich eher Marvin töten."

„Witzig."

„Ja, nicht wahr?" Er drückte seine Kippe aus. „Hör zu, du hast selbst herausgefunden, dass viele Hybriden schon tot sind. Das kommt nicht von ungefähr. Nicolai hasst sie wie die Pest, aber das hält ihn nicht davon ab, den größtmöglichen Nutzen aus ihnen zu ziehen. Allerdings macht er kurzen Prozess mit denjenigen, die sich verweigern."

„Tobias Köhler?"

„Er hätte lieber bei Fabini Industries anfangen sollen. Aber einige wuchsen in Familien auf, sie wissen nicht, wo sie herkommen und sie treffen so natürlich nicht die beste Wahl. Allerdings sind alle bekannten Hybriden gechippt worden, Nicolai weiß also sehr wohl, wo sie sind, und er beseitigt sie lieber, als dass sie womöglich für einen anderen Konzern genutzt werden könnten."

„Ich sage nicht, dass ich dir glaube."

„Natürlich nicht."

„Heißt das, so lange ich für Nicolai arbeite, bleibt alles im Lot, aber falls ich kündige, dann stehe ich auf der Abschussliste?"

„Jepp. Weißt du, alle, wirklich alle, haben eine Einladung bekommen, bei ihm zu arbeiten. Alle, die ablehnten, sind inzwischen verstorben."

„Das ist der totale Irrsinn."

„Denk kurz drüber nach, ich muss mal kurz die Natur nutzen." Veit verschwand in den Büschen und Jasmin saß total verstört auf ihrem Platz. *Jetzt mitten in so einem Gespräch?* Dann dachte sie nach, über all seine Worte und die Dinge, die ihr passiert waren. Ihr Hals schnürte sich zu und sie schlug die Hände vor ihr Gesicht. Bitterlich schluchzend, fühlte sie ihr Schicksal. All die Enttäuschung, die Unsicherheit und die Angst wollten aus ihr raus.

Als er wiederkam, sah er, dass sie weinte. „Mensch, das ist ja wie früher. Du heulst auf dem Schulhof, wenn ich nicht da bin." Er knuffte sie. Überrumpelt hörte sie auf zu schluchzen und lächelte ihn verstört an. „Weißt du, als ich mit Marvin und Erik in der Schule war, haben wir dort auch übernachtet. Ich hatte einen eigenartigen Traum. Ein Junge mit dunklem Haar hatte mich gerufen. Ich habe ihn im Untersuchungsraum gefunden. Allerdings war ich im Traum ein kleines Mädchen."

„Ja und?"

„Der Junge, er sah aus wie du."

Veit seufzte. „Ich gehöre zu den ersten Versuchsreihen, genau wie Vincent. Du kamst erst später dazu. Sie hatten einige Jahre Hybriden produziert. Zu deinem Vater hatten wir immer aufgeschaut. Er war lustig und hatte immer ein offenes Ohr für uns. Ich war zehn, als er dich zu uns brachte. Er bat uns, auf dich aufzupassen. Es fiel uns nicht schwer. Du warst wirklich niedlich. Manchmal warst du auch nervig und weinerlich, aber meistens hatten wir dich gern bei uns. Es war eine schöne Zeit. Vincent hat mit unendlicher Geduld all deine Fragen beantwortet. Wieso können Vögel fliegen? Warum sind Schmetterlinge schöner als Motten? All so was." Sein Gesicht wurde unerwartet weich während er sprach. Sie sah ihn mit großen Augen an und wusste, dass das vertraute Band zwischen ihnen nicht gerissen war.

„Aber dann muss Vince mich doch erkannt haben."

„Vielleicht. Ich denke nicht sofort. Aber irgendwann wusste er es. Wir haben über dich gesprochen."

„Er hat nichts gesagt." Sie fühlte sich betrogen.

„Hatte er denn die Gelegenheit dazu? Und hättest du ihm geglaubt?"

„Nein."

„Siehst du."

„Was war dann passiert? Damals?"

„Wir haben uns manchmal heimlich getroffen. Du mochtest die dunklen Nächte nicht besonders. Du hattest manchmal sogar Angst vor deinem eigenen Schatten. Also habe ich oft mit dir gespielt. Erinnerst du dich gar nicht?"

Traurig schüttelte sie den Kopf.

„Den Teddy hattest du immer dabei. Erst als man dich abgeholt hatte, hast du dich von ihm getrennt."

Wieder liefen ihr die Tränen, seine Worte weckten tiefe Traurigkeit in ihr.

„Ich habe ihn dann später versteckt, in der Hoffnung, dass du eines Tages zurückkommen würdest und ihn entdeckst."

„Warum hat der Teddy nur ein Auge und ein Arm?"

„Du bist nicht zurückgekommen. Ich war früher nicht sonderlich geduldig und ich war wütend. Sorry."

„Du hast ihn kaputt gemacht?"

„Äh, nur den Arm, das Auge war schon so."

„Marvin sagte, dass als ich, als ich wieder nach Hause kam, ich völlig verstört war. Ich habe viel geweint und geschrien, dass ich zurück will. Auch habe ich gebraucht, um auf meinen Namen zu hören."

„Erinnerst du dich an deinen alten Namen?"

Jasmin schloss die Augen. Sie dachte an ihren Traum. „Amelie."

Veit lächelte. „Weißt du, ich habe dich sofort erkannt. Es hat keine Sekunde gedauert."

„Wirklich?"

„Ja, diese Strubbelhaare und die Glubschaugen. Das konntest nur du sein. Dazu dann noch dein Nachname."

„Du siehst auch nicht besser aus."

Lachend wuschelte er ihr durch die Haare.

„Hey, lass das." Sie wischte sich ein paar Tränen aus dem Gesicht. „Ich weiß nicht, was ich jetzt machen soll."

„Du arbeitest unauffällig und lässt das Nachforschen."

„Marvin flippt aus, wenn ich nicht kündige. Ich muss ihm die Wahrheit sagen."

„Und ihn dadurch in Gefahr bringen?"

„Du kennst ihn nicht."

„Was ich kenne, reicht mir zumindest."

„Er hat mir gestanden, was er bei dem Gespräch mit Fabini alles erzählt hat."

Veit grinste. „Ja, das war interessant und dumm."

„Ich bin froh, dass er nicht Vincent erwähnt hatte."

„War vermutlich besser so."

„Was soll ich jetzt machen?"

„Ich weiß es nicht." Veit machte sich erneut eine Zigarette an.

„Wenn du es nicht weißt, wer dann?"

„Hör zu, du solltest wirklich nicht zur Stufe 2 kommen. Ich hatte doch oft genug erwähnt, dass du dich dümmer anstellen sollst. Hast du da auf mich gehört?"

„Nicht ganz."

„Nicht ganz? Weißt du, wie viel Überzeugungskraft und wie viel Sex mich das gekostet hat, Jenny dazu zu bringen, dir nie mehr als eine Handvoll Probanden zu geben, um deine Quote niedrig zu halten?"

„Du hast mit ihr geschlafen?"

„Klar."

„Hast du mit irgendjemandem noch nicht geschlafen?"

„Mit Vince." Gutmütig lachte er. „Ach komm, sie sieht gut aus und hat einiges drauf."

„Sie ist nicht gerade eine Intelligenzbestie."

„Darauf kommt es nicht an. Außerdem kennst du doch den Spruch."

„Ja, schon gut."

„Ey, du konntest als Mensch aufwachsen und hast es nicht mal ansatzweise ausgenutzt. Hast du dein Leben eigentlich mal zum leben genutzt? "

„Nein. Wozu?"

„Um Spaß zu haben?" Veit zwinkerte ihr zu.

„Den Spaß, den du mit mir in deinem Haus hattest oder was?" Sie wurde etwas böser. „Du solltest mit mir schlafen? War das dein oder Fabinis Plan. Und wozu? Nur um mich klein zu halten?"

„Kein Sex." Veit schüttelte den Kopf.

„Das heißt, wir haben gar nicht... ?"

„Nein, haben wir nicht."

„Dann gibt es auch keine Filme?" Kurz lag Hoffnung in ihrem Gesicht.

„Doch, aber da ist etwas anderes drauf." Er sprach ernster und die Hoffnung verschwand wieder so schnell wie sie gekommen war.

„Was denn?", fragte sie zögerlich.

„Fabini wollte sichergehen ob du Mensch oder Hybrid bist. Du wirktest nicht perfekt genug, also haben wir dich betäubt, um dich zu untersuchen."

„Was genau für Untersuchungen?"

„Tests halt."

„Und... bin ich... ?"

„Ja. Aber es war schwierig, du bist nicht so eindeutig."

„Ist das gut?"

„Im Sinne vom alten Fabini schon, aber in Nicolais Augen eher schlecht."

„Oh."

„Und die blauen Flecken?"

„Du bist leider mittendrin aufgewacht, da musste ich dich bändigen."

„Oh."

„Sagtest du bereits."

„Das heißt also, ich muss den Rest meines Lebens irgendwelche Dinge tun und sehen, um zu überleben?"

„Ja, so lange du ein Kind der Firma bleibst, passiert dir nichts. Ich fürchte nur, du ahnst nicht mal annähernd, was dich noch alles erwartet." Lange genug war er ohne Zigarette. Sie sah ihm zu, wie er sich wieder eine anmachte. *Ich kann das alles nicht glauben. Wir zwei als Kinder, jetzt hier. Keine normalen Menschen.*

„Was sind das für Sachen? Sterben da auch Hybriden?"

„Natürlich."

„Aber er hat doch nur ein paar. Wir sind doch wertvoll, müsste er nicht besser mit uns umgehen?" Es fiel Jasmin sichtlich schwer, sich immer mit einzubeziehen.

„Sagen wir mal so, er hegt nicht gerade eine besondere Zuneigung für uns. Wir sind sozusagen die anderen Kinder seines Vaters. Die perfekten Menschen in den Augen seines Vaters."

„Das klingt so, als ob er eifersüchtig wäre."

„Jepp."

„Man begeht doch keine Morde aus Eifersucht."

„Ach nein?"

„Ich meine, so viele. Wir sprechen hier von Hunderten oder so."

„Oder so."

„Was testet er denn alles?"

„Das weiß ich nicht. Ist ja auch nicht so, dass alle sterben. Aber die, die überleben, wissen zu viel."

„Er könnte sie doch irgendwo kontrolliert halten.“

„Du meinst, in einer Pseudo-WG in der Stadt?“

„Ja.“

„Es sind eh maximal noch 50. Offiziell sind es natürlich mehr.“

„Und wo ist Vincent?“

„Seine Aufgabe besteht hauptsächlich darin, das Land zu bereisen und allen vorzugaukeln, das Leben eines Hybriden gleicht einem Ponyhof.“

„Ich fragte nicht, was er tut, sondern wo er ist.“

„In der Schweiz.“

„Genauer geht es wohl nicht. Wie lebt er dort?“

„Er hat eine schöne Wohnung, ich glaub, vier Zimmer. Er ist sozusagen der Modellhybride. Sollte irgendwann mal jemand genauer hinschauen wollen, dann wird Vince in seinem goldenen Käfig präsentiert.“

„Okay, aber er ist nicht in einer Art Zelle oder so?“

„Nein.“

Erleichtert seufzte Jasmin.

„Du musst dir um ihn auch wirklich keine Sorgen machen. Sein Talent ist die Perfektion, die Täuschung. Sein Auftreten, die Mimik, die Gestik – er hat alles im Griff und kann es gezielt einsetzen, um seine Ziele zu erreichen. Ich kenne keinen Zweiten, der so wunderbar Menschen manipulieren kann und das fast ausschließlich durch sein Auftreten, seine Art. Sie vertrauen ihm viel zu schnell“, er lachte leise.

„Er kann manipulieren? Ja, super.“ Das hatte leider einen faden Beigeschmack für sie und erinnerte sie an Marvins Theorie.

„Wie kein zweiter. Er ist perfekt ausgebildet. Ideal für Fabinis Zwecke. Mach dir keinen Kopf. Nicht um ihn. Du solltest jetzt an dich denken.“

„Ich weiß aber nicht, was ich machen soll.“

„Denk an die Frage aus deinem Vorstellungsgespräch.“

„Ich kann Marvin nicht allein lassen. Er hat doch nur noch mich. Es würde ihn umbringen, wenn ich einfach ausziehe und den Kontakt abbreche.“

„Es wird ihn auch umbringen, wenn du es nicht tust.“

Mir ist schlecht. „Aber wo soll ich denn hingehen? Er würde mich doch suchen.“

„Du müsstest von der Bildfläche verschwinden.“

„Das klingt nicht besonders vertrauenerweckend.“ Jasmin starrte ihn an. „Wieso?“

„Ich kann doch nicht bei Fabini Industries übernachten. Wir könnten uns aus Versehen begegnen. Er könnte mich vor der Firma abfangen.“

„Wir finden schon was. Eine nette Wohnung mit dem gleichen Freiraum wie ich.“ Er sah wie ihr wieder die Tränen kamen. „Hey, ich mach dir ein ganz unverbindliches Angebot. Für den Anfang ziehst du erst mal zu mir. Zum Eingewöhnen für das neue Leben.“

„Tolles neues Leben."

„Es tut mir leid. Für dich ist es echt noch eine Spur krasser als für uns. Sieh es aber nicht zu schrecklich, du kannst halbwegs schön leben."

„Ja. Aber er ist eben mein Bruder."

„Ich verstehe. Dafür bekommst du mich, wir sind auch zusammen aufgewachsen. Nur vergisst du ja scheinbar schnell die schönen Momente mit mir." Aufmunternd lächelte er sie an und sie erkannte, dass er sich tatsächlich ein bisschen darauf freute. Sie lächelte zaghaft zurück und er nahm sie in den Arm. „Wir könnten es ihm ein wenig einfacher machen."

„Wirklich? Wie?"

„Wir könnten deinen Tod vortäuschen."

„Was?" Entsetzt sah Jasmin ihn an.

„Dann kann er um dich trauern, Abschied nehmen, loslassen."

„Und wenn er mich irgendwann mal sieht?"

„Wir locken ihn weg. Über seinen Sport."

„Das klingt alles so, so verrückt."

„Ja." Er streichelte ihre Wange. „Es ist ja noch ein bisschen Zeit. Wir müssen nichts überstürzen."

„Wie viel Zeit bleibt mir denn noch?"

„Ein paar Wochen würde ich sagen. Wenn Marvin keine Dummheiten macht und wieder zu Nicolai rennt."

„Das kriege ich hin.", sie wischte sich die Tränen weg.

„Was läuft eigentlich zwischen dir und deinem Bruder? So ne Art Inzestspielchen?"

„Um Gottes Willen nein! Es gab da dieses Verwirrspiel um Vincents Shirt. Nein ich meine Marvins Shirt und … ."

„Ja."

„Ein Missverständnis halt. Da dachte Marvin eben, weil ich sein Shirt versteckt unterm Kissen hatte, dass ich heimlich für ihn schwärme. Aber ich hatte es dort, weil Vincent es an einem Abend an hatte.Wie konnte Marvin nur glauben, ich würde für ihn schwärmen? Er ist mein Bruder, verdammt nochmal!"

„Männer glauben sehr viele Dinge. Und diese Schwester-Brudersache regt so manche Gemüter an." Veit nahm sie in den Arm und flüsterte in ihr Ohr. „Amelie, es ist schön, dich wieder bei uns zu haben."

Tapfer lächelte sie ihn an und drückte sich von ihm weg. „Ich frage mich nur, wieso ich alles vergessen habe."

„Das tust du nicht wirklich?! Ey, dein Vater arbeitete bei einem Pharmaunternehmen. Beim Marktführer. Er wird dich mit irgendwelchen Mitteln vollgepumpt haben, die dich vergessen lassen haben."

„Schöne Vorstellung."

„Mach ihm keine Vorwürfe. Er hat dich wirklich geliebt."

„Veit, du meintest vorhin, du solltest ein Auge auf mich haben."

„Ja."

„Heißt das, Nicolai weiß von unseren ganzen Recherchen? Von den Ausflügen?"

„Ich habe euch teilweise verfolgt. Allerdings habe ich euch aus Versehen auf der Autobahn verloren."

„Oh. Danke."

„Bitte. Es freut mich, dass du den Teddy gefunden hast."

„Ja, ich wusste irgendwie, wo ich suchen musste."

„Ich hab seinen Arm."

„Nochmal?"

„Der war eh noch locker. Wurde damals in der Schule ja nur mit Pflastern versorgt. So wie das Auge. Und den Arm habe ich behalten, als Beweisstück sozusagen. Ich dachte, es wäre praktisch."

„Und das Auge?"

„Hallo? Ich nehme doch keinem Teddy das Auge weg. Ich sagte doch, das war schon so."

Jasmin lachte. Er grinste zufrieden.

„Das ist alles so krass. Aber jetzt verstehe ich wenigstens, warum mir Vincent so vertraut war."

„Und er hat es gleich ausgenutzt. Aber ich bin der Chauvinist?"

„Ja."

„Ich habe mir Zeit gelassen, wie du siehst."

„Ja und wir haben auch noch nichts gemacht."

„Noch nicht. Aber du würdest nichts bereuen. Du kannst ja deine Stationshilfe fragen." Veit lachte dreckig und Jasmin konnte sich ein Grinsen nicht verkneifen.

„Du hast doch aber nur mit dieser Jenny Kluge was gehabt, weil du niemand anderes hattest, oder?"

„Du verstehst das Grundprinzip eines Mannes nicht. Sie ist hübsch und nett."

„Hübsch und nett? Und das reicht dir?"

„Klar."

„Und du schläfst mit ihr, obwohl überall Kameras sind?"

„Die stören mich nicht. Hör mal, ich weiß nicht, wie viel Zeit mir bleibt, also mach ich das Beste daraus. Das solltest du auch tun, hab Spaß. Möchtest du es ausprobieren?"

„Nein." Sie wird knallrot. „Aber ich werde trotzdem zu dir ziehen. Einer muss ja auf dich aufpassen."

„Ich hoffe, es stört dich nicht, wenn ich Damenbesuch mitbringe."

„Haha."

„Wir werden schon unseren Spaß haben."

„In deinem Aquarium?"

„Du kannst ja nur von innen nach draußen schauen, nicht andersherum.

Obwohl das auch seinen Reiz hätte." Schelmisch schaute Veit sie an.

„Direkt an einer Klippe."

„An welcher Klippe?"

„Na hör mal, man wird auch als Hybrid mal träumen dürfen."

„Au man."

„Ich muss dir noch etwas sagen."

„Ja?"

„Wir haben dir in der Nacht einen Chip eingesetzt."

„Was?" Jasmin brauchte einen Moment, um die Ausmaße dieser Information zu verstehen. „Wie konntest du mir das antun?"

„Hätte ich es nicht gemacht, dann hätte es jemand anders getan."

„Dann kann Nicolai mich jetzt hier orten?"

„Theoretisch ja, aber er hat weiß Gott besseres zu tun als jetzt nach einem seiner Schäfchen zu suchen. Der Chip sendet ja nicht permanent."

„Wie beruhigend."

„Falls er dich suchen will, muss ein Handymast in der Nähe sein. Und schau nicht so traurig. Ein Abenteuer beginnt. Ein Neuanfang mit alten Freunden."

„Ich dachte schon, es kann nicht schlimmer kommen."

„Hey, du verlierst doch nur deine Freiheit, deinen Bruder, dein Haus."

„Danke."

„Dafür bekommst du mich."

„Wie beruhigend."

„Komm her, Kleines." Ganz fest drückte er sie an sich und sie nahm seinen Ledergeruch wahr. Er schenkte ihr die Geborgenheit, die Jasmin gerade so sehr brauchte, allerdings nahm er ihr auch alles, was sie vorher hatte. „Wir müssen jetzt los."

Stumm nickte sie.

„Denk daran, dass du im Auto keinen Pieps von dir gibst. Offiziell bist du schon zu Hause."

„Ja, ich weiß."

„Gut, dann komm."

„Wer ist denn noch so Hybride bei uns in der Firma?"

„Das wirst du schon herausfinden, da bin ich mir sicher."

„Noch etwas, ich möchte nicht, dass du mich noch mal so küsst wie vorhin."

„Wieso nicht?"

„Weil ich mit Vincent zusammen bin."

„Dann darf ich dir auch nicht so in den Nacken hauchen?" Sie bekam Gänsehaut, als er es tat.

„Nein."

„Mache ich dich etwa nervös?"

„Nein." *Ja.*

202

„Dann ist ja gut. Los, ich fahr dich nach Hause." Er sah so glücklich aus, doch sie hatte das Gefühl, im Wald ihr Leben verloren zu haben.

Mittagspause mal anders

Nach diesem Gespräch mit Veit im Wald sah ihre Welt anders aus. Irgendwie grauer und resigniert versuchte sie wieder in den Alltag zu kommen. Jasmin trat aus dem Fahrstuhl und lief, ohne Augenkontakt zu suchen, an Jenny vorbei. *Donnerstagmorgen. Noch zwei Tage, dann ist endlich Wochenende.*

„Guten Morgen, Dr. Cheplow."

„Morgen, Jenny." Jasmin blieb stehen und schaute sich um. Es roch nach Keksen. Tatsächlich, frisch gebackene Kekse standen auf dem Empfangstresen und Jenny daneben.

Jenny sortierte Akten.„Sie haben heute ein paar Patienten mehr."

„Wie schön."

Jasmin verschwand in ihrem Untersuchungszimmer, ließ aber die Tür offen, wohl wissend, dass sie gleich Besuch kriegen würde. Sie hatte sich gerade mit einem Becher Tee an den Computer gesetzt, als Jenny erschien und wieder ihre alberne Klopf-Klopf-Nummer abzog.

„Was gibt es denn?"

„Ich habe heute früher Feierabend und möchte Ihnen schon einmal die Akten geben. Hier ist auch ein kleiner Zettel mit den einzelnen Terminen."

„Ja, danke."

„Ich bin noch etwa eine Stunde da."

„Glückwunsch." Jasmin griff nach dem Zettel und las die Namen. *Das gibt es doch nicht. Wieso steht Manuel Schmitt nicht darauf? Kann diese dusselige Kuh nichts richtig machen?* Seufzend stand sie auf und kam zurück an den kleinen Tresen. „Jenny, du hast einen Fehler gemacht."

„Ich mach doch keine Fehler. Was ist denn?"

„Du hast Manuel Schmitt vergessen. Er war Montag hier und sollte in drei Tagen wiederkommen. Das ist heute. Ich hatte dir gesagt, du sollst ihm für heute einen Termin geben."

„Ich gucke gerne nochmal nach."

„Schön. Ich bin in meinem Zimmer." Jasmin ging und setzte sich an den Schreibtisch. Sie rief am Computer die Unterlagen der für sie neuen Patienten auf und verglich die Daten mit den Akten. Erst eine halbe Stunde später kam Jenny zu ihr.

„Huhu."

„Ja, Jenny?"

„Also Manuel Schmitt kommt nicht mehr."

„Wie bitte?"

„Er wurde aus dem Programm genommen. Mehr kann ich Ihnen auch nicht sagen."

„Das geht doch nicht."

„Doch, sicher. Entweder ist er eine Stufe höher gekommen oder eben ganz raus. Das Ganze wurde abgezeichnet von Prof. Dr. Simor Tasnier."

„Okay. Den kenne ich von meinem Vorstellungsgespräch. Meinst du, Veit weiß mehr darüber?"

„Bestimmt, immerhin ist er Chef dieser Abteilung." Seltsamerweise kicherte Jenny albern. „Soll ich ihn herschicken?"

„Ja, bitte."

„Gut, ich bin auch nur noch etwa eine Viertelstunde da."

„Prima."

„Ich habe übrigens Blumen bestellt."

„Blumen?"

„Ja."

„Hatte ich nicht etwas von Keimen in Blumenerde gesagt?"

„Es sind Plastikblumen. Haben Sie eine Vorliebe für eine bestimmte Art?"

„Oh, äh, ich mag Sonnenblumen."

„Gut. Tschüssili."

Was für eine Frau. Jasmin rief ihren ersten Probanden auf. Es war ein Mensch, der lediglich einen Schnupfen hatte. Das konnte sie ziemlich schnell abhandeln. Es blieben ihr zehn Minuten bis zum nächsten Probanden, da klopfte es ziemlich stark an die Tür.

„Herein."

„Moin. Du hast mich gerufen?"

„Oh, Veit, hallo. Ja, mir wurde ein Patient weggenommen und ich wüsste gerne, wieso."

„Das kannst du in der Akte nachlesen."

„Ich habe aber keine."

„Rutsch mal rüber." Veit nahm ihren Platz ein.

„Er heißt Schmitt, Manuel."

Veit tippte etwas ein und die digitale Akte erschien. „Hier vorne siehst du die entsprechende Abteilung. Er ist auf Stufe 3 gekommen."

„Warum? Wieso machen die das einfach? Ich hatte ihn extra heute hierher bestellt, weil es ihm so schlecht ging."

„War wohl notwendig. Hier steht etwas von Komplikationen. Was auch immer. Jedenfalls ist er kein Fall mehr für uns."

„Also wird er jetzt gut versorgt und gesund gemacht?"

„Wahrscheinlich."

„Wahrscheinlich?"

„Ja, du hattest vermerkt, dass es ihm schlecht ging und andere Ärzte haben ihn übernommen. So läuft das hier. Du dokumentierst, andere behandeln."

„Schon, aber ich möchte wissen, wie es ihm geht. Schließlich war er mein Patient."

„Jetzt ist er es nicht mehr. Es ist nicht mehr deine Aufgabe, sich um ihn zu kümmern."

„Das ist mir egal, was meine Aufgabe ist! Ich habe eine Verantwortung! Ich bin Ärztin!"

Veit verdrehte wütend die Augen und versuchte ihr zu verstehen zu geben, dass sie vor der Kamera sich lieber zusammenreißen sollte. Jasmin holte tief Luft und versuchte zumindest, sich zu beherrschen.

„Jasmin, hör zu! Wenn jemand krank ist, schreibst du das in die Akte. Punkt. Das und nur das ist deine Aufgabe."

„Ja." Sie guckte auf ihre Füße und schob den Unterkiefer vor. Ein deutliches Zeichen dafür, dass sie etwas ganz anderes sagen wollte.

„Alle Bedenken, die du zu einem Probanden hast, kannst du notieren. Das wird gelesen und nicht einfach nur abgeheftet."

„Ja."

„Hast du das verstanden?"

„Ja. Wann kann ich ihn besuchen?"

„Da er in einem Bereich ist, zu dem du keinen Zutritt hast, gar nicht."

Veit sah aus, als ob er sie gleich schütteln wollte. „Bau bitte keine emotionalen Verbindungen zu Probanden auf. Du bist nicht als Rundumbetreuerin eingestellt. Klar?"

„Ja! Ich habe es verstanden!", kam es leicht giftig von Jasmin.

„In einer halben Stunde kann ich Mittagspause machen. Was ist mit dir?"

„Theoretisch kann ich Mittag machen, wann es mir am besten passt."

„Schön. Das ist aber keine Antwort auf meine Frage."

„Gut, dann mache ich eben in einer halben Stunde Pause."

„Geht doch. Ich hol dich ab." Etwas energischer als sonst verließ Veit den Raum. Er war sichtlich genervt.

Jasmin war immer noch verstimmt, rief dann aber den nächsten Patienten auf. Die halbe Stunde verging schnell und als er sie nach vierzig Minuten immer noch nicht abgeholt hatte, zog sie den Kittel aus und schloss ihren Raum von außen ab. Dann sah sie Veit, lässig an der Wand gelehnt, wie er sich mit Jenny angeregt unterhielt.

Wollte sie nicht schon längst zu Hause sein? Und wie sie schon wieder dasteht. Klar, dass ihm das gefällt.

Tatsächlich fuhr sich Jenny immer wieder durch die Haare, berührte ihren Hals und hielt ihr Bein leicht eingeknickt. Veit sah sehr zufrieden aus und sie lachten beide herzlich. Aus Jasmin nicht bekannten Gründen regte sie diese Szene auf, daher blaffte sie Jenny etwas ungehalten an.

„Ich dachte, Sie hätten schon seit Längerem Feierabend?"

Jenny spielte mit einer Haarsträhne. „Ja, schon. Aber ich habe mich hier gerade noch so nett unterhalten." Sie kicherte.

„Vor anderthalb Stunden wollten Sie aber schon gehen."

„Ich habe meinen Bus verpasst."

„So etwas kann schon mal passieren.", mischte sich Veit grinsend ein.

In dem Moment fiel Jasmin auf, dass Jenny zerzauster aussah als sonst. *Der Lippenstift ist auch leicht verschmiert. Das gibt es doch nicht. Die beiden. Hier!* Ohne ein weiteres Wort stapfte sie nun Richtung Fahrstuhl. Sie drückte etwas heftiger als sonst auf den Knopf. Einmal, zweimal, dreimal.

„Dadurch kommt er auch nicht schneller", hörte sie Veits tiefe Stimme an ihrem Ohr. Dann beugte er sich über sie und drückte ganz sanft auf den Knopf. Aus Protest haute sie erneut dreimal darauf. Als sie fertig war, öffnete sich die Fahrstuhltür und sie sah Veit selbstbewusst an.

„Siehst du."

„Ich weiß nicht, ob das unter sachgemäßen Umgang fällt und versicherungstechnisch abgesichert ist." Er schob sie in den Aufzug. Jasmin drückte auf die Taste für das Erdgeschoss und war erleichtert, als endlich die Tür zuging. Im letzten Augenblick aber hielt Veit seine Hand dazwischen. „Jenny, kannst mitfahren."

„Oh, danke." Strahlend kam sie zu ihnen und Jasmin beäugte misstrauisch die verräterischen roten Wangen sowie dieses Leuchten in den Augen. *Wie kann sie nur? Wie kann ER nur?* Sie warf einen Blick auf den breit grinsenden Veit, der starr nach vorne schaute und genau wusste, dass beide Frauen ihn musterten. Kommentarlos fuhr Jasmin mit den beiden hinunter. Sie versuchte, sich nun völlig desinteressiert zu geben. Im Erdgeschoss ging die Tür auf und Jenny verließ als erste den Fahrstuhl.

„Tschüssili!"

„Ciao.", kam es von Veit.

Möge ihr Absatz im nächsten Gullydeckel steckenbleiben.

„Hast du schon eine Idee, wo wir beide essen gehen?", riss Veit sie aus ihren Gedanken.

„Nein."

„Dann schlage ich gern was vor. Schon mal Motorrad gefahren?"

„Ist jetzt auch nicht so erstrebenswert.", antwortete sie ausweichend. Sie konnte sich nicht erklären, woher ihre Wut eigentlich herrührte.

„Ja oder nein?", hakte Veit belustigt nach.

„Nein."

„Dann fahren wir jetzt weiter." Er drückte auf die Taste für das Untergeschoss, wo sich die Parkebene befand.

„Was soll das?"

„Wir fahren ins Parkhaus."

„Du glaubst doch nicht ernsthaft, dass ich zu dir auf ein Motorrad steige? Ich bin doch nicht verrückt."

„Warum denn nicht? Immerhin hast du ja nicht nur einen Kittel an, der sich darin irgendwie verfangen könnte." Er grinste.

Die Anspielung auf Jenny kannst du dir sparen. „Es interessiert mich nicht im Geringsten, was du in deiner Arbeitszeit so tust oder mit wem."

„Ich habe doch gar nicht über meine Arbeit gesprochen.", gab sich Veit ganz unschuldig.

Die Tür ging auf und sie gingen zu seinem Motorrad. Es war eine wirklich große, schwarze Harley, die er etwas aufgemotzt hatte, sodass sie insgesamt etwas sportlicher wirkte.

„Ich habe zufällig auch einen zweiten Helm dabei." Grinsend warf er ihr den zu.

Sie fing ihn auf und inspizierte ihn. Ganz demonstrativ sammelte Jasmin ein paar andere Frauenhaare ab.

„Ich weiß nicht, ob ich das wirklich will." Doch sie setzte sich den Helm auf.

„Es wird dir Spaß machen. Glaub mir."

„Aber wo soll ich mich festhalten?"

Als sie sich hinter ihn auf die Maschine setzte, nahm er ihre Hände und legte sie auf seine Taille.

Na schön, dass hat mir jetzt gerade noch gefehlt.

„Du kannst auch an meinen Gürtel greifen, falls dir die Jacke zu rutschig ist."

Nein, danke.

Veit startete den Motor, ließ ihn laut aufheulen und fuhr rasant los. Ihre Hände tasteten panisch nach Halt, bis sie tatsächlich seinen Gürtel spürte und sich daran festhielt. Auch wenn sie sein Gesicht nicht sah, wusste sie genau, dass er wahrscheinlich zufrieden grinste.

Obwohl sie es nie zugeben würde, machte ihr die Fahrt wirklich Spaß. Er fuhr durch die Stadt, dann raus auf das Land und machte erst bei einer Tankstelle halt, wo sich auch eine leicht heruntergekommene Gaststätte befand.

Jasmin stieg etwas wackelig auf den Beinen ab, legte den Helm auf den Sitz und sah sich um. „Ist das hier dein Ernst?"

„Klar." Er nahm sein Namensschild ab und steckte es in die Motorradtasche. Stumm wies er sie an, es ihm gleich zu tun. Stirnrunzelnd packte sie auch ihr Schild in seine Tasche. Dann ging Veit vor, sie folgte.

Diese Stasi-Firma. Unfassbar, was die alles verkabeln und überwachen. Immer muss man damit rechnen, verwanzt zu sein. Da soll man nicht paranoid werden?

Veit führte sie durch einen verqualmten Speiseraum nach hinten auf eine kleine, verwahrloste Terrasse. Dort nahmen sie auf verblichenen Plastikstühlen Platz. Der Wirt schien Veit zu erkennen, denn er grüßte ihn freundlich mit Namen. „Hallo Veit. Was kann ich euch bringen?"

„Currywurst mit Pommes und 'ne Cola."

„Und Ihnen?"

„Das Gleiche bitte."

Der Wirt ging und Jasmin schaute sich zweifelnd um.

„Es ist hier schon etwas, nun ja, anders."

„Besser als die Kantine. Mir schmeckt es."

„Aha."

„So. Und jetzt zu dir. Sag mal, spinnst du? Du kannst dich doch nicht so in der Firma aufführen. Vor all den Kameras!"

„Was willst du denn jetzt von mir?"

„Du solltest dir endlich klarmachen, dass dein Verhalten dich in Gefahr bringt!"

„Wieso? Ich habe doch nur... ."

Veit unterbrach sie ungehalten. „Nein, du machst deinen Job nicht so, wie ich es von dir verlangt habe. Kannst du dich an dein Vorstellungsgespräch erinnern? Kannst du dich daran erinnern, dass du gefragt wurdest, ob es dich was kümmern würde oder nicht?"

„Ja, aber... ."

„Für dich sind das Versuchstiere, keine Menschen."

„Ich interessiere mich aber auch für meine Versuchstiere.", versuchte Jasmin ihm entgegen zu halten. „Was für ein Sinn haben sie, wenn sie sterben?"

„Sie sterben nicht. Und wenn, dann hat es dich nicht zu kümmern. Es ist nicht dein Aufgabenbereich."

Der Wirt unterbrach sie, indem er ihnen die Cola brachte. „Essen kommt gleich."

Als er wieder ging, nahm Jasmin das Gespräch wieder auf: „Ich, ich weiß nicht. Ich bin Ärztin. Er war mein Patient. Woher soll ich denn auch wissen, dass einem die Patienten weggenommen werden?"

„Sag mal, wann denkst du endlich? Deine Aufgabe ist es, zu kategorisieren beziehungsweise zu selektieren."

„Ja, schon gut, ich habe verstanden." Jasmin trank einen Schluck Cola.

„Ich sag das nicht, weil ich dich ärgern will."

„Ja, ich hab es doch verstanden."

Veit zündete sich eine Zigarette an. „Wenn Vincent das hört, der bringt mich um."

„Wieso?"

„Weil ich auf dich aufpassen soll."

„Ich schaff das auch alleine."

„Habe ich gemerkt." Er grinste. „Du bist echt stur."

„Und? Die letzten zwanzig Jahre bin ich auch ohne dich klargekommen."

„Ja. Und was ist aus dir geworden?"

„Etwas Anständiges.", konterte sie.

„Willst du damit irgendetwas andeuten?"

„Nö."

Sie bekamen ihr Essen und Jasmin aß eine Pommes. *Das schmeckt hier wirklich erstaunlich gut.*

Veit drückte die Zigarette im Aschenbecher aus, lehnte sich zurück und kreuzte die Arme im Nacken. Er beobachtete sie. „Weißt du, ich bin dein Vorgesetzter. Nicht andersherum."

„Komm mir nicht mit der Nummer."

„Wieso? Wenn ich es mir recht überlege, habe ich doch ein tolles Leben. Ich meine, hast du Jenny gesehen?" Von einem Ohr zum andern grinste er sie provozierend an.

Jasmin schnappte nach Luft. „Ja, ich habe sie gesehen. Und das nennst du anständig?" Sie machte sich nun über ihre Currywurst her. Diese wurde nicht geschnitten sondern eher zerhackt.

„Du nicht?"

„Während der Arbeitszeit mit Angestellten herummachen? Nein. Ihr habt ein Abhängigkeitsverhältnis!"

„Wir haben nicht nur das." Er aß ganz genüsslich seine Pommes. „Kommt in jedem guten Hause vor. Angestellte oder Politiker, Praktikantin... ."

„Das ist nicht, also, das gehört sich nicht."

„Wieso denn? Es haben doch beide Spaß daran. Oder denkst du, es ist nicht anständig, weil sie ein Mensch und ich ein Hybrid bin?"

„Es reicht! Du weißt genau, dass ich da keinen Unterschied mache."

Grinsend aß er seine Currywurst. „Deine Pommes werden kalt."

„Dann verbrenne ich mir wenigstens nicht den Mund." Dennoch aß sie jetzt weiter.

Veit musste sich sichtlich zusammenreißen, um sie nicht weiter zu ärgern. Er wechselte das Thema. „Und wie war dein Arbeitstag heute?"

„Gut. Wenn man von einer nervigen Stationshilfe und der Standpauke meines Chefs absieht."

„Ich dachte eher daran, dass du vielleicht müde warst, weil du letzte Nacht nicht schlafen konntest."

„Du meinst, weil du gestern mein gesamtes Leben zerstört hast?", fragte sie sarkastisch.

„Moment, wenn, dann war das dein Vater und auch das ist schon etwas länger her, sehr nachtragend, wie?"

„Bis gestern war die Welt für mich noch in Ordnung."

„Sie kann es doch immer noch sein."

„Glaubst du."

„Meinst du, du fängst einfach bei Fabini Industries an und die Welt dreht sich einfach weiter?", fragte er sanft nach.

„Ja, stell dir vor, das hatte ich wirklich gedacht."

„Du bist sehr naiv."

„Ich wusste doch nicht... ich mein, also, ich hätte auch in einem anderen Pharmakonzern anfangen können.", versuchte Jasmin sich zu rechtfertigen.

„Nein, hättest du nicht." Veit wischte sich mit der Serviette den Mund ab und schmiss sie auf den leergegessenen Teller. „Hast du von einer anderen Firma Antwort auf deine Bewerbungen erhalten? Ich denke nein."

„Noch nicht."

„Wirst du auch nicht."

„Wieso?"

„Weil Geld nun mal die Welt regiert. Nicolai wollte dich haben." Veit trank sein Glas leer.

„Aber bis gestern dachte ich wenigstens, dass ich ein normaler Mensch sei."

„Falls es dich tröstet, Fabini war sich auch nicht sicher."

„Dank deiner Hilfe weiß er es ja jetzt.". Auch Jasmin war fertig mit ihrer Mahlzeit. Kopfschüttelnd beobachtete sie Veit, wie er sich erneut eine Zigarette anzündete.

„Dein Daddy hätte dich auch besser verstecken können."

„Lass meinen Vater aus dem Spiel."

Der Wirt trat an den Tisch und räumte das benutzte Geschirr ab. „Darf es sonst noch etwas sein? Ein Bier vielleicht?"

„Nein.", antwortete Veit lächelnd. „Ich muss ja noch fahren."

„Und Sie?", fragend schaute er zu Jasmin.

„Nein.", kam es unwirsch von ihr.

„Na, da haben Sie sich ja eine angelacht.", meinte der Wirt zu Veit.

Der lachte. „Ich weiß."

Veit drückte dem Wirt das Geld in die Hand und dieser verschwand wieder.

„Hast du dir mein Angebot durch den Kopf gehen lassen?"

„Welches Angebot?"

„Dass du bei mir einziehst."

„Wie soll ich das Marvin erklären?"

„Musst du nicht, du stirbst."

Jasmin beobachtete den Rauch, den Veit immer wieder gleichmäßig auspustete. Es war so still, dass man die berühmte Nadel auf den Boden fallen hören könnte.

„Weißt du, für mich ist das auch nicht einfach. Ne Frau dauerhaft im Haus haben." Veit versuchte sie etwas aufzumuntern.

„Du meinst, ich könnte deinem Ruf schaden?"

„Ja."

„Keine Sorge, ich werde dir schon nicht zur Last fallen."

„Oh, das wirst du."

Verdammter Mistkerl.

Veit begründete sogar seine Aussage. „A) bist du eine Frau, Frauen machen immer Umstände und b) wird es für dich hart, dein Leben so plötzlich verlassen zu müssen."

„Ach wirklich?" *Meint er das jetzt ernst?*

„Ja."

„Und was wäre die Alternative? Ich sag zu Marvin, hey, es ist doch alles ein bisschen anders. Ich bin Hybride, aber lass dich dadurch bitte nicht stören."

„Die Alternative ist, dass du alles so laufen und dich nicht befördern lässt. Vielleicht verliert Fabini sein Interesse an dir."

„Wer garantiert mir, dass Marvin in Ruhe gelassen wird?"

„Keiner. Vor allem, wenn er so weitermacht wie bisher. Und das macht er. Mit seinem Auftritt bei Nicolai wird es schwer. Das war so eine Scheiße." Veit schüttelte den Kopf. „Es ist ja nicht so, dass wir gleich alle umbringen.", versuchte er, seine Aussage wieder etwas zu verharmlosen.

„Nur unsere Eltern."

„Das habe ich nicht gesagt."

„Ach komm, du hast es gestern angedeutet."

„Mehr sag ich dazu nicht.", antwortete Veit sehr bestimmt und sie wusste, dass er Wort hielt.

„Okay." Sie dachte nach. „Und Vincent wusste, dass ich ich bin?"

„Weiß ich nicht. Kann sein."

„Komm, du weißt doch mehr."

„Ich bin nicht Vincent. Vielleicht hat er dich am Namen erkannt. Zumindest wusste er, dass du zum Cheplow-Clan gehörst. Vergiss aber nicht, dass du dich als Jasmin und nicht Amelie vorgestellt hast."

„Aber spätestens bei mir zu Hause muss er es doch gewusst haben. Ich habe ihm von meinem Vater erzählt. Ich meine, er ist doch nicht blöd."

„Na ja, er hatte es doch angedeutet, dass er ihn kennt." Veit drückte auch diese Zigarette wieder im übervollen Aschenbecher aus.

„Es gibt einen Unterschied zwischen andeuten, dass er ihm mal begegnet ist und verschweigen, dass wir uns von früher kennen.", gab Jasmin zu bedenken.

„Ja, kann schon sein. Ich finde das sowieso faszinierend."

„Was genau?"

„Ihr wart keine vierundzwanzig Stunden zusammen und du änderst dein gesamtes Leben."

„Ich habe nicht mein ganzes Leben verändert, lediglich mich in meinem Beruf umorientiert, also nur um die Versetzung gebeten." *Er hat recht.*

„Warst du wirklich so unzufrieden in deiner anderen Abteilung?"

„Ja, nein, es war okay. Impfstoffe sind wichtig, aber es war keine totale Herausforderung."

„Du hättest auch dort Karriere machen können."

„Ja. Ich kann ja eventuell wieder zurückwechseln."

„Genau." Seine Antwort triefte vor Sarkasmus. „Bei deiner Ausbildung hättest du einen super tollen neuen Impfstoff irgendwann entwickeln können. Ist das nicht besser als an menschlicher DNA herumzuexperimentieren?"

„Es geht dich nichts an, warum ich meinen Bereich gewechselt habe.", kam es schnippisch zurück.

„Neugierde."

„Ach, diese bekloppte Gala."

„Ich war übrigens auch da."

„Du?"

„Ja, ich saß bei Nicolai mit am Tisch."

„Oh nein." Sie wurde leicht rot bei der Erinnerung an das Gespräch mit Fabini damals.

Er grinste. „Du warst echt niedlich."

„Es war nicht meine Idee, an den Tisch zu gehen."

„Oh, ich bin mir sicher, das war Vincent."

„Versteh ich jetzt nicht."

„Musst du auch nicht. Ich geh mal eben aufs Klo." Mit diesen Worten stand Veit auf und ließ sie mit ihren Gedanken zurück. Diese ganzen Andeutungen machten sie wahnsinnig. Es dauerte nicht lange, dann kam er zurück.

„Können wir?"

„Ja, ich habe noch ein bisschen zu arbeiten heute."

„Denke bitte an meine Worte und lass diese komischen Nachforschungen."

„Ich werde mich bemühen."

„Himmel, du bist wie deine Mutter."

„Was?" Er hatte es geschafft, sie zu erschüttern. „Woher kennst du meine Mutter?"

„Sie hatte bei uns als eine Art Krankenschwester gearbeitet."

„Wirklich?"

„Ja." Veit ging voraus, Richtung Ausgang.

„Lass dir nicht alles aus der Nase ziehen."

„Ich denke halt, dass du alles über deine Eltern weißt."

„Bis gestern dachte ich das auch."

„Hör mal, Fabini geht davon aus, dass du in alles eingeweiht bist.", warnte Veit sie.

„Okay."

„Du solltest ihn in dem Glauben lassen."

„Du solltest mir dann alles erzählen."

„Ich möchte aber nicht das Andenken an deinen Vater beschmutzen."

„Das klingt echt vielversprechend.", seufzte Jasmin.

„Deine Mutter war echt süß."

„Wie bitte?"

„Ich mochte sie und hab mich gern behandeln lassen."

„Ja, Marvin auch."

„Sieht ihm ähnlich, was ist mit dir?"

„Ich hatte nicht ganz so den besten Draht zu ihr.", äußerte sie vorsichtig.

„Deine Mutter war eigentlich sehr liebevoll und fürsorglich. Ich hab mich gern behandeln lassen."

„So, so."

Nachdenklich betrachtete Veit sie. „Du willst noch mehr reden, oder?"

„Irgendwie schon."

Sie standen inzwischen vor seinem Motorrad. Allerdings noch weit genug weg, um eine kleine Absprache zu treffen.

„Manchmal fahre ich nachts noch ein bisschen mit meiner Maschine umher."

„Und wo fährst du so lang?"

„Na ja, ich könnte mal gegen 22 Uhr an der Kreuzung vorbeikommen, von der deine Straße abgeht."

„Ja, könntest du machen."

Er lächelte und tätschelte ihr spontan durch die Haare. „Haben uns ja einiges zu erzählen."

„Hey,meine Frisur!" Sie lachte und boxte ihm in die Seite. Sie fühlte sich plötzlich so kindlich und unbekümmert in seiner Gegenwart.

„Uuh, nicht so doll." Er zog eine kleine Show ab, dann gingen sie zur Maschine. Sie hüpfte hinten herauf und lehnte sich an ihn. Jasmin spürte diese besondere Verbindung zwischen ihnen, die ihr nun so vertraut vorkam. Auch wenn er sie gern und oft provozierte, so fühlte sie sich in seiner Gegenwart plötzlich wohl. Die Vertrautheit zu Vincent war stark und bedingungslos, doch die Träume, die hatte sie von Veit. Wie er ihr als frecher Junge die Ängste nahm und mit ihr die Nächte lachend verbrachte. Amelie, dieser Name erinnerte sie an etwas. Erst recht, wenn Veit ihn sagte. Waren es Träume oder gar Erinnerungen? Und war dieser erwachsene Veit nun auch noch für sie da?

Jasmin ließ das geborgene Gefühl zu. Sie genoss es, sich an Veit anlehnen zu können und hoffte, die Fahrt würde ewig dauern.

Den restlichen Tag nach der Mittagspause auf der Arbeit, hatte Jasmin erstaunlicherweise nur gesunde Probanden, die sie vorbildlich nach Vorschrift abarbeitete. Sollte sie jemand durch die Kameras beobachtet haben, so wirkte sie, als ob die Standpauke ihres Chefs sie zur Räson gebracht hatte.

Die Liebeserklärung

Jasmin kam nach Hause und hoffte inständig, dass Marvin beim Training war. Zu ihrem Leidwesen hörte sie ihn bei irgendwelchen Fitnessübungen. Sie gab sich große Mühe durch den Flur zu schleichen, doch er muss sie gehört haben. Mit freiem Oberkörper und ziemlich verschwitzt kam ihr Bruder aus dem Wohnzimmer.

„Jasmin. Hi!"

Leicht verärgert guckte sie ihn an. „Was machst du da, halb nackt im Wohnzimmer?"

„Trainieren?"

„Du bist Läufer. Wieso also läufst du nicht draußen? In Sportklamotten."

„Äh, ich war schon laufen und hier drinnen ist es ziemlich warm."

„Dann schalt eben die Heizung aus."

Etwas irritiert sah Marvin seine Schwester an. Wahrscheinlich schob er ihr Verhalten auf Stress im Job, jedenfalls wechselte er das Thema. „Ich habe einen seltsamen Brief bekommen."

„Wie meinst du das?"

„Na ja, ich weiß nicht wie ich das sagen soll. Also, ich komm jetzt in das deutsche Team der Leichtathletik. Training für Olympia und so."

„Wow! Ich gratuliere dir!" Strahlend fiel sie ihm um den Hals.

„Das passt nicht, so gut bin ich nicht."

„Klar, die sehen eben, dass du Talent hast." Langsam löste Jasmin die Umarmung. „Wo musst du denn dann hin?"

„Ich soll nach München."

„Perfekt." *Weit genug von hier. Ich bin ja so erleichtert.* Sie griff nach seinen Unterarmen. „Ich bin so stolz auf dich."

„Nicht so schnell." Marvin befreite sich von ihren Händen. „Ich will gar nicht weg. Gerade jetzt."

„Du solltest da unbedingt hin. München soll sehr schön sein."

„Kommst du mit?"

„Ich? Mitkommen? Das ist schwierig. Nachkommen könnte ich." *Ich kann dir zumindest die Hoffnung geben.*

Marvin ging in die Küche und setzte Teewasser auf. Jasmin folgte ihm aufgeregt, denn sie wusste, dass sie ihn überzeugen musste. Er nahm zwei Tassen aus dem Schrank und stellte sie auf den Tisch.

„Ich kann dich doch jetzt nicht allein lassen.", sprach Marvin, als ob er dies schon beschlossen hätte.

„Doch. Klar."

„Hast du deine Kündigung angesprochen?"

„Schon."

„Und?"

„Na ja, ich muss halt Fristen einhalten."

„Du bist doch noch in der Probezeit." Marvin hing die Teebeutel in die Tassen und holte den Wasserkocher.

Nachdenklich betrachtete Jasmin ihren Bruder. „Ja, aber auch da gibt es Fristen."

„Wie lange?"

„Vier Wochen."

„Gut, dann bleibe ich noch vier Wochen und fahre dann mit dir zusammen nach München." Er goss das Wasser in die Tassen. Der Wasserdampf sorgte für weitere Schweißperlen auf seiner Stirn, die sie Gedankenversunken verfolgte.

„Ist was?"

„Nein."

„Ich sag lieber ab."

„Nein!"

„Jetzt hör mal zu, Jasmin. Nur weil ich jetzt im Kader bin, heißt das noch lange nicht, dass ich aufgestellt werde. Das Ganze kommt mir doch sehr suspekt vor."

„Das macht doch nichts. Du hast aber ganz andere Möglichkeiten, kannst ganz anders trainieren. Mal im Ernst, dein alter Trainer Werner Kunze, der ist doch gar nicht mehr up to date."

„Er ist gut. Immerhin hat er mich überhaupt so weit gebracht."

„Diese komischen Ernährungsgeschichten. Das hatte doch gar nicht mehr Hand und Fuß. Du musst diese Chance nutzen. Guck mal, du wirst auch älter. Das ist vielleicht deine letzte Chance."

„Ja. Du hast recht. Ich bin eigentlich sogar schon zu alt, um jetzt noch durchstarten zu können."

Jasmin raufte sich in Gedanken die Haare. „Jetzt bist du in dem Alter, in dem du diese Chance ergreifen solltest."

„Ich werde dreißig."

„Wann sollst du denn los?", überging sie seinen Einwand.

„In einer Woche etwa."

Spitze. Je schneller, desto besser. „Das ist doch cool."

„Ich lass dich hier nicht allein. Das sagte ich schon mal." Dann wandte er sich ab und fischte die Teebeutel aus den Tassen.

„Also, wieso fährst du nicht einfach? Wir haben doch die Nachforschungen zu den Hybriden eingestellt." Jasmin versuchte ihn zu überzeugen.

„Dann war alles umsonst? Die Reisen? Die Streits um Vincent?"

„Hallo? Du warst selber der Meinung, dass alles zu unheimlich wird? Haben wir nicht zusammen beschlossen, vorerst die Finger davon zu lassen?"

„Aber hörst du auf mich?" Marvin setzte sich neben sie. „Seit wann hörst du auf mich?"

„Das mach ich doch immer."

„Genau", kam es sarkastisch von Marvin. Er trank nun aus seiner Tasse.

Sie klopfte unruhig mit den Fingern auf dem Tisch.

„Musst du jetzt trinken und dabei mit den Fingern klopfen?" *Du machst mich wahnsinnig. Ich bin echt neben der Spur momentan.*

„Vorhin hat übrigens eine Nele angerufen."

„Eine Nele? Du meinst meine Freundin? Von der Arbeit?"

„Ja, richtig. Sie könnte das gewesen sein."

„Dann werde ich sie später zurückrufen."

„Schön."

„Marvin, wenn du nicht bei diesem Kader antrittst, dann werde ich auch nicht diese Firma verlassen."

„Das ist Erpressung.", entgegnete Marvin entrüstet.

„Ach echt? Ist mir gar nicht aufgefallen."

„Pass auf. Wir machen das so. Ich frag nach, ob ich nicht einfach ein paar Wochen später in München anfangen kann. Du kündigst und wir fahren zusammen dahin.", schlug Marvin erneut vor.

Himmel, was mache ich nur mit dir? Ich lass dich doch nicht länger hier in Gefahr. „Wie jetzt?"

„Welchen Teil daran hast du nicht verstanden?"

„Ich will, dass du jetzt fährst.", platzte es aus Jasmin heraus.

„Wieso?" Marvin verschränkte trotzig die Arme. „Willst du mich loswerden, damit du mit deinem Veit hier allein sein kannst?"

„Und wenn?"

Marvin kam näher an sie heran und schaute ihr misstrauisch in die Augen. „Ich denke, die Beziehung ist rein geschäftlich?"

„Äh, ja, ist sie ja auch." Unruhig rutschte sie auf ihrem Stuhl hin und her. Jasmin war so angestrengt am Nachdenken, wie sie ihn und seine momentane Anziehungskraft loswerden konnte, dass sie aus Versehen nach seiner statt ihrer Tasse griff, um zu trinken.

„Hey, ich rede mit dir!"

„Was?" Vor Schreck verschüttete sie Tee auf ihre Kleidung. „Verdammt."

„Wird das hier Miss-Wet-T-Shirt?" Nervös lachte Marvin. Auch für ihn schien das Gespräch nicht so zu verlaufen wie er es wollte. Er nahm ihr die Tasse ab, stand auf und füllte sie für sich mit Wasser. Jasmin versuchte wieder auf das eigentliche Thema zu lenken.

„Ich versteh dein Problem nicht. Warum fährst du nicht pünktlich nach München, bereitest alles vor und ich komme nach?"

„Will ich ja prinzipiell auch. Ich sag ihnen aber, dass ich noch private Dinge regeln muss und etwas später komme. Das wird sie schon nicht stören."

„Mich stört es aber!", rutschte es ihr heraus. *Ups.* „Ich meine, mich stört es, dass, äh … ."

„Was stört dich daran?"

„Ich finde einfach, du solltest die Chance sofort ergreifen." *Jetzt mach schon.*

Entnervt seufzte Marvin. „Ich rufe an und nehme an. Ich will doch nur um einen kleinen Aufschub bitten."

„Das ist doch Käse." Seine Schwester sah richtig unglücklich und verzweifelt aus. Er musterte sie kurz, dann setzte er sich neben sie.

Er suchte Augenkontakt. „Was ist los? Ist irgendetwas passiert? Hat es mit Veit zu tun? Hat er dich doch angefasst?"

„Nein. Nein, Veit hat nichts gemacht." *Nur mir die Wahrheit gesagt.*

Stumm saßen sie nebeneinander. Jasmin ging in Gedanken den gestrigen Abend und die schwerwiegenden Konsequenzen daraus durch. Irgendwann hielt sie es nicht mehr aus. Innerlich war sie einfach am Ende ihrer Kräfte.

„Marvin?"

„Ja?"

„Ich wollte dir nur sagen, also, egal, was passiert, ich fand dich immer toll. So als Bruder. Und ich war auch immer stolz auf dich. Deinen Ehrgeiz und diese Disziplin für den Sport, das habe ich immer sehr bewundert an dir."

Marvin schluckte, überlegte kurz, dann griff er nach einem Shirt, das einen Stuhl weiter über der Lehne hing und zog sich das über. „Was willst du damit sagen?"

Sie zog eine Augenbraue hoch. „Dass du bitte nie böse auf mich sein wirst, auch wenn ich etwas tue, was dir, äh, vielleicht komisch vorkommt."

„Hattest du das T-Shirt oben doch wegen mir?"

Was? Moment, ja, das ist es. Danke. Jasmin nickte ertappt. „Ja, deswegen finde ich es gut, wenn du früher gehst."

„Du bist in mich verknallt?" Perplex fuhr sich Marvin durch die Haare.

„Ja." Sie sah, dass er nicht wusste, was er sagen sollte. *Es funktioniert?*

„Glaubst du, es liegt am Stress?", versuchte er schließlich eine Erklärung zu finden.

„Möglich." *Was tu ich hier? Das ist doch Wahnsinn.* „Weißt du, ich finde, es würde uns gut tun, wenn wir etwas Distanz zueinander bekommen."

„Aber, also, du bist meine Schwester!"

„Ja. Deswegen brauche ich dringend Abstand von dir." Sie klemmte sich eine Strähne hinter das Ohr und sah in Marvins fassungsloses Gesicht.

„Wow." Marvin versuchte eins und eins zusammenzuzählen. „Triffst du dich deshalb mit Veit?"

„Was hat er denn jetzt damit zu tun?"

„Na, um dich abzulenken oder so."

„Ach so. Genau.", gab Jasmin ihm recht. *Bitte. Sag mir jetzt, dass du*

gehen wirst. Ich will nicht, dass dir etwas passiert.
„Ich, ich kenne da einen Therapeuten."
„Ja, der kann mir bestimmt helfen. Ich möchte aber trotzdem dass du... na ja, je eher, desto besser. Wenn wir uns ein paar Wochen nicht sehen, das wäre, glaub ich, ganz gut. Ich werde auch diesen Therapeuten anrufen."
„Okay." Er rieb sich das Kinn. „Ich weiß gar nicht, wie ich damit jetzt umgehen soll. Ich geh 'ne Runde laufen, um das irgendwie zu verarbeiten, okay?" Marvin stand auf und versuchte sich an einem Scherz. „Finger weg von meinen T-Shirts, ja?"
„Klar." Tapfer lächelte sie.
Ihr Bruder wollte ihr eigentlich tröstend auf die Schulter klopfen, brach die Bewegung aber im letzten Moment ab. Das gab ihr einen Stich ins Herz, diese Lüge lag ab nun zwischen ihnen. Marvin verließ die Küche.
Jasmin schleppte sich nach oben und warf sich aufs Bett. Noch nie hatte sie sich so einsam gefühlt und dann belastete sie auch noch der Wirrwarr mit Veit. Sie konnte kaum klar denken. Von ihrem Handy aus rief sie Erik an, doch sie hörte nur ein Besetztzeichen. Um sicherzugehen, dass es nicht an der Netzverbindung lag, versuchte sie es erneut über ihren Hausanschluss. Aber sie konnte gar nicht erst wählen, denn Marvin besetzte die Leitung. *Na toll, jetzt heult sich mein Bruder bei meinem besten Freund aus. Was ist mit mir?* Nach einer Viertelstunde wählte sie erneut von ihrem Handy. Besetzt. Jasmin wartete weitere fünfzehn Minuten ab. Besetzt. Dann warf sie das Telefon wütend in die Ecke. Nicht einmal das T-Shirt unter ihrem Kissen konnte ihr in der Situation Trost spenden. Ihr kamen die Tränen und bald fiel sie in einen unruhigen Schlaf. Dieser bescherte ihr einen Traum, in dem sie ein frecher, großer Junge 'Amelie' nannte und sie zum Lachen brachte.

Ganz schön Veit

Gegen 21:30 Uhr schreckte Jasmin aus dem Schlaf hoch. Es war schon dunkel draußen. *Verdammt, Veit!* Sie sprang aus dem Bett und eilte leise ins Bad, um sich frisch zu machen. Das Haus war dunkel, Marvin schlief wohl schon und sie schlich leise nach unten. Dort schlüpfte sie in ihre Sneakers und verschwand dann in die Dunkelheit nach draußen.

Um Punkt 22 Uhr hielt knatternd ein ihr bekanntes Motorrad auf der besagten Kreuzung. Veit nickte ihr zu, bedeutete aber, still zu sein und warf ihr den zweiten Helm zu. Stumm setzte sie ihn auf und schwang sich hinter ihm auf die Maschine. Er fuhr los. Ganz fest drückte sie sich an ihn. Momentan war er ihr nicht nur körperlich näher als alle anderen. Sie erkannte bald, dass er wieder zu der gleichen kleinen Lichtung wollte. In der Tat parkte er an derselben Stelle wie gestern. Sie packten die Helme in die Motorradtaschen und stapften wortlos in den Wald. Jasmin hatte etwas Mühe, mit ihm mitzuhalten, aber sie hatte heute eindeutig die passenderen Schuhe an.

Irgendwann brach Veit endlich das Schweigen. „Und? Einen schönen Abend gehabt?"

„Ging so."

„Oft können wir das nicht machen wegen der Chips."

„Ja." Jasmin fasste sich beim Laufen in den Nacken.

„Sonst müssen wir es Nicolai sagen."

„Wäre er denn damit einverstanden?"

„Es ist ihm sogar lieber, wenn wir Hybriden unter uns bleiben."

Beinahe stolperte sie über eine Wurzel. „Marvin wird übrigens in den deutschen Leichtathletik-Kader aufgenommen."

„Ich weiß."

„Das dachte ich mir schon."

„War ganz schön teuer."

„War anstrengend, ihn zu überreden, das anzunehmen."

„Was gibt es denn da zu überlegen?" Kopfschüttelnd machte er sich eine Zigarette an. „So etwas kann er sich doch nicht entgehen lassen."

„Na ja, er wollte wegen mir hierbleiben."

„So ein Vollidiot."

„Hey!" *Reiß dich zusammen.*

Sie kamen zu der Lichtung und setzten sich auf den umgekippten Baumstamm. Jasmin wollte sich endlich das Fiasko von der Seele reden und beschloss, Veit einzuweihen.

„Es ist nur, also, er wollte nicht gehen und da habe ich, glaube ich, was Dummes angestellt."

„Was hast du denn gemacht?"

„Na ja, ich wollte ihm eigentlich nur sagen, dass egal, was passiert...

wenn er irgendwann dann erfahren wird, was, also, ich wollte doch nur, dass er weiß, dass ich ihn lieb habe. Er hat das irgendwie fehlinterpretiert und dann ließ ich ihn in dem Glauben, weil ich dachte, so hab ich wenigstens ein überzeugendes Argument." Hilflos sah sie Veit an.

„Tut mir leid, ich verstehe nur Bahnhof."

„Ich habe ihm glauben lassen, dass ich mich in ihn verliebt habe."

Veit fing laut an zu lachen, was sie sehr verärgerte.

„Das ist nicht witzig!"

„Tschuldigung." Doch er konnte nicht aufhören, zu lachen. „Das muss echt super für ihn gewesen sein."

„Er hat meine Worte einfach in den falschen Hals gekriegt."

Veit prustete immer noch ein wenig. „Was wäre gewesen, wenn er darauf eingegangen wäre?"

„Das ist wirklich nicht witzig!"

„Doch. Das ist super witzig. Schade, dass wir bei euch zu Hause noch keine Kameras haben."

„Ha, ha. Außerdem sieht er gut aus. Also nicht, dass da etwas dran wäre, ach vergiss es einfach." *Ich rede mich hier um Kopf und Kragen. Mal wieder.*

„Nein, sprich dich ruhig aus. Deswegen habe ich also keine Chance bei dir." Vergnügt zwinkerte er ihr zu.

„Vergiss es.", versuchte sie ihn genervt abzuwürgen.

„Weißt du, ich mag Rollenspiele. Also, wenn es dich anmacht, dann bin ich gern dein Bruder." Vor Lachen verschluckte er sich beim Rauchen.

„Das war sowas von klar, dass du mich nicht verstehst."

„Das ist aber auch schwer bei dir."

„Ich kann mich doch jetzt nicht mal richtig verabschieden von ihm, weil er mir höchstwahrscheinlich nur noch aus dem Weg gehen wird."

„Warum hast du das denn auch nur gemacht?", hakte er neugierig nach.

„Ich wollte nicht, dass er seine Abreise verschiebt. Er wollte unbedingt noch bei mir bleiben und auf diese Weise, dachte ich, treibe ich ihn in die Flucht. Aber na ja, die Situation ist jetzt so verfahren."

„Sonst wäre er nicht gegangen?"

„Ich hätte kündigen müssen."

„Das geht nicht."

„Siehst du. Erkennst du mein Dilemma?" Jasmin blickte verzweifelt in seine Augen. „Wenn ich kündige, werde ich umgebracht, aber er würde gehen. Wenn ich nicht kündige, bleibe ich am Leben, aber er ist in Gefahr. Was bitte sollte ich anderes machen?"

„Ach Quatsch, wenn er erst mal da ist, dann vergisst er das mit deiner Kündigung."

„Nein, er würde zurückkommen und mich holen."

„Meinst du nicht, dass das nur leeres Gerede von ihm ist?" Veit trat mit dem Fuß seine Zigarette aus.

„Nein. Du kennst ihn nicht."

„Welcher normale Mensch lässt sich denn so eine Chance entgehen?"

„Das ist mir klar, dass du das nicht verstehst. Hast du schon mal wirklich etwas für einen anderen Menschen empfunden? War dir schon jemals ein anderer Mensch wichtig?"

„Ja, Vince. Also nicht, dass ich schwul wäre." Er grinste.

„Vincent?", fragte Jasmin überrascht. „Okay, dann würdest du doch auch alles für ihn tun, um ihn zu schützen, oder?"

„Na ja, alles vielleicht nicht, aber vieles. Sagen wir mal so, ich würde ihm eine Niere spenden, wenn er nicht Hybrid wäre und das daher nicht braucht."

„So ähnlich. Marvin würde eben auf den Sport verzichten und auf mich aufpassen."

„Okay."

„Und andersherum möchte ich ihn schützen und weit weg wissen."

„München ist weit weg."

„Ja, eben. Deshalb soll er schnellstmöglich verschwinden." Sie lehnte sich bei Veit an. „Ich kann doch jetzt nicht mal mehr nachts zu ihm ins Bett krabbeln, weil er denkt, ich habe Hintergedanken."

„Du krabbelst zu ihm ins Bett?" Veit konnte es kaum glauben.

„Ja. Und?"

Wieder lachte er laut los. „Der Arme. Egal, was du machst, du machst ihn verrückt."

„Hör auf zu lachen."

„Kann ich nicht. Ha, ha, ha. Tschuldigung." Tatsächlich versuchte er sich, etwas im Zaum zu halten, doch das belustigte Glitzern bekam er nicht aus seinen Augen.

„Wieso ist er der Arme? Außerdem kam er das letzte Mal zu mir ins Bett."

„Oh, dann solltest du es in Betracht ziehen, dass er auch auf dich steht."

Jasmin stand kurz davor, ihm den Hals umzudrehen. „Auch wenn es dir schwerfällt, es dreht sich nicht alles immer nur um Sex."

„Er ist ein Mann. Auch wenn er nicht ganz so ein Kerl ist wie ich." Veit grinste.

„Marvin hatte auch schon viele Frauen.", verteidigte sie ihren Bruder.

„Ja, es gibt immer ein paar, die nicht so genau hinschauen."

„Ja, es gibt auch immer ein paar, die billig herumlaufen und mit ihrem Chef ins Bett hüpfen."

„Was hast du nur gegen Jenny?"

„Ich hätte dir einfach mehr Geschmack zugetraut."

„Höre ich da etwa Eifersucht?"

Leicht schrill lachte nun zur Abwechslung mal Jasmin. „Das ist ja wohl lächerlich."

„Vielleicht sollten wir nochmal so eine Kusswette machen?"

Empört sprang sie auf. Vielleicht wollte sie auch einfach etwas mehr Distanz zu ihrer Sicherheit aufbauen. „Hast du nicht eine Kleinigkeit vergessen? Ich bin mit... ."

Scheinbar hörte er gar nicht zu oder es interessierte ihn einfach nicht. Auf jeden Fall fiel er ihr ins Wort. „Mein Einsatz. Spielst du mit?"

„Nein." Kurze Pause. „Von was für einem Einsatz redest du?"

„Moment. War da doch mehr mit dir und Vincent?"

„Und wenn?"

„Dann bin ich Arsch genug, um dir zu sagen, dass es mir egal ist und ich dich trotzdem küssen werde."

Darauf wusste sie keine gute Antwort. „Du wolltest etwas sagen. Irgendetwas mit einem Einsatz."

„Ich will einen Kuss."

„Nein. Vergiss es." Sie ging lieber noch einen Schritt zurück.

„Okay. Dann verrate ich dir auch nichts über deine Mutter."

„Das ist Erpressung."

„Ich finde das nur fair. Warum sollte ich mein Leben riskieren, wenn ich nichts davon habe?"

„Warum küsst du nicht einfach Jenny?"

„Die schmeckt immer so nach künstlicher Erdbeere. Benutzt Lipgloss oder so."

„Sag ihr, sie soll ihn nicht mehr benutzen. Und als Chef könntest du ihr gleich noch mitteilen, dass sie bitte mehr als nur Unterwäsche unter ihrem Kittel tragen soll."

„Als Chef habe ich ihr gesagt, dass ich das gut finde." Sein freches Grinsen wurde breiter und breiter. „Und seit wann trägt sie denn Unterwäsche?"

„Und dann erwartest du, dass ich... ." Sie brach ab. „Du wolltest mir etwas über meine Mutter erzählen."

„Ich will einen Kuss von dir."

„Aber doch nicht vorher!"

„Also steht der Deal." Veit war die Zufriedenheit in Person. „Wie war dein Verhältnis zu ihr?"

Jasmin zuckte überfordert mit den Schultern. „Zu Hause war sie immer etwas in sich gekehrt. Außer zu Marvin, er war ihr Sonnenschein. Also nicht, dass sie mich schlecht behandelt hätte, aber ich fand nie so den richtigen Draht zu ihr. Das war mit Papa ganz anders." Bei der Erinnerung lächelte sie.

„Ich habe deine Mutter kennengelernt, da war ich sechzehn. Ein paar von uns, auch ich, wurden ihr zugeteilt. In unserer Ausbildung hatten wir gerade viel Kampfsport gemacht."

„Oh."

„Bei Verletzungen wurden wir zu ihr geschickt. Sie hat sich sehr reizend um uns gekümmert. Ich fand sie damals unheimlich attraktiv."

„Oh nein, sag mir bitte nicht, du hattest was mit meiner Mutter!"

„Nein, hatte ich leider nicht."

„Gott sei Dank."

„Aber weil sie so schön war, hatte ich natürlich oft Schmerzen zu dieser Zeit." Wieder grinste er.

„Und sie hat dich verarztet."

„Genau. Irgendwann ist es aber leider aufgefallen, dass ich zu oft krank war. Ich mein, wir sind Hybriden."

Jasmin musste schmunzeln. Sie konnte sich das alles sehr gut vorstellen. Veit war ein guter Erzähler.

„Wir sind nicht nur nicht krank, sondern die Regeneration verläuft auch viel schneller. Ich hatte sogar ein ernsthaftes Gespräch mit deinem Vater deswegen."

„Ach ja? Was hatte er zu dir gesagt?"

„Er würde mich trotz meines Alters übers Knie legen, wenn ich mich nicht von seiner Frau fernhalte."

„Das passt zu ihm", sagte sie lachend.

„Er war schon so ein bisschen respekteinflößend." Veit stand auf und reckte sich.

„Er war der tollste Papa, den man sich wünschen konnte."

„Ja, er war ziemlich cool."

„Marvin sieht das zwar ein bisschen anders, aber was soll's."

„Jetzt bist du dran."

„Was?"

„So war der Deal. Ich rede, du küsst."

„Du hast doch kaum was erzählt." Jasmin merkte, wie ihr Herz schneller schlug.

„Wir hatten nicht festgelegt, wie viel ich dir sage."

„Aber... ."

„Hey, es ist doch nur ein Kuss. Was soll da schon passieren." Sein Grinsen erinnerte sie wieder an eine Raubkatze, die wusste, dass die Beute in der Falle saß.

Jasmin gab sich taff. „Also schön, aber nur einen ganz kleinen Kuss."

„Na los. Ich erwarte deinen Einsatz."

„Wie bitte?"

„Ich sagte eindeutig, dass du mich küsst. Nicht andersherum."

„Also das, das ist ja, äh, Haarspalterei." *Bleib cool. Lass dich nicht aus der Ruhe bringen. Welche Ruhe?*

„Passives Lippenentgegenhalten ist nicht das, was ich will.", stellte Veit klar. Ehe sie sich versah, hielt er sie an der Taille fest und hob sie auf einen alten Baumstumpf. Er strich ihr die Haare hinter das Ohr und fuhr mit dem Finger ihren Hals entlang. Jasmin wurde dabei ganz anders.

Plötzlich ließ er die Hände von ihr, wippte freudig mit seinen Füßen und bekam erneut nicht dieses Grinsen aus dem Gesicht. „Jetzt bist du dran."

„Was?"

„Dein Kuss."

„A-a-aber... also ich, ich meine... ."

Schon presste er seine Lippen auf ihren Mund. Dieser Kuss war wesentlich leidenschaftlicher als der andere bei ihr zuhause. Sie schmeckte ihn und genoss es in jeder Zelle ihres Körpers. Er stürzte sie in einen Rausch und irgendwie hatte er sie von dem Baumstumpf heruntergenommen. Jasmin konnte nicht mehr denken, war mit dem Fühlen überfordert. Es dauerte nicht lang, da spürte sie einen Baumstamm im Rücken. Sie schlang ihre Arme um seinen Hals. Mehr, sie wollte mehr. Sanft löste er den Kuss und seine Lippen glitten ihren Hals entlang, entfachten eine Gänsehaut nach der nächsten und küssten sich wieder hoch zu ihrem Ohr.

„Das mit deinen Händen ist schon mal besser als beim letzten mal. Bald könntest du das Küssen drauf haben." Grinsend trat er einen Schritt zurück.

Jasmin keuchte. *Dieser Mistkerl. Wie machte er das bloß?* Ihre Augen blitzten vor Wut, was ihn sichtlich noch mehr amüsierte. Es kostete sie eine Menge Kraft, halbwegs lässig zu wirken.

„Das reicht jetzt. Wir sind quitt."

„Klar."

„Gut, dann können wir uns jetzt wieder wie zwei Erwachsene vernünftig unterhalten."

„Sicher." Veit zog seine Jacke aus.

„Ja, äh, dann reden wir."

Er warf die Jacke nun auf den Boden.

Verunsichert schaute sie zu ihm. „Was soll das nun wieder?"

„Wir unterhalten uns." Er begann sich das Hemd aufzuknöpfen. „Wie Erwachsene."

„Ähm, also, ähm, ja, dann, äh,... ."

„Ja?", fragte er höflich nach und ging auf sie zu.

Immer noch einzelne Silben stotternd wollte sie ausweichen, doch der Baum hinter ihr hatte sich nicht in Luft aufgelöst.

„Du kannst es gerne noch mal versuchen." Er beugte sich zu ihr herunter. Sein Gesicht war nun gefährlich nah an ihrem. Sanft nahm er ihre Hände und führte sie unter sein offenes Hemd an seine Taille.

„Ich, ich will aber gar nicht." Sie spürte seine warme Haut unter ihren kühlen Händen.

„Das glaube ich dir nicht." Dann küsste er sie und dieses Mal löste er den

Kuss nicht so schnell. Dieser Kuss war wilder. Nun drückte er sanft ihre Hand von seiner Taille über den Bauch und dann nach unten. Sie erschrak kurz und er keuchte auf. Aber Veit löste den Kuss nicht und sie nahm die Hand nicht weg. Seine Hände wurden nun fordernder, bestimmten den Takt und ließen die ihre allein zurück. Ehe Jasmin sich versah, verschwanden seine Hände unter ihrem Oberteil. Jegliche Vernunft war fort. Dafür wurde sie gänzlich von einem Kribbeln in jeder ihrer Zellen überrannt. Veits Berührungen schienen nun überall zu sein und so etwas wie heiße Male auf ihrer Haut zu hinterlassen. Sie konnte nicht anders, sie gab sich hin, voll und ganz ihren Sinnen erlegen. Ihre Hände glitten nun über seinen Rücken und an seinem Hals schmeckte sie Salz und selbst die leichten Bartstoppeln auf ihrer Schulter verfehlten nicht ihren Reiz. Er roch nach dem Leder seiner Jacke und dunklem Moschus. Ihr Pullover verschwand genau wie sein Hemd in der Dunkelheit. Plötzlich packte er sie mit festem Griff und hob Jasmin auf seine Hüfte. Dann spürte sie wieder die Rinde des Baumes hinter sich, nur diesmal auf der nackten Haut. Das Herz pochte wie wild und ihr gesamter Körper verschwand unter seinen Berührungen. Seine Küsse raubten ihr den Atem und ihre Hände suchten Halt an seinen Schultern. Im Mondlicht waren seine Tätowierungen zu erkennen, doch spürte sie seine vernarbte Haut darunter. Leidenschaftlich und wild waren seine Küsse und sie verlor sich in ihnen. Ein kalter Wind zog auf, doch die Gänsehaut in ihrem Nacken rührte nicht hiervon, sondern war seine Schuld. Ihre Mutter hatte sie vor Männern gewarnt, bei denen man den Verstand verlor, aber Jasmin konnte sich nicht lösen. Im Gegenteil, inzwischen waren ihre Berührungen genauso fordernd wie die seinen.

Der Regen prasselte auf sie nieder und lief nun in kleinen Bahnen über ihre Körper. Der Atem beschlug in der Luft und der Boden unter ihnen weichte auf. Schlamm war ihnen egal, der Regen war vollkommen irrelevant und so dauerte es eine ganze Weile, bis die Erschöpfung dann doch ihren Tribut forderte.

„Wir müssen gehen, es ist spät." Veit zog sich seine Jeans wieder an und reichte ihr dann die Hand zum Aufstehen. Sie schaute ihm tief in die Augen, während er lächelnd etwas Dreck aus ihrem Gesicht wischte.

„Ich hoffe, du musst das hier zu Hause nicht erklären." Er küsste ihre Stirn und warf sich dann das Hemd über. Sie war stumm, noch vollkommen überrannt von dieser Situation und langsam schlich sich auch der Verstand wieder in ihre Windungen. Ein Pullover flog gegen ihre Brust.

„Ey, nackt Motorrad fahren ist etwas ungünstig."

„Meine Unterwäsche?" Das waren ihre ersten Worte.

Lächelnd holte er sie aus einem Busch und gab sie ihr. Dankbar nickte sie und begann sich nun auch anzukleiden, dies war dann doch etwas schwierig. Die wackligen Beine und die nassen Klamotten taten ihr übriges.

„Hey, Kleines, mach dir keine Gedanken. Von mir wird Vince nichts erfahren und wir sind Hybriden, schwanger wirst du nicht werden."

„Das ist es nicht. Normalerweise mache ich … ." Sie unterbrach sich selbst, das Gleiche hatte sie damals zu Vincent gesagt.

„Ja, das merkt man."

„Wie bitte?" Pikiert starrte sie ihn an. Es hatte ja nun nicht lange gedauert, da musste er sie wieder ärgern und diesen Moment zerstören.

„Hör mal, leg endlich dein Gewissen ab. Du, ich. Das hat gefallen, das muss nicht erklärt werden. Wir sind, was wir sind, und unser Leben könnte von einem zum anderen Moment beendet sein. Also genieße das, was du hast, mehr haben wir nun mal nicht."

„Nein, sowas ist nicht meine Art."

„Was ist denn dann deine Art? Strebst du etwa nach einem Reihenhaus mit zwei Kindern und Teilzeitjob?"

„Du wirst gemein."

„Und du unrealistisch. Na, los, komm her."

Doch sie blieb leicht rebellierend stehen.

„Komm gefälligst her." Er wartete nicht länger ab, sondern nahm sie einfach ganz fest in seine Arme. „Es tut mir leid. Wenn ich es könnte, würde ich es ändern. Es bringt aber nichts einem Traum nachzujagen."

In seiner Stimme hörte sie, dass er schon lange aufgegeben hatte etwas ändern zu wollen. Er hatte abgeschlossen mit dem Traum auf ein normales Leben und in ihr sickerte nun langsam das Wissen, dass sie nun auch nicht mehr sich selbst gehörte.

Eigentum einer Firma? „Ich glaube nicht, dass ich mich damit so einfach anfreunden kann."

„Von einfach hat auch nie jemand gesprochen." Dann tätschelte er ihr den Kopf und als Jasmin verärgert wegzuckte, lachte er.

„Wie war das eigentlich mit dir und Vince. Habt ihr miteinander geschlafen?"

Sie wurde rot. Das reichte ihm als Antwort. „Mein lieber Scholli, da hat er aber keine Zeit verschwendet."

„Wir hatten auch keine Zeit."

Veit lachte und sie war kurz vorm Durchdrehen.

„Was habt ihr nur an euch, dass ich, na ja, von euch beiden so überrannt werden kann? Oder liegt es an mir? Bin ich krank?"

Er tätschelte ihr wieder durch das Haar. „Wir sind schon so gemacht worden, dass wir attraktiv wirken."

„Bilde dir bloß nichts darauf ein. Ich will nicht wissen, welche Nummer ich auf deiner Liste habe."

„Jetzt kommt das wieder. Warum ist es euch Frauen nur immer so wichtig, die Einzige zu sein?"

„Hör mal, wenn ihr Kerle die 200 knackt, seid ihr cool. Andersherum wäre die Frau die letzte Schlampe."

„Ich mag es, wenn eine Frau Erfahrung hat."

„Dann bist du aber eine Ausnahme."

„Ich bin nicht blöd, ich weiß, dass wir nicht ständig Jungfrauen knacken können."

Jasmin wurde wieder rot. Sie musste an Vincent denken. An ihren ersten Liebhaber, dem das nicht mal bewusst war, weil sie sich keine Blöße geben wollte.

Veit riss sie aus ihren Gedanken. „Du hast noch Schulden bei mir."

„Was?"

„Der Kuss."

„Sag mal, spinnst du? Wir hatten gerade stundenlang Sex."

„Ja und?"

„Wie und?", fragte Jasmin fassungslos.

„Du kannst doch nicht Schafe mit Ziegen vergleichen."

„Ich habe das Gefühl, du meinst das wirklich ernst."

„Klar. Es sei denn, es ist dir lieber, ich fordere deinen Einsatz woanders ein. Vielleicht in Hamburg?" Süffisant grinste er sie an.

„Wieso bist du eigentlich so ein Mistkerl?"

„Weiß nicht, frage deinen Vater, er muss das Gen ins Glas geworfen haben."

„Das ist unfair."

„Unfair ist es, mich um meinen Kuss bringen zu wollen. Du hast mich lediglich verführt."

„Bitte?"

„Ja."

Kurz wog sie ihre Optionen ab. „Also gut."

Er grinste. „Ich beuge mich auch zu dir herunter."

Ich komme mir jetzt gar nicht blöd vor. Bevor er aber noch irgendetwas sagen konnte, schnappte sie sich ihn und gab ihm den gewünschten Kuss. Jasmin spürte, dass er dabei schmunzelte. Zärtlich erwiderte er den Kuss. Sofort durchströmte sie ein schönes, wohliges Gefühl, aber schließlich löste Veit sich von ihr.

„Na los, auch wir können vielleicht mal 'nen Schnupfen bekommen und sollten nicht zu lange im Regen stehen." Damit schritt er voran.

„Veit, warte."

„Ja?"

„Was mache ich denn nun mit meinem Bruder?"

„Kläre ab, ob er wirklich fahren will, wenn nicht, rufst du mich an und ich komm vorbei. Uns wird schon etwas einfallen."

Eine Unterschrift

Den Abend hatte sie nicht wirklich ganz verarbeitet. Ein Chaos herrschte in ihrem Kopf, als sie am nächsten Morgen den Frühstückstisch deckte. Wenn sie das hier nun durchzog, wie würde ihr weiteres Leben verlaufen? Im Idealfall? Da würde sie weiter in der Firma arbeiten und einen gut bezahlten Job haben. Marvin wäre Sportler für Olympia und der Mann an ihrer Seite... der wäre entweder Veit oder Vincent. Mit Veit wäre ihr Leben ein leidenschaftliches Abenteuer, doch hätte so etwas Bestand? Und Vincent, mit ihm könnte sie glücklich alt werden, Hand in Hand würde sie ihm bis ans Ende der Welt folgen. Doch was machte es für einen Sinn über die Wahl der Zukunft nachzudenken, wenn man das Eigentum einer Firma zu sein schien, deren Willkür sie ausgesetzt wurde. Was, wenn Nicolai Fabini plötzlich doch beschloss, seinem Hass nachzugehen und sie alle auszuschalten. Das könnte er doch im Handumdrehen, wusste er doch immer, wo sie sich aufhielten, jederzeit, überall. Nein, das Wichtigste war, ihren Bruder aus der Schussbahn zu bekommen. Alles andere würde sich mit der Zeit ergeben müssen.

Marvin betrat mit gerader Haltung die Küche: „Guten Morgen."
„Hi." Sie setzte sich und wartete, bis er es ihr gleich tat. „Tee?" Sie zeigte auf die Teekanne auf dem Tisch.
„Ja, sehr gern."
„Wie ist dein Lauf gestern gewesen? Konntest du nachdenken?", fragte sie zögerlich und goss ihm Tee ein.
„Ja. Unter den Umständen ist es besser, wenn ich nächste Woche schon fahre, aber ich traue dir nicht."
„Wie bitte?"
„Ich will nun mal, dass du in dieser Firma aufhörst. Diese Firma ist wie ein böser Fluch, der auf unserer Familie lastet."
„Ja aber ich sagte doch schon, dass ich da wohl aufhören werde. Aber bedenke auch, dass ich dort Geld verdiene. Ich muss erst eine andere Arbeit finden, wäre das nicht in deinem Sinne? Damit ich hier nicht irgendwann auf der Straße sitze?"
„Und genau deshalb traue ich dir nicht. Ich bin der Mann im Haus und ich habe eine Entscheidung gefällt!"
Irgendwie machte ihr die Haltung ihres Bruders Kummer, so würde sie ihn nie dazu bringen, wegzufahren. „Ja du fährst dahin und ich suche mir einen neuen Job. Ich kann ja auch mal versuchen, ob ich nicht auch in München eine Stelle bekomme, die mir liegt. Das wäre doch was, oder?"
„Dann solltest du dich schnell dort bewerben, denn deine Kündigung bei Fabini ist schon auf dem Weg."
„Wie bitte?" Sie stand abrupt auf. Ihre Teetasse fiel um, doch sie setzte

sich wieder ohne den verschütteten Tee wegzuwischen. Wie geschockt starrte sie ihren Bruder an. „Hast du etwa für mich gekündigt?"

„Ja ich weiß, das war moralisch nicht ganz okay von mir, aber ja, ich habe in deinem Namen ein Schreiben aufgesetzt. Und du brauchst dich auch nicht aufregen, denn es ist schon abgeschickt. Du kannst es nicht mehr ändern!"

„Wieso?"

„Weil diese Firma dein Ende bedeutet. Aber sorge dich nicht, ich habe mit München telefoniert, ich bekomme genug Geld um dir die Miete zahlen zu können."

„Ich will dort nicht aufhören!"

„Ha! Wusste ich es doch!"

„Und dennoch übergehst du mich?"

„Ja, es war meine Pflicht. Glaube mir, so ist es für alle besser."

„Du ahnst nicht, was du angerichtet hast!"

„Dein Leben gerettet, würde ich mal sagen."

„Vielleicht ist es noch nicht zu spät, vielleicht kann man den Postkasten knacken und den Brief abfangen. Wo hast du ihn eingeworfen?"

„Das ist doch nicht dein Ernst?"

„Doch, also wo ist er?"

„Bei der Poststelle, und dort sicherlich schon auf dem Weg zum nächsten Verteilerzentrum. Ich habe ihn gestern nach dem Lauf weggebracht."

„Nein!"

„Doch. Und nun beruhige dich wieder ich habe mir auch eine Wiedergutmachung überlegt, weil ich dich, nun ja, übergangen habe."

„Ach wirklich?" Immer noch fassungslos starrte sie ihn an.

„Ja, ich dachte mir, weil wir nun soviel gestritten haben in der letzten Zeit und nun nur noch ein paar Tage bis zu meiner Abreise sind, dass wir einfach neu anfangen und den ganzen Stress vergessen. Lass uns heute Abend einfach die Zeit zurückdrehen, wie vor ein paar Monaten, als das alles noch nicht war. Und zwar machen wir heute Abend einen gemütlichen, geschwisterlichen Videoabend. Ja?"

Oh mein Gott, was soll ich nur tun. Ich werde sterben, oder?

Sie stand auf. „Ich muss telefonieren!" Sie rannte aus der Küche und stürmte zu ihrem Handy nach oben in ihr Zimmer. Kreidebleich drückte sie auf Veits Nummer und wartete zittrig das Freizeichen ab.

„Na Schnecke, Sehnsucht?"

„Oh mein Gott, Veit!"

„Ja, du klingst etwas abgehetzt."

„Ich, ich... kannst du herkommen?"

„Oha, das klingt nach Ärger. Verdammt, ich bin gerade im Dienst und nicht in der Nähe. Was ist denn?"

„Du sagtest doch gestern etwas, und dabei brauche ich unbedingt deine

Hilfe. Bitte, bitte, oh mein Gott ich weiß nicht was ich tun soll. Marvin ist so ein Idiot."

„Was hat er getan?"

„Er hat in meinem Namen eine Kündigung abgeschickt. Ich kann es nicht mal mehr aufhalten, da er den Brief schon gestern zur Poststelle gebracht hat."

„Ach du Scheiße."

„Veit, was soll ich denn jetzt nur machen?"

„Dich beruhigen."

„Dann komm her und hilf mir."

„Das tue ich auch, nur jetzt kann ich nicht. Heute Abend stehe ich an deiner Tür, okay?"

„Was machst du denn jetzt?" Durch die Panik in ihr wurde sie sarkastischer.

„Ich arbeite."

„Oh, verstehe, der Herr hat schwer zu arbeiten mit Jenny, ja?"

„Ja genau und deshalb kann ich nicht."

Meint er das jetzt ernst? Fiebrig fummelte sie in ihren Haaren herum.

„Ich lege jetzt auf, verhalte dich normal. Ich komme nachher vorbei."

Ohne auf ihre Antwort zu warten, legte er auf.

Den Rest des Tages versuchte sie nicht an einen vorzeitigen Tod zu denken. Aber das wollte ihr nicht so recht gelingen. Was; wenn sie nun nur noch ein paar Stunden hatte, wie würde sie die nutzen können? Sie sackte auf ihrem Bett zusammen; unfähig; auch nur eine Träne zu vergießen: Zu tief saß der Schock.

Videoabend

Jasmin entschloss, dass es vielleicht keine so schlechte Idee war, den Rest ihrer vermutlichen Lebenszeit mit ihrem Bruder zu verbringen, zumindest bis Veit mit einem rettenden Plan vor der Tür stehen würde. Sie hatte noch den Tag über versucht Erik zu erreichen, doch er ging nicht einmal an sein Handy.

Es war schon dunkel und die beiden Geschwister bereiteten die Knabbersachen für den Videoabend vor. Als Jasmin plötzlich ein Kissen von hinten an den Kopf geworfen bekam.

„Was sollte das denn jetzt?" Jasmin schaute ihren Bruder mürrisch an.

„Na komm schon, wie in alten Zeiten, he?" Er zappelte wie wild hin und her. Er wollte die Stimmung auflockern, denn natürlich hatte er ein schlechtes Gewissen.

„Nix he! Ich bin doch keine 12 mehr." Sie warf das Kissen zurück.

Dies sah er als Aufforderung, um sie mit gleich 5 Kissen nacheinander zu attackieren.

Jasmin wollte schon zu einer Standpauke ansetzen, als es an der Tür klingelte.

„Ich geh schon." und Marvin lief beschwingt zur Tür.

„Hey, ist Jasmin da?" Veit schaute ihn an.

„Äh?" Sichtlich irritiert wusste Marvin kurz nicht, was er antworten sollte.

„Danke." Damit drückte Veit den Rest der Tür auf und quetschte sich in den Flur.

„Moment mal, ich hab dich nicht reingelassen." Marvin schien empört zu sein, da hörte man schon Jasmins Stimme. Diese stürmte in den Flur.

„Alles okay, Marvin, ich hab ihn eingeladen." Nervös klemmte sie sich eine wilde Strähne hinters Ohr. „Ich hatte vergessen, dass wir verabredet waren. Entschuldige Marvin, es ist doch kein Problem, wenn Veit mit den Film anschaut?"

„Hab auch Bier dabei." Veit hielt ein Sixpack hoch.

„Trink kein Bier."

„Aber ich." Jasmin griff dazwischen und schnappte sich den Träger. „Na dann ab ins Wohnzimmer."

„Der hat aber noch seine Schuhe an."

„Marvin, du willst doch nicht wirklich, dass ich die ausziehe oder?" Veit lachte, zog aber seine Schuhe aus.

Sie betraten das Wohnzimmer. Veit sah die Überreste der Kissenschlacht und lächelte. „Wow, ne Kissenschlacht unter Bruder und Schwester, oder habt ihr was anderes gemacht?"

„Das geht dich gar nichts an." Grummelte Marvin, der die Kissen wieder anständig an ihre Plätze verteilte.

„Ey Jasmin, willste dir nicht mal eben was Anständiges anziehen?" Veit starrte in ihr pikiertes Gesicht „Ich will mal eben allein mit deinem Bruder reden."

Mit mahnendem Blick auf die beiden verschwand sie nach oben, jedoch nicht, ohne oben am Treppenabsatz zu lauschen. *Gehört das zu seinem Plan?*

Veit setzte sich auf das Sofa und verteilte die Kissen nun auch neu, jedoch mit dem einzigen Hintergrund Marvin damit aufziehen zu können. „So so, du kuschelst also gern."

„Also bestimmt nicht mit dir." Marvin blieb angriffslustig vor ihm stehen. Veit griff nach dem Bierträger und reichte Marvin beschwichtigend eine Flasche.

„Ich darf nicht." Und Marvin verschränkte seine Arme.

„Nimm das Bier."

„Ich darf nicht!" Doch nach einem ernsten Blick von Veit, besah er sich eines besseren. Schließlich wollte Marvin nicht unmännlich wirken. „Okay okay, wenn's denn sein muss.", dann setzte er sich in sicherem Abstand auch auf das Sofa. „Ich nehme an, du willst mit mir reden?"

„Wir können auch einfach Bier trinken.", damit öffnete Veit das Bier mit seinem Feuerzeug und trank genüsslich den ersten Schluck.

„Bist du jetzt plötzlich mit Jasmin zusammen?", sprach Marvin schnippisch.

„Ja.", und der zweite gute Schluck wurde genommen.

„Du, du bist nur mit ihr zusammen, weil sie jemanden anderen nicht haben kann. Das weißt du, oder?"

„Kann sein, is mir aber eigentlich auch Latte."

„Wieso?"

„Ja weißt du ich glaube nicht, dass es jetzt schon etwas Ernstes ist."

„Sie hat auch etwas viel Besseres verdient."

Das ist deine Meinung, du solltest aufhören, sie zu irgendetwas zu drängen oder vorzuschreiben."

„Wie meinst du das?"

„Na die Arbeit kann schon mal langweilig sein und in den Pausen... naja, ich dränge sie zum Beispiel nicht."

Marvin verengte die Augen zu Schlitzen. „Das ist meine Schwester über die du da gerade redest."

„Ja und auch eine Frau, und Frauen machen auch manchmal das Gleiche wie wir." Veit lachte. „Sonst hätten wir ziemlich oft Muskelkater in der rechten Hand."

„Aber man kann ja wohl auch reden."

„Also momentan redet sie viel über dich. Turned mich ziemlich an."

„Ha! Aber ich bin ja auch ihr Bruder." Er versuchte seine Überschwänglichkeit wieder etwas zu dezimieren. „Was sagt sie denn so speziell?"

„Na das du wie eine Fliege an ihr klebst und dich überall einmischt, sie bevormundest und so. Ja und dabei natürlich ziemlich penetrant bist."

„Bin ich gar nicht." Entrüstet nahm nun auch Marvin den ersten Schluck aus seiner Flasche. „Ich mache mir halt nur Sorgen."

„Weißt du, sie ist schon erwachsen. Sie weiß, was sie macht, und die Sache mit der Unterschrift ist ja wohl Kinderkacke."

„Wieso weißt du denn davon?"

„Naja, wir reden dazwischen immer miteinander."

„Ich weiß nicht, ich kann sie doch nicht einfach allein lassen."

„Ich bin doch da."

„Ja ha unter anderem macht mir das ja Sorgen."

„Weißt du, vielleicht solltest du einfach mal aufhören eure Eltern ersetzen zu wollen."

„Ich kann sie einfach nicht allein lassen. Ich würde lieber bei ihr sein und nicht, dass sie dort in eurer Firma weiter arbeitet." Marvin setzte dann noch schnell dazu „Und dass sie mit dir... verkehrt."

„Wir verkehren ziemlich oft, das werde ich jetzt nicht unterbinden."

Stille trat zwischen den beiden Männern ein, bis Marvin eingriff. „Du bleibst also jetzt zum Videoabend?"

„Ja und danke für die Einladung. Stört es dich wenn ich eines deiner Kissen nehme?"

Noch bevor Marvin etwas sagen konnte, nahm sich Veit schon ein kleines Kissen und stopfte es hinter seinen eigenen Nacken. Die Füße ausgestreckt, trank er nun gemütlich an seinem Bier weiter. Die Stille war das Zeichen und Jasmin zog sich schnell um. Als sie endlich wieder im Wohnzimmer ankam, saßen beide Männer gemütlich auf dem Sofa und schauten die Tagesthemen im Fernsehen. Überrascht, dass beide Männer scheinbar noch lebten, starrte sie Veit an. Dieser grinste breit und klopft neben sich auf das Sofa, um ihr zu gestikulieren, dass dort noch ein schöner Platz frei war. „Da sind auch noch Kissen über."

„Ja ich sehe schon." Vorsichtig setzte sie sich zwischen die Männer. „Und was schauen wir?"

„Wollt ihr euch was aussuchen?"

Doch Marvin unterbrach sie. „Wir schauen Bladerunner!"

„Na fantastisch." Veit legte einen Arm um Jasmin.

Marvin schaltete den Film an, während Jasmin sich auch eine Flasche aus dem Träger nahm. Sie schauten relativ friedlich den Film, wobei Marvin immer wieder herüber zu dem seltsamen Pärchen blickte. Aber vielleicht war das ja auch okay so, sie musste sich von ihm ablenken und sich wirklich so richtig mit Veit anzulegen, schien Marvin dann doch nicht klug, schließlich war Veit auch um einiges größer.

„Verdammt!", sprach Veit überrascht. „Jetzt hab ich ja etwas getrunken.

Also daran hab ich echt nicht gedacht." Dennoch zuckte ein Lächeln über seine Züge.

„Wie jetzt, du hast was getrunken? Ey du hast doch das Bier selbst mitgebracht!" Marvin wusste was Veit vorhatte, diese Masche kannte er.

„Ich mein, ich sollte jetzt nicht mehr fahren. Schatz, dich stört das doch nicht oder?"

„Nein, natürlich nicht."

„Ich geh dann mal schon hoch, kenn ja den Weg."

Entsetzt starrte Marvin zwischen Veit und Jasmin hin und her. Und versuchte noch ein: „Ich kann auch ein Taxi rufen!", hinter Veit herzurufen, doch dieser ignorierte ihn einfach und verschwand nach oben.

„Hat der etwa auch noch seine Zahnbürste dabei?", sprach Marvin spöttisch zu Jasmin.

Dann hörte man Veits Stimme von oben herunterbrüllen: „Verdammt, hab ich vergessen! Ach, ich nehm einfach Jasmins!"

Jasmin wollte sich an Marvin vorbei drängeln. „Lass mich, ich muss meine Zahnbürste retten."

„Halt halt halt.", wiederholte Marvin und hielt sie kurz am Arm fest. „So nicht. Das verstehst du unter einem gemütlichen geschwisterlichen Videoabend?"

„Ich hatte vergessen, dass er kommt."

„Du, du hast ihm gesagt, dass ich für dich unterschreiben musste?"

„Du musstest nicht, du hast einfach! Vielleicht hab ich das auch erwähnt, ja.", doch ihre Stimme klang eher reumütig als angriffslustig.

„Du sagtest doch, ihr seid gar nicht richtig zusammen und dann redet man doch nicht miteinander. Du, du sagtest sogar mal, dass du ihn hasst!"

„Ja genau, aber… manchmal kann man das nicht erklären. Wichtig ist doch, dass er mich ablenkt."

„Jasmin.", sprach Marvin beschwichtigend. „Ich würde mich lieber opfern, als dass du mit ihm zusammen sein musst. Also nicht, dass ich mit dir so Sachen machen würde, aber… ."

„Was?"

„Also, ich würde dir vielleicht beim nächsten Videoabend meinen Arm zum Einkuscheln geben, aber so ganz geschwisterlich natürlich."

„Lass mich hochgehen Marvin."

„Also schmeißt du ihn jetzt raus?"

„Er hat doch was getrunken."

„Er kann auch laufen. Schöne Luft draußen."

„Hey, wir sind doch keine Unmenschen."

„Jaha, aber weißt du überhaupt ob er ein Mensch ist?"

„Ach Marvin, bitte, ich will ins Bett."

„Hast du dir schon mal angeguckt, wie groß der ist? Das ist doch nicht mehr normal."

„Ja er ist halt ein großer Mensch. Ach Marvin, ich bin total müde und ich kann jetzt nicht in deiner Nähe sein." Damit streichelte sie provokant über seinen Arm.

Marvin zuckte zurück. „Oh, verstehe, kein Ding. Geh nach oben, ich räume noch kurz unten auf. Aber sollte irgendwas sein in der Nacht, also, ich lasse meine Zimmertür offen."

Jasmin verwand im Bad und gesellte sich danach in ihr Zimmer zu Veit. Hier lag dieser grinsend auf ihrem Bett. „Na da bist du ja ‚Schatz."

„Hör auf damit. Wieso bist du jetzt erst hergekommen?"

„Du hast mich doch angerufen?"

„Hatte Jenny heute Abend denn etwa keine Zeit, oder seid ihr schon fertig?"

„Ein Gentleman genießt und schweigt. Außerdem, warum stellst du mir solche Fragen, ist das nicht eigentlich vollkommen egal?"

„Du hast heute mit Jenny geschlafen, obwohl ich dich um Hilfe angefleht habe?"

„Nein, ich wollte dich nur ärgern. Ich war heute auswärts."

„Wo denn? Hast du etwa schon wieder jemanden 'verunfallt'?"

„Vielleicht."

„Das ist doch Wahnsinn."

„Ey, ich hab mir Gedanken über deinen Tod gemacht."

„Oh wie schön."

„Also da dein Bruder das mit der Kündigung durchgezogen hat, bleibt uns keine Wahl."

„Ich weiß, aber es kommt halt alles so plötzlich."

„Am besten weihe ich Fabini darin ein, das es nicht deine Unterschrift auf der Kündigung ist. Du in der Firma bleiben möchtest, dein Bruder dies aber unmöglich macht. Ich werde ihm von dem Plan erzählen, dich der Firma voll und ganz anzuschießen und dass du bereit bist, dein altes Leben hinter dir zu lassen, wenn man sich dafür um die Karriere deines Bruders kümmert. Das wird er verstehen."

„Ja okay. Das wäre wahrscheinlich die einzige Lösung" Sie seufzte. „Und willst du jetzt wirklich hier schlafen?"

„Ja."

„Brauchst du ein T-Shirt?" Sie lächelte, sie war so froh nicht alleine zu sein. Jetzt da alles um sie zusammenbrach.

„Ne ich schlafe nur in Boxershorts, brauch kein Shirt." Dann begann er sich auszuziehen.

Jasmin schaute schnell in die andere Richtung und wurde rot.

„Jasmin, du darfst gerne schauen, schließlich wohnen wir bald zusammen. Außerdem sind wir 1A genetische Auslese, das darf man schon mal zeigen."

Sie legte sich zu ihm ins Bett, ohne ihn anzuschauen.

„Mache ich dich nervös? Ich mein, noch hab ich meine Boxershorts an."

„Die behältst du auch an."

„Mhh jetzt wo ich so drüber nachdenke - ich schlafe eigentlich normalerweise ohne." Er fing an zu lachen und amüsierte sich über ihre Gesichtsfarbe.

„Sei leise Veit! Mein Bruder ist gegenüber im Zimmer. Wie kannst du so ausgelassen sein, nach dem, was passiert ist?"

„Dann sollten wir vielleicht noch lauter sein." Scherzend wackelte er an dem Bettgestell, welches lautes Quietschen verursachte. „Genieße das Leben, Amelie."

„Ich glaube, mein Bruder hat nicht so viele Kissen in seinem Zimmer!", schrie sie gegen das Quietschen an und nahm sich eines ihrer Kissen, um ihn damit zu bewerfen. Es landete auf Veits Kopf Dieser schnappte es sich und warf es zurück.

„Au!"

„Reflexe wie ne Schnecke." Veit lachte, doch sie schaute plötzlich nachdenklich. „Was ist los?"

„Ich habe gerade, nur gerade daran gedacht, dass... also, Vincent und ich in diesem Bett."

„Soll ich lieber auf dem Sofa pennen?", er setzte sich neben sie.

„Nein aber deinen Trieb mal unter Kontrolle halten." Mit diesen Worten bohrte sie ihren Finger in seine Seite.

„Aber nur, wenn du wirklich willst."

„Will ich."

„Okay, aber dass du in meinen Arm schläfst, wird doch wohl hier erlaubt sein?"

„Vielleicht." Sie grinste und legte sich in seinen Arm.

Es dauerte nicht lange und er schlief schnell ein, während sie noch eine ganze Weile nach draußen durch das Fenster starrte.

Ein Foto wäre nett

Noch bevor Jasmin aufwachte ,schlich sich Veit am frühen Morgen nach unten. Er wollte sich davonstehlen, doch Marvin machte ihm einen Strich durch die Rechnung. Veit war gerade dabei seine Schuhe im Flur anzuziehen.

„Du brauchst keine Brötchen holen, ich hab nach dem Joggen einfach welche mitgebracht."

„Oh." Verlegen strich sich Veit durch die Haare. „Ich wollte eigentlich auch zur Arbeit."

„Naja, ich hab Brötchen für uns alle gekauft." Seltsamerweise klang Marvin weniger angriffslustig und eher versöhnlich.

„Sorry, aber ich hab ein dringendes Meeting heute." Veit wusste diesen Versöhnungsakt durchaus zu schätzen, musste jedoch wirklich dringend mit Nicolai Fabini reden.

„Es ist Samstag."

„Ja auch samstags steht die Erde nicht still. Danke dennoch für das Angebot, ich weiß es zu schätzen." Mit diese Worten tätschelte Veit die Schulter von Marvin und verschwand danach durch die Haustür.

Am späten Nachmittag klingelte Jasmins Handy, sie hatte darauf gewartet denn schließlich hatte Veit das Haus ohne ein Wort an sie verlassen.

„Hallo Veit. Willst du dich entschuldigen?"

„Warum?"

„Du bist ohne ein Wort und ganz still und heimlich aus dem Haus verschwunden."

„Wollte dich schlafen lassen."

Stille folgte, darauf konnte Jasmin irgendwie nicht antworten.

„Du Amelie, hör mal."

„Nenne mich bitte nicht so. Es fühlt sich so seltsam an."

„Frau Cheplow, kannst du Marvin heute für ein paar Stunden aus dem Haus schicken?"

„Ja, wenn ich ihn lieb bitte."

„Nein nein, es ist wichtig, dass er freiwillig geht und ohne den Gedanken, du müsstest ihn los werden. Auch darf er nichts von dieser Unterhaltung mitbekommen. Schicke ihn einkaufen, ans andere Ende der Stadt. Etwas, dass nur noch heute zu kaufen ist und nicht bis Montag warten kann. Schaffst du das?"

„Ja, ich glaub schon, aber was hast du vor?"

„Ruf mich an, wenn er das Haus verlassen hat, dann komme ich und erkläre es dir."

„Ja meinetwegen. Ist denn etwas schlimmes passiert?"

„Wir reden später." Dann legte Veit auf.

Jasmin starrte ein wenig irritiert auf das Telefon. Die erhoffte Entschuldigung oder Erklärung für Veits Verhalten hatte sie nicht bekommen, sondern nur noch mehr Merkwürdiges. Sie nahm sich vor, ihn, wenn er gleich kommen würde, mal gründlich die Meinung zu sagen. Etwa eine Stunde später rief sie Veit an. „Er ist weg, aber was… ."

Veit unterbrach sie. „Bin in zwei Minuten da." Dann legte er auf.

So eine Unverschämtheit!

Es dauerte wirklich nur zwei Minuten, da klingelte es an der Tür.

„Hast du etwa im Gebüsch gewartet?", spottete Jasmin.

„So in etwa."

„Wie bitte?"

„Sind wir allein?"

„Ja."

„Wann erwartest du Marvin zurück?"

„Eine Stunde maximal. Ich habe ihn zum Bioladen geschickt, normalerweise verquatscht er sich da immer mit dem Chef. Du weißt sicherlich von Marvins Ernährungsphasen?"

„Nein. Okay, was in diesem Haus willst du mit in dein neues Leben nehmen? Es muss klein sein und darf hier nicht augenscheinlich fehlen."

„Was?" Jasmin wurde ganz anders. „Wieso musst du das jetzt wissen?"

„Weil du gleich sterben wirst!"

„Aber du sagtest ich hätte noch Zeit, ganz viel Zeit."

„Ich hab mit Nicolai gesprochen. Er sieht das Gemüt deines Bruders als Gefahr an. Wir machen das also heute ‚um einem unschönen Verlauf vorzubeugen."

„Das Gemüt meines Bruders? Unschöner Verlauf?" Kreidebleich wurde ihr Gesicht.

„Jasmin, ich weiß, was in dir vorgeht. Du kannst dich kaum noch beherrschen. Gestern habe ich dich beobachtet, wie du mit deinem Bruder umgehst. Er wird den Braten bald riechen. Auch wenn du es versuchst zu überspielen, dein Bruder ist nicht ganz so dumm. Er wird bald merken, dass dich etwas belastet. Dann macht er sich noch mehr Sorgen und wird weiter Detektiv spielen wollen. Das Risiko ist Nicolai zu hoch."

„Aber, aber ich bin noch nicht so weit."

„Wir schon. Ich rufe jetzt deinen Bruder an und lade euch zum Essen ein. Er wird mich abholen und wir kommen dann gemeinsam hier an. Du wirst tot im Badezimmer liegen. Stromdefekt im Kabel vom Haartrockner."

„Wie willst du das glaubhaft Inszenieren?" Sie torkelte fast schon zum Treppenabsatz um sich zu setzen.

„Ein Schlafmittel aus dem Hause Fabini, welches den Puls und den Herzschlag minimiert. Wir werden dich in einer Pfütze vor der Dusche finden. Die Sicherung werde ich gleich manipulieren. Der Rettungsdienst, den ich dann mit Marvin zusammen rufe, sind unsere Leute aus dem Krankenhaus, so wie auch der Arzt, der deinen Tod bescheinigen wird. Die Beerdigung organisiert die Firma, sowas übernehmen die immer in Todesfällen von Angestellten. Das wird also selbst für deinen Bruder in Ordnung gehen, ich schätze nämlich mal, dass er sich so etwas sonst nicht leisten kann. Ich habe ein Alibi, es wird nach einem Unfall aussehen und wenn dein Bruder nicht zu paranoid ist, wird er keinen Verdacht der Firma gegenüber haben. Also, was willst du jetzt mitnehmen?"

„Ich, ich weiß nicht." Jedes seiner so nüchtern ausgesprochenen Worte schnürte ihr selbst die Kehle zu. Ihr war schwindelig und Beklemmung legte sich über ihre Atmung.

„Gut, ich ruf eben deinen Bruder an, du kannst ja kurz überlegen. Wie wäre ein Foto?"

Ein Foto? Ja, ein Foto wäre doch nett? Zitternd erhob sich Jasmin und stieg zaghaft die Treppen empor. Sie hörte Veit unten telefonieren als sie endlich in ihrem Zimmer ankam. Still liefen ihr die Tränen, während sie eine kleine Tasche mit Kleidung packte, doch als sie nach dem Fotoalbum der Familie griff sackte sie stumm zu Boden. Sie biss sich auf die Faust, damit man unten im Flur ihr Schluchzen nicht hörte. Wie gern würde sie die Ungerechtigkeit herausschreien, doch stattdessen umklammerte sie mit einem Arm das Buch, drückte es an sich und wippte leicht hin und her, immer wieder sich selbst den Mund zuhaltend, damit niemand sie hören konnte. Jasmin vermochte einfach nicht zu verarbeiten,was nun auf sie zukam.

„Es ist nicht schlimm, wenn du weinst. Ich telefoniere nicht mehr." Sie hörte wie Veit näher kam. Er kniete sich neben sie und nahm sie in den Arm. „Also, die Sachen dort willst du doch nicht mitnehmen oder?"

„Bitte las uns nochmal darüber reden. Es geht zu schnell, ich kann noch nicht."

Traurig lächelte Veit sie an. „Es wird kommen - so oder so."

„Dann lieber später, nur ein paar Tage. Bitte." Schluchzend warf sie sich an seine Brust. Ein paar Minuten saßen sie da, in denen Jasmin sich einfach nicht beruhigen konnte.

„Gut, wir machen es später. Ich dreh jetzt die Sicherung wieder rein und du räumst den Haufen hier zurück."

„Ja, ja." Sie lächelte selig. „Danke." Und mit einer wahnsinnigen Erleichterung küsste sie ihn überschwänglich und begann sofort die sinnlosen Dinge aus der Tasche zurückzuräumen.

Veit verließ den Raum und kam erst einige Minuten später zurück.

„Ich bin gleich soweit. Einen Moment noch.,Veit." Sie machte gerade noch ihr Bett, das durch die Tasche und all die Dinge die sie mitnehmen wollte, wieder unordentlich gemacht wurde.

„So, jetzt ist wieder alles wie vorher, nur das Fotobuch muss noch zurück." Ohne Veit anzusehen, griff sie nach dem Buch, welches noch vor dem Schrank auf dem Boden lag.

Veit stellte sich hinter sie und als sie sich wieder aufrichtete, sprach er flüsternd. „Es tut mir leid."

Dann ging alles sehr plötzlich. Er griff sie und drückte ihr ein Tuch vor Mund und Nase. Sie wehrte sich, versuchte um sich zu schlagen, dabei fiel das Buch zu Boden und ein paar Fotos fielen heraus.

Sie schmeckte Chloroform, aber noch bevor ihr Gehirn dies richtig wahrnehmen konnte, vernebelte ihr der Geruch die Sinne und alles um sie herum wurde schwarz.

Blaulicht im Badezimmerfenster

Blaulicht flackerte in sich immer wieder kehrenden Abständen durch das kleine Badezimmerfenster. Veit versuchte Marvin zu halten, der zu seiner Schwester wollte. Der Boden war nass und so rutschte Marvin immer wieder aus, so dass Veit ihn mühevoll halten musste.

„Marvin, du kannst nichts mehr tun! Bitte lass die Leute ihre Arbeit machen."

Ein Sanitäter notierte ,während der Arzt sich über die Leiche beugte. „Kein Puls, keine Atmung." Er hörte den Herzschlag ab. „Kein Herzschlag." Dann begutachtete der Arzt die Augen. „Beginnende Totenstarre der Augenlider."

„Totenstarre?" Marvin riss sich los und stolperte nach vorn. „Nein! Nein! Sie ist nicht tot. Nein!"

Veit stürmte nach und zerrte Marvin zurück. „Sie ist tot!"

„Geschätzter Todeszeitpunkt: vor ein bis zwei Stunden." Der Arzt stand auf. „Bitte bringen sie die Leiche in die Pathologie."

Veit schleppte Marvin in den Flur. „Da ist die Polizei unten, die brauchen noch unsere Aussagen. Komm Kleiner, das da musst du jetzt nicht durchmachen. Das hätte sie nicht gewollt."

Veit übernahm. Er führte Marvin in die Küche, wo schon zwei Beamte warteten. Eine Frau sprach mit ihrem Kollegen, unterbrach das Gespräch jedoch sofort, als die beiden den Raum betraten. Veit wollte nicht, dass Marvin sah, wie Jasmin in schwarze Folie gelegt und dann rausgebracht wurde.

„Sie haben die Leiche gefunden?"

Veit übernahm das Reden, während Marvin auf einem Küchenstuhl sitzend, in seine Hände schluchzte. „Ja, ich bin ihr Freund Veit Gregorius und das ist Marvin Cheplow ihr Bruder. Wir wollten alle zusammen Essen gehen. Als wir sie abholen wollten, lag sie im Bad."

„Wann hatten sie zu Frau Cheplow zuletzt lebend Kontakt?"

„Sie hat mich vor knapp zwei Stunden angerufen und da wollten wir alle gemeinsam zum Essen. Sie wollte sich noch fertigmachen und ich hab mich dann von Marvin abholen lassen. Ich selbst war in der Gegend bei einem Freund und Marvin ist nach einem Einkauf gleich dorthin."

„Stimmt das?", fragte die Polizistin ruhig Marvin. Dieser nickte jedoch nur unter Schluchzen.

„Haben sie beide die Leiche gefunden?"

„Nein Marvin ist zuerst nach oben und erst, als ich ihn schreien hab hören, da bin ich nach oben gerannt." Veit legte einen Arm auf Marvins Schulter. „Ich hab keinen Puls mehr gefühlt und den Rettungsdienst gerufen. Mir war allerdings schon klar, dass sie wahrscheinlich schon tot war. Ich bin kein Arzt, aber ich arbeite manchmal im medizinischen

Dienst."

„Verstehe. Und dann haben sie auf den Rettungsdienst und den Arzt gewartet. Oben?"

„Ja, ich hab noch versucht sie wiederzubeleben. Aber ohne Erfolg."

„Ich, ich hätte nicht weggehen sollen." Marvin nahm die Hände von dem Gesicht. „Vielleicht hätte ich dann noch etwas für sie tun können? Vielleicht hätten wir sie dann noch retten können?"

„Danke, dass sie sich in dieser Situation die Mühe gemacht haben mit uns zu sprechen."

„Besser, als oben auf eine Leiche starren." Veit zuckte traurig mit den Schultern, während Marvin wieder erneut begann zu weinen.

Die Todgeweihten leben länger

Jasmin war unendlich übel. Noch bevor sie die Augen öffnete, entleerte sich ihr Magen. Es stank nach Erbrochenem und beißendem Desinfektionsmittel. Ein nervtötendes Fiepen durchströmte ihren Gehörgang. Hastiges Getrappel umgab sie und als Jasmin die Augen öffnete, sah sie nur schemenhafte Schatten. Sie schien auf ein Bett geschoben zu werden, doch zu viel Mühe kostete sie das Wachwerden. Nicht lange, da folgte erneut wieder die Umnachtung. Als sie das nächste Mal aufwachte, lag sie in einem Krankenzimmer allein in einem Bett. Ein unterbrochenes Fiepen war hier zu hören, doch kam dieses nun von dem EKG-Gerät, an dem sie angeschlossen schien.

Langsam klärte sich ihr Blick. Der Raum war karg eingerichtet, weiße Fliesen schmückten spärlich den Boden und die Wände waren ohne Bilder oder Fenster. An der Decke befand sich eine Lampe mit einer defekten Leuchtstoffröhre. Diese flackerte immer wieder in kleinen Abständen auf. Schwach sah sie sich um. Nahe ihrer Hand fand sie einen kleinen Knopf, um die Krankenschwester zu rufen. Jasmin zögerte kurz. Irgendwie konnte sie noch nicht verarbeiten, was geschehen war. Warum war sie allein? Was war passiert? Ein Unfall? Nein, nein, da war etwas mit dem Bruder. Oder mit Veit? Doch diese Kopfschmerzen machten ihr das Denken ungemein schwer. Es hämmerte in ihrem Schädel und nur schwerlich konnte sie einen klaren Gedanken fassen. Jasmin brauchte noch ein paar Minuten, dann drückte sie den Knopf. Über der Tür, ging nun ein kleines, rotes Lämpchen an. Es dauerte nicht lange, da hörte sie Schritte vom Flur auf sie zukommen. Langsam ging die Tür auf und ein junger Pfleger kam hinein. Dieser betätigte einen kleinen Schalter neben der Tür und das rote Licht ging aus. Hinter dem Pfleger erkannte sie eine zweite Person. Es war Veit, er duckte sich, um durch die Tür zu kommen. Deshalb musste Jasmin etwas lächeln und auch die Erleichterung, einen bekannten Menschen zu sehen, spiegelte sich in ihren Augen wider.

„Hey, bist du endlich wach? Wir haben uns schon Sorgen gemacht." Veit kam an ihr Bett.

Der Pfleger begrüßte sie mit einem schüchternen Nicken und begann dann ihren Puls zu messen. „Wir können Sie jetzt vom EKG-Gerät entfernen. Frau Wagner, geht es ihnen gut?" der Pfleger schaute sie fragend an und noch bevor sie nicken konnte, begann er die Klebestreifen auf ihrem Körper zu entfernen.

„Wo bin ich?" Jasmin sprach zu Veit und immer noch klopften diese schrecklichen Kopfschmerzen in ihrem Schädel.

„In einem von Fabinis Krankenstationen. Du warst fast zwei Tage am Schlafen. Ich bin froh wieder mit dir reden zu können."

„Zwei Tage?" Jasmin versuchte langsam aufzustehen. Der Pfleger half ihr dabei. Kaum war sie aufgerichtet, wurde ihr schnell schwindelig.

„Fräulein Wagner, bitte überanstrengen sie sich nicht."

„Ich möchte nicht mehr liegen, ich möchte hier raus."

„Amelie, sobald du wieder laufen kannst, nehme ich dich mit nach Hause. Aber lass dir etwas Zeit, du musst auch nicht viel laufen können, es reicht, wenn es ein paar Meter sind. Ich kann dir einen Rollstuhl besorgen für längere Strecken."

„Was heißt nach Hause? In den Glaskasten?"

„Ja in den Glaskasten."

Der Pfleger mischte sich ein. „Herr Gregorius, leider hat Herr Fabini die Entlassungspapiere noch nicht genehmigt."

„Das geht schon klar. Ich werde sie unterschreiben."

„Herr Gregorius, ich weiß nicht, ob ich das darf."

„Ich wiederhole mich ungern. Aber um eins klarzustellen, ich werde sie gleich mitnehmen."

Nachdem der Pfleger alle Klebestreifen auf Jasmins Körper entfernt hatte, ging er zur Tür. „Dann werde ich mal einen Rollstuhl für Sie besorgen."

„Lege mir die Papiere vorn auf den Tisch, ich kümmere mich gleich darum."

Nachdem der Angestellte den Raum verlassen hatte, schaute Jasmin Veit mit wässrigen Augen an. „Wie geht es Marvin? Ist es schlimm gewesen?"

„Ich glaube nicht, dass es für irgendjemanden einfach ist, wenn er eine Leiche findet. Zumal es in seinem Fall, seine eigene Schwester war. Natürlich hat es ihn hart getroffen, wäre doch auch bedenklich gewesen, wenn nicht."

„Ja, du hast recht. Ich weiß nur nicht, ob ich das Richtige mache."

„Du hattest keine Wahl, die hattest du nie."

„Bist du dir sicher?"

„Ja!"

„Ich habe Angst. Angst alles falsch zu machen. Was ist, wenn wir etwas übersehen haben? Gab es wirklich keine andere Lösung? Veit, es ist so schrecklich - was habe ich getan?" Jasmin schlug die Hände vor ihr Gesicht, da flossen ihr schwere Tränen über die Wangen und ein bitterliches Schluchzen war zu hören.

Veit nahm sie in die Arme. Mehr konnte er in diesem Augenblick nicht für sie tun. Sie hielt sich an seinem Shirt fest, versuchte ihm ganz nah zu sein, doch den Schmerz konnte er nicht nehmen. Es dauerte gar nicht so lange, da öffnete der Angestellte erneut die Tür. Jasmin konnte mittlerweile alleine sitzen. Sie schnäuzte gerade in ein Taschentuch.

„Oh, da ist ja dein Pfleger wieder. Am besten er übt noch ein wenig mit dir das Laufen, während ich mich um deine Entlassungspapiere kümmere."

Veit küsste sie auf die Stirn und verließ ohne ein weiteres Wort den Raum. Jasmin übte. Sie wollte diesen Ort, so schnell es ging, verlassen.

Im Glashaus nicht mit Steinen werfen

Es war schon später Abend. Veit fuhr mit Jasmin im Firmenwagen den Kiesweg hinauf. Im Kofferraum lag für den Notfall ein Rollstuhl, doch Jasmin konnte mittlerweile wieder besser laufen. Noch ein wenig wacklig auf den Beinen, doch es reichte um einige Meter laufen zu können. Veit parkte den Wagen von Fabini Industries auf seinem Parkplatz und half Jasmin aus dem Fahrzeug. Der Mond stand schon hoch am Himmel und leichter Nebel legte sich über die Erde.

„Ich hoffe, dir wird hier nicht zu schnell langweilig. Es wird noch eine kleine Weile dauern, bis du wieder im Labor arbeiten kannst."

„Danke dir Veit, aber mir geht im Moment so viel durch den Kopf. Am liebsten würde ich zu meinem Bruder fahren. Natürlich weiß ich, dass das nicht geht.". Traurig schaute sie ihn an.

„Vielleicht legst du dich erst einmal schlafen, morgen sieht die Welt schon etwas besser aus. Eventuell erreiche ich sogar Vince, er wartet auf Neuigkeiten."

„Vincent? Ich habe ihn so lange nicht mehr gehört, ich kann kaum noch einschätzen, was zwischen uns ist. Es tut mir leid, mir ist so schlecht, selbst meine Gedanken drehen sich. Du hast recht, ich sollte zu Bett gehen. Wenn ich das denn kann."

Veit ließ sie in seinem Bett schlafen. Moralisch stellte sie dies gar nicht in Frage, sie war so durcheinander. An diesem Abend schien er jedenfalls ein Gentleman zu sein, denn Veit selbst schlief ausnahmsweise auf seinem Sofa. Am nächsten Morgen wurde sie geweckt von frischem Kaffeeduft der durch den Spalt der offenen Tür in den Raum schwebte. Draußen hörte sie das Zwitschern der Vögel, und etwas weiter entfernt das Rauschen einer Verkehrsstraße. Ihr Magen knurrte und übertönte die anderen Geräusche. Langsam schlüpfte sie aus dem Bett, neben ihr auf einem Stuhl lagen einige Klamotten, viele noch mit Preisschild. Die meisten in ihrer richtigen Größe. Sie hatte ganz vergessen, dass fast alle ihrer Kleidungsstücke in ihrem alten Zuhause zurückgelassen werden mussten. Denn warum sollte im Kleiderschrank einer Toten plötzlich die Hälfte fehlen? Die Kleidung, die sie hier zur Auswahl hatte, war schlicht. Was sie eigentlich als gut empfand, schließlich hätten es auch leicht bekleidete Stoffe sein können, die in Veits Sinne gewesen wären.

Sie entschied sich für eine einfache Jeans und ein schwarzes T-Shirt. Vom Hunger getrieben, betrat sie den Flur, von hier aus sah sie, wie Veit in der Küche stand und sich Kaffee in einen Becher füllte.

„Ah, du bist wach?! Fühlst du dich besser? Möchtest du einen Kaffee?" Dabei feixte er frech, Veit hatte schon gehört, dass sie Kaffee hasste. „Ich hab auch Orangensaft im Kühlschrank. Möchtest du lieber den?", verbesserte er sich.

Jasmin nickte, und setzte sich an den Tresen. „Ich habe immer noch Kopfschmerzen."

„Das kann eventuell auch noch eine Weile dauern. Schließlich warst du eine ganze Weile in einer Art Koma. Viel Trinken ist nun wichtig." Ohne auf Antwort zu warten, nahm Veit sich ein Glas, goss Orangensaft hinein, legte eine Tablette daneben und schob dann beides zu ihr über den Tresen. „Nimm, das wird helfen."

Jasmin nickte zögerlich und tat dann wie ihr geheißen. Nach einer Weile schaute sie ihn fragend an. „Hast du Vincent erreicht?"

„Nicht direkt, aber er wird zurückrufen. Mach dir keine Sorgen, ab jetzt wird alles glattgehen."

Mach dir keine Sorgen, diesen Satz hatte sie oft von Marvin gehört. Meistens war danach leider alles schiefgegangen, was nur schiefgehen konnte.

„Ich habe Angst, dass er vielleicht zusammenbricht auf meiner Beerdigung. Was ist, wenn er alleine nicht klar kommt? Er hat auch jetzt keinen mehr, an den er sich wenden kann."

„Also auf deiner Beerdigung ist er nicht zusammengebrochen."

„Wie bitte?"

„Wie ich gesagt hatte, Marvin hat es ganz gut verkraftet. Wollte wohl vor mir stärker wirken."

„Meine Beerdigung war schon? Ich verstehe nicht."

„Ja wir wollten das schnell über die Bühne bringen. Bevor irgendjemand auf die Idee kommt deinen Körper zu sezieren oder ein zweites Gutachten zu erstellen."

„Aber was ist, wenn ich dabei sein wollte. Also versteckt meine ich."

„Als Leiche konntest du ja schlecht dabei sein. Du wurdest offiziell eingeäschert. Wäre unschön geworden."

„Ja das meinte ich auch nicht. Vielmehr vielleicht im Hintergrund. Ich meine, es war meine Beerdigung! Du verstehst, meine!"

„Jetzt rege dich nicht auf, irgendwann wirst du schon noch eine ganz offizielle Beerdigung bekommen. Und zwar unter dem Namen unter dem du geboren worden bist. Amelie Wagner."

„Es ist schwer, jetzt plötzlich den Namen zu ändern, um ein altes Leben zurückzulassen."

„Kein Ding, wir werden viel Spaß haben. Du wirst sehen, als Amelie gefällt es dir."

Sie hatte das Gefühl, er wollte sie nicht verstehen. Irgendwie sah sie in seinen Augen eine Art von Freude - er hatte seine Familie zurück, und sie ihre alte verloren.

Es vergingen ein paar Tage, mittlerweile waren die Kopfschmerzen fort.

Veit nahm noch ab und an ein paar Blutproben von ihr und gab sie bei Fabini Industries im Labor ab. Laut ihm wäre es nur um sicherzugehen, dass die Medikamente keine bleibenden Auswirkungen auf sie hätten. Jasmins Kreislauf war über die Tage wieder normal und auch Vincent hatte sich endlich angekündigt. Jedoch, wann genau er wieder in Deutschland sein würde, das hatte er ihr nicht gesagt. Im Gegenteil, er hatte ihr rein gar nichts gesagt. Sie hatte noch nicht einmal mit ihm gesprochen. Veit schien immer genau dann mit Vincent zu telefonieren, wenn sie nicht im Raum war. Sie fühlte sich allein. Gern hätte sie mit jemanden gesprochen, der nicht aus jedem ihrer Worte einen Witz machte oder eine Anzüglichkeit. Wahrscheinlich wollte Veit sie nur aufheitern, auf seine Art und Weise. Und über die Tage klappte dies auch. Es war, mal abgesehen von der immer mal wieder auftretenden Melancholie, tatsächlich wie der Beginn in ein neues Leben. Ein Neubeginn, in dem nichts außer dem Moment zählte. Sie musste nicht zur Arbeit, sie hatte keine Verpflichtungen und sie hatte Zeit. Viel Zeit für sich und ihre Gedanken. Sie fand sogar Zeit, um mal fernzusehen oder ein Buch zu lesen. Das war früher nie so, da war ihr Terminkalender voll mit Arbeit, Haushalt und Marvin zuhören.

Die Abende vergingen und Jasmin erinnerte sich immer mehr an den Jungen aus der Schule im Wald. Der genauso viele Flausen im Kopf hatte und sie oft zum Lachen brachte wie der erwachsene Veit. Und das in Momenten, in denen sie dachte, nie wieder lächeln zu können. Veit schaffte es mit seinem plumpen Humor, dass sie ihr kindliches Gemüt ausleben konnte. So wie am heutigen Tag, an dem eine plötzlich ausufernde Essensschlacht ihren Tribut forderte.

„Und wie möchtest du die Pizzareste jemals aus den Vorhängen entfernen?" Jasmin lachte und hielt sich den Bauch.

„Ey, ich kauf mir einfach neue. Hat so seine Vorteile hier." Veit scheuchte sie mit einem Stück Pizza in der Hand um das Sofa. Er war mit ihr zusammen viel ausgelassener. Die Tage, seitdem Jasmin bei ihm war, waren für ihn unbeschwert und das merkte man ihm an. Natürlich war er immer noch ein Draufgänger, doch mit sehr kindlichem Humor.

„Das wagst du nicht!", Jasmin nahm ein Kissen von Sofa und warf es in Veits Richtung. Dieses traf ihn auch und das Stück Pizza welches er eben noch in der Hand hatte, landete nun mit einem lauten, nassen klatschen auf dem Fußboden. Direkt vor Veits Füßen.

Abrupt blieb er stehen. „Na warte, wenn ich dich zu fassen kriege!"

Jasmin schaute ihn panisch an, dann rannte sie los. Mit diesen kleinen Spielchen versuchte Veit sie auf seine Art und Weise abzulenken.

Des Abends lag Veit neben ihr im Bett. Er drängte sie nicht, im Gegenteil, er lauschte ihren Sorgen und erwiderte oftmals mit Witz oder schwarzem Humor. Gerne schlief sie in seinem Arm ein. Er war ihr ein Freund und

Trost. Wenn sie ehrlich zu sich selbst war, hatte sie sich ein solches Verhalten von Veit gewünscht, doch nie für möglich gehalten. Eigentlich hatte sie sich ein solches Verhalten auch von Vincent gewünscht, doch so nahe ihr Veit auch war, Vincent blieb ihr fern. Natürlich machte sie sich Sorgen, sie machte sich andauernd Sorgen. Andererseits kam auch eine Wut in ihr auf. Für Vincent hatte sie ihr Leben aufgegeben, doch ihn schien dies kaum zu kümmern. Stattdessen war es Veit, den Vincent geschickt hatte, um auf sie aufzupassen. Als ob sie nicht alt genug wäre oder eigene Wege gehen könnte. Langsam, mit jedem Tag mehr, in dem ihr die Liebe fernblieb, keimten Unmut und Zweifel in ihr auf. Manchmal war es sogar Zorn, den sie im Stillen verbarg. Wie konnte der Mann, der behauptete sie zu lieben, sie so lange von sich fernhalten, ohne auch nur mit ihr reden zu wollen? War Vincent in Gefahr, war es ihm nicht möglich oder hatte er mittlerweile einfach andere Interessen?

Das Telefon klingelte und Veit rutschte beinahe auf dem Pizzastück aus, als er immer noch lachend nach dem Handy griff.

„Ja, Veit Gregorius." In seiner Stimme hörte man noch, wie erheitert er war. Doch nach nicht einmal einer Sekunde, verschwand das Lächeln in seinem Gesicht. Seine Gesichtszüge wurden zu Stein. Und er sah ernster aus als zuvor.

Jasmin schaute ihn fragend an, er legte den Finger auf seinen Mund und winkte dann ab. Sie verstand nicht. War es Vincent? Am liebsten würde sie ihn auch sprechen. Ihr Herz schlug nervös. Was aber, wenn es nicht Vincent wäre? Die Sekunden verstrichen, in denen sie Veit nicht deuten konnte oder gar eine Regung in seinem Gesicht sah. Endlich verabschiedete er sich am Telefon mit den Worten: „Gerne, ich erwarte dich.", dann wandte er sich ernst an Jasmin: „Amelie, wir haben ein Problem! Fabini ist auf dem Weg hierher. Mir schwant nicht Gutes, ich verstehe nicht, warum er sich die Mühe macht hierher zu kommen. Sei auf alles gefasst!"

Fragend schaute sie ihn an. Doch Veit griff erneut zum Handy, drehte die Musik laut. Er streckte ihr seine Hand entgegen und bedeutete ihr, ruhig zu bleiben. Wieder hörte sie Veits Stimme sprechen, nur war es jetzt schwerer mithören durch das Dröhnen der Anlage.

„Vincent? Nicolai Fabini möchte persönlich hierherkommen. Ich verstehe nicht, warum. Mich beunruhigt das. Er hat eigentlich keinen Grund, angeblich möchte er mit Amelie persönlich reden. Das glaube ich jedoch nicht, aber mir fällt nichts ein, was er sonst hier machen möchte." Es dauerte eine Weile, Veit hörte sich an, was Vincent ihm dazu sagen konnte. „Gut, du weißt jetzt Bescheid. Für den Fall der Fälle hast du alles?... Dann solltest du dich beeilen.", dann legte Veit auf.

„Nicolai Fabini?" Jasmin starte Veit an, sie hatte alles mitangehört. „Du machst dir Sorgen? Dann mache ich mir auch welche!"

„Sorgen ist übertrieben. Also mach dir keine." Veit winkte ab, drehte die Musik leiser und kümmerte sich wieder darum, die Pizza von den Möbelstücken zu bekommen. „Wir sollten hier aufräumen, manchmal ist er ziemlich schnell."

Jasmin versuchte noch mehr aus ihm herauszubekommen, doch das schien unmöglich. Veit ignorierte sie oder wich aus. Sie sah jedoch in seinem Blick, dass er sich sehr wohl Sorgen machte. Nun gut, Fabini würde hierherkommen, aber was sollte schon geschehen? Sie würde sich schon anständig benehmen, oder wovor hatte er Angst?

Sie hatten gerade das letzte Stück Pizza aus den Vorhängen entfernt, da hörten sie das Geräusch von Autos, welche sich über den knirschenden Kiesweg näherten. Es waren zwei Wagen, ein schwarzer Firmenwagen und Nicolai Fabinis weiße Limousine.

„Er scheint mit seinem ganzen Gefolge angereist zu sein." Jasmin schaute aus dem Fenster. „Du sagst, es sei alles in Ordnung, aber warum lässt du mich so im Unklaren? Verdammt noch mal, Veit, das ist mein Leben! Wieso schon wieder diese Geheimnisse! Was soll das?"

„Ich pass auf dich auf!" Dann ging Veit zur Tür und öffnete. Draußen traten aus dem schwarzen Wagen zwei Männer, die aussahen, wie die Wachmänner vom Hochsicherheitstrakt der Firma. Ein Chauffeur kam aus der weißen Limousine, dann öffnete dieser die hintere Tür vom Wagen. Nicolai Fabini trat heraus. Wieder einmal in einem seiner typischen weißen Anzüge. Am frühen Morgen hatte es geregnet und so spiegelte sich das Szenario in den Pfützen vor dem Haus. Der rothaarige Mann ging auf Veit zu und reichte ihm die Hand. Sein Lächeln wirkte kalt und wie aus Stein. „Danke Veit, dass du mich empfängst."

„Kein Ding." Veit bat Nicolai mit einer Geste hinein und sie setzten sich mit Jasmin zusammen ins Wohnzimmer.

Jasmin fühlte sich nicht wohl. Ihr war unbehaglich zumute - wollte er nun mit ihr über die Zukunft in der Firma reden?

„Schön, dass sie alles gut überstanden haben. Das muss eine schreckliche Umstellung für sie sein?" Immer noch mit diesem Blick, den Jasmin nicht einschätzen konnte, starrte er sie mit seinen grünen Augen an.

„Danke der Nachfrage. Mir geht es schon viel besser, ich muss mich nur daran gewöhnen nicht mehr Jasmin Cheplow zu heißen."

„Amelie Wagner ist durchaus ein schöner Name."

„Ja nur eben sehr ungewohnt."

„Das verstehe ich nur zu gut.", dann wandte sich Nicolai an Veit „Mein Freund; du wunderst dich bestimmt; weshalb ich dich hier aufsuche.

Leider zu selten komme ich dich besuchen und dieses Mal, zu meinem Bedauern, mit einer schlechten Nachricht. Ich muss dir leider mitteilen, dass Amelie ab heute nicht mehr bei dir verbleiben kann."

Bei diesen Worten wurde Jasmin ganz anders, fast schon panisch schaute sie hilfesuchend nach Veits Blick. Doch dieser schien sie gar nicht wahrzunehmen, seine Augen fixierten die von Nicolai.

„Das ist schade, ich genieße doch tatsächlich gerade die Anwesenheit einer Frau in meinem Haus." Veit lächelte „Willst du mir nicht vielleicht doch noch ein paar Tage mit ihr geben?"

„Zu gern, doch haben sich neue Möglichkeiten für mich aufgetan. Unter anderem durch ihren letzten Aufenthalt in unserem Krankenhaus."

„Ich schätze, der Grund ist für mich nicht wichtig?" Für einen kurzen Augenblick, fast nicht wahrnehmbar, schwankte Veit in seiner Stimme.

„Ja, vollkommen irrelevant." Nicolai Fabini stand auf. „Fräulein Wagner Sie bekommen eine neue Aufgabe, eine sehr wichtige. Sie können sich gar nicht vorstellen, wie lange ich auf jemanden mit ihren Fähigkeiten gewartet habe. Da es sich um strengste Vertraulichkeit handelt, werde ich erst vor Ort mit Ihnen über Ihr neues Aufgabengebiet sprechen. Aber seien Sie sich gewiss, es wird Ihnen liegen und es wird für Sie gesorgt sein."

„Du willst sie jetzt mitnehmen?" Auch Veit stand auf. „Ich muss noch ihre Sachen packen, wir haben gerade erst neue besorgt."

„Kein Problem, die kannst du nachschicken."

Mit dem Druck, irgendetwas sagen zu müssen, stand Jasmin ebenfalls auf. „Nein, bitte lassen Sie mir noch ein wenig Zeit."

Im Blickwinkel sah sie wie Veit leicht den Kopf schüttelte.

„Zeit? Inwiefern?" Mit kaltem Blick starte Nicolai Fabini sie an.

Kalter Schweiß breitete sich in ihrem Nacken aus „Nicht viel. Doch genug, um mich zu verabschieden. Denn ich nehme wahrscheinlich richtig an, dass ich Veit eine ganze Weile nicht mehr sehen kann?"

„In der Tat richtig geschlussfolgert. Sie kommen in eine andere Stadt, bitte haben Sie Verständnis für meine Diskretion. Sie haben nichts zu befürchten. Ich bin mir über ihre Loyalität im klaren. Und ich weiß auch sehr zu schätzen, welch großes Opfer Sie für die Firma erbracht haben."

„Entschuldigen Sie, darum geht es mir nicht. Veit ist ein Freund, ich erbitte mir nur ein paar Minuten zum verabschieden."

Veit warf ein. „Jasmin, unter meinem Bett ist ein Koffer, bitte packe."

Doch Jasmin blieb wie angewurzelt stehen, bis Nicolai Fabini sie ansprach. „Meine Liebe, dies war ein dezenter Hinweis meines Freundes, um wahrscheinlich allein mit mir zu sprechen."

„Oh.", sie versuchte immer noch Veits Blick zu erhaschen, doch dieser schaute immer noch zu Nicolai Fabini. „Natürlich, ich gehe packen." Sie eilte aus dem Raum. Irgendwie froh darüber, nicht mehr mit Nicolai

Fabini in einem Raum zu sein, doch nun zitterten ihre Hände vor Angst. Sie hatte zu viel Schlechtes über Nicolai gehört. Nun war sie auch noch ohne Veit oder Vincent Schutz. Ganz allein und Nicolai Fabini ausgeliefert zu sein, ließ ihr Herz in Panik aufschlagen. Aufgeregt lief sie im Zimmer hin und her, ohne lauschen zu können, wie die beiden Männer nebenan über ihr Schicksal redeten. Nach einer Weile hörte sie die Haustür ins Schloss fallen und kurz darauf einen Wagen vom Hof fahren. Veit kam hastig ins Schlafzimmer. Ohne Worte fielen sich die beiden in die Arme. Er hielt ihren Kopf und drückte sie an seine Brust. Ihr liefen die Tränen über die Wangen. In ihrem Schluchzen klammerte sie sich an ihn. „Du hast mir versprochen, du lässt mich nicht allein! Das hast du mir versprochen!"

„Ich weiß. Das habe ich."

Im Flur kamen Schritte auf sie zu. Veit flüsterte in ihr Ohr: „Ich habe Vincent alles mitanhören lassen, über mein Handy. Wir werden verschwinden. Alle drei. Ich halte, was ich dir verspreche!"

Sie verstand nicht, wie so oft in diesen Tagen, doch was blieb ihr anderes übrig? Und so nickte sie nur.

„Vincent?" Veit nahm das Smartphone aus der Hosentasche und hielt es an sein Ohr. „Ich lass das Handy an, schick du mir zwei SMS hintereinander, wenn du uns auf der Strecke gefunden hast. Ich merke dann die Vibration. Ich fahr langsam und sage ab und an wo ich bin. Sobald du in der Nähe bist, fahren wir die nächste Parkbucht an. Dann überlasse ich dir das Feld."

Kein Versteckspiel mehr vor den Kameras und den Wanzen? Das klingt nicht nach Rückkehr.

Eine ihr unbekannte Stimme rief vom Flur herüber. „Herr Gregorius, Frau Wagner, der Wagen steht bereit."

Erneut flüsterte Veit zu Jasmin: „Tu alles, was sie dir sagen." Dann steckte er das Handy in die Hosentasche zurück. Den Koffer schloss er im Anschluss, obwohl er nicht einmal zur Hälfte gepackt war. Sie traten in den Flur, hier wartete einer von Fabinis Handlangern. Veit brachte Jasmin zum Wagen.

„Ich werde fahren!" Veits Stimme klang herrisch, dennoch erwiderte einer der Männer seine Anweisung.

„Entschuldigen Sie, so lautet leider nicht unser Befehl."

Veit warf den Koffer in den Kofferraum und stieg dann selbst in die Fahrerkabine. „Ich bin Ihnen vorgesetzt. Fabinis rechte Hand! Noch Fragen?"

„Unser Auftrag ist es, Frau Wagner gesund an ihren Zielort zu bringen."

„Eben drum, ich fahre, Sie sorgen hinten für ihre Sicherheit!"

„Nicolai Fabini hat uns leider nicht darauf hingewiesen, dass Sie in diesem Fall die Befehlsgewalt haben."

„Dann rufen Sie ihn an! Vom Wagen aus, Sie verschwenden nämlich meine Zeit." Unbeeindruckt von den Worten startete Veit den Wagen. Jasmin zuckte mit den Schultern und stieg hinten in den Wagen. Links und rechts nahmen die Security Männer Platz, wie zu erwarten holte einer der Männer sein Handy heraus. Er rief Fabini an und schilderte ihm die Begebenheiten. Dann stellte er das Handy auf laut. Fabinis Stimme erklang nun über den Lautsprecher.

„Veit, du scheinst mir deinen Auftrag, auf sie aufzupassen, sehr genau zu nehmen."

„Ja, das tu ich. Ich schätze mal, es ist in deinem Interesse, wenn sie heile im Trakt ankommt." Veit schien konzentriert, doch in Wirklichkeit hatte er Angst.

„Nun gut ich gewähre dir deinen Dickkopf. Jedoch, wenn du sie abgeliefert hast, sprechen wir uns unverzüglich!" Dann war das Klicken des Auflegens zu hören.

Kurz schloss Veit seine Augen. Erleichterung lag in seinen Zügen.

„Sie wissen wo es hingeht?" Einer der Security sprach Veit an.

„Natürlich, steht alles noch auf dem Navigationssystem. Und natürlich weiß ich, wo Trakt sieben ist. Wir fahren von hier aus Richtung Hamburg."

Jasmin beschloss nichts mehr zu sagen, dennoch konnte sie nicht verhindern, traurig auszuschauen, während sich im Fenster die Stadt und ihr altes Leben noch weiter von ihr distanzierte. Schon wieder...

Distanz und ein kaputtes Handy

Sie fuhren mittlerweile knapp eine Stunde. Veit stellte sich nicht dumm an, immer mal wieder gab er in seinen Sätzen seine Position Preis und Vincent hörte mit. Mal sprach er davon, in dieser Raststätte mal einen sehr schlechten Hamburger gegessen zu haben oder erzählte von einer Liebschaft, die er ganz in der Nähe kennengelernt hatte. Meist erzählte er es den beiden Security Männern, die jedoch voll in ihrem Job blieben und nichts Persönliches von sich preisgaben.

„Vogelsberg. Ich meine, dieser Name ist doch toll, oder?"

Jasmin und Veit hörten das leise Vibrieren von Veits Handy. Langsam schaute Veit die Seitenspiegel ab. Doch Jasmin konnte nicht erkennen, in welchem Wagen Vincent saß und ob er sie verfolgte. Adrenalin breitete sich aus. Was zum Teufel hatten die beiden Brüder vor?

„In zwei Kilometern ist ein Parkplatz. Muss wer auf die Toilette?"

„Einen Zwischenstopp halten wir für unangebracht. Herr Gregorius, bitte fahren Sie weiter. Hier möchte sicherlich keiner eine Verzögerung", sprach einer der beiden Security.

„Oh bitte, ich muss schon eine ganze Weile. Es wäre nett, wenn wir gleich halten." Jasmin rutschte dabei unruhig auf ihrem Sitz.

Die Sicherheitsmänner schauten sich an, sichtlich unschlüssig, wie sie zu reagieren hatten.

„Also hier sind drei ausgewachsene, große und ich nehme mal an, nicht unbewaffnete Männer. Die werden ja wohl aufpassen können, während eine Frau kurz zwischen ein paar Bäumen verschwindet." Veit setzte den Blinker.

„Wie? Da sind keine Toiletten?" Jasmin kam den Security-Männern zuvor. „Ist mir jetzt auch egal. Ich muss wirklich dringend."

„Gut, einverstanden. Es ist ja auch eine lange Fahrt. Aber Sie bleiben in unserer Nähe, und Herr Gregorius, Sie bleiben bitte im Wagen."

„Am Wagen. Ich will eh eine rauchen."

„Herr Deckert, begleiten Sie die Dame in diskretem Abstand."

„Natürlich."

Veit fuhr den Wagen auf den Parkplatz. Dieser schien verlassen. Kein weiteres Auto, geschweige denn eben eine Art von Mülleimer oder Toilettenhäuschen.

Zwischen den Steinen auf dem Gehweg wuchs wildes Gras. Hinter der Böschung waren große Eichen. Etwas weiter hinten sah man Felder, die sich weitläufig bis zum Horizont erstreckten. Eine Tüte flatterte in einem Busch, auf dem Boden lag ab und an etwas Müll. Veit stieg zuerst aus dem Wagen. Er streckte sich ausgiebig, gähnte und steckte sich danach eine Zigarette an. Jasmin stieg zögerlich aus dem Wagen, sie schaute fragend zu Veit.

Deckert stellte sich nehmen sie. „Wenn ich bitten dürfte, wir sollten uns nicht zu lange an diesem Ort aufhalten."

Da fuhr ein silberner Mercedes auf den Parkplatz, dieser hielt knapp 10 m neben ihrem Wagen. Die Sonne spiegelte sich im Lack und blendete sie. Jasmin hob die Hand über die Augen, um etwas sehen zu können.

Ein Mann stieg aus dem Wagen, mit einer Straßenkarte in der Hand, die wie wild im Wind flatterte. „Entschuldigen Sie, ich glaube, ich habe mich verfahren. Kennen Sie sich hier etwas aus?" Der Mann winkte herüber.

Jasmin erkannte augenblicklich Vincents Stimme. Was nun geschah, passierte in wenigen Sekunden, fühlte sich aber in ihren Augen wie in Zeitlupe an.

„Ich möchte sie nicht stören...", schrie Vincent gegen den Wind an und hielt unbeholfen die Karte in der Hand, während der andere Sicherheitsmann auf ihn zuging.

„Bitte fahren sie weiter. Sie können hier nicht... .", doch weiter konnte er nicht sprechen. Im Sonnenlicht blitzte Metall unter der Karte hervor. Ein Knall, und kurz darauf sackte er auf die Knie und fiel seitlich weg. Sein Kopf landete mit einem beunruhigenden Knacken auf dem Bordstein. Dann breitete sich eine Lache Blut unter dem Opfer aus. Blankes Entsetzen spiegelte sich in Jasmins Augen.

Vincent zielte nun auf den anderen Angestellten, gleich neben Jasmin. In Panik hob Jasmin die Hände vor sich. Deckert realisierte, was mit seinem Kollegen geschehen war und wollte gerade zum Halfter unter seiner Jacke greifen, doch zu spät. Ein weiterer Knall und Jasmin schrie. Warm traf es ihr Gesicht, sie schmeckte das metallische Blut auf Ihren Lippen. Die Kugel, die Vincent abgefeuert hatte, durchschlug die Halsschlagader von Deckert. Jasmin hatte immer noch vor Schreck die Arme hochgezogen und bebte nun vor Grauen. Sie zitterte, während sich der Mann neben ihr röchelnd an ihr festhielt und zu Boden glitt. Ihr wurde schwindelig, ein Rauschen und ein hohes Pfeifen breiteten sich in ihrem Gehörgang aus.

Jasmin hörte dumpf, wie Veit sich ihr schnell näherte und mit einem schweren Tritt den Angestellten von ihr löste. Sie taumelte, doch Veit hielt sie fest. Zögerlich starrte sie zu Boden: Deckert krümmte sich vor Schmerz, starrte sie an, während seine Hand vergeblich den Schwall Blut aus seinem Hals stoppen wollte.

Veit lehnte sie gegen den Wagen und beendete Deckerts Leid mit ein paar Tritten gegen dessen Schädel. Das Geräusch des zerberstenden Schädels unter Veits Schuhen erfüllte Jasmin mit Übelkeit.

Vincent schulterte derweil einen Leichnam und setzte diesen ans Steuer des Firmenwagens. Veit wiederum setzte Deckerts Leichnam daneben.

Jasmin war am Wagen zusammengesunken und schlug die Hände vor das Gesicht, bis Veit wieder vor ihr stand. Er reichte ihr seine Hand.

„Ab zu Vincents Wagen! Wir müssen den Chip loswerden!"

Sie reagierte nicht und Veit zog sie einfach mit sich.

„Okay, wir haben nicht viel Zeit." Vincent öffnete den Kofferraum und holte einen kleinen Koffer heraus. „Mach ihr den Nacken frei!"

Veit bugsierte sie neben den Wagen in den Schatten. Die beiden Brüder knieten sich neben sie.

„Was... was habt ihr vor?", leise und fast nicht wahrnehmbar erklang ihre Stimme.

„Der Chip in deinem Nacken muss jetzt raus. Ich hätte es gerne in einer anderen Situation gemacht, aber es geht leider nicht." Vincent besprühte ein Tuch mit Desinfektionsmittel.

„Wie oft hast du das schon gemacht?"

„Ein paar dutzende Male, nur gebe ich zu, nie in einer solchen Situation."

„Du meinst so im Freien, kurz nachdem du zwei Menschen getötet hast?" Vincent seufzte. „Nein eher kurz nachdem ich selbst vorhin erst aus einer kleinen Narkose erwacht und ... . Ach egal. Mein Chip ist jedenfalls jetzt raus."

Veit griff in die Unterhaltung ein. „Vince konnte gut Autofahren und hat auch relativ gut schießen können, da wird er auch locker einen kleinen Chip aus deinem Nacken bekommen. Wobei, den zweiten Schuss haste mal wieder versemmelt?"

Vincent antworte nicht auf den Hohn, sondern kam gleich zur Sache: „Bitte Jasmin, lege deinen Kopf zwischen die Knie und drücke dabei fest das Kinn auf deine Brust. Es tut nicht sehr weh, aber es brennt und es ist wichtig, dass du dich dabei nicht bewegst."

Jasmin wehrte sich nicht und ließ es mit sich machen, ohne noch weiter denken zu können.

Vincent desinfizierte die Stelle auf ihrem Nacken, während Veit sie festhielt. Vincent tastete den Nacken ab und dann spürte sie den Schnitt auf ihrer Haut. Tränen liefen ihr über die Wagen und sie versuchte Krampfhaft das Schluchzen zu unterbinden. *Was, wenn sie gleich nicht mehr aufstehen konnte, was wenn er daneben schnitt. Es hatte schon seinen Grund, warum man diese Chips in den Nacken einsetzte.* Und dann war es vorbei. Vincent klammerte noch die Haut und dann musste Veit sich der Prozedur unterziehen. Veit setzte sich auf den Boden und klemmte genau wie sie eben seinen Kopf zwischen die Knie. Etwas wehmütig sah er sie noch kurz an. Das tat er nur für sie, niemals hätte er sonst seinen Stand bei Fabini aufgegeben.

Vincent holte einen kleinen, silbern schimmernden, metallischen Körper aus dem Nacken, der gerade mal zwei Stecknadelköpfe groß schien.

„Gut, ich kümmere mich um den Wagen und die Spuren, mach ihr noch etwas Jod und ein Pflaster drauf. Wir müssen hier gleich weg." Vincent legte den kleinen Koffer zurück in seinen Wagen und lief dann mit einem Kanister und einer kleineren Tasche in der Hand zum Firmenwagen.

„Hey Jasmin, alles in Ordnung mit dir?", sprach Veit sanft mit seiner rauchigen Stimme, die beruhigend wirken sollte, während er ihren Nacken versorgte.

„Nein, natürlich nicht.", ihre Stimme klang leicht hysterisch und bebend.

Er lachte kurz. „Sorry, das war und ist nun mal unsere Arbeit. Nichts für schwache Nerven. Aber keine Angst, wir sind gut und schnell."

„Wie bitte? Ihr... ER hat einfach so gemordet. Einfach so!"

„Das war die schnellste und einfachste Lösung. Na los, komm in den Wagen. Hast du ein Handy oder irgendwelche elektronischen Geräte bei dir?"

„Was? Nein, nein mein altes hast du mir weggenommen."

„Gut." Er setzte sie auf die Rückbank und gab ihr einen Kuss auf die Stirn. „Ich bin gleich zurück, muss leider mein Handy entsorgen."

Es dauerte nicht mehr lange, dann kam er mit Vincent zurück. Vincent setzte sich ans Steuer und Veit auf den Beifahrersitz. Sie fuhren los und nach wenigen Metern knallte es entsetzlich. Der Firmenwagen ging hinter ihnen in Flammen auf, gefolgt von dichten, schwarzen Rauchschwaden.

Vincent fuhr souverän weiter und ließ sich in seinem Fahrstil nichts anmerken.

„Reich Jasmin bitte ein Tuch aus dem Handschuhfach. Das Blut im Gesicht ist doch für vorbeifahrende Autos etwas verwirrend." Vincent schaute ohne Mimik weiter auf die Straße.

Eine lange Fahrt ins Grüne

„Hast du auch dein Handy vernichtet?", Veit schaute auf die untergehende Sonne, während das leise, monotone Geräusch des Motors zu hören war.
„Nein, erstmal nur Akku raus. Ich will nicht, dass sie es am Ort des Überfalls finden. Ich werfe es an der ersten Grenze in einen Mülleimer, dann kannst du auch mal das Steuer übernehmen."
„Ich habe mein Handy dagelassen, ich hoffe es ist jetzt Asche. Zu wenig Zeit, es richtig zu positionieren."
„Du lässt nach."
„Wir werden halt alt."
Ein leichtes Grinsen umspielte beide Gesichter, während Jasmin voller Erschöpfung und Grauen auf der Rückbank einschlafen wollte. Einfach schlafen und diesem Albtraum entfliehen.

Es dauerte eine ganze Weile, bis der Wagen anhielt und Jasmin der Strahl einer Straßenlaterne ins Gesicht fiel und sie sanft weckte. Verschwommen nahm sie Schatten wahr, roch den Rauch einer Zigarette. Leichter Wind zog durch die offenen Vordertüren in den Wagen und leise Stimmen gesellten sich dazu.
„Hast du jetzt endlich dein Handy entsorgt?", erklang Veits Stimme.
„Ja. Hab es da hinten verbrannt und eingegraben. Sicher ist sicher.", Vincent klang ermattet.
„Wie lange fahren wir noch?"
„Das kann ich dir nicht sagen."
„Kannst oder willst du es nicht sagen? Vertraust du mir nicht?"
„Ich sagte doch bereits: sicher ist sicher. Je weniger ihr wisst, desto besser für alle."
„Verstehe. Dennoch muss ich wissen, wo ich langfahren soll oder willst du dich nicht ausruhen während der Fahrt?"
„Halt dich einfach Richtung Osten nach der polnischen Grenze und bleib auf der Landstraße. Wir fahren so weit, dass es absolut egal ist, welchen Weg wir nehmen."
„Wann soll ich dich wecken?"
„Es wäre schön, wenn ich zwei oder drei Stunden Schlaf kriege."
Dann stiegen beide wieder in den Wagen. Jasmin traute nicht sich zu bewegen. Sie wollte nicht, dass die beiden wussten, dass sie wieder wach war. Nach einer Weile Fahrt schlummerte sie wieder ein. Das nächste Mal, dass sie erwachte, war es nicht so sanft. Lauter, dröhnender Bass durchströmte die Lautsprecher im Auto. Veit hatte beschlossen, dass es langweilig war, wenn alle schliefen und er alleine Auto fahren musste, also ließ er laute Rock-Musik erklingen.
Ein zögerliches „Uuuuh" kam von Vincent und dann richtete er sich auf

und streckte sich.

„Wie viele Stunden habe ich geschlafen?" Als keine Reaktion darauf folgte, wiederholte er den Satz etwas lauter: „WIE VIELE STUNDEN HABE ICH GESCHLAFEN?"

Veit grinste und drehte die Musik etwas leiser: „Oh, du bist wach?"

„Ha ha."

„Vier Stunden in etwa."

„Gut, dann fahr gleich rechts ran, dann übernehme ich wieder."

Von der Rückbank aus erklang Jasmins Stimme: „Ich habe ein wenig Hunger."

Veit kramt in seiner Hosentasche, sehr wohl bewusst, dass er noch immer hätte fahren müssen. Vincent griff ins Steuer und schaute ihn böse an.

„Was denn? Ich hab hier noch irgendwo einen Schokoriegel.", dann kramte er einen wenig appetitlich und schon leicht verformten Riegel hervor und reichte ihn nach hinten.

„Oh… ?", zögerlich nahm sie den Riegel entgegen. „Ähm.. danke. Gibt es auch richtiges Essen, was nicht nach deiner Hose riecht?"

„Klar aber mein Bruder ist anwesend. Wenn dich das nicht stört?"

Darauf antwortete sie mit einem Schnaufen und wollte gerade vorsichtig den Riegel auspacken, da unterbrach sie Vincent.

„Ein wenig habe ich hinten im Wagen. Es reicht, bis wir ankommen. Ich muss euch leider sagen, dass Schokolade in der nächsten Zeit ein kostbares Gut sein wird."

„Ich befürchte, es werden sehr langweilige Tage werden.", Veit schaute Vincent im Augenwinkel an. Als dieser nicht auf seinen Kommentar antwortete, ergänzte er seinen Satz: „Wochen?"

Stille.

„Monate?"

Stille.

„Ey du verarschst mich doch! Jahre ohne Sex und Schokolade? Ungünstig." Er schaute in den Rückspiegel" Ey Jasmin, gib mir den Riegel zurück!" Er lachte, aber forderte den Riegel nicht wirklich ein, sie lachte nicht. Zu tief war immer noch das Geräusch in Jasmins Kopf zu hören vom Bersten der Knochen unter Veits Stiefel. Der Appetit war ihr wieder vergangen.

Die Fahrt erstreckte sich über viele Stunden und die beiden Brüder wechselten sich immer mal wieder beim Fahren ab. Jasmin konnte nicht mehr einschätzen, wie lange sie gefahren waren. Die Straßen wurden immer einsamer. Sie fuhren aufs Land und dann immer weiter Richtung Wälder, an Orten vorbei, deren Straßen kaum noch befestigt waren. Mittlerweile fuhren sie auf einer Straße, die nicht einmal mehr Schotter hatte und seit Stunden gab es keine Straßenschilder mehr. Jasmin fürchtete, dass der Wagen jeden Augenblick stecken bleiben könnte. Sie hatten weder ein Handy noch einen Geländewagen, der für diese Strecke geeignet gewesen wäre.

Veit schaute vom Beifahrersitz aus dem Fenster und betrachtete missmutig den lehmigen Weg. „Wir hätten Pferde nehmen sollen. Die hätten wir auch essen können. Nicht, dass ich dieses tolle Abenteuer gegen eine schöne Stellung bei Fabini Industries eintauschen wollen würde."

„Also wenn du jetzt schon anfängst zu meckern, wieso hast du dich nicht einfach ins andere Auto gesetzt?"

„Ich traue den Karren nicht, gehen dauernd in Flammen auf."

Jasmin konnte sich ein Schmunzeln nicht verkneifen. Schalt sich dann aber in Gedanken, dass sie über so einen bösen Witz in so einer ernsten Situation gelacht hatte.

Nach nicht einmal einer halben Stunde verschwand der offizielle Weg, denn Vincent steuerte den Wagen direkt in den Wald. Panisch schaute Jasmin den Ästen zu, wie sie über das Auto kratzten. „Bist du dir sicher, dass hier der Weg ist?"

„Ja, ungefähr.", Vincent versuchte weiter den Wagen am Ausbrechen zu hindern und den großen Bäumen auszuweichen.

Veit schaute auch nach hinten aus dem Fenster: „Ich will mich ja nicht einmischen, aber ich habe so eine leichte Ahnung, dass dort hinten die Straße war, zusammen mit der Schokolade und dem Sex. Letzteres ist wichtiger."

„Alles läuft nach Plan." Vincent versuchte krampfhaft das Steuer gerade zu halten.

„Aha! Es war also dein Plan mich vom Sex fernzuhalten!"

„Veit!" Vincent schaute kurz böse zu ihm hinüber, da kommt es von der Rückbank:

„Also, ich finde Schokolade wichtiger ..."

Darauf antwortete Vincent nicht, sondern versuchte weiterhin den Wagen so weit wie möglich in den Wald zu bringen. Nach knapp zwanzig Minuten hielt er an, hier waren die Bäume so hoch und dick, dass ein Wagen nicht mehr hindurch passte.

„Wir können uns kurz ausruhen und dann tarnen wir den Wagen mit Ästen, bevor wir weitergehen."

Veit schaute ihn ungläubig an: „Und wie willst du unsere Spur verdecken die von der Straße aus hierher führt? Mit Ästen und nur leicht umgeknickten Bäumen?"

„Hier wird sich keiner her verirren um diese Jahreszeit. Bis auch nur im Entferntesten dort vorne wieder ein Auto fährt, haben neue Pflanzen unsere Spur verdeckt. Und wenn du etwas schlechter in deinem alten Job gewesen wärst, dann hätte ich nicht so gut sein müssen in meinem."

„Was meint ihr damit?", fragte Jasmin verwundert.

Veit sprach weiter mit seinem Bruder:„Dein Job war Leute umbringen und später musstest du nur noch gut aussehen, nicht Hybriden verstecken! Was du in deiner Freizeit machst, ist nicht dein Job, sondern dein Hobby."

„MEIN Hobby, rettet UNS gerade das Leben!"

„Hättest du dein Hobby nicht, müsstest du uns gar nicht retten und wir hätten jetzt Schokolade, Sex und Bier!"

„Und Jasmin?"

Darauf antwortete Veit nicht, sondern begann den Wagen mit Blättern und Ästen zu bedecken, während Vincent den Kofferraum ausräumte.

Trautes Heim, Glück allein?

Es dauerte noch gefühlte drei Stunden, in denen sie sich scheinbar wild durch das Unterholz schlugen. Kein Weg, nur Laub, Moos, Büsche und riesige Bäume umgaben sie. Jasmin verlor schon nach wenigen Schritten die Orientierung. Nur Vincent schien genau zu wissen, wo es lang ging. Er trug einen kleinen Kompass und schritt zielstrebig voran. Veit lief hinter den beiden und versuchte ihre Spuren zu verwischen.

„Veit, ist das denn wirklich noch notwendig?" Jasmin drehte sich zu ihm um.

„Sicher ist sicher." grummelte Veit und lies sich nicht beirren.

„Wir sind bald da", sprach Vincent, hielt an und zeigte mit dem Finger durch die Bäume nach vorn.

Veit holte auf. „Gut, dann hör ich jetzt auf."

„Wie lange brauchen wir denn noch?" Jasmin schaute nach vorne und versuchte irgendetwas zwischen den Bäumen zu erkennen.

„Oh Mann, Vincent, du bist sicher, dass sie hier überleben kann?" In dem Moment drückte Veit einige Äste beiseite und offenbarte den Blick auf eine verlassene Holzhütte. „Oh mein Gott, wie hast du bloß diese wunderschöne Hütte aufgetrieben?" sagte Veit zynisch und schritt voran.

„Ich hab sie gebaut."

„Gebaut? Ja, genau so hab ich mir immer deinen Urlaub vorgestellt. Mein Bruder allein in der Wildnis, baut ein Haus, pflanzt einen Baum und zeugt einen Sohn. Oh, letzteres müssen wir streichen."

„Ha ha." erwiderte Vincent und folgte ihm.

„Gibt's 'nen Schlüssel?"

„Nein, natürlich nicht, wer sollte hier schon einbrechen? Zudem ist die Hütte auch noch gar nicht ganz fertig."

„Lass mich raten: Der Fernseher ist noch nicht angeschlossen?"

„Ja und jegliche Möbel fehlen leider auch."

Ein leises „Oh" kam von Jasmin.

Veit drehte sich wenig begeistert zu seinem Bruder um „Möchtest du die Braut über die Schwelle tragen?"

Die Hütte war eine zweistöckige Behausung, komplett aus Holz gebaut. Man betrat den Eingangsbereich und landete direkt in einer Art Wohnzimmer mit Kamin, links eine Küchennische mit einem alten, gusseisernen Holzofen. Weiter hinten gingen zwei Türen ab und in der Mitte des Raumes ging eine Treppe ohne Geländer nach oben. Statt Polstermöbeln standen abgeschlagene Baumstümpfe im Raum, die Tisch und Stuhl ersetzen sollten. In der oberen Etage gab es nur einen Raum, in diesem lag eine Matratze auf dem Boden. Ein paar gefaltete Decken lagen in einer Ecke und eine Schachtel mit Kerzen. Für fahlen Lichteinfall sorgte ein kleines Fenster. Es roch nach Holz in jedem Raum.

„Wohin führen die beiden Türen hier unten?" fragte Veit.

„Die linke führt in den Vorratskeller und die rechte nach draußen zum See."

„Vorratskeller? Sehr schön!" Wieder etwas aufgemuntert öffnete Veit die linke Tür, ging vorsichtig die Treppe hinab und befand sich dann in einem ca. 10m² großen Raum unter der Erde. Dieses schien das Einzige im Haus zu sein, das gemauert war. An jeder Wand standen hohe Regale, die voll bepackt waren mit Dosen und Kanistern.

Mit einem kleinen Lächeln im Gesicht kam Veit die Treppe wieder nach oben und setzte sich im Wohnzimmer auf einen Baumstumpf. „Also, Schokolade habe ich gefunden. Na dann erzähle mal deinen Plan."

„Meinen Plan?" Vincent setzte sich zu ihnen auf einen Baumstumpf, dann nahm er Jasmins Hand zwischen seine und schaute ihr in die Augen. Das war das erste Mal, dass er sie wieder richtig ansah. „Jasmin, es tut mir unendlich Leid, was dir widerfahren ist. Ich kann mir vorstellen, dass du immer noch unter Schock stehst."

„Vincent, ihr habt vor meinen Augen einen Menschen umgebracht. Ihr beide! Und ich musste mir das Blut eines Mannes aus dem Gesicht wischen!"

„Tja, er kann nicht so gut treffen wie … ."

Doch Vincent unterbrach Veit mit einer harschen Handbewegung. Dann sprach er weiter zu Jasmin: „Ich weiß, das sind Dinge die du von uns nicht erwartet hast."

„Erwartet? Ich habe dich kennengelernt als freundlichen, liebevollen Mann und dachte, du würdest unterdrückt, gefoltert oder sonstwas. Du hast mir ein falsches Bild von dir gegeben."

Er ließ ihre Hand los und faltete die Hände und stützte seine Stirn darauf ab. Ihm fehlten die Worte und Veit übernahm: „Im Leben hätte er nicht gedacht, dass du Amelie bist."

„Oh Entschuldigung, und was wäre, wenn ich nicht Amelie gewesen wäre? Hätte er dann ein ahnungsloses Mädchen verführt und nebenbei einen Freiheitskämpfer für unloyale Hybriden ausgebildet? Oder hättest du mich als Spionin für Fabinis Pläne benutzt? So quasi eine Ärztin aus dem Konzern, das kann ja nur Vorteile haben?", sie starrte Vincent an, als wollte sie die Blockade seiner Hände sprengen. „Warum?"

„Du tust mir unrecht." Vincent nahm die Hände wieder runter. „Ich war einfach naiv."

„Ist das deine Erklärung, ja?" Tränen standen ihr im Gesicht.

Veit meldete sich zu Wort: „Schätze mal, er … ."

Sein Bruder unterbrach ihn forsch: „Herr Gott nochmal, Veit! Kannst uns bitte einmal in Ruhe lassen?!"

„Hossa." Damit stand Veit auf und verließ verärgert den Raum.

„Das hat er nicht verdient! Er war da, Vincent, er hat mehr mit mir gesprochen als du.“ Jasmin versuchte den Fluss ihrer Tränen zu unterbinden.

„Ich möchte mich erklären Jasmin, bitte.“

„Ich höre dir zu, weglaufen kann ich hier ja schlecht.“

Ein kurzes freundliches Schnaufen kam von Vincent: „Du hast seinen Zynismus angenommen. Man merkt, dass ihr viel aufeinander gehockt habt.“

„Ja, das haben wir.“ Es lag ein Vorwurf in ihrer Stimme.

„Was hat er dir erzählt?“

„Das ist egal, Vincent, ich möchte es von dir, von Anbeginn an hören.“

„Okay ich beginne ganz von vorn. Das ist wichtig, damit du verstehst, wer und was ich bin.“ Sie nickte und er nahm wieder ihre Hand. „Nachdem vor knapp 15 Jahren die Studie über die Experimente an genetisch veränderten Menschen ans Licht kam, herrschte Hysterie in der Bevölkerung. Man suchte nach einem Schuldigen und machte bald die Firma und Tübald Fabini für alles verantwortlich. Mittlerweile gab es einige hunderte von uns. Einige Hybriden wurden von Regierungen gekauft, ein ethisch falsches, aber auch auf der anderen Seite ein ungemein gewinnbringendes Unterfangen. Und genau mit diesem Verkauf flog die Studie auf. Im Ausland verwischte man ihre Spuren und exekutierte die Hybriden, ein wahres Massaker und in meinen Augen fast das Auslöschen einer ganzen Art wurde angerichtet aus politischer Angst. Die Regierungen stritten ab, jemals so etwas finanziert zu haben und die Leichen wurden nie gefunden. Durch Vertuschung war es also nicht möglich Tübald irgendetwas in der Richtung zu beweisen, aber man fand andere. Man fand Kinder, die anders waren, in Anlagen der Firma. Man fand Eltern, die solche Kinder adoptiert hatten und Tübald gab zu, im Sinne der Menschheit und mit reinem Gewissen, durch dieses Projekt kinderlosen Paaren die Möglichkeit zu gegeben zu haben, Eltern zu werden. Er gab zu, dass er ihr genetisches Erbgut verbessert habe, um der Menschheit über die Evolution hinweg zur schnelleren Verbesserung ihrer Fähigkeiten zu verhelfen. Er glaubte wirklich, seine Forschungen seien edel. Doch die Menschen waren nicht bereit, sich verbessern zu lassen, sie hatten Angst vor einer Art Superrasse oder einfach Furcht vor dem Unbekannten. Es gab auf jeden Fall kaum Fürsprecher für die Hybriden in der Öffentlichkeit. Aber töten? Nun wusste die Öffentlichkeit von ihnen, die wenigen, die noch da waren, hatten nun Freunde oder gar Verwandte durch ihre Adoption. Diese konnte man nicht einfach verschwinden lassen. Ein Desaster für alle Beteiligten. Gerichtsprozesse wurden eilig geführt und man gab nicht der Firma, sondern allein Tübald Fabini die Schuld, der die Studie scheinbar mit privaten Mitteln finanziert hatte. Welch ein Clou, Tübald starb kurz darauf bei einem Autounfall und jegliche Schuld war damit abgegolten. Es wurde eine Stiftung einberufen für die Schäden an den Opfern und um Reservate zu bauen, in denen die unerwünschten Hybriden ihr Leben verbringen konnten. Es war allgemein bekannt, dass die Hybriden sich nicht fortpflanzen konnten, denn Tübalds Projekt wurde zutage gebracht, bevor er es vollenden konnte. Seine Verbesserung der menschlichen Rasse wird also niemals so passieren, wie er es sich gedacht hatte."

„Mein Vater arbeitete für ihn.", warf Jasmin leise ein.

„Ja und das wahrscheinlich aus Überzeugung. Er hatte ein krankes Kind zuhause und wusste, wie viel Leid dies verursacht."

„Aber warum bist du ein Mörder und nicht der Mann, der du vorgabst, ein Mann, der gewaltlos für die Gleichheit der Hybriden kämpft?"

„Ich versuche es kürzer zu halten, aber ich muss einfach alles erzählen damit du mich verstehen kannst." Sie nickte und er fuhr fort: „Nicolai übernahm die Firma seines Vaters. Diese war nun angeschlagen und hatte an Wert und Ansehen verloren. Er hasste seinen Vater für diese Studie, doch er nutzte seine Kreaturen, um die Firma wieder aufzubauen. Er hatte genug Wissen, um alle Hybriden ausfindig zu machen und zu nutzen. Ein nicht ganz sauberes Geschäft aus Erpressung und Korruption, aber so hat er es geschafft, seine Firma wieder aufzubauen. Er hat alles in seinen Reihen - die klugen Köpfe wie auch die loyalen Diener, die töten können ohne Reue."

„Ohne Reue?"

„Ich töte nicht aus Spaß, Jasmin. Ich habe getötet, um mein, unser Überleben zu gewährleisten. Ja, ich wurde in Fabinis Reihen ausgebildet. Ich habe für ihn gelogen, verraten und getötet. Ich wurde zu einem Mann ausgebildet, der blendet und seine eigene Art verraten muss. Doch habe ich immer schon ein Gewissen gehabt. Ich habe versucht, hinter Fabinis Rücken so viele Hybriden wie möglich aus seinen Fängen zu befreien. Ich habe Dutzenden Hybriden eine neue Identität verschafft, doch die meisten wurden gefunden."

„Von Veit?" Sie hatte es schon durch die Andeutungen im Wagen erahnt.

„Ja, auch er. Sein Wesen bietet sich nun mal an für derlei Drecksarbeit."

„Und du glaubst, nur weil du so eine Art Doppelagent bist, ist dein Gewissen reiner als das von Veit?"

„Nein, das wollte ich so nicht sagen. Veit weiß von mir, auch wenn er nie aktiv geholfen hat, so hat er immer weggeschaut, wenn er auf mich angesetzt wurde."

„Und vergiss nicht, wie oft ich dir den Arsch gerettet habe!" Veit kam wieder ins Haus. Platsch nass. „Sorry, wenn ich euch unterbreche, aber es regnet draußen."

„Entschuldige Veit."

„Kein Ding, wir sollten hier ein Feuer machen oder so. Ich geh nochmal kurz raus, habe draußen am Haus geschlagenes Holz gesehen. Mal schauen, ob ich es trocken herbekomme."

„Warte Veit, neben der Tür steht in Korb, den kannst du dafür nehmen."

„Okay." Damit verließ Veit das Haus.

„Ihr seid Brüder. Das verbindet."

„Ja irgendwie schon. Ähnliches, genetisches Grundmaterial bedeutet vielleicht eine Art Treue."

„Warst du mir treu?"

„Ja. Ich hatte seit der Gala nur noch an dich denken können."

„Liebst du mich?" Sie stand auf und schaute ihn fordernd an.

„Mehr als mein eigenes Leben." Dann stand er auf.

Sie schaute in seine Augen und wusste, dass er sie nicht anlog, dann warf sie sich in seine Arme. „Ich hab alles verloren. Aber... ja, es war auch zum Teil meine Entscheidung. Ich hätte mich ja einfach nicht in dich verlieben können."

Er lachte leise. „Ich liebe dich auch." Dann küsste er sie und sie wusste, dass sie ihn in diesem Moment über alles liebte.

Arbeitsteilung

Der See diente ihnen als Wasch- und Trinkwasserquelle und wären sie nicht in einer solch misslichen Lage, so hätte man hier sicherlich fast gerne Urlaub gemacht. Das Wasser des Sees war glasklar, der Boden schien kiesbedeckt und gab man sich Mühe, konnte man mit bloßem Auge die Fische erkennen.

Die ersten Nächte teilten sie sich tatsächlich die Matratze. Jedoch wollte Veit, dass man vorsichtshalber eine Nachtwache aufstellte und so gestaltete es sich gar nicht so schwierig, nur mit einer Matratze klarkommen zu müssen. Jasmin war seltsam wortkarg und hielt sich bedeckt. Es half, dass sie genug Arbeit hatten, das Haus bewohnbar zu machen, und niemand nahm es ihr übel, nach dem, was nun alles geschehen war. Es fühlte sich richtig an, nun abends in Vincents Arm einzuschlafen, doch plagte sie gelegentlich das schlechte Gewissen gegenüber Veit.

In den ersten Tagen trockneten sie Moos und Laub und hatten so schnell genug Füllmaterial für eine zweite Matratze. Veit zerlegte das Auto und baute die Rückbank zu einem Sofa um. Werkzeug und Nahrung hatten sie genug, um eine ganze Weile auf sich selbst gestellt leben zu können. Selbst Waffen und Munition hatte Vincent gelagert. Sie schlugen viel Holz für den Winter und bauten daraus nach und nach Tische und Stühle. Man hätte meinen können, so vollgepackt wie ihr Tagesablauf war, würde die Zeit wie im Flug vergehen, doch das tat sie nicht. Jasmin grübelte immer mehr, trauerte um ihren Bruder. Und ihr Gewissen wurde still zerfressen von Vorwürfen. Für mindestens zwei Morde fühlte sie sich verantwortlich. Auch Veits Zynismus wurde von Tag zu Tag schlimmer. Dieses Leben war nicht für ihn gemacht, was sich immer wieder in Streitereien und mieser Stimmung zeigte. Außerdem hatte er schon seit Tagen keine Zigarette mehr geraucht. Nur Vincent schien tatsächlich für das Leben in der Wildnis Sympathie zu empfinden. Er hatte genaue Pläne, wann Holz zu schlagen war, wo man wilde Beeren und Pilze pflückte und wie man Beete anlegte. Bei Letzterem sank Veits Laune auf den Tiefpunkt, denn es erinnerte ihn daran, dass sie wahrscheinlich für Jahre hier festsitzen würden. Jasmin führte einen Kalender, sie wollte nicht vollkommen das Gefühl für Zeit und Tag verlieren. Veit übernahm liebend gerne die Aufgabe zur Jagd zu gehen und streifte manchmal viele Stunden alleine im Wald umher. Vincent dagegen kümmerte sich auch gerne ums Fischen und hauptsächlich um das Herstellen von Annehmlichkeiten wie Regalen oder das einfache Aufbauen und Aneinanderreihen von Planen, um ein Gewächshaus zu bauen. Bis zum Winter hatten sie genug Nahrung haltbar gemacht und ausreichend Holz geschlagen, um ohne größere Bedenken die kalte Jahreszeit zu überstehen. In den Abendstunden waren sie ein geselliges Trio, auch wenn kaum jemand gerne über Vergangenes redete. Die meisten Gesprächsthemen handelten vom Essen, an die Jagd, das Wetter oder das körperliche Befinden. Es funktionierte, so lange jeder genug Beschäftigung hatte, war es nicht schlimm, dass Jasmin manchmal traurig vor sich hinstarrte, Veit seine Launen nicht im Griff hatte und Vincent seltsam positiv alles schönredete. Aber der Winter näherte sich langsam, und das bereitete Vincent Unbehagen.

Ein weiterer Tag im Glück

Es war der zehnte Tag in Folge, an dem schwere Schneeflocken zu Boden fielen und den Wald um sie herum in Stille tauchte. Eisige Kälte und hoher Schnee hinderten Veit die letzten Tage daran, im Wald zu jagen. Dumpf knirschte der Schnee unter Veits Schuhen, während er neben dem Haus das Feuerholz auf seine Arme stapelte. Er hörte Jasmins Stimme.

„Der See ist nun komplett zugefroren. Also entweder schmelzen wir jetzt Schnee oder ich nehme das nächste Mal die Axt mit." Sie lachte.

„Nicht, dass du dich verletzt mit der Axt. Wir machen das mit dem Schnee. Wo ist eigentlich Vincent?"

„Schon zu Bett. Er hat heute das Dach repariert und wollte sich früher hinlegen zum Ausruhen. Wobei ich glaube, er wollte nur zuerst ins Bett, um die beste Matratze zu kriegen."

Veit schmunzelte, sagte aber nichts.

Sie sprach weiter: „Wenn uns langweilig ist und du mir doch die Axt überlässt, können wir die Tage Eisfischen."

„Mal schauen."

„Ist alles in Ordnung mit dir?"

„Ja, wieso denn nicht?"

„Du schimpfst gar nicht mehr so viel wie sonst. Also eigentlich redest du gar nicht mehr."

„Ich rede doch grade mit dir."

„Das mein ich nicht. Sonst bist du lockerer oder zumindest zynischer. Wann hast du das letzte Mal einen schlechten Witz gemacht?"

„Es ist schon dunkel, wir sollten reingehen."

„Du hast mir nicht geantwortet."

„Ja, weiß ich.", durch den Schnee stampfte er voraus in die Hütte. Hier legte er das Holz neben den Kamin und setzte sich auf das Sofa aus Autositzen. „Wenn wir noch Bier hinbekommen, könnte man hier fast glücklich werden."

Jasmin schloss die Haustür. „Bier? Mehr nicht?" Sie seufzte. „Also ich hätte gerne eine große Torte oder oder einen Fernseher oder noch besser: Karamellbonbons. Ach was würde ich alles für Karamellbonbons tun.",

„Aber Amelie, wenn ich gewusst hätte, dass es so einfach mit Karamellbonbons geht, dann hätte ich eine Tüte davon gebunkert." Frech grinste er sie an.

Sie verdrehte die Augen. „Ja, genau. Aber du hast jetzt keine und ich schaue mal, was vom Abendbrot noch übrig ist."

„Vincent hat gekocht. Kartoffeln und Fisch. Aber wenn du dir vorstellst, es wären Karamellbonbons... ."

„Hätte ich ein widerliches Essen." Sie nahm sich einen Holzteller mit Essen und setzte sich neben Veit. „So langsam gehen uns die Geschichten für den Abend aus."

„Ja, von der Jagd kann ich ja momentan nicht viel berichten und das Wetter ist auch immer das Gleiche."

„Du hast mir immer noch nicht geantwortet. Geht es dir nicht gut?" Mit großen Augen schaute sie Veit über den Tellerrand an.

Er ignorierte ihren Blick und starrte in die Flammen des Kamins.

„Veit, ich rede mit dir. Ich mach mir wirklich Sorgen."

„Brauchst du nicht."

„Bist du einsam?"

Verdutzt schaute Veit zu ihr.

„Na ich meine: Vincent hat mich. Es muss dir schwerfallen, uns beide so zu sehen. Wir haben nie mehr darüber geredet, was damals im Wald passiert ist."

„Ach das. Das war für mich nur … Ablenkung. Ein Spiel."

„Das glaube ich nicht. Nein, ich glaube nicht, dass du das alles nur gespielt hast."

„Aha."

„Und jetzt? Jetzt möchte ich nicht, dass du einsam bist."

„Wie soll ich das ändern? Ich hab keine Karamellbonbons."

Sie lachte. „Oh Mann, Veit. Du änderst dich nie, oder?"

„Du wolltest doch mehr schlechte Witze? Okay. Wenn Nicolai damals nicht zu mir nach Hause gekommen wäre, dann würde Vincent jetzt das Jagen allein übernehmen."

„Wie meinst du das?"

„Na, wahrscheinlich hättest du mich näher kennengelernt und dann würden wir... ach vergiss es."

„Nein, ich vergesse es nicht. Du meinst, dann wären wir beide zusammengekommen? Ist das fair?"

„Ich fand es erstaunlich, wie schnell du Vince vergeben hast. Nicht mal ein Tag in diesem Blockhaus und du lagst wieder in seinen Armen. Und vorher hast du dich noch tagelang beschwert, dass er sich nicht meldet. Er nicht da war, weder im Krankenhaus, noch auf deiner Beerdigung oder in der Zeit danach. Ich mein, ich will ja nicht aufdringlich sein, aber ICH war da, ICH war derjenige, der dein Leben gerettet hat, ICH hab Marvins Fehler korrigiert, ihm sogar ein Platz in München verschafft! Aber nein! Es ist Vincent, immer Vincent! Und ich versteh einfach nicht, warum."

Kurz war sie erstaunt über seinen Ausbruch, kam dann aber auch zu Wort: „Ich wusste nicht, dass du das so siehst!" Erstaunt schaute sie ihn an.

Ihr Blick verstörte Veit. „Ich geh jetzt schlafen." Er stand auf. „Wenn ich Glück hab, kann ich morgen wieder jagen."

Nachdenklich schaute Jasmin ihm nach. Als sie später nach oben unter Vincents Decke krabbelte, hallten Veits Worte noch immer durch ihren Kopf.

Aufgewacht

Sie wurde geweckt als unten die Tür zuschlug. Jasmin schaute sich um. Veit war anscheinend rausgegangen und Vincent lag wach neben ihr und schaute an die Decke.

„Guten Morgen.", sprach Jasmin sanft und gab Vincent einen Kuss auf die Schläfe. Als er nicht reagierte, hakte sie freundlich nach. „Bist du überhaupt wach oder lernst du gerade mit offenen Augen zu schlafen?"

„Ja, ich bin wach." Aber er starrte weiterhin an die Decke. „Du hast mich vor nicht allzu langer Zeit mal gefragt, ob ich treu war?"

„Ja... ?" *Oh mein Gott, wozu dieses Gespräch?*

Er drehte sich um, sie lag immer noch auf seinem rechten Arm, er zog diesen zurück und stützte damit seinen eigenen Kopf. „Lass mich ausreden."

„Okay, kein Problem." Fragend schaute sie ihm in die Augen.

„Ich genieße jenen Augenblick mit dir. Es kümmert mich, wenn du traurig bist und ich freue mich, wenn du lachst.", er schloss die Augen, als folge er einer Erinnerung. „Ich fand es sogar unterhaltsam, wie du und Veit euch immer wieder auf die Palme bringt, nur um euch danach wieder zu versöhnen."

„Du fandest es?" Sie schluckte, die Zeitform gefiel ihr nicht.

Er nahm seine Hand nach vorn, um sie zu streicheln, kurz zuckte sie, irgendetwas war anders an ihm.

„Ja.", sprach er leise und seine Fingerspitzen strichen durch ihr Haar. „Bis ich gestern wach im Bett lag und euer Gespräch mit angehört habe." Er ließ die Hand sinken.

Oh nein. Ihr wurde ganz anders.

Eine Jagd

Erst waren es die tiefen Fußabdrücke im Schnee, dann war es das rote Blut, welches sich in kleinen Tropfen im Weiß abzeichnete und Vincent den richtigen Weg wies. Veit schien ein Tier schwer getroffen zu haben und Vincent folgte nun ihren Spuren. Er war so voller Zorn. Sein eigener Bruder hatte ihn betrogen und sich an seiner Liebe vergangen. Keuchend rannte er durch das Unterholz und sein Atmen wurde in kleinen Schwaden sichtbar. Er versank immer wieder im Schnee und Äste streiften schmerzhaft sein Gesicht. Die Sonne stand kurz vor der Dämmerung, als Vincent seinen Bruder erreichte.

Das Reh war an einen Baum gebunden und unter dem Tier breitete sich eine leicht dampfende Blutlache aus.

„Vince, ist etwas… ?" Doch weiter konnte Veit nicht sprechen.

Vincent sprang seinen Bruder an, der das Jagdmesser in den Schnee fallen ließ. Mit der bloßen Faust schlug Vincent, ohne zu zögern, in Veits Gesicht. Ein, zwei Mal trafen die Knöchel auf Veits Nase und Kinn. Ein unschönes, feuchtes Knacken begleitete die Schläge, bis Veit zurückschlug.

„Alter hackt's?", schrie Veit seinen Bruder an und warf ihn gegen den nächsten Baum.

„Ahhhhh!" Vincent stürmte erneut auf Veit zu.

Dieser sah den Angriff und rammte seine Faust nach vorn in Vincents Magen. Sein Bruder sackte augenblicklich zusammen.

„Scheiße, Mann, du hast mir vielleicht die Nase gebrochen!" Veit spuckte Blut neben seinen Bruder auf den Schnee.

„Ich... .", keuchte Vincent am Boden. „Ich hab dir vertraut, ich hab dir gesagt, dass ich sie liebe und du... ?"

„Du was?" Veit sah ihn böse an „Du hattest nicht die Eier, sie zu dir zu holen!"

„Du streitest es nicht mal ab?"

„Warum sollte ich, Vincent, es hat ihr gefallen. Sie konnte gar nicht genug von mir kriegen."

Das reichte, um wieder zu Kräften zu kommen. Mit einem Ruck sprang Vincent nach vorn und riss seinen Bruder mit sich in den Schnee. Veit bekam schnell die Oberhand, er presste mit einer Hand Vincents Kopf seitlich in den Schnee und setzte dann zwei gezielte Faustschläge auf dessen Ohr. Vincent schrie laut auf und krümmte sich vor Schmerz.

Veit ließ von ihm ab und zog sich ein paar Schritte zurück und wartete, bis Vincent wieder sprechen konnte. „Reicht dir das erstmal?"

„Du verdammter Mistkerl hättest mein Trommelfell zerreißen können!", schnaufte Vincent und hörte dabei immer noch ein leises Dröhnen und Fiepen auf seinem rechten Ohr.

„Ach und eine gebrochene Nase mitten im Nirgendwo ist besser? Fick dich!", und wieder spuckte Veit Blut in den Schnee.

„Warum sie?" Vincent schleifte sich zu einer Tanne und lehnte sich an. Hier lag das Jagdmesser im Schnee.

Auch Veit lehnte sich nicht unweit an einen Baum, stützte sich auf seinen Knien ab und ruhte sich schnaufend aus. „Weil es Amelie ist! Und nicht irgendein Mädchen."

„Blödsinn." Vincent griff nach dem Messer. „Du wolltest dich rächen, weil ich deine und Nicolais Spiele nicht mitspiele!"

„Tu das nicht, Vince! Leg das scheiß Messer weg oder … !"

„Oder du beseitigst mich? So wie Jasmins Eltern?"

Jasmin hatte Vincent schreien hören und folgte hastig dessen Spuren im Wald. Nach dem Aufwachen heute Morgen verhielt Vincent sich so seltsam und seine Art, wie er mit ihr sprach, war so erschreckend anders, dass sie es für besser hielt, ihm vorsichtig zu folgen. Als sie die beiden Brüder erreichte, lehnten diese gerade an den Bäumen. Sie wollte eingreifen, doch besann sich eines Besseren als sie hörte, dass die Beiden über ihre Eltern sprachen. Sie pirschte sich an, bis sie nicht unweit hinter Veits Rücken aus dem Unterholz spähen konnte. Vincent war knapp drei Meter ihr gegenüber und bemerkte sie, Veit jedoch nicht.

„Oder weiß sie etwa, dass du auch Erik erledigt hast?", Vincent wusste, dass Jasmin alles mit anhören konnte.

Jasmin hielt kurz den Atem an. *Erik ermordet von Veit? Wie konnte er mir das antun?* Sie lauschte achtsam weiter. So dicht an der Wahrheit fühlte sie sich selten. Doch in ihr schien nun ein Chaos an Gefühlen auszubrechen, das sie beinahe in eine Ohnmacht zwang. *Ich muss mich zusammenreißen und zuhören!*

„Nein, das weiß sie natürlich nicht! Er hat zu viel recherchiert, Nicolai wusste von ihm. " Veit nahm die Hände hoch, bebte aber selbst vor Zorn. „Er war nun mal ein Auftrag. Mann, beruhige dich, Vince."

„Es hat dich gewurmt, dass sie mich wollte, da konntest du deine Drecksfinger nicht von ihr lassen, was? Obwohl du Schuld am Tod ihrer Familie bist! Du hast keinen Funken Anstand im Leib." Angewidert warf Vincent das Messer neben sich in den Schnee.

Veit nutzte diese Situation und rannte auf ihn zu. Dieses Mal war er es, der ihn in den Schnee warf. Er wollte Vincent die Ungerechtigkeit aus dem Leib prügeln.

„Du hast ja keine Ahnung..." Veit schlug auf Vincent ein, während dieser sich wehrte „...wie schwer es mir fiel, Andreas Cheplow zu töten, er war wie ein eigener Vater für mich!"

„Er war mein Vater! Und jetzt geh von ihm runter!" Jasmin verließ eilig ihr Versteck, griff nun ein, packte Veit an den Schultern und versuchte ihn von Vincent wegzuzerren. *Noch mehr Lügen, warum können sie beide nicht einfach die Wahrheit sagen?*

„Amelie, lass mich!" Veit schüttelte sie ab.

Sie stolperte und fiel rücklings in den Schnee. Ein stechender Schmerz durchzuckte ihre Seite.

Veit ließ von seinem Bruder ab und richtete sich auf. „Bist du nun zufrieden, Vincent? War es das, was du wolltest? Wolltest du, dass sie so erfährt, dass ich es war?", dann wandte Veit sich an Jasmin: „Ich hatte keine Wahl, ich ..." Doch weiter konnte er nicht sprechen, unter Jasmin lief ein kleines Rinnsal Blut in den Schnee. „Scheiße!"

Sie starrte in sein Gesicht. „Ich... ich hab mich verletzt." Tränen liefen über ihr Gesicht. „Es tut so weh." Ihre Lippen bebten. „Hilfe, das Messer."

Vorsichtig kniete Veit sich hin, nahm sie hoch. Das Messer steckte von hinten seitlich am Rücken in der Jacke fest.

„Nicht herausziehen!" Vincent hob die Hand „Wir müssen sie reinbringen und die Wunde dort nähen, sonst verblutet sie vielleicht hier!"

„Es ist schon rausgefallen. Hing am Stoff fest!"

Der Schock nahm ihr die Sinne und sie bekam kaum mit, wie die beiden sie schnell nach Hause brachten.

Nähzeug und Achtsamkeit

Ein Feuer prasselte im Kamin und in einem Eimer aus Zink schmolzen Eiszapfen, während in einer weiteren Schüssel auf einem Stuhl blutige Lappen in Alkohol schwammen. Ein Arztkoffer lag aufgeklappt auf dem Boden.

Jasmin lag auf dem Tisch im Wohnzimmer und biss auf ein Stück Holz.

„Bu hascht Erschik getötet!", nuschelte sie durch das Holz. „Dasch verzeihe isch dir niesch!" Böse funkelte sie Veit an, der sie festhielt und sie auf die Holzplatte drückte.

„Ich weiß, Amelie, aber irgendwann kommst du sicherlich dahinter, dass man als Hybrid nicht immer eine Wahl hat! Und jetzt halt verdammt nochmal still!" Veit drückte sie nun noch bestimmter auf den Tisch.

Tss, man hat immer eine Wahl! Doch Jasmin hörte auf sich zu wehren und ergab sich seinem Griff. Sie lag bäuchlings und Vincent stand neben dem Tisch auf der anderen Seite. Ihr Shirt war hochgezogen und Vincent begann nun die Wunde zu nähen. Betäubt hatte er die Stelle mit Eis.

„Nicht so tief wie erwartet und die Blutung ist auch gestoppt." Sagte er und setzte den letzten Stich.

Jasmin keuchte auf und spuckte das Holzstück aus. „Du kannst mich loslassen! Veit, er ist fertig!"

„Muss leider noch desinfiziert werden.", hörte sie von Vincent und dann spürte sie ein feuriges Brennen.

„Ahhh!"

„Gut, die Wunde ist versorgt, aber ich möchte den Bereich darum noch abtasten, nicht, dass du irgendwelche Einblutungen hast. Kannst du aufstehen?"

„Ja klar, es ist, glaube ich, nicht so schlimm. Wie viele Stiche waren es?" Sie versuchte nach hinten zu sehen, konnte aber die Wunde nicht erkennen.

„Nur drei Stiche, wirklich nicht schlimm. Aber es war gut durchblutet, sah dementsprechend böse aus."

„Du hast uns ganz schön erschreckt. Es tut mir wirklich leid." Veit sah bedrückt und schuldig aus.

Er tat ihr ein wenig leid. „War nicht wirklich deine Schuld. Ich weiß, dass es ein Unfall war. Aber... autsch, was machst du denn da, Vincent?"

Er hatte die Taille abgetastet und drückte nun an ihrem Bauch herum.

„Die Beule, ist die frisch da? Hast du was Blähendes gegessen?"

„Nein!" Sie schaute ihn mahnend an: „Ich bin halt ein bisschen dicker geworden in letzter Zeit. Ist das schlimm?" Taktloser Kerl!

Vincent schaute zu Veit, dann wieder zu ihr. „Ich will nicht indiskret sein, aber hast du deine, na du weißt schon was, regelmäßig bekommen?"

„Wieso? Ist das wichtig?"

„Was dir Vince versucht zu sagen, ist, dass man nicht so wirklich dicker werden kann bei unserer Hauskost."

„Ich hatte die nie so regelmäßig und auch durch den Stress blieben die schon mal aus. Also habe ich mir nichts dabei gedacht. Hey, die einzigen Männer, mit denen ich geschlafen habe, die sind ja wohl unfruchtbar oder etwa nicht? Und ich dann ja wohl auch!" Etwas panisch entzog sie sich Vincents Händen und streichelte nun selbst ihren Bauch. „Ich meine...das wäre doch nicht möglich, oder?"

„Eigentlich nicht, aber wir wissen nicht, was dein Vater mit dir gemacht hat beziehungsweise was er anders gemacht hat." Vincent holte ein Stethoskop aus der Arzttasche. „Wenn du schwanger bist und es schon ein paar Wochen her ist, kann ich versuchen, die Herztöne des Kindes zu hören."

„Aber ich habe doch kaum einen Bauch." Erstaunt schaute sie ihn an.

„Darf ich es dennoch versuchen? Wenn nicht, können wir auch einfach abwarten bis der Bauch größer wird?"

„Okay, muss ich dafür liegen?"

„In Anbetracht deiner Rückenverletzung können wir das besser im Stehen machen." Er kniete sich vor Jasmin und versuchte etwas mit dem Stethoskop wahrzunehmen. Sekunden verstrichen und Jasmin traute sich kaum zu atmen. *Oh verdammt, wenn das wahr wäre, wer wäre dann der Vater und wäre es überhaupt gesund?* Ihr Herzschlag wurde schneller, so langsam fühlte sie Beklemmung. Sie hatte sich nie Gedanken um Kinder gemacht. Früher war das Thema einfach noch nicht präsent gewesen, und später hatte sie erfahren, dass sie ein Hybrid ist. Das jetzt fühlte sich irgendwie unwirklich an. Hätte sie gewusst, dass sie schwanger werden könnte, dann hätte sie sich vorbereiten können. Den richtigen Moment im Leben abgewartet. *Aber vielleicht bin ich ja gar nicht schwanger!* Kurz atmete sie auf, dann schaute sie fragend zu Vincent. „Und?"

„Ich glaube, da ist etwas."

„Du glaubst?"

„Ich bin keine Hebamme, ich habe früher nur in einem Labor gearbeitet! Alles darüber hinaus und die gelernten Sachen durch Fabini darüber hinaus sind wenig hilfreich in so einer Situation."

„Aber du hast doch gerade eben gesagt, du kannst versuchen..."

„Ja und ich glaube auch, da ist auch etwas zu hören. Möchtest du sonst selbst einmal?"

„Ja."

Er hielt das Stethoskop an dem richtigen Platz und reichte ihr die Ohrstöpsel. Erst hörte sie nur ein Rauschen und dann, als es ganz ruhig war, einen schnellen Herzschlag. „Oh Gott, ja, da ist was!" Freude erfüllte sie und ließ sie alle Sorgen vergessen, sie lauschte dem Herzschlag und war glücklich.

„Ähm...", Veit räusperte sich. „Dürfte ich auch?"

Sie nickte und reichte ihm die Ohrstöpsel.

Andächtig lauschte nun auch er. „Wow!" Behutsam legte er seine Hand auf ihren Bauch. „Ich werde Vater?!"

„Kommt darauf an, wann sie schwanger wurde und in welcher Woche sie nun ist.", warf Vincent ein.

„Oh stimmt, kann man das so sagen?", fragte Veit.

„Nein, dafür müsste sie zu einem Arzt und ein Ultraschall machen lassen." Vincent stand auf und schaute zu Jasmin. „Willst du es behalten?"

„Ey Alter, natürlich will sie. Was das denn für ne Frage, das ist ein verdammtes Wunder, Man!"

Zögerlich warf Jasmin ein: „Ich bin gerade ein wenig überfordert, aber ja, ich glaube, ich möchte es gerne behalten."

„Vince?"

„Ja, so was muss auch geklärt werden, Veit! Ein Kind in der Wildnis großziehen, dass ist etwas anderes, als wenn drei Erwachsene sich bewusst für ein Leben da draußen entscheiden. Ein Kind kann diese Wahl nicht von sich aus treffen. Wir müssen überdenken, abwägen, ob wir dann überhaupt hier bleiben können!"

„Klar wird das gehen. Ey, was es braucht, hat das Baby hier und wenn es größer ist, hat das Kind uns als Lehrer. Wir könnten ihm alles beibringen, was wir wissen."

„Dann denk mal weiter, Veit, was wenn wir hier draußen sterben und es allein hier leben muss ohne andere Menschen?"

„Ey, ich habe kein Bock hier zu bleiben bis ich alt und runzelig bin!"

„Und was ist wenn Jasmin Komplikationen hat? Was, wenn sie einen Kaiserschnitt braucht oder uns bei der Geburt verblutet? Noch nie hat ein Hybrid ein Kind ausgetragen!"

„Du meinst, wir riskieren Amelies Leben damit?"

„Ich sage, so etwas muss gut überlegt sein."

„Aber sein Herz schlägt schon.", warf Jasmin traurig ein. „Ich will, dass es weiter schlägt."

Nestbau

Veit, Vincent und Jasmin hatten sich auf eine bizarre Art und Weise damit abgefunden, dass sie nun alle drei Eltern wurden. Sie besannen sich und versuchten nun ein wenig mehr Harmonie zu schaffen. Über den Tod von Erik und Jasmins Eltern wurde nicht mehr gesprochen. Jeder hatte einen Standpunkt und es war zu verletzend es immer wieder aufzugreifen. Selbst wenn Jasmin es gewollt hätte, sie konnte nicht mehr über all die Toten reden. Es schnürte sich ihr jedes mal die Kehle zu, allein wenn sie daran dachte, zu was die Brüder in ihrer Vergangenheit fähig waren.

Wut, Trauer, Verlust! Jasmin wollte nicht, dass das Kind unter ihrer Brust mit einem solchen Schmerz begleitet zur Welt kam. Mit ganzer Kraft versuchte sie den Optimismus der beiden Brüder aufzugreifen. Ein Kind, ein neues Leben. Ein Sinn. Und dieser neue Sinn zeigte sich schnell in den Taten der beiden Männer. Vincent baute wie besessen in den nächsten Tagen an einer hölzernen Wiege für ihr Kind und Veit versuchte Felle zu gerben, um es dem Baby von Anfang an behaglich zu machen. Jasmin durfte laut den beiden ab nun nichts Schweres mehr tragen und war nur noch für leichte Tätigkeiten im Haus eingeteilt. Ihren Protest ignorierten die Brüder.

Es waren nunmehr vier weitere Monate vergangen, in denen eine herzliche Stimmung im Haus einkehrte, während draußen der Schnee langsam schmolz. Veit und Vincent stritten sich nicht mal mehr über Kleinigkeiten. Für Veit war es einfach das neue Ziel in seinem Leben. Hatte er früher keinen großen Sinn in seinen Taten gesehen, außer der Unterhaltung für sich selbst gesehen, nun erfüllte ihn die Aussicht, etwas auf dieser Welt zu hinterlassen, mit Freunde und Ehrgeiz. Selbst die Tatsache, dass sich Jasmin für Vincent entschieden hatte und konsequent bei dieser Entscheidung blieb, gab dem keinen Abbruch und Vincent hatte keinen Einwand, dass Veit sich auch als Vater fühlen durfte. Vater oder Onkel, was machte das in der Wildnis zu dritt schon für einen Unterschied?

Jasmin gesellte sich nach draußen, wo Veit das Holz spaltete.
„Alles okay mit dir?" Veit legte die Axt beiseite und gebot ihr, auf einem großen Stamm platz zu nehmen.
Mittlerweile fiel es ihr etwas schwerer zu laufen. „Ja, es zieht nur und mein Rücken bringt mich um."
„Vincent sagte mir vorhin, dass du Schmerzen hattest."
„Ach das. Wirklich nicht schlimm."
„Okay." Er rollte sich einen weiteren Stumpf zurecht und setzte sich ihr gegenüber.
„Ich wollt mit dir reden."

„Klar, was liegt an?"

„Ich habe es eine ganze Weile nicht angesprochen, weil es seltsamerweise so harmonisch momentan ist."

Veit lachte. „Vielleicht sind wir einfach ein Stück erwachsener geworden."

„Ja vielleicht, und deswegen möchte ich, dass du mir erklärst, wie und warum du meine Eltern umgebracht hast." Sie seufzte und es fiel ihr schwerer zu reden: „Und Erik."

„Oh." Veit starrte sie an und brauchte einen Moment, um erneut zu beginnen.„ Puh, ich versuche es mal zu erklären. Dein Vater hat an dieser Studie teilgenommen, sie geleitet und plötzlich wurde Amelie Wagner aus dem Programm genommen. Sie verschwand von heute auf morgen. Ich habe später nach dir gesucht, also kenne ich das, was in deiner Akte dazu stand. Nach ein paar Monaten kam dann heraus, das Andreas Cheplow für dein Verschwinden zuständig war. Tübald Fabini ließ deinen Vater erklären, was angeblich mit dir geschehen war. Seiner Aussage nach war Amelie nur dazu gemacht worden, seiner wahren Tochter ein Herz zu schenken. Doch da es die richtige Größe haben musste, hat er abgewartet, bis Jasmin alt genug war. Dies geschah natürlich ohne das Wissen von Tübald Fabini."

„Aber ich lebe, das hat mein Vater doch nur gesagt, um mich nicht wieder zurückzubringen, oder?"

„Ich erwähnte es ja schon einmal, ich schätze, dass Andreas Cheplows ursprünglicher Plan schon so aussah, dass er dich nutzen und nicht austauschen wollte. Tübald gegenüber hat er jedenfalls steif und fest behauptet, du seist nun tot und seine Jasmin würde nun dein Herz tragen. Dass dem nicht so ist, wissen wir nun beide. Zu deinem Glück deckte ein Reporter kurz darauf die Studie um die Hybriden auf und vieles kam nun an die Öffentlichkeit. Tübald versteckte noch einen Großteil seiner Kinder in Einrichtungen, die nicht aufflogen, doch alle konnte er nicht verstecken. Wahrscheinlich nur durch diesen Umstand kam es nicht mehr dazu, dass sich irgendwer um die Richtigkeit der Worte von Andreas Cheplow kümmerte und Amelie Wagner als tot galt."

Er schaute auf seine Hände. „Nicolai Fabini wurde auf mich aufmerksam, als ich weiter ausgebildet wurde. Ich war gerade mal achtzehn und er nicht mal fünf Jahre älter. Er interessierte sich sehr dafür, was und wie wir das Töten ohne Spuren lernten. Nicolai und ich wurden so etwas wie Freunde, auch wenn er kein Hybrid zu sein schien, war er sehr gut und aufmerksam. Er hat es nie zugegeben, aber ich glaube, der Tod seines Vaters geht auf seine Kappe."

„Du meinst, Nicolai hat seinen Vater Tübald Fabini ermordet?"

„Ja und es wie einen Unfall aussehen lassen. Mir schien es wie aus unserem Handbuch vorgekommen zu sein. Er war nur in unserer Truppe, um es zu erlernen. Danach kam er nicht wieder. Ich sah ihn erst, als er mich offiziell einstellte, nun in seiner Firma und mir einen Gefallen tat."

„Dir einen Gefallen?"

„Er wusste, dass ich Amelie suchte, oft hatte ich im Camp nach dir gefragt."

„Er gab mir deine Akte und ich las, dass Andreas Cheplow für Amelies Tod verantwortlich war. Der Rest war einfach. Nicolai wusste, dass ich ein Problem damit hatte, deine Eltern zu töten, jedenfalls von Angesicht zu Angesicht. Dennoch sollte ich es tun. Für Nicolai Fabini war ich der richtige Mann dafür. Er hielt deinen Vater und deine Mutter nicht für vertrauensvoll, da sie hinter dem Rücken der Firma agiert hatten. Auch munkelte man von einer undichten Quelle aus seiner Richtung den Reportern gegenüber. Und er wusste, dass ich Amelie wie eine Schwester liebte und nach Rache durstete. Ich sorgte dafür, dass bei der nächsten vorschriftlichen Personalimpfung im Hause Fabini ein anderer Stoff in der Verpackung lag. Es war einfach und todbringend. Sie bekamen beide Krebs, und das so rapide, dass es keine Chance auf Heilung gab." Veit sah die Tränen in Jasmins Augen. „Dass du noch lebtest, habe ich erst herausgefunden, als ich den Namen Jasmin Cheplow in unserer Firma aufschnappte. Ich bin sofort zu dir nachhause, um zu erfahren, ob du es wirklich bist, doch an diesem Tag kam ich zu spät. Dein Bruder hat mir geöffnet und mir erzählt, du wärest schon seit langem weggezogen."

„Wieso wolltest du mich besuchen?", Jasmin schnaufte in ein Taschentuch, doch versuchte, weiter seinen Worten zu folgen.

„Vielleicht, um dich zu retten bevor du Nicolai begegnest."

„Deine Taten sind immer so zwiespältig. Mal bist du ehrenvoll, dann wieder ein Mörder. Wie passt das zusammen?"

„Ich bin nun mal das, wozu ich gemacht wurde. Es war mein Job, die unschönen Dinge sauber zu erledigen und ich war gut darin. Ich habe nun mal nicht Vincents Gabe Leute einzulullen und zu manipulieren, jedenfalls nicht so und einen Doktortitel habe ich auch nicht vorzuweisen."

„Aber du hast selbst Erik auf dem Gewissen! Er war mein Freund, was hat er dir getan?"

„Ja auch das war Arbeit für mich. Nicolai ist auf ihn aufmerksam geworden, weil er von der Bibliothek aus nach Dokumenten und anklagendem Material gegen die Firma gesucht hat."

„Und das reicht aus?"

„Ja, wenn man zudem mit den Cheplows befreundet ist, reichte das Nicolai durchaus aus und damit stand er nun mal auf meiner Arbeitsliste."

„Aber du wusstest, dass er ein Freund ist! Hattest du keine Gewissensbisse?"

„Natürlich, doch was ich gelernt habe ist nun mal, das zu trennen. Ich bin ich und meine Arbeit war etwas vollkommen anderes!"

„Wie ist er gestorben?"

„Verkehrsunfall mit Fahrerflucht."

„Oh mein Gott, Veit!"

„So war nun mal mein Leben, immer schon. Aber ich habe nun eine freie Wahl, ich hatte vorher nie gedacht, dass ich anders leben könnte. Bitte verzeihe oder verstehe das wenigstens."

„Dir verzeihen kann ich nicht, es nachvollziehen auch nur bedingt. Ich hatte nicht eine solche Ausbildung, ich..."

Er unterbrach sie „Nein du hattest ein Leben, eine Familie. Das was Marvin für dich ist, ist die Firma für mich gewesen."

„Du hast Vincent."

„Ja und er war ein Teil der Firma und du hättest es auch sein können und dann müssten wir nicht in den Wäldern hier kampieren."

„Du hast Fabini mich doch nicht mitnehmen lassen!"

„Ja, weil es nie gut endet, wenn Nicolai jemanden abholt. Ich hatte Angst, er würde dir etwas antun, weil er dir nicht traut. Er hatte schon Erik beseitigen lassen. Amelie, ich konnte dich nicht nochmal sterben lassen."

„Glaubst du, Nicolai Fabini hätte mich getötet?"

„Ich habe keine Ahnung, aber mittlerweile ist das eine sehr gute Theorie."

„Und die wäre?"

„Schau dich an, du bist schwanger. Warum sonst wollte er dich?"

„Aber wie hätte er davon erfahren können?"

„Die Blutproben, du warst sicherlich schon schwanger in meinem Haus."

„Und das macht mich wertvoll für ihn? Will er mich töten, um zu verhindern, dass Hybriden sich vermehren können?"

„Ja, das jedenfalls würde zu seiner Abneigung gegen uns passen, aber vielleicht will er dich auch nutzen, um sich menschlicher zu fühlen."

„Menschlicher zu fühlen?"

„Ich habe Nicolai nie danach gefragt, aber ich glaube, er war der Erste."

„Der erste Hybrid, aber wie?"

„Es wäre nur logisch, dass er uns hasst, seinem Vater hat einer scheinbar nicht gereicht und sein ganzes Leben in die Aufgabe gesteckt Nicolai besser hinzubekommen, ja, er hat uns erschaffen."

„Aber er ein Hybrid, sagtest du nicht, er wäre... ?"

„Eine Idee, nichts davon ist bewiesen. Vincent ist darauf gekommen, bei seiner Arbeit im Untergrund."

„Und ich dachte, ihr wärt nun endlich mal ehrlich zu mir, stattdessen schafft ihr es immer wieder, eine Bombe platzen zu lassen.", Jasmin wurde wütend. *Das habe ich nicht verdient!* „Wieso fällt es euch so schwer, mir von so etwas zu erzählen? Meine Güte, wieso … !" Sie fasste sich krampfhaft an den Unterleib und dann lief Blut zischen ihren Beinen zu Boden. Panik durchzog sie. „Oh Veit, oh mein Gott! Das Kind!"

Hilfe

Veit hatte Jasmin ins Haus gebracht. Mittlerweile lief er wieder draußen hin und her, während Vincent sie im Wohnzimmer untersuchte. Auf dem Boden unter seinen Schritten bildeten sich Furchen, als nach gefühlten Stunden die Tür aufging und Vincent heraustrat.

„Geht es ihr gut? Kommt das Kind?"

„Es geht ihr den Umständen entsprechend... ." Vincent hielt seinen Bruder auf, als dieser an ihm vorbei ins Haus wollte: „Sie schläft jetzt, sie braucht Ruhe."

„Was ist mit dem Kind?"

„Es ist noch lange nicht soweit für eine Geburt. Sie hat Blutungen und muss ab jetzt unbedingt im Bett bleiben. Das Herz des Kindes schlägt, erstmal scheint wieder alles unter Kontrolle zu sein."

„Scheint?"

„Ich sagte doch, eine Geburt, hier und unter diesen Umständen ist nunmal ein Risiko."

„Verlieren wir sie?" Fragend schaute Veit zu Vincent. Als dieser nicht antwortete, ergänzte er seine Frage: „Etwa beide?"

Vincent nickte, „Ja, es wäre durchaus möglich."

Veit begann wieder hin und her zu laufen. „Ich hätte es ihr nicht erzählen dürfen, sicherlich war es die Aufregung?"

„Aufregung? Veit, was hast du denn zu ihr gesagt?"

„Alles. Sie hat gefragt und ich wollte sie nicht schon wieder anlügen."

„Du hast genau was gesagt?"

„Ihr erklärt warum ich ihre Eltern getötet habe und Erik... und warum Nicolai sie gerne mit zu sich nehmen wollte. Eben alles."

„Du hast... Puuh!" Vincent wurde wütend und begann erneut: „Du hast einer schwangeren Frau, die sich NICHT aufregen soll, erzählt, warum du ihre Eltern getötet hast?"

„Ja, es tut mir auch leid. Empathie war noch nie so mein Ding."

„Empathie? Ist dir klar, dass du sie damit in Gefahr gebracht hast?"

„Ja, jetzt schon!" Veit hörte auf zu laufen. „Was soll ich jetzt machen?"

„Wir warten entweder ab und hoffen das Beste oder du besorgst uns ein neues Auto und wir fahren sie ins nächste Krankenhaus."

„Wie hoch sind die Chancen, dass sie überlebt?"

„Gering, erst recht, wenn sie erneut Blutungen bekommt."

„Wie hoch ist die Chance, dass Fabini uns da draußen findet?"

„Geringer."

„Okay, ich packe meinen Rucksack und laufe los."

„Nimm den Kompass mit und folge zu Fuß der Straße gen Osten. Du wirst bestimmt eine Woche brauchen, bis du wieder zurück bist."

„Ich werde rennen!"

Das Ende am See

Jasmins Krämpfe wurden verschlimmerten sich zunehmend. Die Blutungen kamen nun fast täglich und sie war unendlich schwach. Selten in der Lage sich aufzurichten. Vincent betete förmlich, dass Veit bald zurückkommen würde, doch dies tat er nicht. Es war nun zwei Wochen her, dass Veit aufgebrochen war.

Vincent saß an Jasmins Bett und hielt ihre Hand. „Veit kommt bald, halte durch." Dann tupfte er ihr den kalten Schweiß von der Stirn.

„Was, wenn er erwischt wurde?"

„Das glaube ich nicht, bei seinem Talent hat er sich einfach verlaufen.", versuchte Vincent sie zu beruhigen.

„Wenn ihm etwas zugestoßen ist und er unsere Hilfe braucht da draußen im Wald?"

„So etwas wird schon nicht passiert sein. Er kennt sich mittlerweile gut aus in unwegsamem Gelände."

„Oder hältst du es für möglich, dass er zurück zu Fabini gegangen ist?"

„Wie könnte er? Mal davon abgesehen, dass er dir eigentlich gar nicht von der Seite weichen wollte, wie würde er Fabini sein Verschwinden erklären können?"

„Er ist einfach nicht für dieses Leben gemacht, was, wenn er da draußen schnell bemerkt hat, was ihm hier gefehlt hat?"

„Ja, er wurde zu etwas anderem gemacht, aber er hat seine Wahl getroffen und wollte mit uns gemeinsam leben. So etwas beschießt man nicht neu, während eine Freundin im Kindbett liegt und auf seine Hilfe wartet."

„Ich weiß nicht, wegen mir hat er, wie er es nannte, seine andere Familie verloren."

„Die Firma war und ist kein Ersatz für eine wahre Familie, und die hat er mit uns."

„Aber er erzählte mal, dass er gut befreundet war mit Nicolai. Stimmt das?"

„Ja, das mag schon sein."

„Hasst Fabini nicht die Hybriden?"

„Ja, grob schon, aber Veit schien da schon immer irgendwie die Ausnahme zu sein."

„Er hat ihm geholfen, oder?"

„Wobei genau?"

„Veit muss Nicolai einen großen Dienst erwiesen haben, wie sonst hätte Nicolai so großes Vertrauen in ihm gehabt, dass ich bei ihm sein durfte und er sogar den Fahrer bei der 'Entführung' ersetzten konnte?"

„Sie hatten in ihrer Ausbildung viel Zeit miteinander. Da wird sich dieses ungewöhnliche Band verknüpft haben."

„Vielleicht hat Veit ihm gesagt, wie man Tübald Fabini am besten tötet.

Oder, was, wenn er dabei sogar geholfen hat, weil Nicolai es selbst nicht konnte?"

„Jasmin, du liegst im Fieber. Selbst wenn, das sind alte Geschichten. Veit hat uns gewählt. Und das ist auch richtig so." Vincent griff wieder nach ihrer Hand.

„Ich liebe dich, du bist mein Leben und so sehr ich es auch nicht gutheiße, Veit wird es genauso gehen wie mir. Nur war ich halt der Glücksvogel, den du gewählt hast."

Sie schaute ihn lächelnd an. „Ja Vincent, ich war schon in dich verliebt, als ich dich auf der Gala kennengelernt habe und jeden Tag mehr an deiner Seite, weiß ich, dass es richtig war." Eine Träne kullerte über ihre Wange.

Vincent beugte sich vor und küsste sie. Obwohl sie so schwach war, ging sein Kuss durch Mark und Bein. Es kribbelte und fühlte sich so gut an. Ja, er war einfach ihre große Liebe.

Sie hörten ein sich schnell näherndes Tosen, fast einem Donnern gleich.

„Was ist das?", fragte Jasmin.

„Da kommen Hubschrauber!", Vincent starrte entsetzt aus dem Fenster.

„Oh nein." Jasmin versuchte sich hinzusetzten. „Fabini? Woher wissen die, wo wir sind?"

„Ich weiß nicht, wer es ist. Sicher ist, dass wir hier weg müssen!"

Vincent sah sie an und wusste, dass es eigentlich keinen Zweck hatte, mit ihr zu fliehen, aber aufgeben lag nicht in seiner Absicht. "Ich trag dich, wir verstecken uns im Wald!"

Unmöglich! Doch sie richtete sich mit allen Kräften auf und Vincent hob sie in eine Decke gehüllt hoch. Er lief sie tragend die Treppe herunter. Sie waren viel zu langsam. Noch während sie im Haus waren, seilten sich schwarz gekleidete Männer von den Hubschraubern ab und gingen bewaffnet ums Haus in Formation. Sie saßen in der Falle, doch das sahen die beiden von der Treppe aus nicht, sie hörten nur, dass die Hubschrauber weiter flogen und beim See zu landen schienen. Eine Waffe aus dem Keller zu holen, dafür schien es zu spät, Vincent wollte einfach schnell aus dem Haus und sich tief im Wald verstecken. Er öffnete die Tür und rannte raus. Er kam nicht mal zwei Meter vom Haus weg, da sah er die Männer auf sie zu rennen.

„Lassen Sie die Frau los und legen sie ihre Hände in den Nacken!" Einer der Uniformierten zielte mit einem Gewehr auf sie, während er sprach.

Sie spürte, wie hilflos die Situation für Vincent war, er wollte sie nicht loslassen. Seine Hände zitterten, doch er ließ sie nicht los.

„Ich kann nicht, sie ist krank!", schrie er zu dem Mann, dann senkte er seine Stimme zu einem Flüstern und sprach sie an: „Jasmin, ich glaube nicht, dass ich das hier überleben werde."

„Legen sie die Frau auf den Boden oder wir schießen!"

„Was?" Jasmin geriet in Panik, war aber so kraftlos, dass sie sich kaum regen konnte.

„Ich liebe dich, vergiss das nie. Ich bereue nichts." Dann küsste er sie auf die Stirn und legte sie dabei sanft ins Gras. Sie versuchte sich an ihm festzuhalten, sie wollte ihn nicht loslassen. Seine Hände glitten um die ihren und er streifte sie ab.

„Nein! Nein!", sie brach nun in Tränen aus und versuchte ihn noch irgendwie zu erhaschen.

Er trat zwei Schritte zurück, ging auf die Knie und legte seine Hände in den Nacken.

Sie versuchte zu ihm herüber zu kriechen, ihre Hand auszustrecken. Er sah sie dabei so unendlich traurig an, sie hatte solche Angst. Mehr um ihn als um sich selbst.

„Bitte nicht, bitte nein.", schluchzte sie immer wieder.

Ihm liefen auch die Tränen über die Wangen und er sprach leise, wiederholte seine Worte wie ein Mantra. „Ich liebe dich, es ist alles gut. Ich liebe dich, es ist alles gut … ."

Sie hörte eine bekannte Stimme. Dann sah sie von Vincent ab und starrte in die andere Richtung. Nicolai Fabini, wieder in einem weißen Anzug, lief langsam vom See aus auf das Geschehen zu und neben ihm ging Veit. Gekleidet in einer schwarzen Uniform. Vincent wurde mittlerweile eine Waffe direkt an die Schläfen gehalten, neben ihm standen nun zwei Uniformierte und sorgten dafür, dass Vincent in seiner Haltung blieb.

Die beiden Männer vom See stoppten vor dem Szenario.

Nicolai klatschte in die Hände. „Hervorragend, welch ein rührendes Spektakel."

Vincent schaute auf den Boden. „Ich hätte nicht gedacht, dass du persönlich hier auftauchst."

„Oh, ich wurde doch eingeladen.", und mit einer Handbewegung stellte er Veit der Gruppe vor.

Dieser sah nicht mehr aus wie der Mann, der sie vor gut zwei Wochen verlassen hatte. Sein rechtes Auge schien weiß, das Augenlicht war erloschen, und man sah zudem Spuren von Folter auf seiner Haut. Dunkle Flecken waren noch leicht am Kinn zu sehen. Er schaute kalt auf sie herab. „Soll ich jetzt?"

„Warte, warte, deine Loyalität kannst du auch gleich noch zeigen." Nicolai überkam ein boshaftes Lächeln und er kniete sich neben Jasmin. Nahm fast schon zärtlich ihr Kinn und zwang sie ihn anzusehen.

„Es hätte um so einiges schöner für dich sein können, wärst du nicht geflohen."

Sie spuckte ihm ins Gesicht, doch sagte darauf nichts.

„Doch noch so kräftig?" Er faltete ein Taschentuch aus seinem Jackett und wischte sich ihre Spuren aus dem Gesicht. „Am Ende werde ich es sein, liebe Amelie, der obsiegt. So ist es immer."
Er ging nun auf Vincent zu. „So erbärmlich, Vincent, auch du hattest alles. Mich zu hintergehen bedeutet den Tod, das weißt du, oder?"
Vincent starrte ihn wütend an. „Und was ist mit Veit? Wie ich sehe, lebt er noch, ich sehe damit doch tatsächlich Hoffnung für uns."
Nicolai lachte. „Oh, wie ihr sehen könnt, brauchte es eine Weile bis mich Veit davon überzeugen konnte, dass er die ganze Zeit in meinem Sinne gehandelt hatte. Vincent, mein lieber Vincent, eurer Feind war die ganze Zeit Seite an Seite bei euch, bis es ihm das Schicksal erlaubte, euren Standort preiszugeben. Ach Vincent, hättest du das nicht erkennen müssen? Du als Perfektionist der Blendung?"
Jasmin starrte nun Veit an. „Das ist nicht wahr? Sag, dass das nicht wahr ist."
„Können wir das bitte beenden, Nicolai? Bitte." Veit wirkte angespannt.
„Mhh schade, mein treuer Freund bittet um ein zügiges Ende. Gut, dann wäre wohl alles geklärt. Vincent, es ist schade, dass du uns verlässt und nicht erfahren wirst, was deiner Liebsten oder deinem Kind widerfahren wird."
„Nein, tut ihm nichts. Bitte, Herr Fabini, ich mache alles, was sie wollen. Bitte." Jasmin versuchte sich aufzurichten, wurde dann aber von zwei Uniformierten gehalten, die dazu kamen.
„Na na na, ein wenig späht für Reue, meine Liebe. Keine Angst, ich bin niemand, der nicht verzeihen kann. Doch für Vincent ist es nun mal vorbei." Dann wurde seine Stimme forscher. „Veit, beende es, jetzt!"
„Danke." Veit zog eine 9 mm aus dem Bund seiner Hose und schaute seinen Bruder an, kaum merklich nickte dieser und schloss seine Augen, dann schoss Veit ohne ein Zögern. Das Projektil traf erbarmungslos sein Ziel. Eine Wunde klaffe auf Vincents Stirn und er sackte tot zu Boden.
Jasmin brauchte ein paar Sekunden, um das Geschehene zu verarbeiten. Dann schrie sie wie vom Wahn gepackt. Die Uniformierten hatten Mühe sie festzuhalten bis Veit abwinkte und sagte: „Lasst sie sich verabschieden, sie scheint zu bereuen."
Darauf ging Jasmin nicht ein, vom Adrenalin gepackt, schaffte sie es zum Leichnam am Boden. Sie presste ihn an sich und schrie.
„Du hast gesagt, alles wird gut! Du hast schon wieder gelogen! Du hast schon wieder gelogen!" Zitternd stichelte sie immer wieder seinen Körper, nicht in der Lage, ihn loslassen zu wollen.
„Beende dieses erbärmliche Fiasko, Veit." Damit drehte sich Nicolai um und ging langsam Richtung See zurück.
„Es ist vorbei Amelie, lass ihn jetzt los."
„Neeeein!", weinte sie bitterlich.

287

Die Männer rissen ihr die Leiche aus den Armen und Veit nahm sie in die Arme. Sie schlug nach ihm, wehrte sich. Doch dann hielt sie sich an ihm fest und weinte ihren Schmerz heraus.

„Wir haben keine Wahl, Amelie."

Das waren seine Worte und dann nahm es Jasmin die Sinne. Sie wachte noch ganz kurz im Hubschrauber auf, sah, dass man ihr eine Injektion durch einen Tropf verabreichte, doch dann nahm ihr das Sedativum die letzte Kraft und sie fiel in einen traumlosen Schlaf.

Mutter?

Jasmin erwachte in einer Art Krankenzimmer. Keine Fenster und gekachelte Fliesen an den Wänden. Zwei Türen konnte man erkennen. Eine schlichte und eine massive aus Stahl. Mühevoll versuchte ihr Verstand zu begreifen, was vor sich gegangen war. Langsam klärte sich ihr Blick. Sie begann zu verstehen, dass sie in ihrem Bett festgeschnallt war und an Überwachungsmonitoren angeschlossen schien. In ihrem Arm steckte eine Infusion. Allein im Raum, aber begleitet von einer Kamera an der Decke, schaute sie sich um und dann ruhte ihr Blick auf ihrem Bauch. Er war flach, sie mussten ihr das Kind entfernt haben. Mit Wut und Panik schrie sie wie vom Wahnsinn gepackt. Sie wollte diese Hilflosigkeit loswerden, bevor sie die Hoffnungslosigkeit erreichen würde. Mit Zorn schrie sie in die Richtung der Kamera: „Wo habt ihr Schweine mein Kind? Wagt es nicht, ihm etwas anzutun!"

Es dauerte noch ein paar Stunden, in denen sie schrie und versuchte die Fesseln zu lösen, doch vergebens. Alles, was sie bewirkte, war, dass ihr die Stimme und Fesseln schmerzten. Erst als sie ruhiger wurde und schon fast heiser, öffnete sich endlich die Tür. Veit trat herein, hinter ihm ein Pfleger mit einem Essenstablett. Veit setzte sich auf das Bett, während der Angestellte das Essen auf einem kleinen Tisch neben dem Bett abstellte und den Raum wieder verließ.

Böse funkelte sie Veit an und starrte in sein geblendetes Auge. „Mörder! Du Bastard!"

„Hast du Hunger?", erwiderte er kühl.

„Du wagst es mir unter die Augen zu treten? Du?"

„Ob du Hunger hast, habe ich dich gefragt."

„Wo ist mein Kind?"

„15. Etage, Zimmer 473."

„Was?", perplex schaute sie ihn an.

Er hoffte inständig, dass sie sich das merken würde. „Da ist unser Sohn. Wir und er sind im Hauptkomplex der Firma in einem abgesicherten Bereich. Und, hast du jetzt Hunger?"

„Seit wann ist er … ?"

„Vor 3 Wochen haben sie ihn via Kaiserschnitt geholt. Du warst bis jetzt in einem künstlichen Koma, um dein Überleben zu gewährleisten."

„Wie geht es ihm?"

„Er ist kräftig und kann schon genauso gut schreien wie seine Mutter." Er versuchte ein Lächeln, doch sie erwiderte es nicht.

„Darf ich zu ihm?"

Veit schüttelte den Kopf. „Nicolai wird ihn als Druckmittel nehmen, damit du ihm nicht mehr wegläufst."

„Weglaufen?"

„Nicolai wird dir alles erklären, sobald du kräftig genug bist. Also bitte iss etwas und habe vor Augen, unseren Sohn wiederzusehen."

„Es ist vielleicht Vincents Sohn, nicht deiner."

„Egal Amelie, wenn du auch nur ein wenig Anteil an Koljas Leben haben möchtest, dann solltest du genau das tun, was ich dir sage."

„Kolja?"

„Ich habe ihn so genannt."

„Wie kommst du dazu ihm einen Namen zu geben?"

„Er brauchte einen. Außerdem erwähnte Vincent diesen Namen."

„Warum?"

„Er wollte dich von Namen mit einer Bedeutung überzeugen, wusste aber nicht, wie er dir diesen Wunsch gegenüber klarmachen konnte. Er hatte auch noch andere Namen, falls es ein Mädchen wird oder dir der Name nicht zusagt."

„Vincent hat ihn ausgesucht?"

„Ja."

„Und... und was bedeutet er?"

„Sieg des Volkes."

„Oh." Sie verstand nicht, warum Veit ihren Sohn nach einem Wunsch von Vincent benannt hatte.

„Isst du jetzt bitte etwas?", wiederholte Veit.

Sie nickte verdutzt und er löste ihr die Fesseln. Er hielt ihr einen Teller mit einem geschmierten Brot hin.

„Besteck bekommst du erst einmal nicht. Aber dein Magen wird sich eh erst mal wieder an Essen gewöhnen müssen. Hier wäre auch noch eine warme Brühe, falls das eher was für dich ist."

Er klang tatsächlich sehr bemüht um sie, doch sie konnte sich nicht erklären, wie er sie nur hatte verraten können. War es einzig und allein gewesen, um sie und das Kind zu retten? Hatte er dafür mutmaßlich den Tod von Vincent in Kauf genommen? Denn dass er von Anfang an auf Nicolais Seite war, konnte nicht stimmen. Veit war es doch gewesen, der ihre Entführung inszeniert hatte, ohne ihn hätten sie es niemals in den Wald geschafft.

„Veit warum hast du uns... ?"

„Amelie, du solltest essen. Die Kameras hier zeichnen auf, wenn du es nicht tust."

„Oh.", sie verstand und fühlte sich ein wenig besser in seiner Gegenwart. Nun machte sie sich sogar Vorwürfe. Veit fehlte ein Augenlicht und am Tag ihrer Abholung aus dem Wald sah er übel zugerichtet aus. Nicolai musste ihn gefoltert haben. Vielleicht wurde Veit erwischt und hatte versucht es so darzustellen, dass er immer auf Nicolais Seite war, nur um noch einschreiten zu können. Um sie zu schützen?

„Wie ist das mit deinem Auge geschehen?", fragte sie nach einer Weile.

Veit schaute sie nicht an, sondern starrte zur Wand. „Eines von zwei Forderungen die ich tun musste, um Nicolai meine Loyalität zu beweisen."

„Loyalität? Und was heißt 'du musstest es tun', du hast dir das selbst angetan?"

„Ja, vor seinen Augen, als Zeichen meiner Treue zu ihm und der Firma."

„Und die zweite Forderung?" *Oh nein, Veit, ich ahne, was das Zweite war.*

„War die Ermordung eines Verräters, meines Bruders.", dabei schloss er die Augen. „Du hast schon wieder aufgehört zu essen. Ich sagte doch, die Kameras sehen alles."

„Wenn ich kräftig genug bin, dann empfängt mich Nicolai?"

„Natürlich, aber nur wenn du auch verstehst, dass du keine Wahl hast und er auch Gutes für dich tun kann, wenn du folgsam bist."

„Er will mir ein Angebot machen, ja? Und das erfordert meine Kooperation?"

„Ja genau."

„Das heißt also, dadurch das ich kooperiere… ."

„Stehen die Chancen mehr als gut, dass dein Sohn in deiner Nähe aufwachsen kann."

Zimmer mit Aussicht

Jasmin wurde gesund und fast jeden Tag kam Veit und brachte ihr das Essen. Sie wusste, dass er nicht frei reden konnte, doch sie glaubte zu verstehen, was er ihr versuchte zu erklären. Veit wiederholte einfach zu oft die Etage und das Zimmer, in dem ihr Sohn lag, als dass es ein Zufall hätte sein können. „Ich war heute wieder in der fünfzehnten Etage" oder „In Zimmer 473 war heute wieder was los", „Weißt du, gestern hätte ich beinahe meine Schlüsselkarte zu Hause liegen lassen, dann hätte ich heute sein Lächeln nicht sehen können." Seine Worte spukten ihr auch nach seinem Besuch noch im Kopf herum und gaben ihr die Hoffnung zurück. Doch sie verstand nicht, wann sie fliehen sollte und ihren Sohn retten konnte. Sie wartete also und hoffte jeden Tag auf ein Zeichen von Veit. Es sollte sich heute zutragen.

„Bist du fertig?", fragte Veit und starrte auf das fast leere Tablett vor ihnen.
„Ja, wieso?", erwiderte sie und blickte ihn fragend an.
„Heute ist es soweit." Er ließ extra eine Pause. „Nicolai erwartet dich."
Sie wurde nervös, was mochte nun auf sie zukommen? *Hat er einen Plan? Bisher haben seine Pläne ganz gut geklappt... Naja, nicht immer.* Sie dachte an Vincent.
„Zieh dir normale Sachen an, die liegen dort in der Tasche. Ich warte draußen, die Tür wird auf sein." Veit verließ den Raum.
Sie tat wie ihr geheißen und zog sich an, der Blazer war ihr ein wenig zu groß. Sie versuchte ihn zurechtzuzupfen, spürte dann aber irgendetwas in den Seitentaschen der Jacke. Sie traute sich aber nicht, vor der Kamera dort hineinzusehen. *Er hat einen Plan! Er muss einen haben!*
Veit führte sie draußen einen Gang entlang, es war die Krankenstation, die sie schon kannte. Von damals, als sie schon einmal hier war. Nur dieses mal gab es deutlich mehr Sicherheitsleute, die immer wieder ihren Weg kreuzten. Am Ende des langen Flures waren zwei Fahrstühle. Veit nahm den linken und zog seine Karte durch das Lesegerät. Dann drückte er auf die oberste Etage. Jasmin wusste, dass sie nun gleich direkt in Nicolais Penthouse ankommen würden. Veit drehte sich um und suchte ihren Blick. Wie in Zeitlupe steckte er die Karte in die vordere Tasche seines Jacketts und fixierte dabei ihren Blick. War dies ein Zeichen? *Sollte ich wissen wo die Karte ist?*
Der Fahrstuhl hielt an. „Nutze die Gelegenheit, wenn sie kommt und nutze unbedingt die Aufregung für Kolja.", sprach Veit ganz leise und dann glitt die Tür auf.
Was? Wie sollte sie so einen Satz verstehen. *Aufregung? Kolja? Welche Aufregung?*

Vor der Tür standen zwei Wachmänner, dies war auch neu. Bei ihrem letzten Besuch waren sie ungestörter. Veit zog im Gehen sein Jackett aus und hielt es im Arm, bis sie das offene Zimmer am Ende des weißen Flurs erreichten. Seit Wochen war es das erste Mal, dass Jasmin Sonnenlicht auf ihrer Haut spürte. Es fiel durch die tiefen Fenster und durchflutete den Raum.

„Oh, Amelie, schön dich zu sehen." Die Wärme der Sonne war schnell vergessen, als Nicolais kalte Stimme den Raum durchzog. „Wie geht es dir? Möchtest du etwas trinken? Veit ist bestimmt so freundlich und erfüllt dir deine Wünsche."

Veit legte seine Jacke auf einen Barhocker an der Seite. „Möchtest du etwas, Amelie?"

„Nein danke." Jasmin schaute zu Nicolai. „Sie wollten etwas mit mir besprechen?"

„Meine Liebe Amelie, wir können gerne zum 'Du' überwechseln. Aber ja, in der Tat." Er schaute aus dem Fenster. „Ich habe dir einen Deal vorzuschlagen."

„Einen Deal?"

„Ich lasse dir dein Kind, es wird erst einmal nicht für Studienzwecke missbraucht... „

Erst einmal?

„Und du bekommst ein neues. Und zwar von mir."

Ihr blieb das Herz stehen. Sie sollte von ihm ein Kind bekommen. Übel von dem Gedanken schluckte sie.

„Was?"

„Ich kann mir vorstellen, das da nun ein paar wirre Gedanken in deinem kleinen Köpfchen herum schwirren, aber das ist die einzige Möglichkeit dies auf freiwilliger Basis anzunehmen. Glaub mir Jasmin, wenn ich dich dazu zwinge, wird es nicht besonders schön für dich werden."

Sie wollte ihm gerade entgegenwerfen, dass sie so etwas niemals freiwillig machen würde, bis sie Veit leicht den Kopf schütteln sah. Sie schluckte und dann versuchte sie neutral zu antworten, ohne, dass die Flüche, die sie gerne aussprechen wollte, ihre Lippen verließen: „Warum?"

„Oh, dies ist etwas Persönliches. Ich schätze es einfach nicht, wenn man Müttern ihre Kinder nimmt."

„Etwas Persönliches?"

„Ich will, dass mein Kind eine richtige Mutter hat, etwas sentimental, ich weiß und dennoch würde ich mich freuen, wenn du mir diesen Wunsch erfüllst."

Sentimental? Bis eben dachte ich, du währst zu keinerlei Gefühl in der Lage. Sie wartete kurz, doch dann antwortete sie. „Genau genommen habe ich also keine Wahl?"

Er nickte.

Veit fragte, „Vielleicht nun doch ein Schluck Wasser?"

Sein Plan? „Ja bitte."

Veit konnte keine Waffe ins Gebäude, und erst recht nicht in das Appartment, mit hineinschleusen, also war das, was nun folgte, die kritischste Phase in seinem Plan. Er brachte Jasmin das Glas Wasser und blieb unmittelbar hinter Nicolai stehen. Seit Wochen hatte er auf eine Gelegenheit gewartet, mit der er allein mit Nicolai sein konnte, doch erst jetzt, da Nicolai so privat mit Jasmin reden wollte, ergab sich diese Situation. Doch es musste leise geschehen, im Flur waren die Wachmänner.

„Danke für das Wasser." Dann wandte sie sich an Nicolai. „Und wie stellst du dir das vor?"

„Ich habe ein Haus an der Küste. Eine schöne Gegend, um ein Kind großzuziehen. Du wärst natürlich nie allein in diesem Haus, aber es wäre deutlich angenehmer, als in einer Zelle immer wieder Kinder zu gebären." Seine Worte widerten sie an, am liebsten hätte sie ihm das Glas Wasser ins Gesicht geschüttet. Doch Veit kam ihr zuvor. Mit einem Ruck griff er um ihn herum, riss seine Hand auf den Rücken und hielt ihm mit der anderen den Mund zu. „MHHHH!"

„Jasmin!" Veit keuchte, während Nicolai versuchte sich loszureißen. „Öffne das Fenster!"

Schnell lief sie nach vorn und tat wie ihr geheißen. Das Fenster war geteilt in zwei Abschnitte. Sie riss es auf, doch nur der obere Bereich ließ sich öffnen, dann trat sie beiseite. Für Nicolai ging es nun um sein Leben und das wusste er. Er wehrte sich und ein regelrechter Kampf entbrannte. Veit schaffte es ihn zum Fenster zu bekommen, Jasmin versuchte seine Füße zu greifen doch er trat nach ihr und sie fiel hart auf den Boden. Etwas benommen schaute sie hoch und sah, dass Veit ihn mit dem Oberkörper nach draußen drückte. In diesem Moment musste er dessen Mund loslassen und versuchte ihn mit der nun frei gewordenen Hand aus dem Fenster zu werfen. Nicolai schrie und klammerte sich an Veit fest, dieser verlor fast den Halt.

Die beiden Wachmänner eilten vom Flur ins Zimmer und für einen Bruchteil einer Sekunde schauten Veit und Jasmin sich an. Veit nickte und mit einem Satz sprang er aus dem Fenster, Nicolai riss er mit sich in die Tiefe. Jasmins Herz blieb augenblicklich stehen. Dann schlug sie die Hände vor ihren Mund. *Nein Veit, nein das hast du nicht getan. Oh mein Gott, Veit!* Die Männer rannten ungläubig zum Fenster und starrten erschrocken nach unten.

Jasmin raffte sich auf und traute sich zitternd ans Fenster. Beide Körper lagen zerschmettert am Boden. Ein paar Passanten schrien und blieben stehen. *Nein Veit!* Jasmin wandte sich ab, ihr Blick verharrte auf Veits Jackett. Er schien gewusst zu haben, dass er vielleicht nicht mit ihr fliehen konnte. Sie ging langsam zum Hocker, während die Wachmänner die Polizei riefen. Sie nahm das Jackett an sich und lief zum Fahrstuhl. Was hatte Veit gesagt? „15. Etage, Zimmer 473.", hallte es in ihrer Erinnerung wider und erst im Fahrstuhl liefen ihr bitterlich die Tränen über die Wangen. Sie war nicht mehr in der Lage ihrem Schmerz Einhalt zu gebieten. Nun hatte sie auch Veit verloren. Der Verlust war fast unerträglich für sie. Die Tasten im Fahrstuhl konnte sie durch die vielen Tränen kaum noch erkennen. Mit zitternden Händen zog sie die Karte durch den Scanner und schaffte es gerade so noch die richtige Etage zu drücken.

„Alles in Ordnung mit Ihnen?" Sie stand vor dem Zimmer 473 und ein Mann in einem weißen Kittel sprach sie im Flur an.
Jasmin drehte sich zu ihm. „Ja, aber draußen ist ein Mann aus dem Fenster gesprungen. Es ist grausam."
„Oh mein Gott, wo?"
„Er liegt gleich vorne am Eingang. Ich habe die Leiche gesehen." Ihre Stimme war ruhig und sie versuchte die Tränen zu unterdrücken. „Sie entschuldigen mich?" Dann glitt sie mit Veits Karte über den Scanner neben der Tür. Der Mann eilte den Flur entlang und sie betrat einen weißen Raum mit einem Kinderbett. Kolja lag darin, und vor ihm wachte eine Krankenschwester. Sie schien ihn gerade gefüttert zu haben.
„Ah, sie sind die Ablöse?" Die Frau stand auf. „ Herr Veit Gregorius sagte mir, sie würden kommen. Er ist auch fast fertig für den Spaziergang. Alles in Ordnung mit ihnen, haben sie etwa geweint?"
„Sie müssen unbedingt nach draußen, da ist ein Mann aus dem Fenster gesprungen. Ich glaube, es ist Nicolai Fabini."
„Nein!", die Frau starrte sie überrascht an, nahm aber umgehend ihre Jacke. „Sie kommen klar?"
„Ja, ich komme gut mit Kolja zurecht. Gehen sie nur."
Die Amme verließ den Raum und sie sah zum ersten mal in die Augen ihres eigenen Kindes. Mit nun noch mehr Tränen hatte sie zu kämpfen. Erleichtert, ihr eigenes Kind nun endlich in den Armen zu halten, gab sie ihm behutsam einen Kuss auf die Stirn. *Mein lieber Kleiner, oh, was hatte ich Angst um dich.* Vorsichtig zog sie ihren Sohn auf einer Wickelkommode an, nahm ihn und soviel von seinen Sachen mit, wie sie noch tragen konnte und dann stoppte sie an der Tür. Wie sollte sie das Gebäude verlassen? Davon hatte Veit nichts erzählt. In Panik schaute sie sich im Zimmer um. Sie hatte Veits Jackett auf dem Wickeltisch liegen lassen. Sie legte Kolja noch einmal ab und durchsuchte die Jacke. Doch

nichts weiter befand sich darin. Fiebrig strich sie sich durch die Haare und versuchte krampfhaft den Tag Revue passieren zu lassen. Wie hatte es heute begonnen? Was hatte er gesagt und getan? Dann fiel es ihr auf. Ihre Blazer, die Taschen. Immer noch mit zitternden Händen holte sie hervor, was Veit dort für sie versteckt hatte. Sie fand einen Autoschlüssel, an diesem klebte ein Zettel. Parkgarage B3, zweite Reihe links vom Fahrstuhl.

Danke Veit. Sie küsste den Schlüssel und kämpfte erneut gegen eine Flut von Tränen an. Dann nahm sie behutsam ihren Sohn an sich und wickelte ihn in Veits Jacke, das war das Einzige, was sie noch von ihm hatte, sie wollte es nicht noch einmal vergessen mitzunehmen.

Auf dem Weg sprach sie niemand an, es gab ein wildes Tuscheln und mittlerweile schien sich der Sprung aus dem Fenster wie ein Lauffeuer verbreitet zu haben. Türen standen offen und Leute versuchten, von den Fenstern aus etwas zu erkennen. Da sie mit der Karte von Veit überall hinkam, fiel niemandem auf, dass sie dort nicht hingehörte. So erreichte sie zügig das Parkdeck. Kolja war ganz ruhig in ihrem Arm und schaute sie die ganze Zeit über an, als wüsste er, dass weinen hier keine gute Idee zu sein schien. Jasmin drückte auf den Wagenschlüssel und nicht unweit von ihr gingen die Lichter an einem Wagen an. Sie wollte sich ans Steuer setzten, als sie bemerkte, dass auf dem Beifahrersitz ein Kindersitz bereit stand. Ein Preisschild klebte noch an der Seite. Jasmin wechselte schnell die Tür und schnallte ihren Sohn an. „Oh mein Gott, Veit, du hast an alles gedacht." Sie sackte vor dem Kindersitz zusammen und schluchzte, doch sie musste sich aufraffen und hier fort. Sie bemerkte noch eine Tasche im Fußraum, doch entschloss lieber schnell hier wegzufahren, bevor man das Parkhaus wegen des Unfalls beschloss dichtzumachen. Sie startete den Wagen und war erleichtert keinen Parkwächter anzutreffen. Etwas unsicher war ihre Fahrweise in den ersten Sekunden, ihr Körper stand unter Adrenalin und es war schon lange her, dass sie hinter dem Steuer eines Wagens gesessen hatte. Draußen angekommen, sah sie in der Nähe Blaulichter und hörte immer wieder Polizeiwagen mit Sirene ankommen. Jasmin schlug den Blinker auf die entgegengesetzte Richtung vom Unfallort und fuhr weg vom Geschehen. Im Rückspiegel sah sie zwei Polizisten, wie sie mit gelbem Band das Gelände absperrten.

Sie war mindestens eine Stunde gefahren und hielt nun an der Seite einer einsamen Feldeinfahrt neben einer Landstraße. Sie stieg aus dem Wagen, schloss die Tür und sackte auf den weichen Boden. Sie weinte bitterlich und biss sich immer wieder auf die geballte Faust, um nicht zu schreien und ihren Sohn im Wagen zu wecken. Nach einer Weile beruhigte sie sich, hier konnte sie nicht bleiben. Vorsichtig öffnete sie die Wagentür und nahm leise die Tasche und Veits Jacke aus dem Fußraum beim Kindersitz. Sie schüttete den Inhalt der Tasche auf den Boden.

Papierkram fiel heraus. Dieses sah sie sich genauer an. Zwei Pässe und eine Geburtsurkunde. Die Pässe waren auf Jakob und Emelie Fischer ausgestellt und bei der Geburtsurkunde handelt es sich um einen Kolja Fischer. In den Pässen waren Veits und ihr eigenes Passfoto abgebildet. Das Passfoto, welches sie damals Vincent gegeben hatte, und den Namen Fischer musste Veit gewählt haben, in seinem Andenken. Auf dem Boden unter den Sachen lagen noch zwei Umschläge. Ein großer und ein kleiner. Den großen öffnete sie vorsichtig und er war randvoll mit großen Scheinen Geld. Sie schüttelte den Kopf und griff zum kleinen Umschlag, auf diesem stand ihr Name. Still schaute sie auf die handschriftlichen Lettern. Sie griff nach Veits Jackett, welches er vor ein paar Stunden noch getragen hatte. Es roch noch nach ihm und wieder liefen ihr frische Tränen über die Wangen. Sein Fehlen hinterließ einen entsetzlichen Schmerz in ihr. Sie kuschelte sich in seine Jacke, legte den Kopf schräg an den Kragen und stellte sich schmerzhaft vor, wie er ihre Wange hielt. Es dauerte eine ganze Weile, doch dann löste sie sich von der Vorstellung, ihn jemals wiederzusehen und dann öffnete sie vorsichtig, fast einem andächtigen Streicheln gleich, den Brief.

Abschiedsbrief

Liebe Amelie,

wenn du diesen Brief in den Händen hältst, dann habe ich es wahrscheinlich nicht geschafft zu überleben. Das ist okay, mach dir deshalb bitte niemals einen Vorwurf. Ich hoffe, ihr seid beide heile daraus gekommen und ich habe es geschafft, Nicolai irgendwie zu töten, damit er euch in eurem neuen Leben nicht verfolgt. Sei nicht traurig, vielleicht werden wir uns ja im nächsten Leben wieder begegnen.

Ich möchte dir jedoch noch einiges über mich erklären, damit du nicht allzu schlecht von mir denkst und vielleicht sogar unserem Sohn sagen kannst: der taffe Kerl, das war dein Daddy. Mein Lebensziel war immer dein Leben, Amelie. Seitdem ich dich kenne, fühlte ich mich für dich verantwortlich, wollte ich dich schützen, so gut es möglich war. Schon als kleines, nerviges Mädchen, konnte ich kaum eine Minute ohne dich und du hast eine riesige Leere hinterlassen, als ich dachte, du wärst tot. Mein Leben war eigentlich ab da an ziemlich sinnfrei. Mir war es nur noch nicht bewusst, aber an dem Tag, an dem irgendein Esel auf der Arbeit deinen Namen erwähnte, wurde mir sofort wieder klar, was ich zu tun hatte.

Erlöst hast du mich mit unserem ersten, frechen Kuss, aber die gemeinsame Nacht im Wald war für mich unvergesslich. Alter, allein, wenn ich zurückdenke, muss ich jetzt noch schmunzeln vor Glück und die kurze Zeit, als du in meiner Wohnung gelebt hast, war für mich die schönste Zeit in meinem Leben. Verzeihe mir meinen egoistischen Wunsch dich für mich haben zu wollen, obwohl ich wusste, dass du eigentlich Vincent liebst.

Vincent, ja, es schmerzt zu wissen, dass ich ihn dir genommen habe. Du wirst es mir nie verzeihen können, aber ich habe es wirklich abgewogen. Niemals hätte er überleben können. Nicolai hätte ihn so oder so getötet und es war meine Chance Zeit zu gewinnen, Zeit, um dich und Kolja irgendwie da rauszuschaffen.

Ich habe euch nicht verraten, ich wurde erwischt und verhaftet. Bis Fabinis Leute mich abholten, saß ich in einer Dorfzelle und betete, dass es dir gut geht und du überlebst. Ich musste abwägen und als mich Fabinis Männer abholten, verriet ich ihnen deinen Aufenthaltsort. Nicht, um zu Nicolai treu zurück zu kriechen, sondern, weil ich wusste, dass Nicolai die Mittel und das Interesse hatte, dein Leben zu retten. Das Risiko um Vincent ging ich ein, doch hoffte ich bis zuletzt, dass er so klug sein würde, sich zu verstecken und nur dich abholen zu lassen, weil er doch wusste, dass Nicolai dich niemals töten würde. Leider hat Vincent *nicht so gehandelt, wie ich gehofft habe, und so hatte ich keine Wahl. Ich musste, um meine angebliche Loyalität Nicolai gegenüber zu beweisen, meinen eigenen Halbbruder ermorden. Und auch wenn es vielleicht kalt und berechnend wirkte, es war mit das Schwierigste, was ich in meinem Leben tun musste und ich hätte es beinahe nicht geschafft. Doch damit hätte ich euer Schicksal besiegelt und es gäbe Niemanden mehr, der für eure Freiheit hätte kämpfen können.*

Amelie, ich war nie böse auf dich, dass du Vince gewählt hast, ja, ich war traurig darüber und vielleicht auch mal schlecht gelaunt deswegen, aber als du schwanger wurdest, wusste ich sofort, dass es mein Kind ist. Und rechnen wir mal nach, fällt Koljas Zeugung ja auch ungefähr in die Zeit, in der ich der glücklichste Mann auf der Welt war und du an meiner Seite.

Jasmin Cheplow, meine Amelie, ich liebe dich.

Veit Gregorius